FIONA CAPP

# Sehnsucht nach Wombat Hill

*Buch*

Australien im 19. Jahrhundert. Die junge, schöne Malerin Jemma Musk verlässt Melbourne, um eine Stelle als Gouvernante in der Goldgräberstadt Wombat Hill anzunehmen. Sie hofft, in der Einsamkeit des Outback endlich Zeit zum Malen zu haben. Doch ihre Freiheitsliebe und die Faszination, die sie auf Männer ausübt, sind in dem Städtchen nicht gerne gesehen, und schnell kursieren Gerüchte über sie. Als Jemma sich verliebt und heiratet, scheint sie endlich ihren Platz in der Gesellschaft gefunden zu haben. Doch ihr ist kein leichtes Glück vergönnt: Auch andere Männer suchen ihre Nähe und würden bis zum Äußersten gehen, um sie zu besitzen. Als ein Unglück geschieht, muss sie in die australische Wildnis fliehen – an ihrer Seite ein Mann, der mit ihr um ihr Glück kämpfen wird …

*Autor*

Fiona Capp, 1963 in Melbourne geboren, ist promovierte Literaturwissenschaftlerin und war Dozentin an verschiedenen Universitäten. *Sehnsucht nach Wombat Hill* ist ihr dritter Roman. Ihr Werk wurde bisher in Australien und Frankreich veröffentlicht.

Fiona Capp

# Sehnsucht nach Wombat Hill

Australien-Roman

Aus dem Englischen
von Elfriede Peschel

blanvalet

Die englische Originalausgabe erschien 2008
unter dem Titel »Musk & Byrne. Portrait of the Artist as an Outlaw«
bei Allen & Unwin, Crows Nest.

MIX
Papier aus verantwortungsvollen Quellen
FSC® C014496
FSC www.fsc.org

Verlagsgruppe Random House FSC-DEU-0100
Das FSC®-zertifizierte Papier *Holmen Book Cream* für dieses Buch
liefert Holmen Paper, Hallstavik, Schweden.

1. Auflage
Deutsche Erstveröffentlichung Februar 2012 bei Blanvalet,
einem Unternehmen der Verlagsgruppe Random House GmbH, München.

Umschlaggestaltung: bürosüd°, München
Umschlagmotiv: © bürosüd°, München
Redaktion: Anita Hirtreiter
ES · Herstellung: sam
Satz: omnisatz GmbH, Berlin
Druck und Bindung: GGP Media GmbH, Pößneck
Printed in Germany
ISBN: 978-3-442-37662-9

www.blanvalet.de

*Meiner Nichte Rebecca Wilson,*
*und in Erinnerung an ihren Sohn Jack*

# Prolog

Als der letzte Abendzug den Bahnhof von Wombat Hill verlässt, bleibt eine in Schwarz gekleidete Frau wie eine einsame Bühnenfigur auf dem Bahnsteig zurück. Einen Augenblick lang scheint sie verwirrt zu sein. Ist sie am falschen Bahnhof ausgestiegen? Mit einem Seufzer, der wie ein leises Echo des fauchend davonfahrenden Zuges klingt, bewegt sie sich auf den Stationsvorsteher zu, der mit ausgestreckter Hand wartet. Er lüftet seinen Hut und murmelt »Guten Abend«, aber die Frau sieht ihn nicht an, als sie ihm ihre Fahrkarte gibt und in der Straße hinter dem Bahnhof verschwindet. Mit der Fahrkarte in der Hand sieht der Stationsvorsteher ihr hinterher: dieser verschleierten Fremden, dieser Frau in Trauerkleidung, die zu später Stunde allein angekommen ist und von keinem abgeholt wurde.

Die Frau geht eilenden Schritts die Hauptstraße entlang und weicht dabei den gelben Lichtkegeln der Gaslampen aus. Sie spürt den sich an ihren Rücken heftenden Blick des Stationsvorstehers und vermag fast die Gedanken zu hören, die ihm durch den Kopf gehen. Und sie ist sich bewusst, dass die Nachricht sich bis morgen früh wie ein über das Land huschender Wolkenschatten verbreitet haben wird. *Jemma Musk ist zurück.*

Jemma hält inne, um die schlafende Stadt zu betrachten. Die planlose Ansammlung von Häusern, öffentlichen Einrichtungen und Geschäften, die im Zuge des Goldrauschs entstand, scheint jetzt endgültig Gestalt angenommen zu haben, als wäre sie aus derselben Erschütterung hervorgegangen, die auch den Berg schuf, auf dem sie ruht. Für Jemma jedoch könnte sie ebenso gut eine Geisterstadt sein, ein Ort, heimgesucht von der Vergangenheit. Sie muss an die in Windeseile verstreichenden Jahre denken, die Menschen, die kommen und gehen werden, und die stille Gleichgültigkeit der Gebäude, die alle ihre Bewohner überdauern werden.

Während ihre Schritte auf ihrem Weg durch diese von Erinnerungen gezeichnete Landschaft durch die Nacht hallen, fragt sie sich, was sie hier sucht. Sie macht einen Bogen um Manotti & Curle's Sprudelwasser für den Fall, dass Celestina noch zu so später Stunde im Tearoom weilt, schafft es aber nicht, einfach so an dem Laden vorbeizugehen, wo Gotardo in jenen schmerzerfüllten Monaten vor ihrer Flucht als Schuhmacher arbeitete. Sie späht durchs Fenster und sucht nach seiner Werkbank und den Werkzeugen, muss jedoch feststellen, dass aus dem Laden inzwischen ein Büro von Cobb & Co. geworden ist. Plötzlich fühlt sie sich weniger von der Vergangenheit als von der Gegenwart bedroht, der Möglichkeit, ihre Erwartungen enttäuscht zu sehen, erfahren zu müssen, dass Gotardo nicht mehr in dieser Stadt lebt. Dass auch er weggegangen ist.

Es ist inzwischen zu kalt geworden, um länger draußen zu verweilen. Jemma hat ganz vergessen, wie stark nachts die Temperatur fällt. Sie verflucht den dünnen Stoff ihres Taftrocks und ihres Mieders und die zwar hübsche, aber nutzlose Jacke. Warum hat sie keinen Mantel mitgebracht? Sie zieht ihren Wollschal enger um die Schultern und eilt, begleitet vom Funkeln der Milchstraße über ihr, aus der Stadt hinaus den Hang hinunter.

Als das Bauernhaus endlich auftaucht – in dessen Innerem eine Lampe brennt –, schiebt sich eine geisterhafte kleine Hand in ihre und führt sie durchs Tor und an der Pergola vorbei den Weg hinauf. Jemma bildet sich ein, Fetzen eines Liedes zu hören, und ein hohes Stimmchen, das sagt: *Sieh doch, Mama!*

Und als Jemma sich am Verandapfosten festhält, ehe sie ihre Hand ausstreckt, um an der Tür anzuklopfen, reißt das Gewebe der Nacht und bringt eine verlorene Zeit zum Vorschein.

# TEIL I

# I

Eines heißen Januartages im Jahre 1868 wandert Jemma Musk zur Mittagsstunde mit ihrem Skizzenblock durch den zerklüfteten Wald von Hepburn und stößt dabei auf eine Familie, die sich auf dem Bergkamm zu einem Picknick niedergelassen hat. Sie stellt ein hübsches Tableau dar – eine adrett gekleidete Frau unter einem Sonnenschirm, ihr Ehemann, eine gepflegte Erscheinung mit Zylinder, und ihre kleine Tochter im sonntäglichen Rüschenkleid. Im sengenden Mittagslicht sehen sie unwirklich aus wie Scherenschnitte.

Sie versichern ihr, keine Einwände zu haben, von ihr gemalt zu werden, solange es ihr nichts ausmache, wenn sie sich gelegentlich bewegten. Jemma lehnt sich gegen den sirupfarbenen Stamm eines Eukalyptusbaums und lässt ihre Hand über das Blatt wandern. Dabei denkt sie nicht an das, was sie tut, weiß nur, dass sie das Unwirkliche erfassen möchte, das ihr dieser Anblick bietet. Ockerfarbene Staubwolken wirbeln um ihre Füße, aber Jemma bemerkt den Wind erst, als dieser eine Seite der karierten Decke anhebt, auf der die Familie sitzt, und den Obstsaft des Kindes in den Schmutz kippt. Sofort schart sich ein schwarzer Rand von Ameisen um die gelbe Lache. Die Leinenservietten werden über den steinigen Boden davongetragen, und als der Mann aufspringt, um sie festzuhalten, stolpert er über die Porzellanteller, sodass die Sandwiches wegspringen. Unterdessen versucht Jemmas Hand rastlos diesen plötzlichen Aufruhr zu skizzieren, diese in Auflösung begriffene harmonische Familienszene im Freien. Doch unbeeindruckt von den dicken zinnfarbenen Wolken, die sich hinter ihrem Rücken am Horizont zusammenballen, hält die Familie tapfer an ihrem Picknick und den mit Schmutz gepfefferten Speisen fest.

Jemma sieht den Wetterwechsel wie eine Woge über den Baumwipfeln auf sie zurollen. Der Wind reißt dem Kind das Häubchen vom Kopf, dessen seidene rosa Bänder sich mit widerstrebendem Geflatter verabschieden. Die Frau schilt das Mädchen, und das Mädchen fängt zu weinen an. Während der Mann dem Häubchen hinterherjagt, findet eine Sturmböe ihren Weg unter die weit ausladende Krinoline des Kindes, bläht den Rock und hebt ihn in die Höhe. Aufgeregt ruft die Frau nach ihrem Ehemann, der sich umdreht und seine sprachlose Tochter einen Moment lang mitten in der Luft über dem Lüftungsschacht einer verlassenen Goldmine schweben sieht. Von ihrem etwas höher gelegenen Beobachtungsposten steht für Jemma fest, dass keiner von ihnen sie rechtzeitig zu erreichen vermag. Ein weiteres Tableau – ein hutloser Mann und eine Frau mit windgepeitschtem Haar, die den Himmel beschwören, während die kleine Gestalt eines Mädchens engelhaft vorüberschwebt. Beinahe willkürlich jagt Jemmas Hand über das Blatt und hält mit schwarzen Linien das Kind fest, ehe es von der Erde verschluckt wird.

Als die Eltern über den felsigen Grund klettern, wird die Böe schwächer und beschleunigt das Absinken des Mädchens. Seine Füße verschwinden im Loch, doch dann passiert etwas Wunderbares. Der Reifrock des Mädchens bläst sich auf wie die Kuppel von Sankt Peter, senkt sich auf den Rand des Schachts, sodass es dort hängen bleibt. Halb in dieser Welt, halb in der nächsten. Das Kind ist so verdutzt, dass es keinen Laut hervorbringt, nur die Drahtreifen seines Petticoats zittern unter seinem Gewicht. Die Mutter schreit ihrer Tochter zu, ja keinen Muskel zu bewegen, überwindet dann mit einem Satz den Abstand zu ihr und packt das Mädchen an den Handgelenken, bevor die Reifen nachgeben.

Aufgeschreckt aus ihrer Trance lässt Jemma die Kohle fallen und wirft ihren Skizzenblock beiseite. Sie eilt den Bergkamm hinab und über den felsigen Boden auf die sich dicht aneinanderdrängende Familie zu, doch nur, um erkennen zu müssen, dass sie unerwünscht ist, eine Außenseiterin vor den sich schließenden Reihen. Die vorwurfsvollen Blicke sprechen für sich. Ihr ist klar, dass Protest sinnlos ist. Sie hat es gewagt, diesen verrückten Augenblick, diese beinahe fatale Kapriole der Natur zu einem passenden Gegenstand der Kunst zu machen. Wie kann sie das erklären? Zögernd kehrt sie zu ihrem Ranzen zurück, packt das Skizzenbuch ein und verschwindet im Wald.

Während des fast vier Kilometer langen Heimwegs quälen Jemma ihre geschwollenen, wundgescheuerten und heißen Füße in ihren festgeschnürten Stiefeln, und sie hält dankbar ihr Gesicht in den rauen Wind. Bevor sie in diese Gegend kam, hatte sie von dessen fruchtbarer Vulkanerde so rot wie Blut gehört; von den Obstplantagen, den Kartoffeln, den Erdbeergärten und mit saftigem Klee bestandenen Weiden; von den aus dem Felsbett sprudelnden Mineralquellen in dichten Wäldern und in den in grünes Licht getauchten und von Farnen besiedelten Schluchten. Aber die Straße von Melbourne, die sie zu den südlichen Goldfeldern führte, hatte ihr eine Szenerie gezeigt, die den äußeren Kreisen der Hölle weitaus näher kam: den ausgespienen Lehm des tauben Gesteins, die klaffenden Öffnungen der verlassenen Minen, die bis auf das niedrigste Buschwerk gerodete Erde, die Skelette verlassener Siedlungen und improvisierter Hütten, meilenweite Trostlosigkeit. Doch als sie schon fast am Verzweifeln war, war die Kutsche in eine Allee orientalischer Platanen eingebogen, eine lange Kolonnade aus Licht, hinter der sie die elegante Stadt von Wombat Hill willkommen hieß. Das Land ringsum war eine fruchtbare Ebene.

Während sie nun die Höhe erklimmt, taucht zwischen den sich wiegenden knochigen Ästen der Eukalyptusbäume die Stadt vor ihr auf. In der neuen Messingglocke des Turms der Feuerwache fängt sich die nachmittägliche Sonne und leuchtet wie ein Feuerball. Auf halber Höhe des Berges, auf dem die Stadt liegt, stehen die drei Kirchen beieinander. Unter ihnen befinden sich das an eine Festung gemahnende Mechanikerinstitut, das Rathaus mit seinen korinthischen Säulen und die düstere Fassade des Gerichtsgebäudes aus Basaltstein. Bis auf ein paar Männer, die im Schatten der breiten Veranden dösen, und einigen Hunden, die sich um Essensreste in der Gosse streiten, ist die Hauptstraße so gut wie ausgestorben.

Bald schon kann sie die Ladenschilder lesen – Brabant's Warenhaus für Güter des Empires, Geo Jays Manufaktur für Ingwerbier und Erfrischungsgetränke, Mrs. Blanchards Dienstbotenvermittlung, Maximilian Helburgs Tanzschule, Langbeins Brühkaffee und Gewürzhandlung. Am anderen Ende der Stadt leuchtet der weiße Stuck des Hotels Locarno, flankiert von Mozzis Makkaronifabrik, der Schweizerisch-Italienischen Bäckerei, den Kirsch- und Pflaumenplantagen, die an den Felshängen von den ordentlichen Reihen der Weinstöcke abgelöst werden. Sie bleibt stehen, um den Flickenteppich menschlicher Ansiedlung und den schwachen Duft von Sonntagsbraten zu genießen. Wirklich hübsch, aber so verschlafen! Plötzlich muss sie an Melbournes kecke Theaterszene, seine lebhaften Boulevards und schmucken Arkaden denken.

Und dennoch hat es auch ein paar Vorzüge, am Ende der Welt zu leben: Die weiten Ausblicke erfreuen das Künstlerauge ebenso wie das ozeanische Wogen des südlichen Himmels und die flirrenden, endlosen Horizonte. Und soweit sie das nach zwei Wochen beurteilen kann, sind die Rutherfords angenehme Arbeitgeber und deren Tochter Caroline ein anspruchsloser Schützling. Doch übertroffen wird dies alles durch die Freiheit, an den Nachmittagen, wenn Caroline mit ihrer Mutter Besuche abstattet oder Klavierunterricht bekommt, ihrer Kunst frönen zu können. Jemma ist fest entschlossen, die nötigen Mittel für ihre Überfahrt nach Europa zu sparen, um in die Fußstapfen von Miss Adelaide Ironside zu treten, einer jungen Künstlerin aus Sydney, die in Paris studiert hat und jetzt in Rom wohnt und deren Gemälde in London gute Preise erzielen. Wenn man den Zeitungen Glauben schenken darf, steht sie kurz vor ihrem künstlerischen Durchbruch. Dass Jemma keinen der Vorteile Miss Ironsides genießt, keine Familie hat, die sie unterstützt und ermutigt, ihr auch kein Ruf vorauseilt, vermag sie nicht zu irritieren.

Und doch beneidet sie Miss Ironside um deren persönliche Bekanntschaft mit Mr. John Ruskin, Jemmas erstem und bestem Lehrmeister, dessen Sätze in *The Elements of Drawing* ihr vertrauter und vernünftiger erscheinen als alles, was ihre späteren Tutoren ihr beizubringen versuchten, trotz des Vorteils, dass sie deren Werk hatte unmittelbar verfolgen können. Wann immer sie ihren Ruskin aufschlägt, erhebt sich seine Stimme tief und wohlklingend aus den Seiten und spricht direkt zu ihr, als wäre er bei ihr im Raum. Seit dem Tod ihres Vaters verlässt sie sich mehr und mehr auf Mr. Ruskin – nicht so sehr, um sich von ihm anleiten zu lassen, sondern wegen der väterlich beruhigenden Wirkung seiner glatt rollenden Sätze und seiner Überzeugung, dass man sich beim Malen oder Zeichnen dem Geheimnis des Wesens aller Dinge stellt. Dies ist sein drittes Gesetz des guten Zeichnens und Jemma so wichtig wie alles, was Newton prophezeit haben mag; jenes Gesetz, dass nichts jemals in seiner Perfektion gesehen wird, sondern nur in Fragmenten und unter den »verschiedenen Zuständen der Unklarheit«. Jeder gezähnte Punkt und jede glänzende Ader, die unserem Blick auf die Baumblätter entgehen oder unsere Wahrnehmung täuschen, lehrte er sie, sei eine Lektion in der

Schwierigkeit, klar zu unterscheiden oder gerecht »die Risse und die Adern des menschlichen Herzens« zu beurteilen und zu erkennen, »dass wir anfangs vieles von alledem, was uns umgibt und sich in menschlichen Taten oder Gedanken manifestiert, zu verstehen glauben, das uns dann aber bei genauerer und liebevollerer Aufmerksamkeit voller Rätsel zu sein scheint, die weder ergründet noch negiert werden können«.

Auch jetzt, da Jemmas Weg sie am Friedhof vorbeiführt, über den ein Habicht, von einem Luftstrom gehalten, schwebt und auf den Boden späht, muss sie an Mr. Ruskin denken. Hatte sie sich wie ein Habicht auf das Kind als Beute gestürzt? Sie schlägt ihr Skizzenbuch wieder auf. Unterzieht die Zeichnungen einer eingehenden Prüfung, hält den Atem an, aber bereut nichts. Sie hat den flüchtigen Moment festgehalten, wie Mr. Ruskin das fordert. Das Kind lebt, der Augenblick ist vorüber, nur die Zeichnungen bleiben mit ihrer Version einer Gnadenfrist. Wie vielen wird eine derartige Chance gewährt?

Ihrem Vater war solches Glück nicht zuteilgeworden, und doch würden die meisten seinen Tod wohl als natürlich ansehen. Was jedoch war natürlich daran, allein zu sterben? Sie war eines Abends nach einem Unterrichtstag heimgekehrt und fand ihn auf der Koppel hinter ihrem holzverschalten Häuschen, wo er mit dem Gesicht nach unten dalag, einen verwelkten Strauß Butterblumen fest in der Hand, auf seinem Kopf die große graue Elster, die er den ganzen Winter über gefüttert hatte und die sie nun mit ihrem klagenden Krächzen tadelte. In der Nacht davor war sie vom Knacken der Dielenbretter wach geworden und aufgestanden und hatte ihn im Nachtgewand im Salon auf und ab gehen sehen, eine Hand gegen die Brust gedrückt. Als er sie sah, ließ er seine Hand fallen. Sie starrten einander schweigend an, dann begann die Standuhr mit ihrem quälenden Geläut. Dunkle Tränensäcke hingen unter seinen Augen, sein Rückgrat bog sich unter einem unsichtbaren Gewicht. Er schien sich zu ducken, als sehnte er sich danach, sich zu verstecken, sich an einem engen, dunklen Ort zusammenzurollen.

»Verdauungsstörung«, sagte er mit erzwungenem Lächeln.

Aber sie hatte die Angst in seinen Augen gesehen. Doch selbst da hatte sie noch nicht geglaubt, dass dieser gewaltige Bär von einem Mann vielleicht sterben könnte. Dieser Mann, der nie krank gewesen war, der sie mit so viel Zärtlichkeit überschüttete und dessen Gesellschaft ihr so lieb und teuer war, dass sie sich nicht vorstellen konnte, einen Ehemann zu finden, der ihm gleichkam. Mochte er sie auch zur Freidenkerin erzogen haben, so war es ihr trotzdem gelungen, zweiundzwanzig Jahre alt zu werden und fest an seine Unsterblichkeit zu glauben.

Dann sah sie ihn dort im Gras liegen, gefällt wie ein Baum.

»Papa!«, schrie sie, sank neben ihm nieder und drehte ihn sanft um. Beim Anblick seiner geöffneten leblosen Augen stockte ihr der Atem. Jeglicher Ausdruck war verschwunden. Sein schwerer Körper unwichtig für die Welt. Sein Schweigen war schrecklich, finaler als alles, was sie sich hatte vorstellen können. Während sie über ihm kniete und ihre Tränen auf seine fleckigen Wangen tropften, ging ein Teil von ihr auf Abstand und nahm die Form seines gestürzten Körpers inmitten der Butterblumen wahr, dazu den Totenwache haltenden Vogel und das violette Licht der zeitigen Dämmerung, das langsam in Abendnebel überging. Dieser Teil von ihr war seitdem immer auf Abstand zum Leben geblieben. Und unter Mr. Ruskins Anleitung war sie zu der Überzeugung gelangt, dass die Dinge sich nur dann richtig erfassen ließen, wenn man sie zerstörte und sie dann auf neue Weise wieder zusammensetzte. Nur indem man der glatten Oberfläche der Dinge Gewalt antat, ließ sich die Zerbrechlichkeit des Augenblicks erfassen und erkennen, wie das Leben am Rande der Vernichtung schwebte.

Und so hatte sie sich auf ihre Kunst gestürzt und sich mit

der Arroganz der Jugend eingeredet, das Schlimmste bereits durchgemacht zu haben, sodass von nun an nichts mehr sie berühren konnte.

In den Wochen, die auf das Picknick folgen, vollendet Jemma eine Reihe von Gemälden, die in der wiedervereinigten Familie gipfeln, deren unausgesprochener Zorn sich aus der Leinwand heraus gegen sie richtet. In der Zwischenzeit macht dieser Vorfall im ganzen Bezirk die Runde, zusammen mit Berichten von der jungen Gouvernante, die das ganze Drama skizziert hat. Und solange Jemma noch damit beschäftigt ist, sich in Wombat Hill zurechtzufinden und in ihrer neuen Behausung einzuleben, macht in den Salons und Wohnzimmern der Stadt eine andere, schemenhafte Jemma mit einem frei aus Gerüchten und Spekulationen erfundenen Eigenleben ihre Aufwartung. Was ist das für eine Frau, fragt man sich, die weiterzeichnet, während ein junges Mädchen vom Tode gestreift wird?

## 2

In der Nacht, bevor Gotardo Voletta das Alpendorf verlässt, wo er die ersten fünfundzwanzig Jahre seines Lebens verbracht hat, träumt er, bereits auf hoher See zu sein. Es herrscht Windstille, und Nebel hat sich herabgesenkt. Als dieser sich lüftet, ist das Meer gefroren und hält sie fest. Es bleibt nichts anderes übrig, als das Schiff zu verlassen und in der Hoffnung, Land zu sichten, über die festen Wellen loszulaufen. Dann kommt warmer Wind auf, und das Eis beginnt sich zu heben und bricht. Er kennt den Geruch dieses Windes, den Föhn aus dem warmen Süden, der einen falschen Frühling ankündigt. Den Föhn mit seinem feuchten, heißen Atem, der die Knospen täuscht, sodass sie vor der Zeit aufbrechen und die zarten neuen Blüten binnen weniger Tage erfrieren, wenn der kalte Wind aus dem Westen weht, der ihm immer auf den Fersen folgt. Doch er hat keine andere Wahl, als über das Eis zu klettern, gefolgt von den kopflos gewordenen Kühen, die in die immer breiter werdenden Spalten stürzen.

Er erwacht und hört unter dem Haus das Schlurfen und Muhen, als spürten die Kühe, was sie erwartet. Gotardo blickt sich in seiner kleinen, vom Mondlicht erhellten Kammer um und atmet das Aroma gerösteter Kastanien und getrockneten Tabaks und den schwachen Zimtduft der Würste vom letzten Jahr ein, der von der Küche nach oben steigt. Er klettert über die Leiter nach unten und setzt sich an das noch glimmende Kohlenfeuer. Obwohl seine Hände und sein Gesicht warm sind, kriecht die frühmorgendliche Kälte ihm über den Rücken und lässt ihn erschaudern. Er weiß, er wird nie mehr zurückkehren.

Am späteren Vormittag beobachtet er seine Mutter, die in ihrem Festtagsstaat den Tisch für ihre letzte gemeinsame Mahlzeit deckt. Die Rohseide ihres gerafften Rocks raschelt und murmelt unentwegt, als gäbe sie der Traurigkeit eine Stimme, die sie selbst nicht ausdrücken kann, obwohl sie still um den letzten ihrer Söhne trauert. Als jüngster und klügster ihrer drei Jungen war Gotardo sehr zur Freude seiner Mutter vom Dorfpfarrer als vielversprechender Kandidat für das Kloster auserkoren worden. Er hatte Latein und auch ein wenig Griechisch gelernt, außerdem die Geschichte der Kreuzzüge studiert und kann ganze Bücher aus der Heiligen Schrift auswendig rezitieren. Aber dann war seine Schwester Maria, sein kleiner Liebling, an Scharlach gestorben, und der Priester weigerte sich, ein Gebet für ihre Seele zu sprechen, bevor man ihn dafür bezahlt hatte. Es kostete sie eine Kuh, um die Litanei laut und ganz schlicht vorlesen zu lassen – die gesungene Fassung hätte ihre Mittel bei Weitem überstiegen. Seine Eltern nahmen dies hin als den Lauf der Welt, aber Gotardo konnte seinen Abscheu nicht für sich behalten. Die Gesellschaft seiner Kühe war ihm lieber als die gespaltenen Zungen der Kirchenmänner.

Gotardo weiß, dass seine Mutter, wann immer sie nach seiner Abreise über die Schwelle ihres Steinhauses tritt, den aus Holz geschnitzten heiligen Gotthard über dem Wassertrog berühren und zu seinem Namenspatron beten wird, damit er ihn beschützt, egal wie erschöpft sie ist, weil sie die getrockneten Kastanien gedroschen oder wie ein Maultier Ware zu den Landbewohnern geschleppt hat. Sie selbst hat nie einen Schritt über Locarno hinausgetan und Angst davor, er werde es seinen Brüdern gleichtun und im Ungewissen verschwinden. Seit drei Jahren sind sie ohne Nachricht von Aquilino oder Battista.

Wann immer im Dorf ein Brief von den Goldfeldern eintrifft, eilen seine Eltern zum Marktplatz in der Hoffnung, dass darin auch von ihren Söhnen die Rede ist. Wären nicht Pliny und Celestina, ihre Cousins, die sie über das Treiben der Brüder auf dem Laufenden halten, müsste die Familie sie für tot halten. So viele sind gegangen, einige davon spurlos verschwunden, ein paar aber auch als reiche Männer zurückgekehrt, im Gepäck fantastische Geschichten von Flüssen aus Gold, Zeltstädten, die über Nacht auftauchen und wieder verschwinden, von Chinesen, denen lange schwarze Zöpfe über die Rücken hängen, von Nuggets, dicht unter der Oberfläche, die wie riesige Trüffel nur darauf warten, ausgegraben zu werden.

Als die Ernte das zweite Jahr in Folge ausbleibt, weiß Gotardo, dass seine Zeit gekommen ist. Sein Vater verfügte nicht mehr über die Kraft, in den Süden zu gehen, um im Frühjahr Steine zu schlagen, und sie konnten sich die Weidepacht in Locarno nicht länger leisten. Und ohne die Winterweiden gab es kein Überleben für die Kühe. Die Ereignisse zwangen ihn dazu, aber insgeheim war Gotardo glücklich, weggehen zu können. Im Tal gab es keine Zukunft, das wussten alle. Selbst die Geistlichen wanderten ab, weil ihre Gemeinden so geschrumpft waren, dass ihnen keine andere Wahl blieb, als ihrer flüchtigen Herde zu folgen. Aber Gotardo hatte nicht vor, wie die anderen Männer in der Erde nach Mineralbrocken und Glitzerstaub zu wühlen. Inmitten der Goldfelder Victorias gab es eine blühende Stadt seiner Leute, der Tessiner. Und wo es Städte gab, war immer Bedarf an frischer Milch und Sahne, und er hatte auch schon Pläne, seinen köstlichen Käse unter dem Etikett »Schweizer Gold« zu verkaufen.

Sein Vater nimmt seinen Platz am Kopfende des langen Holztisches ein. Auch er ist dem Anlass entsprechend gekleidet und trägt seine beste scharlachfarbene Weste und eine Hose aus Sämischleder. Wo Anna Voletta in ihrem Kummer verstummt, täuscht Pietro Frohsinn vor und gibt allerletzte Ratschläge für den Umgang mit den Kühen während der langen Überlandexpedition bis zum Hafen von Neapel. Gotardos Verlobte Felice gesellt sich zu ihnen und stellt ihr mitgebrachtes Gericht aus Pilzen und Safranrisotto auf den ohnehin schon unter den vielen Speisen ächzenden Tisch: Polenta mit Ziegenschmorbraten, Maroni und Kartoffeln in Knoblauchbutter, eine Schale mit Feigen, Pfirsichen, Maulbeeren und Birnen in Süßwein und natürlich geräucherte Wurst, Brot und Gotardos eigenen Käse. In der Mitte des Tisches steht eine besondere Köstlichkeit: ein Dutzend Schnecken, die seine Mutter in einem Bett aus Sägemehl züchtet und mit Blättern füttert, bis ihre Häuser glänzend und dick sind.

Felice sitzt schweigend am Tisch und reicht die Speisen hin und her, fast ohne selbst etwas zu essen. Sie sieht wächserner aus denn je. Wenn sie dann gelegentlich tief einatmet, halten auch alle anderen den Atem an und warten darauf, dass sie das Wort ergreift. Sie sieht in ihre erwartungsvollen Gesichter und möchte etwas Denkwürdiges sagen, möchte Gotardo an ihren ersten Kuss im nahe gelegenen Wald erinnern und an den Heimweg in der Dämmerung durch knöchelhohen Schnee, als sie sich scheu an der Hand hielten. Oder an die Tage, an denen sie mit den Ziegen zu den oberen Hängen des Gotthard hochgestiegen waren, um sich dort gegenseitig beim Namen zu rufen und auf die Antwort des Berges zu warten. Aber jedes Mal muss sie sich der Oberflächlichkeit der Worte geschlagen geben. Sie schaut auf ihren Teller und sagt sich, sie müsse nur Geduld haben und darauf vertrauen, dass Gotardo Wort hält.

Sosehr er sich auch bemüht, es fällt Gotardo schwer, sich an das lächelnde Mädchen mit den Pausbacken zu erinnern, in das er sich verliebt hat. Immer ist ihr Ausdruck voller Resignation, und sie ist so dünn geworden, dass er, wann immer er ihr in ihre eingesunkenen Augen blickt, nicht umhin kann, den Schädel darunter zu sehen. Selbst wenn genügend Geld für ihre Überfahrt vorhanden gewesen wäre, wussten doch alle, dass sie die lange Reise über Land und Meer bis zur anderen Seite der Erdhalbkugel nicht überleben würde. Gotardo stürzt den Grappa hinunter und schämt sich seiner Erleichterung. Er redet, als würde er in ein paar Jahren mit seinen Brüdern im Schlepptau zurückkehren, ein anständiges Vermögen im Gepäck. Was gäbe das für ein Hochzeitsfest! Doch sie schauen ihn alle sorgenvoll an, und keiner glaubt ein Wort von dem, was er sagt.

Gotardo bläst in sein Horn, sowohl zum Abschied als auch, um seine Herde zu sammeln. Auf dem Bergpfad schließen sich die Kühe ihm an und begleiten mit ihrem an einen murmelnden Wasserlauf erinnernden Geläut den Abstieg hinunter nach Locarno. Jedes Mal, wenn er sich umdreht, um zu überprüfen, wie weit sie gekommen sind, richten sie ihre tieftraurigen Augen auf ihn, als hätten sie ihm eine wichtige Frage zu stellen. Wie immer gibt es Nachzügler, die Vielfraße, die mit ihren Nasen nicht von den Grasbüscheln loskommen. Doch er weiß, dass er nur ihren Namen zu rufen braucht und sie zu ihm kommen werden, zu ihm, der sie auf die Weiden führt und sie im zeitigen Frühjahr wieder zurück in die Berge geleitet. Nur wird es diesmal keinen Rückweg geben, keine Rückkehr in das Sackgassental seiner Jugend. Er schaut hoch zu seinem Dorf und kann gerade noch so seine Eltern und Felice erkennen, drei kleine Gestalten, die mitten auf der Straße stehen, im Hintergrund der hoch aufragende Berg. Er hebt seine Hand zu einem letzten Winken, ehe er um die Biegung verschwindet.

Wenn er an Australien denkt, denkt er an Locarno. Die oberen Hänge des schmalen Tals sind grau und von Felsbrocken übersät und liegen für immer im Schatten des Gotthard, aber Locarno liegt in der Sonne und erfreut sich üppiger Vegetation, die Luft kitzelt einen mit dem Duft von Obstblüte, Gardenien, Akazien und unbändiger Wisteria, deren Blüten wie reife Trauben von den vielen Pergolen hängen, die die Straße säumen. Hinter den Oliven- und Granatapfelhainen liegt wie der Ozean, den er bald überqueren wird, die traumverlorene Weite des Lago Maggiore mit seinen lockenden fernen Ufern.

Einsamkeit ist Gotardo fremd, wenn er mit seinen Tieren zusammen ist. Anders als Schafe, die unbeständig und beschränkt sind, und Ziegen, die sich übermütig und stur verhalten, sind Kühe treue und zuverlässige Gefährten. Während er sie Richtung Süden treibt, lässt er beim Gehen oft eine Hand auf einem ihrer Leiber ruhen, in der anderen eine Ausgabe von Ovid, die er mit einem ausgefransten Bindfaden an seinem Gürtel befestigt hat. Er hält sich an die Küstenstraße, um dem stacheligen Rücken des Apennins auszuweichen, und ihm fällt auf, dass er, je mehr Wochen vergehen, die Rumpfknochen der Kühe ein wenig schärfer hervortreten fühlt. Als er dann endlich den abgeflachten Kegel des Vesuvs erblickt, sind die Kühe mehr Knochen als Fleisch und benötigen dringend Ruhe und ein Weiderecht. Gotardos Füße sind voller schlimmer Blasen, aber ansonsten ist er in guter Verfassung. Gerade hat er die *Metamorphosen* ausgelesen und trägt in sich die Gewissheit, dass auch er zu einer Geschichte der Wandlung aufgebrochen ist.

Die kurze Reise durch das Mittelmeer und die Straße von Gibraltar bis hinauf nach Liverpool soll angeblich der leichteste Teil sein, aber das voll getakelte Segelschiff, auf dem ihm der Auswanderungsagent einen Platz gebucht hat, ist alt und knarrt und gerät so leicht ins Schlingern, dass er die ganze Reise flach in seiner Koje liegend verbringt, weil er sich bei jedem Versuch aufzustehen übergeben muss. Noch keine Krankheit hat ihn bisher so geschwächt wie diese Seekrankheit. Er zahlt einen Decksmann dafür, dass er seine brüllenden Kühe im Laderaum füttert. Gemolken werden müssen sie nicht mehr, sie sind alle trocken geworden. Gotardo liegt hungrig in seiner Koje, da er kein Essen bei sich behalten kann, und sorgt sich wegen der langen Reise nach Australien. Abgesehen von der Frage, ob die Kühe diese überleben werden, fürchtet er, seinen Teil des Handels nicht erfüllen zu können, sofern die Milch der Kühe nicht fließt. Denn seine Überfahrt wird mit der Milch bezahlt, mit denen die Passagiere während der Überfahrt versorgt werden.

Als er am Hafen von Liverpool erfährt, dass er auf der *Great Britain* gebucht ist, einem gewaltigen neuen, aus Eisen gebauten hochseetüchtigen Dampfer (mit Segelkraft), von dem es heißt, dass er die Entfernung nach Melbourne in weniger als siebzig Tagen zurückzulegen vermag und dass man sein Vieh in Ställen unterbringt, damit es auf rauer See nicht hin und her geschleudert wird, kommen ihm Freudentränen. Und er begießt, während das Schiff stampfend den Mersey hinunterfährt, mit einer Gruppe Italiener und Schweizer sein Glück bis tief in die Nacht mit Grappa. Sie beobachten den aufgehenden Vollmond, bis er wie ein leuchtender Gummiballon über dem Horizont schwebt. Es entzieht sich jeglichen Verständnisses, wie diese ferne Kugel das Wasser unter ihnen anzuziehen und es in diese oder jene Richtung zu bewegen vermag. In einigen Nächten ist dieser Mond nicht mehr als ein Stück Käserinde, schwillt dann jedoch von Neuem an und streut seinen milchigen Pfad winkenden Lichts über das Wasser.

Gotardo ist froh, nicht mehr auf der Straße unterwegs zu sein, froh, dass Wind und Willenskraft und Dampf ihn fortbewegen, froh, zu wissen, dass ihm alles – bis auf die Fürsorge um seine Kühe – aus den Händen genommen ist. Dabei vermag er weder an die Vergangenheit, seine Eltern und Felice noch an die Zukunft zu denken, seine Brüder und seine Cousins, die er so lange nicht gesehen hat. Außer der treibenden

Welt des Schiffes, des kolossalen Himmels und des endlosen Ozeans scheint nichts mehr zu existieren. Und während sich um ihn herum das Universum auftut, öffnet sich sein Geist dem ihn umgebenden Raum. Er spürt seine Sinne für neue Bedeutungen, neue Denk- und Sichtweisen der Welt erwachen.

Nachdem sie den Äquator überquert haben, studiert er den fremden neuen Himmel mit seinen ihm unbekannten Konstellationen und versucht – aus vielen Möglichkeiten – herauszufinden, welche rautenförmige Sternenformation das Kreuz des Südens darstellt. Gegen Abend beobachtet er gern die gelbköpfigen Vögel mit den breiten Schwingen, die immer häufiger zu sehen sind, da sie sich der Küste Australiens nähern, Vögel, die auf den Luftströmen über den Wellen reiten und in aufregenden Sturzflügen das Wasser streifen.

Während des Großteils der Reise war das Wetter gut, sodass keiner auf den Sturm vorbereitet ist, der sie in der Bass Strait erwartet. An Bord sind alle in Festlaune, weil sie wissen, dass es bald an Land gehen wird. Eine Kapelle spielt, und es wird gesungen und getanzt. Jubel bricht aus, als die Passagiere die blauen Gebilde am Horizont fälschlicherweise als Land deuten. Die Gebilde blähen sich auf wie Tumoren, der Himmel verfinstert sich, und Wind kommt auf, ein scharfer Südwind, der so heftig an den Segeln zerrt, dass man sie in großer Hast einziehen muss, manche davon in Fetzen. Gotardo taumelt nach unten, um nach seinem Vieh zu sehen, und schläft auf einem Strohhaufen ein.

Als er wach wird, ist der Sturm vorüber. Es ist Morgen. Von oben dringen Schreie und Pfiffe zu ihm. Er eilt an Deck, um sich den Massen anzuschließen, die sich an die eiserne Reling drücken, als die *Great Britain* in den Wald aus Masten, Schornsteinen und gerafften Segeln von Queen's Wharf einfährt. Sein Blick fällt auf die schmutzigen Docks, über denen der widerliche Geruch von Seetang und verrottendem Fisch hängt, und weiter auf die düsteren eckigen Bauten der Stadt, und er kommt zu dem Schluss, dass er diese wohl nicht von ihrer besten Seite kennenlernt. Dies ist ein Hintereingang, der Lieferanteneingang, sagt er sich, wie die meisten Hafenbecken. Er sollte nicht vorschnell urteilen. Wie dumm von ihm zu erwarten, Melbourne werde Ähnlichkeit mit Locarno haben.

Gotardo steht auf der Landungsbrücke und wartet, bis die anderen Passagiere von Bord gegangen sind. Der Himmel ist bedeckt, aber die Wolken reißen auf, und er freut sich darauf, bald unterwegs zu sein. Sobald der Kapitän ihn dazu auffordert, wird er in den Frachtraum zurückkehren und sich der gefährlichen Aufgabe widmen, seine Kühe über die Laufplanke zu locken. Träger eilen los, um Gepäck zu den wartenden Droschken zu bringen, man hört Schreie und Begrüßungsrufe, Leute, die lachen, sich umarmen und weinen. Ganz in der Nähe hat sich ein kleines Mädchen in lavendelblauem Kleid und passendem Häubchen auf eine Hutschachtel gesetzt und jammert: »Ich will nach Hause!«

Gotardo genießt das emsige Treiben und bemerkt die beiden Männer nicht, die sich ihm nähern. Plötzlich stehen sie direkt vor ihm, ihre Gesichter halb verborgen hinter buschigen Bärten und unter verbeulten Hüten. Er wendet sich ihnen zu und nickt, verwundert, warum sie ihm so nahe kommen.

»Kann ich Ihnen helfen?«, sagt er in seinem besten Englisch.

Die beiden Männer schauen sich an und lachen. Der größere, mit der gewaltigen Hakennase, die ihm vertraut vorkommt, knufft Gotardo gegen die Schulter und sagt im Dialekt: »Begrüßt man so seine Brüder?«

Gotardo sieht die Männer ungläubig an und vermag seinen Schock nicht zu verbergen. Seine Brüder waren schon immer raue Gesellen gewesen, aber in den Jahren, seit er sie zuletzt gesehen hat, hat diese Rauheit sich zu etwas viel Wilderem verfestigt, das sich nun in einem gefährlichen Funkeln im Weiß ihrer Augen verrät.

Er breitet seine Arme aus. »Aquilino! Battista! Ich glaub es nicht!«

Die Brüder lachen linkisch, klopfen ihm auf den Rücken und kratzen mit ihren bärtigen Gesichtern an seinen frisch rasierten Wangen. Während sie sich von ihm lösen, bemerkt Gotardo ihren musternden Blick auf seine Kleidung. Er trägt seinen Sonntagsstaat, seine seidene Weste und die Hose aus Serge, sogar seine Stiefel hat er poliert. Obwohl er mit seiner Herde bis zu den Goldfeldern noch fast hundert Kilometer zurücklegen muss, wollte er stilvoll an Land gehen, um dem neuen Menschen, den er in sich keimen spürt, auch äußerlich gerecht zu werden. Um einen Anfang zu machen.

»Der kleine Faun ist erwachsen geworden«, sagt Aquilino zu Battista.

»Möchte wohl den Damen imponieren«, schiebt Battista ironisierend nach.

Gotardo starrt auf seine polierten Stiefel. Er hat ganz vergessen, wie klein er sich immer neben seinen Brüdern fühlte. Und sie schaffen es auch jetzt wieder. Dazu dieser Spitzname. Als er klein war, fand er ihn liebevoll. Und vielleicht war er das auch gewesen, denn schließlich waren seine erstaunt dreinblickenden braunen Augen mit den langen Wimpern der Anlass dafür gewesen. Aber als er älter und gelehrter wurde – größenwahnsinnig, wie seine Brüder dachten –, ließen sie keinen Zweifel mehr daran, dass dieser Name ein Spottname war. In ihren Augen war er nur ein halber Mann. Es gab eine Zeit, da hatte Aquilino als der Älteste es sich zur Aufgabe gemacht, seinem kleinen Bruder Dinge beizubringen, die ein Junge seiner Meinung nach wissen sollte: wie man Wildgänse schoss, wie man ein Nachtigallennest ausraubte, wie man ein Eichhörnchen häutete. Doch Gotardo war mit so viel Widerwillen an die Sache herangegangen, dass Aquilino angewidert aufgegeben hatte. Battista erwies sich als ein weitaus begeisterungsfähigerer Komplize. Und danach gaben seine Brüder es auf, ihn in ihre Abenteuer oder Spiele mit einzubeziehen.

Aber jetzt sind sie erwachsen, sagt Gotardo sich. Es muss nicht mehr so sein wie früher. »Schön, dass ihr gekommen seid.«

Aquilino meint achselzuckend: »Wir hatten in der Stadt zu tun.« Erst heute Morgen ist ihnen, nachdem sie sich erkundigt haben, klar geworden, dass Gotardos Schiff geankert hat.

Die Brüder stehen mit ihren Hüten in den Händen da und sehen sich am Kai um. Gotardo hätte sich gern nach ihren Geschäften erkundigt, aber da Aquilino nicht von selbst darauf zu sprechen kommt, traut er sich nicht. Er hat immer schon ziemliche Angst vor ihnen gehabt. Drei lange Jahre des Schweigens hängen zwischen ihnen. Er möchte sie fragen, warum sie nicht geschrieben haben. Möchte ihnen sagen, wie besorgt die Eltern gewesen waren. Möchte herausfinden, was sie getan haben und wie es ihnen bei ihrer Goldsuche ergangen war. Plinys Briefe gaben darüber kaum Aufschluss. Er schrieb nur, Aquilino und Battista hätten Anteile an einer Mine in Wombat Hill, tranken und spielten gern, blieben unter sich.

Battista spuckt auf den Stein zu seinen Füßen und blinzelt grimmig in die Sonne. Aquilino bewegt sich unruhig am Platz und schielt dabei gelegentlich auf Battista, als wollte er ihn anstacheln, doch etwas zu sagen.

»Dann geht es Mama und Papa gut?«, erkundigt sich Battista schließlich.

»Den Umständen entsprechend ja.«

»Und haben sie dir was mitgegeben? Für uns?«

Gotardos Mut sinkt. Das ist also der Grund, weshalb sie gekommen sind. Sie brauchen Geld. »Nur ihre Liebe.«

»Aha?«, platzt es aus Aquilino heraus. »Aber du bist mit der ganzen Herde gekommen? Als Battista und ich hier eintrafen, weißt du, was wir da zusammen hatten? Fünf Pfund! Alles, was wir haben, haben wir aus dieser harten verdammten Erde gebuddelt und gekratzt.« Sein Stiefel schlägt gegen das Steinpflaster.

Gotardo schämt sich. Es ist wahr. Seine Brüder hatten es immer schwerer als er. Weil er der Gelehrige war, blieb er auf der Schule, während seine Brüder mit dem Vater zum Steineschlagen in den Süden gingen. Wegen seiner Gelehrsamkeit fügten seine Eltern sich ihm, wie sie das bei seinen Brüdern nie getan hatten. Und jetzt ist er mit dem wertvollsten Familienbesitz hier eingetroffen, einer gebrauchsfertigen Einnahmequelle. Kein Wunder, dass Aquilino und Battista wütend sind. Und dennoch steht es ihnen doch wohl nicht zu, überrascht zu sein, nachdem sie drei Jahre lang kein Wort von sich haben hören lassen?

»Wir können doch den Hof zusammen führen?«, schlägt er vor, obwohl er weiß, dass dieses Angebot zu gering ist und zu spät kommt. »Wenn er was abwirft, werdet ihr euren Anteil bekommen.«

Aber seine Brüder haben das Interesse verloren. Schon als Knaben hatten sie keinen Gefallen daran gefunden, die Kühe zu melken, sondern hatten sich viel lieber auf den Hängen herumgetrieben, um zu jagen oder zu fischen oder Bäume zu schlagen. Plötzlich erinnert er sich an ihre Abschiedsworte, ehe sie das Dorf verließen. »Pass auf und lass nicht zu, dass du wegen dieses Priesters eine weiche Birne kriegst«, war das Letzte, was Aquilino zu ihm gesagt hatte. Battista hatte daraufhin was von zu spät gebrummelt.

»Vergiss es, kleiner Faun. Wir kommen schon allein zurecht«, erwidert Aquilino.

Sie haben ihren Standpunkt klargemacht und wollen jetzt nichts wie weg. Gotardo muss akzeptieren, dass sie ihn immer verachten werden. Daran ändern auch die verstrichenen Jahre und ein neues Land nichts. Es ist eins jener ehernen Gesetze, deren verheerende Kraft der Stoff für Mythen ist.

Mit einem verschlagenen Lächeln fragt Aquilino: »Und wo ist Felice?«

Gotardo kann ihm nicht in die Augen schauen.

»Sie ist noch immer unwohl. Aber die Ärzte sagen, sie habe eine kräftige Konstitution. Ich hoffe, sie kommt, sobald es geht, nach.«

Seine Brüder ziehen die Brauen hoch und sagen nichts. Sie klopfen ihm noch mal auf die Schulter. »Wir treffen dich dann unterwegs, kleiner Bruder. Nimm dich in Acht vor den Strauchdieben. Hier wimmelt es von ihnen.«

Gotardo kann ihr Gelächter noch hören, als sie schon in der Menge untergetaucht sind. Er lässt seinen Blick über das Hafenbecken zur grau schillernden Mündung der Port Phillip Bay schweifen. Diesen Tag hatte er mit so viel freudiger Erregung und Hoffnung begonnen. War so stolz, mit seiner Herde so weit gekommen zu sein und nur ein Tier verloren zu haben. Doch der Vergangenheit entkommt man nicht so leicht.

# 3

Im Garten hinter Pliny Serafinis großem Steinhaus hängt ein an den Füßen festgebundenes Schwein kopfüber von einem Birnbaum und wartet auf das Messer. Man hätte das Schwein schon vor einem Monat getötet, hätte Pliny nicht die Schlachtung hinausgezögert, um ein Fest zur Ankunft seines Kindheitsfreundes und Vetters Gotardo Voletta in Wombat Hill feiern zu können.

Die beiden Männer könnten von ihrer Erscheinung her nicht unterschiedlicher sein. Pliny erinnert an eine Bohnenstange, seine Ärmel und Hosen sind immer zu kurz, wogegen Gotardo klein und muskulös ist, sein schwarzer Lockenkopf ihm aber trotz seiner Kompaktheit weiche Züge verleiht. Die brüllende Mittagshitze ist vorüber, aber die Luft ist zundertrocken, und kein Windhauch regt sich. In den Lavendelbüschen, die als Hecke den Garten umgrenzen, summen Bienen, im Obstgarten schweben ganze Mückenschwärme über dem matschigen Fallobst.

Pliny reicht Gotardo das Messer. Mit einer kleinen Verbeugung vor seinem Gastgeber rollt Gotardo seine Ärmel hoch und bezieht Stellung hinter dem Schwein, packt es dann bei den Ohren und zieht den Kopf zurück, sodass sein Hals freiliegt. Das Schwein, das sein Schicksal erahnt, stößt einen ohrenbetäubenden Schrei aus, nicht unähnlich dem eines kreischenden Kindes.

Im Schatten eines Mandelbaums verfolgt Jemma Musk mit

eingefrorenem Lächeln das Geschehen, Kohle und Papier griffbereit. Um sich von dem bevorstehenden Ereignis abzulenken zählt sie die Gäste – neun Erwachsene und elf Kinder. Sie studiert die knotigen, geäderten Wurzeln des Mandelbaums, die sie an die Stiche von Gustav Doré in ihrer Ausgabe von *Die göttliche Komödie* erinnern. Aber dann taucht am Rande ihres Blickfelds das blitzende Silber auf, die Schneide stürzt nach unten, und sie vermag nicht länger zu widerstehen. Eine leuchtende Blutfontäne schießt aus der Halsschlagader und ergießt sich sprudelnd in den Eimer darunter. Alle sehen zufrieden zu, selbst die Kinder grölen vor Begeisterung, bevor sie einem Ferkel hinterherjagen und ihr eigenes Spiel einer vorgetäuschten Schlachtung spielen.

Alle, bis auf Celestina Manotti, die Schwester von Pliny und Jemmas einzige Freundin in der Stadt. Während die Kinder durch den Garten toben, muss sie daran denken, wie sie ihr Gesicht in den Röcken ihrer Mutter verbarg und an die darauf folgenden Alpträume; die Scham, die sie verspürte, weil sie nicht lachen konnte wie die anderen Kinder. Obwohl sie inzwischen ein etwas dickeres Fell hat, wundert es sie, dass Jemma sich freiwillig dieses Spektakel angetan hat, ja es sogar zeichnen möchte. Zwischen Bewunderung und Bestürzung hin- und hergerissen sieht Celestina zu. Bewundernd wegen der Konzentration und des Geschicks, mit dem der Tod dieses Geschöpfs in ein Kunstwerk verwandelt wird. Und bestürzt, weil Jemma sich derart loslösen kann, dass sie äußerlich einen völlig ungerührten Eindruck macht. Ihr kommen die Gerüchte in den Sinn, die über ihre Freundin in Umlauf sind, Gerüchte, auf die sie mit Empörung reagiert, obwohl sie ein Körnchen Wahrheit zu beinhalten scheinen.

Jemma senkt ihren Blick auf ihr Werk. Vor ihr auf dem Papier hat ein Schwein mit einer grinsenden Kehle Gestalt angenommen. Den reinen, fast menschlichen Schrecken des Todesschreis dieses Geschöpfs wird sie wohl nicht so schnell vergessen können. Auch nicht die Blutfontäne. Seit dem Tod ihres Vaters fühlte sie sich von Szenen wie diesen angezogen – unschicklichen, schockierenden Szenen, doch sie kann nicht anders. In ihnen liegt eine Wahrheit, die sie in den einst so begeistert gemalten Vasen mit Blumen und den zarten Präparaten aus der Botanik nicht mehr zu finden vermag. Wenn sie diese Werke heute betrachtet, erstaunt sie deren Unschuld und Heiterkeit und auch wie sehr sie sich selbst verändert hat. Wie viel düsterer ihre Vision des Lebens geworden ist. Man brauchte sich doch nur die Goldfelder anzusehen, um daran erinnert zu werden, dass Gewalt und Tod nie weit von der Oberfläche entfernt sind. Und doch wird von ihr als Frau erwartet, sich der anderen Richtung zuzuwenden, sich ungeachtet der Wahrheit der Schönheit zu widmen. Und so erfährt sie sich jedes Mal, wenn sie ihr Skizzenbuch und ihren Kohlestift zur Hand nimmt, mit der Welt im Unreinen.

Doch das Wissen, nicht allein zu sein, hält sie aufrecht. Bis zum Tod ihres Vaters war es eine schöne Gewohnheit gewesen, jede Woche gemeinsam die Staatsbibliothek aufzusuchen, um die überseeischen Zeitungen zu lesen. Jemma griff immer als Erstes nach der neuesten Ausgabe von *Le Monde*, um sich über die aufregenden Entwicklungen im Kampf der Künstler der französischen Akademie und einer Gruppe junger Maler auf dem Laufenden zu halten, die mit den alten Lehren der École des Beaux Arts brechen wollten. Wann immer ihr Lehrer sie dafür schalt, die Makel eines Aktmodells zu zeigen, anstatt die Proportionen der klassischen Form zu wahren, fühlte Jemma sich im Einvernehmen mit den jungen französischen Rebellen. Selbst jetzt noch hat sie die Holzschnitte aus *Le Monde* lebhaft in Erinnerung: Szenen aus Courbets Atelier voller junger Künstler, die sich trotzig den Meistern der alten Schule verweigern, oder Treffen der Künstler in Pariser Cafés, die leidenschaftlich darüber diskutieren, wie wichtig es ist, die Welt so zu malen, wie sie ist, und nicht, wie sie sein sollte. Sie sehnt sich danach, die Werke zu sehen, von denen sie liest, mittendrin zu sein in diesem Gärungsprozess. Erst dann wäre sie unter Gleichgesinnten.

Sie hat den Schrei des Schweins noch in ihren Ohren, da schwingt sich von unter ihren Füßen ein so zauberhafter Klang empor, wie sie noch keinen gehört hat. Aus der dunklen Höhle des Weinkellers neben der Küche taucht das liebliche Gesicht von Marina Serafini auf, Plinys Ehefrau, die eine große Platte mit kaltem Braten, Käse und Oliven in ihren Händen hält. Sie gibt sich mit schwellendem Busen einem melancholischen Volkslied hin, das den versammelten Gästen sofort Tränen in die Augen treibt.

Jemma beobachtet, wie Plinys Freund Gotardo das Messer fallen lässt und losstürzt, um Marina die Platte abzunehmen und dann – als wäre die ganze Sache so geplant worden – plötzlich in ihr Lied einzustimmen. Noch mit Blut bespritzt steht er neben ihr, und sie singen wie einstudiert im Duett, schauen einander in die Augen, während sie dem Crescendo zusteuern, und halten den letzten Ton, bis der Applaus der Gäste sie übertönt. Unter Klatschen und Jubel erläutert Celestina, dass Marina in der Gegend für ihre außergewöhnliche Stimme bekannt sei und in den Hotels vor Ort unter dem Namen Signora Serenissima manchmal Konzerte gebe. Wie fast alles in der Stadt, was mit Essen und Trinken zu tun habe, seien auch diese Hotels überwiegend in italienischer oder Schweizer Hand.

Ein alter Mann in einer fuchsiafarbenen Weste hat zum Akkordeon gegriffen und spielt eine lebhafte Tanzmelodie, während die anderen Männer dazu rhythmisch klatschen. Summend und sich im Rhythmus wiegend decken die Frauen den Tisch und stellen die Stühle im Schatten einer langen Pergola auf, von der pralle rote Trauben hängen. Groß gewachsen wie ihr Bruder und redegewandt mischt Celestina sich immer wieder ein, um wie ein Impresario für eine Premierenvorstellung Anweisungen zu erteilen. Die Dramatik des Geschehens ist so ansteckend und unterscheidet sich so sehr von allen anderen Festen, denen Jemma beigewohnt hat, dass sie sich, noch bevor sie ihr erstes Glas Wein trinkt, leicht benebelt fühlt und den Mut aufbringt, ihr eingerostetes Italienisch an den anderen Gästen auszuprobieren. Und dabei stellt sie fest, dass sie beim Sprechen einer anderen Sprache aus sich herauskommt, diese es ihr ermöglicht, sich neu zu definieren.

Celestina tauscht lächelnd einen Blick mit ihr. »Habe ich dir nicht gesagt, dass es sich lohnen wird?«

Ihrer Befürchtung nach neigt Jemma dazu, sich allzu sehr zurückzuziehen. Bereits bei ihrer ersten Begegnung hatte sie die tiefe Einsamkeit dieser jungen Frau gespürt. Es lag an ihrer bemüht aufrechten Haltung und der Art und Weise, wie sie sich von der Menge fernhielt. Sie hatten die Melbourne Intercolonial Exhibition aufgesucht, und beide standen vor Eugen von Guérards *Mount Kosciusko*. Celestina ließ eine Bemerkung über ihre Liebe zu den Bergen fallen, weil diese sie an den Ort ihrer Kindheit erinnerten, und die zwei Frauen kamen ins Gespräch über die Vorzüge der Bergszenerie im Unterschied zu den eher stillen, pastoralen Landschaften, wie sie jetzt en vogue waren.

Celestina gestand, womöglich nie ein Interesse an der Malerei entwickelt zu haben – genauso wenig wie ihre Eltern –, wäre ihr nicht zufällig der bemerkenswerte Mr. Eugen von Guérard begegnet, der Passagier desselben Schiffes war, das auch ihre Familie 1852 nach Melbourne gebracht hatte. Eines Morgens, man überquerte gerade den Äquator, sei sie über das Oberdeck spaziert, wo sie ihn vor seiner Staffelei habe sitzen und begierig ins offenbar Leere habe blicken sehen – jedenfalls machte es in den Augen der Zwölfjährigen diesen Eindruck. Weit und breit sei kein Land in Sicht gewesen, der Ozean war grau und eintönig, der Himmel bewölkt. Sie habe nicht begriffen, was für ihn von Interesse sein könnte, bis er begonnen habe, von den sich verändernden Farben des Wassers und von der sich ständig wandelnden Wolkenlandschaft zu erzählen. Selbst in der monotonsten Ansicht lasse sich Größe finden, sofern man seine Augen dem Wetter, der Textur der Dinge und dem Spiel des Lichts öffne.

Von da an habe sie ihn jeden Tag besucht, um die Fortschritte seiner Arbeit zu verfolgen, und sei bald schon von den zauberhaften Effekten gefesselt gewesen, die ihm mit wenigen Kohlestrichen oder Farbklecksen gelangen. Er habe alte Brotkrumen verwendet, um Bleistiftstriche auszuradieren, und behauptet, diese seien besser als Kautschuk, weil sie das Papier weniger beschädigten. Und wegen der Krumen hätten auch immer Vögel über ihnen gekreist.

»Ich fühlte mich wie eine dieser Möwen«, erzählte sie Jemma. »Indem ich Wissensbrocken aufpickte. Über meine eigenen Fähigkeiten gebe ich mich keiner Illusion hin. Aber ich werde ihm immer dankbar dafür sein, dass er einem Mädchen aus einem armen Bergdorf beigebracht hat, Kunst wertzuschätzen.« Celestina warf einen kurzen Blick auf die junge Frau. »Und Sie, meine Liebe. Ich hege die Vermutung, Sie könnten selbst eine Malerin sein.«

Jemma lächelte scheu. »Wie kommen Sie darauf?«

Celestina deutete auf den Saum von Jemmas schlichtem Musselinrock. Auf der rechten Seite, fast in den Falten versteckt, waren Farbspritzer, in Preußischblau und Kadmiumorange.

»Ach du liebe Zeit!«, lachte Jemma und fühlte sich zu dieser scharfsichtigen Frau hingezogen. »Davon hatte ich keine Ahnung.«

Celestina sagte, sie würde sich gern Jemmas Arbeiten ansehen. Vielleicht heute Nachmittag, sofern sie nicht zu beschäftigt sei, nach einem kleinen Imbiss?

»Unmöglich. Nicht nach all diesen wunderbaren Kunstwerken.«

Aber Celestina ließ sich nicht abspeisen. Sobald sie das kleine Atelier in East Melbourne betreten hatte, wusste sie, dass ihr Instinkt sie nicht getrogen hatte. Diese junge Frau konnte malen. Immer wieder kehrte Celestina zu einem ganz speziellen Gemälde zurück und verkündete schließlich, es kaufen zu wollen. Es war ein kleines Werk in Öl von einer leeren Koppel, der Koppel, wie sie später erfahren sollte, auf der Jemma ihren toten Vater gefunden hatte. Es gab keine Gestalten auf diesem Gemälde – nur einige flach gedrückte Butterblumen und eine große Ulme in mittlerer Entfernung sowie eine einsame Elster. Celestina sagte, sie werde es in den Tearoom hängen, den sie zusammen mit ihrem Ehemann von Manotti & Curle's Sprudelwasser auf der Hauptstraße von Wombat Hill betreibe. Irgendwann habe sie vor, eine Galerie zu eröffnen, um dort die Werke einer neuen Generation kolonialer Künstler auszustellen. *Weide mit Butterblumen* war ihre erste Erwerbung.

Sie waren seit fast einem Jahr befreundet – korrespondierten regelmäßig und trafen sich bei Celestinas gelegentlichen Besuchen in der Stadt –, da beklagte Jemma sich bei Celestina, dass ihre Funktion als Lehrerin an Mrs. Sands' Ladies' College ihre ganze Energie raube, sodass für ihre Kunst nichts mehr übrig bleibe. (Dass sie zudem den Aufwartungen eines unerwünschten Verehrers zu entkommen wünschte, blieb ungesagt.) Celestina machte es sich zur Aufgabe, für Jemma eine passendere Anstellung zu finden, und dies war der Grund, weshalb Jemma nun in Wombat Hill wohnte und in diesem Augenblick den Ehrengast, Gotardo Voletta, dabei beobachtete, wie er das Ritual, das er vor einer Stunde begonnen hatte, zu Ende führte, indem er den Bauch des Tieres aufschlitzte und die Eingeweide in wartende Hände fallen ließ.

Die Frauen haben sich am Brunnen versammelt, um die

Därme zu reinigen, die zu Wurstpellen wurden. Durch die milchigen Membranen kann Jemma bläuliche Beulen halb verdauter Nahrung gemischt mit Galle erkennen. Celestina und Marina winken sie zu sich, und dieser eingeschworenen Gemeinschaft kann sie sich nicht verweigern. Wohlig durchdrungen vom Wein und angenehmer Gesellschaft nimmt Jemma Platz und sieht zu, wie Marina ein Stück Darm abschneidet und vorführt, wie man durch rasche Bewegungen von Zeigefinger und Daumen den Kot herausdrückt, ehe man ihn wäscht. Jemma konzentriert sich auf die notwendigen Verrichtungen und ist überrascht, wie schnell sie sich an den Geruch der Eingeweide und den beißenden Rauch der abgeflammten Borsten gewöhnt. Was ihr noch vor Stunden als ekelerregende Aufgabe erschien, war in ein zeitloses Ritual übergegangen, das sie in dieser Gemeinschaft willkommen geheißen und ihr das Gefühl vermittelt hat, eine der ihren zu sein.

Marina dreht das Schweinefleisch durch den Fleischwolf und mischt es mit dem bereits fertigen Rinderhack, den Kräutern und Gewürzen und Unmengen scharfen Knoblauchs, bevor die Därme auf den Wurstbereiter gezogen werden.

»Ruhe jetzt«, verkündet sie. »Wir fangen an.«

Die Gäste scharen sich mit ihren Weingläsern in der Hand um das Gerät, dessen Kurbel Marina dreht und so das Wurstbrät in die schwellenden Häute füllt. Die Menge jubelt, als die erste der diesjährigen Würste, gemischt aus Rind und Schwein, Gestalt annimmt. Gotardo, der in den Jubel einstimmt, betrachtet die junge Gouvernante, die neben Marina steht. Sie gehört eindeutig nicht zu seinen Leuten, und er könnte schwören, dass ihr trotz ihrer hellen Haare und des hellen Teints ein östlicher Einschlag anhaftet. Anfangs machte sie auf ihn einen reservierten und distanzierten Eindruck. Und erst als sie über den Tisch hinweg kurz miteinander ins Gespräch kommen, entdeckt er in ihren Augen ein Brennen und eine unerwartete

Wildheit. Und er muss seinen ersten Eindruck revidieren. Als er sie unter dem Mandelbaum hatte sitzen sehen, hätte er in ihr niemals eine Frau vermutet, die sich bereitwillig die Hände blutig macht.

Pliny gesellt sich zu ihm, und nachdem er schweigend die neue Wurstkette betrachtet hat, reicht er Gotardo feierlich ein Glas seines besten Rotweins.

»Willkommen zu Hause«, sagt er, und sie lachen ob der merkwürdigen Wahrheit dahinter.

Es sei ein Glück, fügt er leise hinzu, dass Gotardo nicht schon vor zwei Wochen angekommen sei. Was als Hochzeit seines Neffen »Sunny« Serafini geplant gewesen sei, habe sich in eine Trauerfeier verwandelt, nachdem der Junge beim Roden von Baumstümpfen auf seinem Land von einem gerissenen Drahtseil glatt durchtrennt worden sei. Pliny deutet auf eine junge bleiche Frau, die fern der übrigen in einem Flechtstuhl am äußersten Ende der Veranda sitzt. Ohne von ihrem Schoß aufzublicken arbeitet sie an einem bestickten Stück Leinen, das Teil ihrer Aussteuer sein sollte.

»Hat seit dem Vorfall kein Wort mehr gesagt«, erklärt Pliny, während er seinen Pfeifenkopf an der Wand des Hauses abklopft.

Gotardo kann selbst auf diese Entfernung erkennen, wie fest die junge Frau die Nadel umklammert hält, ihre Knöchel so weiß wie das gebleichte Tuch, das sie bestickt.

»Sie ist ein reizendes Ding«, ergänzt Pliny und wirft dabei einen bedeutungsvollen Blick auf Gotardo.

Gotardo weiß sehr wohl, worauf Pliny hinauswill. Er hat niemandem von Felice erzählt, noch schien ihm der passende Moment nicht gekommen. Nur seine Brüder wissen von der Verlobung, doch er ist erleichtert, dass sie nicht in der Stadt sind, sondern sich geschäftlich in Ballarat aufhalten. Pliny sagt, sie seien immer in das eine oder andere Geschäft zum Geldverdienen verwickelt. Und Gotardo hat sie seit seiner Ankunft in Wombat Hill kaum zu Gesicht bekommen.

Pliny zieht nachdenklich an seiner Pfeife. »Nur gut, dass du nicht in die Minen hinuntersteigst.«

Gotardo hat bereits viele schlimme Geschichten von Einstürzen und faulen Gasen gehört. Kaum ein Tag vergeht, ohne dass jemand im Gas umkommt oder zerquetscht wird. Nein, für ihn kommen diese düsteren feuchten Gänge nicht infrage. Pliny hat ihm angeboten, ihm ein benachbartes Gelände von gut zehn Morgen zu verkaufen – Land genug, um seine Kühe darauf zu weiden –, und mithilfe seines Freundes und vielleicht sogar seiner Brüder, sofern diese Interesse zeigten, möchte er bald damit beginnen, ein Haus zu bauen.

Als die Würste fertig sind, bringen die Männer die Bocciabälle, die man hier aus Hartholzwurzeln fertigt, und versammeln sich an der Bocciabahn, die Pliny im Kies neben der Veranda geharkt hat. Fasziniert beobachtet Jemma, mit welcher Anmut in der langsamen Bewegung selbst die Ältesten die Bälle halb werfen, halb rollen und dann auf dem Feld verfolgen und mit ihrer Willenskraft vorantreiben. Die Kinder begeben sich indessen zum Wasserloch in der Schlucht. Hier weitet sich ein rasch dahinfließender Bach und verlangsamt sein Tempo, da das Bachbett sich zu einer grünen Gumpe inmitten von Farnen und hohen Eukalyptusbäumen vertieft. Jemma und Celestina und die anderen Frauen folgen den Kindern den Hang hinab und setzen sich ans Ufer, um die Füße ins seichte Wasser baumeln zu lassen, zu plaudern und zu lachen, während die Kinder von einem nahe gelegenen Felsen springen und mit ihren Körpern Wasserfontänen freisetzen, ehe sie aus dem Blickfeld verschwinden und wunderbarerweise anderswo wieder auftauchen.

Nach einer Weile ziehen sich auch die Männer in die kühle Schlucht zurück. Gotardo kniet am Wasser nieder und spritzt sich das Gesicht nass, zieht dann seine Stiefel aus und freut sich am zwischen seinen Zehen hervorquellenden Schlick. Marina stimmt wieder ein Lied an, und als ihre Stimme über der Farm und den Weingärten, den Obst- und Gemüsegärten, der Milchkammer und der Käserei, den alles umgebenden Weiden und Goldfeldern, den Wasserrädern und Vogelscheuchen, über der Stadt und den Kirchtürmen schwebt und sich in den weiten australischen Himmel erhebt, seufzt Gotardo vor Zufriedenheit. Niemals hätte er gedacht, dass alles so reibungslos vonstattengehen würde. Nur eine einzige Kuh hatte er auf seiner Reise über Land und Meer verloren, und der Rest gedieh prächtig auf Plinys Weiden, und die Milch floss wieder. Dank seines Vetters und seiner Base hatte er sich unglaublich gut in der Stadt eingelebt. Und wenn seine Brüder an seinem Glück nicht teilhaben wollten, konnte man ihn dafür verantwortlich machen? Er schließt die Augen und lauscht dem Lied und den Schreien und dem Platschen und den gelegentlichen glockenähnlichen Tönen eines Vogels, hoch oben in den Bäumen versteckt, den er noch nicht zu benennen vermag.

Als er sie wieder aufschlägt, sieht er, dass Celestina und ihre Freundin Jemma Musk sich weiter oben, halb abgeschirmt von überhängendem Gebüsch, leise ins Wasser hinabgelassen haben. Ihre weißen Hemden und Unterhosen bauschen sich hinter ihnen, während sie sich mit langsamen entspannten Zügen vorwärtsbewegen. Die Frauen lachen und gleiten scheinbar mühelos durch die tiefgrünen Schatten und Sonnenflecken. Allein vom Zusehen wird Gotardo sich der Schwere und Hitze in seinem hochgekrempelten Hemd und der rauen Hose bewusst.

Und ihm fällt ein Erlebnis aus Locarno ein, als er die Kühe von ihren Winterweiden zurückgebracht hat. Er ging einen Pfad entlang, der um den See führte, und hörte zwischen den Bäumen vor sich schrilles Gelächter. Eine Gruppe junger Frauen aus den am See liegenden Villen machte sich in Unterhosen und Rüschenkitteln daran, ins Wasser zu steigen, die Haare unter geölten Seidenkappen verborgen. Wie gebannt beobachtete er, wie sie sich duckten und anspritzen und Gymnastik machten, wobei das Wasser wie Silberschuppen auf ihren Körpern glänzte. Vor allem ein Mädchen fiel ihm ins Auge, es hatte die Gruppe hinter sich gelassen und schwamm wie ein für den See geschaffenes Geschöpf gelassen auf den Horizont zu. Gotardo hatte Angst vor dem Wasser und konnte keinen Zug schwimmen. Als er es davongleiten sah, als wollte es nach Italien schwimmen, wusste er, was es bedeutete, sich nach etwas zu sehnen, was einem immer unerreichbar blieb. Er setzte sich auf einen bemoosten Felsen, ohne sich zu verstecken. Sollten die jungen Frauen ihn überhaupt bemerken, sähen sie nichts weiter als einen glotzenden Bauern im Lederwams. Um dann ohne einen weiteren Blick zurück, beschattet von ihren Sonnenschirmen, in ihre schönen Villen zurückzukehren. Nachdem ihre Stunde vorbei war, waren sie auf das grasige Ufer geklettert und mit ihren an den jugendlichen Körpern klebenden Anzügen in den Badetempeln verschwunden. Nie mehr hatte der See mit seinen sanft gegen das Ufer plätschernden Wellen so verlassen gewirkt.

Als Gotardo seinen Blick wieder Richtung Celestina und Jemma lenkt, sind sie hinter einer Biegung des Bachlaufs verschwunden.

# 4

Mildred Evans, die Haushälterin von Rutherford Park, wartet bereits im Foyer, als Jemma an diesem Abend kurz vor Sonnenuntergang durch die Tür schlüpft. Sobald sie Mildreds Gesichtsausdruck sieht, eine Mischung aus Mitleid und Ungeduld, hat die junge Frau eine Vorahnung dessen, was sie erwartet.

»Mr. Rutherford wünscht, Sie in seinem Arbeitszimmer zu sehen.«

»Hat er gesagt, warum?«

Mildred richtet sich auf: »Das geht mich nichts an, Miss Musk.«

Jemma versichert ihr, sie werde zu ihm gehen, sobald sie ihr Gesicht gewaschen und ihre Bluse gewechselt habe. Dass ihr Schlüpfer und ihr Hemd vom Schwimmen noch feucht sind, lässt sie unerwähnt.

Zusammen mit Celestina hatte sie im Petticoat im Gras gelesen, die Unterwäsche lag zum Trocknen auf niedrigen Zweigen. Celestina brachte ihre Freude zum Ausdruck, dass Jemma das Fest gefallen habe, und meinte, sie habe gehofft, dass Jemma sich als Teil der Familie fühlen werde, zumal sie keine eigene mehr habe. »Mein armes Waisenkind«, nannte Celestina sie gern, und Jemma quittierte das jedes Mal mit einem Lachen und behauptete, man könne mit dreiundzwanzig Jahren kein Waisenkind mehr sein. Doch das Lachen verbarg nur dürftig den tiefen Grundton der Traurigkeit, der sie begleitete, seit ihr der Kummer ihres Vaters und dessen stille Verehrung seiner toten Frau zum ersten Mal bewusst geworden sind. Der Druck auf ihn, sich wieder zu verheiraten, war groß gewesen, um ihretwillen sollte er es tun, wenn schon nicht für sich selbst. Aber er hatte sich geweigert. Wenn Jemma dem, was die Menschen für »richtig« oder »angemessen« hielten, eine gewisse Geringschätzung entgegenbrachte, dann hatte sie diese von ihrem Vater, der ihr gezeigt hatte, wie wichtig es war zu erkennen, was der eigene Geist, die eigene Seele wollten.

Während Celestina ihre Kleider anzog, erwähnte sie, dass ihr Vetter Gotardo einen Englischlehrer suche. Sein Englisch sei zwar akzeptabel, aber ziemlich altmodisch, da er es sich selbst anhand der King-James-Bibel beigebracht habe.

Und Jemma meinte kichernd, als sie ihren feuchten Schlüpfer hochzog: »Du meinst also, er sprichet?«

»Ich habe ihn ›Ihr‹ und ›Euch‹ sagen hören.«

»Es wäre eine Schande, ihn zu korrigieren.«

»Was hältst du davon, ihn zu unterrichten? Er kann es bezahlen, und es wären auch nur ein paar Stunden die Woche.«

Jemma hatte gründlich darüber nachgedacht, war aber zu dem Schluss gekommen, dass sie keine Zeit erübrigen konnte. Sie hatte diese Stellung schließlich angenommen, um mehr Zeit für ihre Kunst zu haben, und außerdem hegte sie den Verdacht, dass Celestina was im Schilde führte.

Doch als Jemma sich der Treppe von Rutherpark Park zuwendet, sagt Mildred mit erhobener Stimme, dass Mr. Rutherford darauf bestanden habe, Jemma zu sehen, sobald sie durch die Tür komme. »Er wartet schon geraume Zeit, Miss Musk«, ergänzt Mildred wie zur Warnung.

Jemma ist versucht zu erwidern, dann könne er auch noch ein wenig länger warten. Der Sonntag sollte eigentlich ihr freier Tag sein. Sie drückt sich das Haar zurecht, streift ihr Kleid vorne glatt und folgt anschließend Mildred durch den Flur zu Mr. Rutherfords Arbeitszimmer.

Mildred klopft, lässt Jemma ein und verschwindet dann rasch.

Mr. Alfred Rutherford erhebt sich von seinem Platz hinter einem gewaltigen Schreibtisch mit Lederoberfläche, auf dem nur ein Tintenlöscher, ein Tintenfass und eine Lampe stehen. Er ist ein kleiner Mann mit einem verkniffenen Gesichtsausdruck und einem großen gewachsten Schnurrbart, der viel zu groß für sein Gesicht zu sein scheint. Jemma hat bemerkt, dass er mit Vorliebe hohe Hüte trägt, zweifellos, weil sie ihn um ein paar Zentimeter größer erscheinen lassen. Wie zwergenhaft ihn sein Schreibtisch aussehen lässt, weiß er vermutlich nicht, denn anstatt Autorität auszustrahlen wirkt er dahinter zusammengeschrumpft und sogar ein wenig ängstlich, als würde er sich dahinter ducken.

Er bedeutet ihr, Platz zu nehmen, und setzt sich selbst auch wieder. Seine Finger suchen rastlos nach etwas zum Festhalten. Als Leiter der einzigen Bank dieser Stadt ist er es gewöhnt, Dokumente in der Hand zu halten, die jeder Entscheidung, die er zu treffen gewillt ist, Nachdruck und Gewicht verleihen. Doch in diesem Fall gibt es kein Dokument, es gibt nur »mündliche Berichte«, allgemein als Gerüchte und Klatsch bekannt.

Alfred Rutherford wird nicht zugeben, dass er sich um diesen Klatsch kümmert oder ihm Glauben schenkt – das fällt schließlich in das Ressort der Frauen. Aber wenn jemand über einen ernsten Vorfall von einem zuverlässigen Informanten Kenntnis bekommt, es sich also um eine vertrauenswürdige Auskunft handelt, liegt der Fall anders. Ein sehr guter Freund von ihm habe über seine Schwester von einem Vorfall erfahren, der sich vor ein paar Tagen ereignete; ein überaus verstörender Vorfall, in den Miss Musk verwickelt sei. Ein Vorfall, bei dem sie sich in einer Weise verhalten habe, die ein schlechtes Licht auf sie werfe und somit auch auf ihn, ihren Arbeitgeber.

»Mir wurde zugetragen, Sie seien Zeugin eines merkwürdigen Ereignisses gewesen, das fast zum Tode eines jungen Mädchens geführt hat. Dass dieses Mädchen zwischen Leben und Tod geschwebt habe, als es unsicher über einer Mine thronte, wobei nur sein Kleid es vor dem Absturz bewahrt hat. Aber anstatt zu Hilfe zu eilen, wie das jeder vernünftige Mensch getan hätte, seien Sie sitzen geblieben und hätten den Vorfall *gezeichnet* und das arme Kind seinem Schicksal überlassen!«

Jemma kann durch die Bogenfenster hinter Mr. Rutherford den klar strukturierten Garten sehen, dahinter eine Reihe niedriger Berge, deren höchster der erodierte Kegel des Mount Franklin ist, wo die untergehende Sonne den Horizont mit großzügigen Zickzacklinien purpurn und golden aufleuchten lässt, als wäre der erloschene Vulkan wieder ausgebrochen. Die Farben sind so wild, so lebhaft im sich vertiefenden Dämmerlicht, dass für sie einen Moment lang nur dieser Blick existiert und das Gefühl der fortschreitenden Nacht und der Grillen, die leise am Boden zirpen. Dann räuspert sich Mr. Rutherford und erinnert sie daran, dass von ihr erwartet wird, sich zu verteidigen.

»Es gab nichts, was ich für das Kind hätte tun können. Ich war entsetzt, als ich sah, was geschah. Aber ich war zu weit weg.« Indem Jemma dies ausspricht, fragt sie sich, ob es stimmt. Versucht sie sich freizusprechen? Vielleicht haftet ihr tatsächlich ein moralischer Makel an, wie alle zu vermuten scheinen. »Ich ging hin, um meine Hilfe anzubieten. Aber sie war nicht erwünscht.«

Natürlich kann sie nicht zugeben, dass sie nicht nur entsetzt, sondern ebenso fasziniert war, genauso wenig wie sie von dem überwältigenden Drang berichten kann, diesen Augenblick festzuhalten, bevor er vorüber war. Sosehr sie auch infrage stellen mochte, ob sie es tatsächlich hätte tun sollen, war der Druck doch größer gewesen als jeder ihrer Skrupel.

»Das mag ja sein«, erwidert Mr. Rutherford, der seine Hände nun verschränkt auf dem großen, leeren Schreibtisch vor sich abgelegt hat. »Aber Sie haben weitergezeichnet. Sie haben den ganzen Vorfall gezeichnet. Was wohl kaum der Situation angemessen war, Miss Musk. Sie haben das Unglück dieser Familie ausgeschlachtet, indem Sie es in ein Spektakel verwandelt haben. Wie kann ich meine Tochter weiterhin einer derart kalten, gefühllosen Frau anvertrauen?«

Jemma sieht ihrem Arbeitgeber unbeirrt in die Augen. »Vielleicht indem ich Ihnen die Gemälde zeige, die ich nach diesen Skizzen angefertigt habe, dann können Sie selbst beurteilen, ob ich etwas Falsches getan habe.«

Da die Sonne hinter dem Horizont verschwunden ist, ist es nun dunkel im Raum. Alfred Rutherford greift nach der Öllampe und dreht den Docht hoch. Die Flamme leuchtet auf und taucht den Raum in schwimmende Schatten. Mit der Kühnheit der jungen Gouvernante, ihrer Weigerung, jegliches Fehlverhalten einzugestehen, hatte er keineswegs gerechnet. Er kaut an seiner Wange und sagt ihr, er habe kein Interesse daran, ihre Bilder zu sehen. Sie täten nichts zur Sache.

Jemma muss an das letzte Werk ihres Triptychons denken, die aneinanderkauernde Familie, die mit einem Ausdruck grimmigen Vorwurfs in ihren Augen aus der Leinwand herausschauende Mutter. Sie hatte gehofft, dass die Macht der Geschichte als solcher – das vom Abgrund zurückgerissene Leben – ausreichen würde, ihn den Wert erkennen zu lassen, aber vermutlich fände damit ihre Schuld nur Bestätigung. Und Mr. Rutherford verfügt eindeutig über kein Kunstempfinden. Im gesamten Haus findet sich kein einziges anständiges Gemälde.

»Was erwarten Sie von mir?«

»Ich kenne die fragliche Familie. Mr. und Mrs. Fitzgibbon gehören zu den bedeutendsten Familien unserer Stadt. Ich habe mit ihnen gesprochen, um mir die Geschichte nachweisen zu lassen. Sie waren zutiefst entsetzt, auf welch herzlose Art

Sie die Not ihrer Tochter missachtet haben, und fanden Ihr Verhalten für eine junge Frau gewissermaßen unnatürlich. Ich verteidigte Sie, so gut mir dies in Anbetracht der Tatsache, dass wir uns kaum einen Monat kennen, möglich war. Und ich ließ die Fitzgibbons wissen, dass ich Sie nicht eingestellt hätte, wäre ich von Ihrem guten Charakter nicht überzeugt gewesen; versicherte ihnen außerdem, dass ich Sie im Umgang mit meiner Tochter Caroline beobachtet habe und von Ihrer Intelligenz und Ihrer Gutmütigkeit beeindruckt war.«

Rutherford hat seinen Schreibtisch verlassen und lehnt nun am Kaminsims. Als hätte ihn sein eigenes Wohlwollen entspannt, schlägt er jetzt einen onkelhafteren Ton an. Da sie von Melbourne komme, kenne sie womöglich die Gepflogenheiten dieser Stadt noch nicht hinreichend, meint er. Sie habe vor fünfzehn Jahren noch kaum existiert, sei kaum mehr als ein klappriger Außenposten aus Leinwandzelten und baufälliger Hütten gewesen, denen ein schlechter Ruf angehaftet habe. Weil die Siedlung abseits der Hauptstraße gelegen habe, sei sie willkommener Zufluchtsort und Versteck für Banditen und Pferdediebe und Mörder gewesen. Er brauche wohl kaum zu betonen, was für ein rauer, gewalttätiger Ort dies gewesen sei, voller verzweifelter, wild aussehender Männer. Um sich eine Vorstellung davon zu machen, was aus diesem Chaos entstehen könne, um aus diesem Schmutz solide Basaltfundamente hochwachsen zu sehen, habe es einen ganz besonderen Typ von Mensch, einen Visionär gebraucht. Wo so viel Geld im Umlauf war und es nirgendwo einen sicheren Ort gab, es zu verwahren, sei eine Bank dringend nötig gewesen. Doch eine zu eröffnen, wie er das getan habe, sei ein gefährliches und höchst riskantes Unterfangen gewesen. Menschen wie Mr. Fitzgibbon und er hätten hart und lang dafür gearbeitet, die Grenze zu zivilisieren, hätten täglich ihr Leben aufs Spiel gesetzt, um diese Stadt zu dem stabilen und respektablen Ort zu machen, der sie jetzt war, ein Ort, wo jeder Bürger seine Pflicht kenne, die Gesetze zu befolgen und die Werte des höflichen Umgangs zu achten, die man so mühsam errungen habe.

Rutherford kehrt an seinen Schreibtisch zurück und lehnt sich daran. »Geben Sie zu, dass das, was Sie getan haben, unverantwortlich gewesen ist. Entschuldigen Sie sich bei den Eltern des Kindes. Wenn Sie das tun, werde ich kein Wort mehr darüber verlieren. Caroline ist Ihnen sehr zugetan, und es liegt mir fern, ihre Erziehung zu unterbrechen.« Ein kleines zufriedenes Lächeln spielt um seine Mundwinkel. »Nun, was ist?«

Jemma gräbt ihre Finger in die Polsterung des Stuhls, auf dem sie sitzt. Es fällt nicht schwer, seinen Standpunkt zu verstehen. Und nicht schwer, Verständnis dafür aufzubringen, warum die Eltern des Mädchens eine Entschuldigung von ihr hören wollen. Sie nimmt jedoch an, dass sie, würden sie die Gemälde sehen, keine Entschuldigung gelten lassen würden. Sie hat das Gesehene zu getreu wiedergegeben: des Vaters geschwollene Nase und die hervortretenden Augen, das in Unordnung geratene Haar der Mutter, ihr Mund ein klaffender Schlitz. Es besteht nunmehr keine Hoffnung, diese Gemälde ausstellen zu können. Jedenfalls nicht in diesem Bezirk. Und am Ende stimmt es ja auch, was Mr. Rutherford behauptet, die Gemälde tun nichts zur Sache. Sie zur Rechtfertigung heranzuziehen käme der Behauptung gleich, dass jegliches Verhalten im Namen der Kunst zu akzeptieren sei, und daran glaubt auch sie nicht wirklich.

Und doch, was hat sie tatsächlich getan? Nur weitergezeichnet, weil es nichts anderes zu tun gab. Und sie *war* tatsächlich zu weit weg, etwas anderes durfte sie sich von ihm nicht unterstellen lassen. Es war nicht ihr Fehler, dass der Wind das Picknick ruiniert und das Kind beinahe mitgerissen hatte. Sie ist nicht verantwortlich für die kapriziösen Naturgewalten und deren Gleichgültigkeit den Menschen gegenüber. Man hat sie zum Sündenbock gemacht. Das ist die Wahrheit des Ganzen.

Sie spürt ein Brennen an ihren Haarwurzeln. Sie versucht sich zu zwingen, Ruhe zu bewahren. Eine Entschuldigung ist ein kleiner Preis dafür, ihren Arbeitsplatz behalten zu dürfen – und Paris in Reichweite zu wissen. Sie will gerade etwas sagen, da geht Mr. Rutherfords Ungeduld mit ihm durch.

»Sie dürfen nicht vergessen, Miss Musk, dass der Leiter einer Bank Einfluss hat. Und wenn ein Bankdirektor in einer Stadt wie dieser es für nötig erachtet, einen seiner Angestellten wegen schlechter Führung zu entlassen, wird dieser Angestellte auch in anderen Heimen nicht willkommen sein. Eine junge Frau in Ihrer Position muss auf ihren Ruf bedacht sein. Sie haben keine Familie, keine anderen Möglichkeiten der Unterstützung. Ohne das Wohlwollen von Menschen wie etwa den Fitzgibbons und mir möchte man lieber nicht daran denken, was die Zukunft für Sie in petto hat.«

Jemma springt auf, ehe sie weiß, was sie tut. Sie hat nicht gewollt, dass es so weit kommt. Sie hat sich entschuldigen wollen. Jetzt aber ist er zu weit gegangen. Warum sollte sie verleugnen, wer sie war? Sollen die Leute doch reden, was sie wollen! Sie wird nicht in Angst vor ihrer Zensur leben. Sie hat immer gewusst, dass sie für die Distanz, die die Kunst von ihr fordert, einen Preis zahlen muss, dass jedes Gemälde eine potenzielle Übertretung der Gesetze darstellt, nach der die meisten Menschen leben. Wenn man also das, was man tut, allzu ernsthaft betreibt, es als Berufung versteht und nicht nur als eine der vielen Fertigkeiten, die eine junge Frau erwerben sollte, wird man schließlich Rechenschaft ablegen müssen. Ihr einziges Verbrechen ist es gewesen, einen jener unvorhergesehenen Augenblicke, auf denen einen nichts vorbereitet, dem Vergessen zu entreißen und ihn der Prüfung zu unterziehen.

»Es tut mir leid, Mr. Rutherford …« Ihre Stimme bebt.

Er lächelt sie erwartungsvoll an.

»… aber ich kann nicht tun, worum Sie mich bitten.«

Alfred Rutherfords Gesicht erstarrt. Das Weiße seiner Augen schimmert im Lampenlicht, als die Überraschung in kalte Wut umschlägt. Er berührt die Enden seines Schnurrbarts, wie er das in Jemmas Vorstellung wohl auch tut, wenn er jemandes Konto kündigt.

»Ich erwarte, dass Sie bis morgen früh Ihre Taschen gepackt haben.«

# 5

In einem gemieteten Zimmer im hinteren Teil eines kleinen Reihenhauses aus roten Ziegeln in South Melbourne steckt Marcus O'Brien seine Hand in einen Vogelkäfig und streckt seinen Zeigefinger aus, um den Kanarienvogel dazu zu bewegen, von seiner Stange zu hüpfen. Als er spürt, wie die kleinen Krallen sich um seinen Finger schließen, zieht er seine Hand zurück und befördert den Vogel in einen anderen Käfig. Nachdem er den ersten Käfig sauber gemacht und Samenkörner und Wasser eingefüllt hat, bringt er den Vogel zurück. Er wartet darauf, dass er zu zwitschern beginnt. Für gewöhnlich entsteht daraus etwas Melodisches, etwa die Anfangstakte von Beethovens *Ode an die Freude* oder das Schlaflied, das Marcus aus seiner Kindheit in Erinnerung geblieben ist und das er ihm beigebracht hat. Dem Vogel Worte beibringen, wie das andere Kanarienliebhaber tun, hat er nicht versucht. Er will nur, dass der Vogel singt.

Der Vogel springt von Stange zu Stange und pickt sein Futter. Marcus' Ideenvorrat ist erschöpft, nichts hat funktioniert, er weiß sich keinen Rat mehr. Aber keiner hat ihm gesagt, dass ein Männchen verstummt, wenn es seiner Partnerin beraubt ist. Keiner, der sich nur irgendwie mit Kanarienvögeln auskennt, hatte von so etwas schon mal gehört. Marcus O'Brien schiebt es auf die Hitze. Die Hitze war es auch, der vor ein paar Tagen das Weibchen zum Opfer fiel, und vielleicht liegt es auch an der Hitze, dass dem Männchen die Kraft für sein

Lied fehlt. Bis zum Tod des Weibchens – Namen hatte er ihnen nicht geben wollen – war das Männchen ein Preissänger gewesen, vor allem vor der Paarungszeit. Zum Schweigen ließ er sich nur bringen, wenn man am Abend den Käfig mit der Haube abdeckte. Marcus hat einen kleinen Parfümzerstäuber gekauft und besprüht damit den Vogel regelmäßig mit Wasser, um ihn kühl zu halten. Denn er befürchtet, auch noch das Männchen zu verlieren, wenn diese Hitzewelle anhält.

Sein Zimmer mit nur einem Oberlicht, durch das nie ein frisches Lüftchen kommt, ist das reinste Treibhaus. Er würde den Käfig ja mit hinunter zum Strand nehmen, es sogar riskieren, dort einem der anderen Polizisten seiner Wache über den Weg zu laufen, wenn es etwas bringen würde. Aber diese Vögel sind empfindliche Wesen. Ein plötzliches lautes Geräusch, eine Gruppe brüllender Flegel oder ein kreischendes Kind, und er könnte einfach so tot umfallen. Hätte ihm vor einigen Jahren jemand gesagt, er werde zum Kanarienliebhaber, hätte er gelacht. Inzwischen hat er gelernt zu akzeptieren, dass die Welt unterteilt ist in die einen, die Vögel halten, und die anderen, die das nicht tun, und dass man das erst versteht, wenn man selbst einen Vogel hat.

Die ganze Esplanade entlang schlendern unter den Gaslampen teilnahmslos die Leute dahin. Sie wenden ihre Gesichter der glitzernden schwarzen Bucht zu und hoffen auf einen Windhauch. Auf seinem Weg über den Strand kann Marcus O'Brien die dunklen Buckel sich umarmender Paare, die wie von den Gezeiten an Land gespülte Geschöpfe im Sand liegen, ihre geflüsterten Koseworte und ihr Stöhnen hören. Wäre er in Uniform gewesen, hätte er sie mit einem einzigen Blick aufschrecken und zerstreuen können, wie er das an seinem ersten Tag auf Streife getan hatte, als er in einer Gasse an zwei Liebenden vorbeikam. Es hatte ihn erstaunt, wie viel Macht in einem Blick lag.

Doch heute Abend ist er froh, außer Dienst zu sein und

sich unerkannt zu bewegen. Er hebt eine Flasche Bier an seine Lippen und betritt die Mole. Am anderen Ende lassen zwei Fischer ihre Beine über dem Wasser baumeln, neben ihnen stehen Lampen. Dahinter erstreckt sich die samtige Dunkelheit von Port Phillip Bay. Er nickt den Fischern zu und lehnt sich an einen Poller und schaut hinaus in die Nacht. Jedes Mal, wenn er hierherkommt, ist ihm bewusst, dass er auf der Suche nach etwas ist. Weniger nach einem Gegenstand als nach einer Gemütslage. Eine Gemütslage wie die, die einen Kanarienvogel zum Singen bringt, ihn trällern und zwitschern lässt, jenen nicht zu unterdrückenden Impuls, der bewirkt, dass die Töne aus seiner winzigen Brust herausströmen. Diese Art von Freude würde er gern kennenlernen. Doch wann immer er an sein Leben denkt, fällt ihm sein kleines dunkles Zimmer ein. Dessen einziger Lichtpunkt sein goldener Kanarienvogel ist, der in seinem Käfig singt.

In Nächten wie dieser hält er es in seinem Zimmer nicht aus, vor allem jetzt nicht, da das Männchen verstummt ist. Über ihm schlurft die Vermieterin umher und räuspert sich ständig. Da hört er lieber dem gegen die Pylone klatschenden Wasser zu und beobachtet den schwachen Lichtschein von Williamstown, der über die Bucht herüberflackert, und kehrt der Stadt mit all ihrem Abschaum den Rücken zu, als gäbe es ihn gar nicht.

Doch es fällt ihm schwer, sich gedanklich von seiner Arbeit zu lösen. Als er bei der Polizei angefangen hatte, war Erasmus Musk immer für ihn da, um ihm nach einem harten Tag zuzuhören. Sein alter Schulmeister, ein eifriger Leser von Mordgeschichten und der *Police Gazette*, lauschte begeistert den Einzelheiten von Marcus' Arbeit, den internen Geschichten zu den Ermittlungen, die gerade die Zeitungen füllten, alles, was sich in der Unterwelt abspielte. Die Demimonde pflegte Erasmus Musk sie mit seiner tiefen, volltönenden Stimme zu nennen.

Als er dieses Wort zum ersten Mal gebrauchte, hatte Marcus nicht gewusst, was es bedeutete. Aber es freute ihn, Intelligenz zu besitzen, die von einem Mann geschätzt wurde, den er so sehr bewunderte.

Er muss oft an diese Abende denken, die er in Erasmus' Salon bei einem Glas Brandy oder Scotch verbrachte. Eines Tages, als sie sich über einen Raubüberfall unterhielten, beugte Erasmus sich vor und sagte leise: »Seien Sie jetzt vorsichtig, Marcus. Gehen Sie keine unnötigen Risiken ein.« Marcus trank rasch einen Schluck, um den Kloß in seinem Hals hinunterzuspülen. So musste es sein, wenn man einen echten Vater hatte. Einen, der einen nicht schlug, sobald er einen ansah. Einen, den nicht der Grog und die Überzeugung verzehrten, dass alle ihm Böses wollten. Marcus weiß, dass auch ihm dieser Weg hätte beschieden sein können, wäre da nicht Erasmus Musk gewesen.

Doch das Beste an diesen Abenden war das Wissen gewesen, dass jeden Moment Jemma Musk durch die Tür kommen konnte. Sich über ihren Vater beugte, um ihm einen Kuss zu geben und sich dann an Marcus zu wenden und ihm ihre Hand zum Gruß zu reichen. Dann spürte er ein oder zwei Sekunden lang ihre kühle Hand in seiner, ihre zartknochigen Finger und die weichen Polster ihrer Handfläche, während er sie ansah. Und jedes Mal ging ein galvanisches Zucken durch ihn hindurch, als wäre zwischen ihnen eine Kraft am Werk. Er war sich sicher, dass auch sie diese empfand. Als Erasmus sie beim ersten Mal einander vorstellte, sagte er: »Marcus, das ist meine Tochter Jemma«, und Marcus O'Brien kam es so vor, als würde der alte Mann sie ihm darbieten. *Hier ist meine Tochter. Nimm sie. Kümmere dich um sie, wenn ich nicht mehr bin.* So wunderbar es war, dass er – ein Junge aus den Slums von Fitzroy – erwählt sein sollte, zweifelte Marcus doch keinen Anblick daran.

Ganz am Anfang, während einer seiner regelmäßigen Mahlzeiten dort, sagte Erasmus Musk, wie Marcus sich erinnert, mit einem Lächeln zu seiner Tochter: »So schwer du dir das auch vorstellen kannst, meine Liebe, aber der junge Constable O'Brien war auf der Schule ein Teufelsbraten.«

Die Lehrer hätten ihn am liebsten der Schule verwiesen, weil er ihren Unterricht störte, aber Erasmus erkannte, was in dem Jungen steckte. Er sagte ihm, wenn er sich auf das Gelernte und die Hausaufgaben konzentriere, gäbe er eines Tages einen guten Anwärter für die Victoria Police ab. Davor hatte keiner Marcus O'Brien eine Zukunft prophezeit, und so unwahrscheinlich dieser Vorschlag auch zu sein schien, der Instinkt des alten Erasmus sollte sich als richtig erweisen. Er ließ sich von dieser Idee mitreißen und klemmte sich dahinter.

Jemma hatte ihn über den Esstisch hinweg prüfend angesehen, als wollte sie versuchen, sich ihn als Jungen in kurzer Hose vorzustellen, der Chaos im Klassenzimmer verbreitete.

»Ich werde an Sie denken, Constable O'Brien, wenn ich bei meinen aufmüpfigeren Mädchen mit meinem Latein am Ende bin. Manchmal frage ich mich, was aus ihnen werden soll.«

Und alle hatten gelacht und waren heiter gewesen, wie Marcus sich eine richtige Familie vorstellte, und er war sich sicher, weder Jemmas Gefühle noch die Absichten ihres Vaters falsch gedeutet zu haben. Die Aufrichtigkeit im Austausch, die spielerische Zuneigung. All dies sprach für ein tieferes Einvernehmen von etwas, das so gedacht war. Dabei war er in Sorge, man könnte ihm seine Herkunft anmerken, vor allem was seine Tischmanieren oder die genäselten Vokale betraf, aber seit er Sprechunterricht genommen hatte, war sein Selbstvertrauen mit dem Schliff seiner Sprache gewachsen.

»Es bereitet mir das größte Vergnügen, Miss Musk«, erwiderte er, »zu wissen, dass Sie an mich denken werden.«

Marcus wird sich seines lauten Stöhnens erst bewusst, als einer der Fischer ihm einen Blick zuwirft. Er hat sich vorgenommen, heute Abend nicht an sie zu denken, sondern die Seeluft einzuatmen, die Sterne aufzusaugen und seinen Geist zur Ruhe kommen zu lassen. Doch es hilft nichts. Er weiß, dass er sich gefährlichem Territorium nähert. In diesen Augenblicken wünscht er sich, er hätte den alten Erasmus niemals kennengelernt. Denn dann hätte er auch Jemma nie getroffen und würde nicht Tag und Nacht von quälenden Gedanken an sie heimgesucht. Was als ein Jucken begonnen hatte, war durch unablässiges Kratzen zu einer offenen, schwärenden Wunde geworden. Seine ganze wache Zeit – sofern er nicht von seiner Arbeit oder seinen Vögeln abgelenkt ist – verbringt er damit, wie ein Besessener in der Wunde herumzustochern und ihre Begegnungen und Gespräche immer und immer wieder durchzuspielen. Am meisten quält ihn dabei die Erinnerung an ihre letzte Begegnung, als er die Kontrolle verlor und die Dämonen herausließ.

Einer der Fischer stößt einen gellenden Schrei aus. Marcus blickt auf und sieht, wie der Mann sich auf seine Angel stürzt, diese rasch aus dem Wasser zieht und in einer einzigen fließenden Bewegung über die Mole schwingt. Ein weiches, durchnässtes Geschöpf landet klatschend auf dem Holz. Im Licht der Laterne sieht man etwas Schwarzes hervorquellen. Das Geschöpf zappelt nicht herum wie ein Fisch. Einige seiner schleimigen Tentakel bewegen sich schwerfällig, ihre Saugnäpfe scheinen Luft zu schlucken. Marcus hat schon viele Fische gefangen, aber einen Tintenfisch direkt aus dem Wasser hat er noch nie gesehen. Sein knotiger Kopf ist zur Seite geplumpst, und ein großes schwarzes Auge ist zu sehen. Dieses unter seinem schweren Lid so allwissend wirkende Auge bringt Marcus dazu, sich zu fragen, was wohl in diesem knotigen Kopf vor sich gehen mag. Wie kommt es damit zurecht, sich plötzlich seinem wässerigen Zuhause entrissen an der warmen Nachtluft zu finden, was für ein Schock zu entdecken, dass seine Welt anders ist als gedacht. Dass man es getäuscht, geködert und hingeworfen hat? Und wie als Antwort darauf wechselt das Geschöpf langsam die Farbe. Als es auf der Mole landete, war es bleich, beinahe durchsichtig gewesen, jetzt jedoch leuchtet es orange. Und beim Hinsehen verändert es sich schon wieder, wechselt von Orange nach Braun und dann zu einem tiefen Violett. Sehr langsam schwindet die Farbe und mit ihr das Leben. Marcus starrt sein blindes Auge an.

Der Fischer bückt sich und reißt einen bedrohlich aussehenden Haken aus seiner Öffnung, wirft den toten Tintenfisch danach in einen Eimer und präpariert seine Angel.

Marcus trinkt den Rest seines Biers. Er hat den Flaschenhals fest im Griff, als er aufsteht, um zu gehen. Da kommt ihm der leuchtend orangefarbene Tintenfisch in den Sinn, gleich darauf gefolgt vom Bild des toten Kanarienweibchens, wie es auf dem Boden des Käfigs liegt. Er hatte ihm Paprika gefüttert, um sein Gefieder orange zu färben. Es sollte daran keinen Schaden nehmen. Und ehe er weiß, was er tut, hat er schon die Flasche in die Luft geworfen. Es folgt eine Explosion zersplitternden Glases.

Marcus zwingt sich, tief durchzuatmen. Das muss nicht sein, sagt er sich. Er ist keine rückgratlose Kreatur, die kampflos aufgibt. Er darf nicht vergessen, wer er ist. Dass er Constable Marcus O'Brien ist. Dass er die Macht und die Autorität besitzt, Dinge zurechtzurücken – sofern er geduldig und vorsichtig ist und die Hoffnung nicht verliert.

Erasmus Musk glaubte an ihn. Das darf er niemals vergessen.

# 6

Wie bei Träumen so üblich gibt es keinen klaren Anfang und kein befriedigendes Ende. Jemma ist inmitten eines Sturms draußen im Busch. Sie hat unter einem großen alten blauen Gummibaum Zuflucht gefunden, als in einen benachbarten Baum der Blitz einschlägt. Es folgt eine Explosion, als bräche der Himmel auf, und nachdem der Rauch sich verzogen hat, bleibt nur noch ein verkohltes Gerippe übrig. Sie richtet ihren Blick auf den Blattbaldachin über ihr und erkennt die Gefahr, in der sie schwebt. Obwohl sich alles in ihr dagegen auflehnt, zwingt sie sich, hinaus ins Freie, in den niederprasselnden Regen zu gehen.

Erschrocken wacht Jemma auf und ist überrascht, nicht nass zu sein. Sie spürt, dass sich etwas verändert hat, geht ans Schlafzimmerfenster und zieht die Vorhänge zurück. Sie hält die Luft an, als sie im verwaschenen Morgenlicht die abgebrochenen Äste sieht, die wie Gliedmaßen auf einem Schlachtfeld über den Rasen verstreut liegen. Die Gartenbeete sind platt gedrückt. Jeder Strauch oder kleine Baum ist umgebogen oder abgebrochen. Wie aus dem Himmel geworfene Steinbrocken drücken glitzernde weiße Hagelkörner alles nieder. Also, sagt sie sich, war das Unwetter in ihrem Traum doch real.

Sie zieht sich rasch an, wobei sie ein wenig zittert, möchte nichts wie weg. Es ist zwar noch früh, aber sie hört bereits Stimmen und Schritte, die im Flur auf und ab eilen, und plötzliche Verzweiflungsschreie und die durchs Treppenhaus hallende scharfe Stimme Mrs. Rutherfords. In der Küche trifft sie Mildred und eins der Mädchen dabei an, wie sie auf Händen und Knien das Wasser aufwischen, das während der nächtlichen Sintflut durch den Kamin und durch ein zerbrochenes Fenster ins Haus eingedrungen ist.

Jemma verabschiedet sich und macht sich auf die Suche nach Caroline, der sie eine Erklärung für ihren Weggang schuldig zu sein glaubt. Oben entdeckt sie eine Reihe von Eimern, die das Wasser auffangen, das durch das vom Hagel leckgeschlagene Dach tropft. Caroline ist nicht in ihrem Zimmer und auch nicht im Salon, und da Jemma weder eine Begegnung mit Mr. noch mit Mrs. Rutherford wünscht, schreibt sie dem Mädchen eine Notiz und hinterlegt diese auf seiner Frisierkommode. Sie bittet Mildred, ihr Gepäck und ihre Malsachen so lange zu verwahren, bis sie diese abholen lasst, und verlasst dann das Haus, indem sie nur die drei sie belastenden Gemälde mitnimmt.

Jenseits der hohen Hecke trifft sie eine völlig veränderte Landschaft an. Das Haus liegt auf halber Höhe des Wombat Hill und gewährt einen guten Überblick auf die Hauptstraße und einen großen Teil der Stadt. Als Jemma in die Stadt kam, hatte diese Anordnung in ihr die Assoziation der mittelalterlichen Vorstellungswelt von Himmels- und Höllenkreisen ausgelöst. Auf der Bergspitze gediehen in üppigen botanischen Gärten viele europäische und exotische Pflanzen. Gleich unterhalb dieses Paradieses befanden sich die Herrenhäuser und stattlichen Villen der einflussreichsten Familien dieser Stadt. Auf Höhe des Fegefeuers befand sich die Hauptstraße, beherrscht von Institutionen der Wirtschaft und des öffentlichen Lebens. Wenn man tiefer kam, traf man auf Holzhäuser, die klein und mickerig waren. Die Kreise der Hölle begannen mit den Abraumhalden und verlassenen Schächten nahe am Fluss und stiegen dann hinab in die sumpfigsten und tiefsten Bereiche der Stadt, wo die Chinesen ihre Gemüsegärten und Hütten hatten, die, soweit Jemma das erkennen konnte, vollkommen überschwemmt zu sein schienen.

Nun hat der Sturm die Grenzen dieser säuberlich geordneten Welt verwischt und überall Chaos verbreitet. Vorsichtig geht sie die schlammige Straße hinunter, auf der überall Äste und hin und wieder ein Stück Wellblech liegen, das der Wind von den Dächern gerissen hat. Überall sieht man kaputte Fensterscheiben, vormals gepflegte Gärten sind weggefegt, Zweige entlaubt und kleine Bäume entwurzelt. Verandapfosten sind umgestürzt und lassen ganze Vorbauten in einer gefährlichen Schräglage zurück. Erst als Jemmas Auge auf eine Reihe von Telegrafenmasten neben dem Postamt fällt, die bis hoch zu ihren Drähten eingesunken sind, beginnt sie darüber nachzudenken, was sich unter ihren Füßen abspielt. Sie hatte Celestina von einem Tunnel erzählen hören, der direkt unter der Hauptstraße verlief, und dass die ganze Stadt auf einer Bienenwabe aus Minen aufgebaut sei. Die soliden Basaltfundamente der Stadt, von denen Mr. Rutherford gesprochen hatte, sind nur so solide wie die Erde darunter, die, wie es jetzt den Anschein hat, von den Goldsuchern in allen Richtungen unterminiert wird.

Als Jemma sich halb gehend, halb schlitternd über die glatte Lehmoberfläche der einstmals asphaltierten Straße bewegt, in die sich jetzt Bäche graben, fühlt sich der Grund gefährlich schwammig an. Einen kurzen Augenblick bricht die Sonne durch eine Wolkenlücke und lässt die Folgen des Unwetters grell aufleuchten.

Manotti & Curle's Sprudelwasser gehört zu den glücklicheren Anwesen auf der Hauptstraße. Seine Verandapfosten stehen noch, und keins der Fenster ist zu Bruch gegangen. Am Fuß der Treppe jedoch, die zur Veranda hinaufführt, hat sich ein großer Krater aufgetan. Celestinas Ehemann, Carlo Manotti, steht über das Loch gebückt und füllt es mit Sägemehlsäcken und Kies. Er blickt auf und nickt Jemma mit vor Anstrengung gerötetem Gesicht zu. Sie erkundigt sich nach dem Schaden. Carlo lässt seinen Blick über die Hauptstraße mit ihren zerbrochenen Fensterscheiben und geknickten Verandapfosten schweifen. Und wo seine Frau wortreich ausholen würde, lacht er lakonisch und bitter. »Wir sind ziemlich gut weggekommen, würde ich sagen.«

Im Haus wischt Celestina den Fliesenboden. Jemma rafft ihre Röcke und entblößt ihre schlammigen Stiefel. »Soll ich die ausziehen?«

»Lass nur. Hier war vorhin eine einzige Schlammlawine. Und wir haben noch Glück gehabt.«

Celestina holt von der Theke den Siphon nach vorne und drückt einen Strahl sprudelndes Wasser in ein Glas mit etwas Sarsaparille. Sie und viele der Besitzer von Gästehäusern sind schon seit einiger Zeit in Sorge, dass die Mineralquellen wegen der Minen Schaden genommen haben. Das Unwetter hat ihre Befürchtungen nur noch verstärkt. Wenn nicht bald etwas getan werde, sagt sie, werde das einzige Sprudelwasser, das sie noch verkaufen könne, das aus diesen Sodabereitern sein. Aus einem Eimer voller Hagelschloßen in der Größe von Kricketbällen holt sie ein paar kleinere Kugeln heraus und lässt sie in das Getränk fallen. Als sie vom Himmel fielen, hatten einige davon einen Durchmesser von zehn Zentimetern und wogen ein Pfund.

Celestina zeigt auf die faustgroßen Dellen im Verandadach. Die Leute erzählten, dass es Vögel in der Luft erschlagen, Hühnern auf ihren Höfen den Schädel eingeschlagen und das Vieh Gehirnerschütterungen und schwere Blutergüsse erlitten habe. Ob Jemma bemerkt habe, dass die Erde nachts gebebt habe? Das sei das die Tunnel und Minen flutende Wasser gewesen. Man spreche davon, dass zwölf Bergleute ertrunken seien. Und unten am See stünden die meisten Häuser der Chinesen unter Wasser.

Jemma trinkt einen Schluck aus ihrem Glas und betrachtet

dabei die sich auf und ab bewegenden Hagelschloßen. »Ich gehöre jetzt wohl auch zu den Obdachlosen.«

Celestina seufzt. Sie hatte die Unterhaltung von Mrs. Salter und Mrs. Raddle, die oben auf dem Berg wohnen, mitbekommen, als diese neulich über ihrem Devonshire-Tee saßen, und sich zusammengereimt, was passiert war. Dem Ton ihres Gesprächs nach zu schließen war es nur noch eine Frage der Zeit, wann auch Rutherford davon erfuhr. Sie hatte es Jemma gegenüber nicht erwähnt, weil sie keinen Sinn darin sah, über etwas viel Aufheben zu machen, was ohnehin nicht zu ändern war. Von den ersten Tagen ihrer Freundschaft an hatte sie gespürt, dass Jemma nicht zu den Menschen gehörte, für die im Leben alles glattging. Dazu ist sie zu kompromisslos, und das geht den Menschen gegen den Strich. Celestina wünschte sich, Jemma zeige etwas weniger Stolz.

»Er hat dich entlassen?«

»Er meint, ich könne bleiben, wenn ich mich entschuldige.« Jemma sieht ihre Freundin flehend an. »Doch das konnte ich nicht.«

»Du konntest es nicht?«

»Ich *wollte* mich ja entschuldigen. Dann drohte er mir allerdings. Sagte mir, ich hätte keine Zukunft in dieser Stadt, wenn ich mich nicht an seine Anweisung hielt. Wie kann er sich anmaßen, mir zu sagen, wie ich leben soll? Es tut mir leid, dass ich die Eltern des Kindes vor den Kopf gestoßen habe, aber es tut mir nicht leid, diese Zeichnungen gemacht zu haben.«

Sie lehnt die Gemälde an den Tresen.

Schweigend studiert Celestina das Triptychon. Dabei hält sie ihre Arme vor ihrer Brust verschränkt und lässt ihre Augen von einer Leinwand zur nächsten und wieder zurück wandern. Schließlich sagt sie: »Ich kann verstehen, warum es dir nicht leidtut. Ich kann jedoch ebenso gut verstehen, warum die Familie wütend war.«

»Das ist sehr objektiv von dir.«

»O Jemma. Du willst doch, dass ich aufrichtig zu dir bin, oder? Du weißt, dass ich deine Arbeiten liebe.«

»Gut, du kannst sie haben. Du kannst sie hier aufhängen.«

Celestina seufzt gequält.

Aber ehe sie etwas erwidern kann, sagt Jemma: »Ich weiß doch, dass du das nicht tun kannst. Das wäre geschäftsschädigend.«

»Sei nicht verbittert«, fleht Celestina sie an. »Dadurch würde für *dich* alles noch schlimmer werden. Du musst allerdings bei uns bleiben, solange du möchtest.« Noch immer aufgewühlt richtet sie ihren Blick wieder auf die Bilder. »Fremd wirken sie nicht aufgrund des Sujets. Wo sind die Konturen? Alles scheint … sich aufzulösen. Mit allem anderen zu verschwimmen.«

Jemma erinnert sich an das unheimliche Licht an diesem Tag, als der Wind den Staub aufwirbelte und dafür sorgte, dass die Landschaft den Eindruck einer Masse sich verschiebender Partikel machte.

»Du hättest das Licht sehen sollen. Es sah genauso aus. Ich habe nur gemalt, was ich sah.«

»Andere Leute sehen die Dinge aber nicht so wie du.«

Jemmas Augen blitzen. »Das kann ich nicht ändern!« Und fügt dann etwas besonnener hinzu: »Aber wer wird sie kaufen?«

Das fragt sich auch Celestina. Um Fröhlichkeit bemüht erwidert sie: »Mach dir darüber keine Gedanken. Denk an Paris!«

Jemma starrt aus dem Fenster auf die verwüstete Hauptstraße. Dabei kommt ihr all das in den Sinn, was sie über den »Salon der Refüsierten« in Paris gelesen hat. Wie die Öffentlichkeit über diese offiziell abgelehnten Werke gelacht hat, obwohl einige der vielversprechenden Künstler Frankreichs dort ausgestellt waren. Sie wäre stolz, ihrer Gemeinschaft anzugehören. Wenigstens dort wurde den Zurückgewiesenen eine Chance eingeräumt. Sie hatte sogar mit dem Gedanken gespielt, ihr Triptychon *Le déjeuner sur l'herbe* zu nennen, nach dem Werk des aufregenden neuen Malers namens Edouard Manet, das für so große Aufregung gesorgt hatte. In einem unvorsichtigen Moment hatte sie sich sogar ausgemalt, diesen Mr. Manet zu treffen und sich seines Lobs zu versichern! Was für törichten Ideen man sich in Tagträumen hingibt …

Im Moment kommt ihr Paris so weit weg vor, dass sie kaum nachvollziehen kann, wie sie es jemals hatte für möglich halten können, dorthin zu gehen.

# 7

»Sprechen Sie mit mir«, sagt sie zu ihm.

Gotardo weiß nicht, was er mit seinen Händen anstellen soll, sie fühlen sich so groß und tölpelhaft an. Bauernhände. Er versteckt sie auf seinem Schoß unter dem Tisch. Sie möchte ihn Englisch sprechen hören, aber es ist gar nicht so leicht, auf Aufforderung über was Belangloses zu reden, zumal dann nicht, wenn man aufgeregt ist wie er. Und er ist froh, dass Pliny und Marina und die Kinder nicht in der Nähe sind, um ihn auszulachen.

Langsam entlockt sie ihm ein paar Worte – über sein Sackgassental und seine Eltern und seine lange Reise mit den Kühen in die Kolonien. Felice erwähnt er nicht. Er entspannt sich, als er merkt, dass sie sich tatsächlich für die von ihm gemachten Erfahrungen interessiert, dass für sie seine Geschichte eine Art Abenteuer ist, das man ansonsten in einem Buch lesen würde. Er sagt ihr, wie sehr es ihn überrascht habe, dieses Land staubig vorzufinden. Wie er und seine Kühe sich auf der Straße von Melbourne in einer ständig summenden Wolke von Staub und Fliegen zu bewegen schienen. Und wie weh ihm seine Füße taten, nachdem er endlich Wombat Hill erreicht hatte!

Aus irgendeinem Grund scheint Miss Musk das zu amüsieren.

»Stimmt was nicht mit meinem Englisch?«, fragt er.

»Nein, nein. Aber gewisse Ausdrücke sind …« Sie sucht nach dem richtigen Wort. Als ihr einfällt, dass er etwas Griechisch kann, sagt sie: »Archaikos.«

»Archaikos!« Er lacht. Sein Englisch ist archaisch. Antiquiert. Kein Wunder, dass ihn die Leute so seltsam ansehen. Er hätte es merken sollen.

Sie versichert ihm, er beherrsche die Grammatik perfekt und verfüge über einen sehr eindrucksvollen Wortschatz. Allerdings müsse er noch an seiner Aussprache und Umgangssprache arbeiten.

In der folgenden Stunde sitzt Gotardo im Salon der Serafinis und versucht sich an einer langen Liste von Worten und Sätzen, die gänzlich anders klingen, als sie geschrieben werden. Als er auf Miss Musk wartete, hatte er befürchtet, sich in ihrer Gegenwart nicht konzentrieren zu können, weil sich in seiner Erinnerung hartnäckig das Bild von ihr hielt, wie sie im Fluss schwamm und ihn ablenkte. Dann war er jedoch so sehr damit beschäftigt gewesen, sich zu beweisen, und seine Augen klebten an der Seite vor ihm, dass er kaum an sie dachte.

Nachdem er sich durch einen schwierigen Textabsatz hindurchgearbeitet hat, blickt er zu ihr auf, um sich ihrer Anerkennung zu vergewissern, aber sie sitzt mit geschlossenen Augen zurückgelehnt auf ihrem Stuhl, was auf Ungeduld, wenn nicht sogar Verachtung schließen lässt. Selbst die leicht nach oben gebogene hübsche Stupsnase unterstreicht den Eindruck, dass sie sich langweilt. Plötzlich hat er genug von dieser abgehakten Sprache. Gestutzt. Immer zurückhaltend. Wie die Leute selbst. Er versucht zu wiederholen, was sie sagt, und trennt die Sätze in ordentliche kleine Päckchen ab, achtet darauf, diese stummen »Es« nicht mit auszusprechen, die nur darauf warten, ihn am Ende so vieler Worte ins Schleudern zu bringen. Aber noch immer kriegt er es nicht richtig hin.

Ihm kommt nicht in den Sinn, dass sie die Geräusche, die er macht, genießen könnte, seine Art, den abgedroschenen Phrasen und Redewendungen Leben und Sehnsucht einzuhauchen.

Als sie die Augen öffnet, sieht Jemma etwas, das sie laut auflachen lässt. Gotardo glaubt, sie lache über ihn, bis er merkt, dass sie ihm über die Schulter schaut. Vor dem Fenster des Salons ist der Kopf einer Kuh aufgetaucht, die ihre feuchte Nase an der Scheibe platt drückt, wobei die im Glas eingeschlossenen Blasen von ihrem Maul aufsteigen, als befände sie sich unter Wasser. Gotardo springt auf und fuchtelt mit den Armen und schreit in schnellem Dialekt auf das heimlich lauschende Tier ein. Die Kuh wendet sich gehorsam ab und trottet zurück zum Rest der Herde, die auf der Weide hinter dem Haus grast.

»Diese Isabella!« Er setzt sich wieder an den Tisch. »Immer will sie wissen, was ich mache.«

»Sie schien zu verstehen, was Sie zu ihr gesagt haben.«

»Sie verstehen mehr, als man annehmen möchte.« Doch jedes Mal, wenn er sein Englisch an ihr ausprobiert, sieht sie ihn nur dumm an und weigert sich, sich vom Fleck zu bewegen. Und er kann nicht umhin, darin einen Tadel zu erkennen, was die Beherrschung seiner neuen Sprache angeht, selbst wenn es keinen Grund dafür gibt, dass sie reagieren sollte. Er wirft einen raschen Blick auf Miss Musk. »Vielleicht sollten Sie auch Isabella unterrichten.«

Jemma spielt die Empörte. Doch dann fällt ihr etwas ein, was ihn vielleicht aufheitern könnte. Sie sagt ihm, sie würde ihm gern ein Gedicht vorlesen.

Gotardo verkrampft sich, da er befürchtet, es nicht verstehen zu können. Man gebe ihm ein Gedicht in seiner Muttersprache und er käme bestens klar damit. Das Beste am Lateinlernen war die Lektüre von Ovid – bis der Priester dahinterkam und ihn schlug, weil er ein derart gottloses Buch aufgeschlagen hatte. Die Psalmen hatte er auch immer geliebt. Zu seiner Erleichterung ist das Gedicht nicht kompliziert. Es ist von einem Mann namens Wordsworth, was ihm ein passender Name für einen Dichter zu sein schien. Der Dichter wandert einsam durch die Landschaft und kommt dabei zu einem Feld goldener Narzissen. Zehntausende tanzen im Wind und erstrecken sich bis zum Meer. Als der Dichter dann wieder zu Hause auf seinem Sofa sitzt, womöglich mit geschlossenen Augen, blitzt vor seinem »inneren Auge« das Bild von ihnen auf, und sie rühren sein Herz aufs Neue.

Nachdem Jemma zu Ende gelesen hat, erzählt sie ihm die Entstehungsgeschichte zu diesem Gedicht. Die erste Zeile sollte eigentlich heißen: »Ich ging allein, wie eine Kuh.« Aber Wordsworths Freund, ebenfalls ein Dichter, meinte, Kühe seien Herdentiere und würden nicht allein loswandern. Deshalb wurde aus der Kuh eine Wolke.

»Die Geschichte muss natürlich nicht stimmen.« Doch Jemma kümmert das nicht. Es ist trotzdem eine gute Geschichte.

Gotardo drückt sein Missfallen augenzwinkernd und mit Kopfschütteln aus. »Er hat sich in den Kühen getäuscht, dieser andere Dichter.«

»Das überrascht mich nicht«, erwidert Jemma lächelnd. »Ich habe mich schon gewundert, was Mr. Coleridge tatsächlich von Kühen versteht.«

Er hätte ihr gern von seiner Liebe zu Ovid erzählt und wie er diesen las, als er mit seiner Herde unterwegs war, vom Berg herab nach Locarno und wieder hinauf. Er würde ihr gern vermitteln, dass er kein Landei ist, sondern große Literatur zu schätzen weiß und außerdem vertraut ist mit den Regungen des menschlichen Herzens, sei es Traurigkeit oder Freude. Sie hat etwas an sich, das seine Kühnheit weckt. Doch zugleich fürchtet er, dass diese Geschichten von Göttern, welche die Sterblichen schänden, von Töchtern, deren Begierde sich auf ihre Väter richtet, von Müttern, die ihre Söhne zerreißen, von Männern, die sich in Frauen verwandeln, und von Vätern, die ihre Kinder verschlingen, sich nicht für ein höfliches Gespräch eignen.

Erst als sie bereits gehen will, nimmt er seinen Mut zusammen. Er entschuldigt sich im Voraus und legt dann sein Geständnis ab.

Zu seiner Erleichterung lacht sie. Sie sagt, von den Klassikern fühle sich keiner verletzt! Würde natürlich jemand heute über derartige Dinge schreiben, wäre das was anderes. Jemma kann sich nur wundern, ein Schweizer Milchbauer, der, den Kopf in ein Buch vergraben, einen Bergpfad entlanggeht.

Um vom Hof der Serafinis hinauf in die Stadt zu gelangen muss man fast einen Kilometer bergauf gehen, aber es ist ein milder Tag, und Jemma ist froh, ihre Beine bewegen zu können. In letzter Zeit hat sie auf ihren Gängen durch die Stadt immer wieder die verstohlenen und nicht ganz so verstohlenen Blicke in ihre Richtung bemerkt, die Frauen, die ihre Gespräche beenden und sie im Vorbeigehen anstarren. Anfangs redete sie sich ein, sich das alles nur einzubilden, denn da keiner sie schließlich kenne, weshalb sollte man also über sie reden? Jetzt kann sie nicht mehr unterscheiden, wie viel sie sich einbildet und was tatsächlich geschieht. Soweit es ihr möglich ist, meidet sie die Hauptstraße und nimmt die Seitenstraßen – eine Gewohnheit, die, wenn sie beobachtet und zur Kenntnis genommen wird, zweifellos die allgemeine Ansicht befördern wird, dass ihr etwas Dubioses anhaftet. In der Stadt konnte man Außenseiter sein und sich dennoch heimisch fühlen, hier auf dem Land war das was anderes. Diese Stadt ist so neu, und ihre Bewohner sind sich ihrer niedrigen Herkunft so sehr bewusst, dass Ehrbarkeit oberstes Gebot ist.

Nach dem Tod ihres Vaters war Jemma froh über die Chance gewesen, Melbourne verlassen zu können, auch wenn es sich dabei nur um eine vorübergehende Maßnahme handelte, bis sie genügend Geld gespart hatte, um die Reise nach Europa anzutreten. Die Leere und die Stille des Hauses waren so bedrückend gewesen, dass sie nicht den Wunsch verspürt hatte, noch länger dort zu verweilen. Der unter der Pflege ihres Vaters prächtig gediehene Garten verwilderte nach und nach. Als die Bougainvillea einging, wusste sie, dass sie nicht länger bleiben konnte. Denn diesem Rankengewächs hatte seine besondere Fürsorge gegolten. Er hatte die Glasglocke, die seinen ausgestopften Fasan schützte, über die nur mühsam gedeihende Pflanze gestülpt, um damit ein kleines Treibhaus zu schaffen. Die Pflanze entwickelte sich prächtig, und binnen eines Jahres ergossen sich ihre zarten orangen- und rosafarbenen Blüten über den Gartenzaun. Hilflos musste Jemma dann zusehen, wie in den Monaten nach Erasmus' Tod die Pflanze langsam verwelkte. Wie sollte sie sich ohne den Kraftquell seiner Liebe um etwas anderes kümmern?

Was sie jetzt tun wird, weiß sie nicht. Die Aussicht einer Rückkehr nach Melbourne schreckt sie. Doch eine Zukunft in Wombat Hill sieht äußerst trübe aus. Keine der drei Privatschulen der Stadt, an denen sie sich als Lehrkraft beworben hat, hat auch nur geantwortet, obwohl sie weiß, dass zwei von ihnen Stellen zu vergeben haben. Ohne ihre Kunst wüsste sie nicht, wie sie das aushalten sollte. Doch dann fällt ihr ein, dass sie ohne ihre Kunst nicht in diese Lage geraten wäre. Es ist ein Teufelskreis.

Sie muss an Mr. Voletta denken, der, obwohl er gerade erst hierhergekommen ist, schon sehr verwurzelt zu sein scheint. Wie begeistert er Pläne schmiedet – von der Molkerei und dem Haus, das er bauen, dem Käse, den er herstellen möchte – und von den Möglichkeiten spricht, die dieses Land bietet. Sie muss ihn bewundern für diese Gewissheit, seine Besonnenheit, seinen Glauben, dass alles sich zum Besten wenden wird. Noch nie zuvor hat sie einen Erwachsenen unterrichtet. Das Unterrichten junger Damen konnte, abhängig vom Schützling, ermüdend oder erfreulich sein, aber es war immer eine ernste Angelegenheit. Und umso angenehmer ist es, jemanden zu unterrichten, mit dem man auch einen Scherz machen kann, ohne befürchten zu müssen, dass er unpassend ist. Sie kann auch nicht leugnen, dass es durchaus was Erregendes hat, sich von Erwachsenem zu Erwachsenem zu unterhalten und dabei zu entdecken, dass die Sprache tatsächlich keine Barriere darstellt.

Dieser Gedanke lässt sie aufmerken. Keine Barriere wogegen?

Aber anstatt den Gedanken weiterzuverfolgen, lässt sie sich seine Bitte durch den Kopf gehen. Ihr erstes Auftragswerk. Er möchte, dass sie ihm ein Bild malt – eine pastorale Szene seiner Herde, damit er sie in sein neues Haus hängen kann, sobald es fertig ist. Als sie ihn fragte, ob Celestina mit ihm geredet habe, errötete er und sagte, Celestina *habe* ihm von ihrer Lage erzählt, doch das Gemälde sei ganz allein seine Idee.

Jemma ist in Gedanken noch bei Gotardo, da hört sie ihren Namen von einer Stimme rufen, die sie sofort erkennt. Sie zuckt zusammen, als sie aufblickt und vor sich einen Polizisten auf einem geschmeidigen ebenholzfarbenen Hengst sieht, der von seinem Sattel zu ihr herablächelt. Er steigt nicht ab, sondern blickt auf sie hinunter und sagt: »Na so was!«

Jemma bringt kein Wort über die Lippen. Ihr Magen ist ein kalter, harter Knoten. Was macht er hier? Sie hat Marcus O'Brien das letzte Mal vor sechs Monaten in den Fitzroy Gardens gesehen, nicht weit von dem Häuschen entfernt, das sie und ihr Vater in East Melbourne bewohnten. Es war ein frischer Frühlingsmorgen gewesen, und sie waren am Rande des Parks entlanggeschlendert und dann im Schatten einer Ulme stehen geblieben, wo er ihre Hand genommen und sie gebeten hatte, seine Frau zu werden.

Solange ihr Vater lebte, war Jemma leichtgläubig davon ausgegangen, dass Constable O'Brien nur aus Achtung für seinen alten Lehrer, dem er echte Bewunderung entgegenbrachte, regelmäßig ihr Haus aufsuchte. Dann saßen die beiden Männer im Salon, vor dem Kamin, wenn es kalt war, und unterhielten sich über die neuesten Meldungen über berüchtigte Strauchdiebe wie Ben Hall und Johnny Gilbert. Eines Nachmittags im Mai 1865 war der Constable mit einer Flasche Scotch Whisky in ihrem Haus aufgetaucht, um den Tod von Hall zu feiern, dem ersten offiziellen Gesetzlosen des Landes, der tags zuvor von der Polizei in Forbes erschossen worden war. O'Brien blieb an diesem Abend zum Dinner und sprach von nichts anderem als von Hall und seinen Heldentaten, derer es so viele gab, dass die Polizeikräfte wie Dummköpfe dastanden. (Von besonderer Dreistigkeit war jener Vorfall, als drei Polizisten von Halls Bande gefangen genommen, ihrer Uniformen entkleidet und an Bäumen festgebunden zurückgelassen wurden.) Jemma hatte den Eindruck, als würde diese Akte der Demütigung den jungen Constable wütender machen als irgendeiner von Halls Raubzügen.

Jemma verstand sehr gut, dass ihr Vater stolz auf das war, was Marcus aus sich gemacht hatte. Wie er die Schwarzseher widerlegt hatte, all jene, die ihn als hoffnungslosen Fall abgeschrieben und ihn bereits auf der anderen Seite des Gesetzes gesehen hatten. Ihr Vater glaubte voller Überzeugung an die Macht der Erziehung, die alle Menschen von den Banden ihrer Klasse zu befreien vermochte, und dass ihm dies bei Marcus gelungen war, darauf war er besonders stolz. Dessen Gesellschaft konnte recht anregend sein, obwohl Jemma manchmal fand, dass er sich zu sehr bemühte. Sich immer von seiner besten Seite zeigte. Später sollte sie sich erinnern, wie empfindlich er auf Zurückweisungen reagiert hatte und wie sich bei ihm, da er zu einem schlanken, schlaksigen Mann heranwuchs, eine gewisse Hohlwangigkeit zeigte, betont von Koteletten, die seiner Kinnlinie folgten und in einen ordentlichen kleinen Kinnbart übergingen. Die meiste Zeit jedoch wurde diese Hohlwangigkeit von einem immer vorhandenen Lächeln neutralisiert. War Jemma mit Malen beschäftigt, wenn er vorbeischaute, klopfte er an ihre Ateliertüre und fragte, ob er störe. Niemals versuchte er, durch überschwängliches Lob ihrer Arbeit zu schmeicheln. Er blieb stattdessen an den Türrahmen gelehnt stehen und zog sie auf brüderliche Weise wegen ihrer Mimik auf, die sie bei konzentriertem Arbeiten zeigte, ließ dann eine wohl überlegte Bemerkung fallen, die Wertschätzung signalisierte, aber sonst nicht viel zu bedeuten hatte.

Irgendwann begann Marcus, sie zu Spaziergängen durch den Park oder zu Theaterbesuchen einzuladen. Da hätte sie merken müssen, welche Absichten er verfolgte. Aber sie hatte in ihm nie jemand anderen als einen der Schützlinge ihres Vaters und einen Freund der Familie gesehen.

Was von ihr nicht als Herablassung gedacht war. Sie war jung und ganz von ihrer Kunst und ihrem Kunstlehrer Monsieur Foussier ergriffen, der sie mit seiner ungenierten Analyse der weiblichen Gestalt gleichermaßen geschockt wie gefesselt hatte. Für die Heuchelei, die es einem Künstler erlaubte, einen weiblichen Akt zu malen, »ehrbaren« Frauen jedoch nicht gestattete, auch nur das kleinste Fitzelchen Fleisch zu zeigen, hatte er nur Verachtung übrig. Ermutigt von Monsieur Foussiers Äußerungen, wie anders die Dinge auf dem Kontinent waren, hatte Jemma trotzig angeboten, ihm Modell zu stehen – sofern er dasselbe für sie täte.

»Natürlich«, hatte sie hinzugefügt und dabei gehofft, weltgewandter zu klingen, als sie tatsächlich war, »schließt das Aktmodellstehen keine Verpflichtung für das Leben ein.«

Bis auf den Anflug eines Lächelns blieb sein Gesicht ungerührt. »Touché, Mademoiselle. Ich bin froh, dass wir einander verstehen.«

Monsieur Foussier hatte die blasseste Haut, die Jemma je an einem Mann gesehen hatte, und in der Dunkelheit des Raums schimmerte er wie Alabaster, als wäre Michelangelos David zum Leben erweckt. Es erregte sie außerordentlich, und sie empfand Macht dabei, mit ihren Händen über den glatten Torso und die Schenkel zu streichen und zu verfolgen, wie seine Erregung sichtbar wurde. Und ihn dann auf diese Weise zu zeichnen. Sie liebte ihn nicht, aber es gefiel ihr, dass er tiefe Bedürfnisse in ihr aufwühlte, von deren Vorhandensein sie nichts geahnt hatte. Das Wissen, dass ihre gemeinsame Zeit begrenzt war, verstärkte den Genuss ebenso wie die ernste Gefahr, entdeckt zu werden.

Und das wäre auch beinahe geschehen, als Marcus eines Tages unerwartet zum Haus kam. Als sie die sich auf dem Eingangsweg nähernden Schritte hörte, warfen sie sich rasch die Kleider über, aber die Röte ihrer Wangen und das begeisterte Leuchten ihrer Augen vermochte Jemma nicht zu verbergen.

»Marcus! Ich bin noch mitten im Unterricht.« Sie scheuchte ihn in den Salon, bat ihn, sie zu entschuldigen, und brachte dann rasch Monsieur Foussier zur Tür. Als sie in den Salon zurückkehrte, stand Marcus vor dem Kamin, starrte ins Feuer und klammerte sich mit beiden Händen an den Kaminsims, als wolle er diesen herunterreißen. Sobald sie den Raum betrat, wirbelte er herum und verlangte von ihr zu erfahren, was sie im Schilde führe.

Jemma verkrampfte sich. Er hatte nicht das Recht, so mit ihr zu sprechen, egal, was er vermutete. Mit erhobenem Kinn sagte sie: »Sie sind nicht mein Bruder, Marcus. Ich bitte Sie daran zu denken, dass ich Ihnen keine Antwort schuldig bin.«

»Ihr Bruder?«, zischte er. Einen Moment lang flackerten seine Augen auf, dann war der Zorn verschwunden. Seine Schultern sackten zusammen. »Es tut mir schrecklich leid, Jemma. Können Sie mir verzeihen?«

Marcus schien von sich so entsetzt zu sein, dass Jemma Gewissensbisse bekam. Er sorgte sich sicherlich, was ihr Vater davon halten würde und was es für sie bedeutete, wenn andere davon erfuhren. Sie sollte ihm dankbar sein, dass er sie zur Vernunft brachte.

Nachdem ihr Vater zu Hause eingetroffen war, teilte sie ihm umgehend mit, keinen weiteren Kunstunterricht mehr zu benötigen. Dieses Stadium habe sie hinter sich.

Als Marcus das nächste Mal zu Besuch kam, brachte er ihr Blumen mit. Jemma sah in dem Geschenk die Reue über seinen Wutausbruch und vergaß daraufhin den Vorfall wieder. Sobald sie genügend Geld zusammenhatte, wäre sie weg. In Paris müsste sie keine Angst mehr um ihren Ruf haben. In Paris könnte sie die Frau sein, die sie sein wollte.

Nach dem Tod ihres Vaters organisierte Marcus eine Polizeieskorte für den Trauermarsch von der Kirche zum Friedhof in Carlton und hakte sie kühn unter, während sie sich dem Grab näherten, als habe er Ansprüche auf sie. Er wusste von ihrer Absicht, in Paris studieren zu wollen, schien jedoch anzunehmen, dass ihre Pläne sich geändert hatten. Seine Dreistigkeit erstaunte sie, doch dann überlegte sie, wie warmherzig Erasmus ihn in ihrem Heim willkommen geheißen hatte und welche Bedeutung Marcus dem vermutlich beigemessen hatte.

Hätte er, als sie an jenem Frühlingsmorgen sein Heiratsangebot ausschlug, sie beschuldigt, ihn in die Irre geführt zu haben, wäre das verständlich gewesen. Sie war seinen Gefühlen gegenüber tatsächlich taub gewesen. Aber anstatt seine Stimme zu erheben, senkte er sie und verlieh ihr eine derart eisige Schärfe, dass es ihr vorkam, als hielte er ihr ein Messer an die Kehle. Dann sei sie also tatsächlich eine Hure, sagte er. Sie schäkere mit Männern herum, spiele mit deren Gefühlen und erweise ihnen ihre Zuneigung, wenn ihr der Sinn danach stehe, um sie dann abzuschütteln, sobald sie ihrer überdrüssig sei. Er wisse von ihrem Liebhaber. Wenn sie eine dieser modernen Frauen sein wolle, welche die Werte der Gesellschaft verachteten, dann dürfe sie kaum erwarten, wie eine Dame behandelt zu werden! Ob sie nicht wisse, warf er ihr hin, dass ihr Vater sie ihm versprochen habe?

Jemma wich zurück und klammerte sich zur Selbstverteidigung an ihren geschlossenen Sonnenschirm. Die Heftigkeit, mit der sich seine Verwandlung vom lächelnden Verehrer zum erbitterten Gegner vollzog, war so schrecklich, dass sie sie kaum fassen konnte. Immer mal wieder war bei ihm Zorn aufgeflammt, darauf war sie allerdings durch nichts vorbereitet. Sie hatte geglaubt, ihn zu kennen. Aber sie wusste überhaupt nichts.

Dann jedoch kam genauso schnell wieder der alte Marcus zum Vorschein, entsetzt über das, was er getan hatte. Er sank ins Gras, klammerte sich an ihren Rocksaum und flehte sie um Verzeihung an.

Jemma entriss ihren Rock seinem Griff. Und hörte, wie er ihr hinterherrief, während sie durch den Park floh.

Als sie jetzt zu ihm auf seinem Pferd hochblickt, verspürt sie wieder diese Kälte. Und da er nun auch aufgehört hat zu lächeln, fallen ihr seine hohlen Wangen umso stärker ins Auge.

Zu ihrer Erleichterung hebt er die Zügel, bereit weiterzureiten.

»Wussten Sie, dass ich versetzt wurde? Ich denke, wir werden uns jetzt öfter begegnen.«

Dann drückt er seine Absätze in die Flanken des Pferdes, schnalzt mit den Zügeln und setzt seinen Weg entlang der Hauptstraße in Richtung Mineralquellen fort.

Jemma ist froh, dass Celestinas Laden ganz in der Nähe ist. Sie geht sofort auf ihr Zimmer im ersten Stock und schließt die Tür. Aber nichts vermag die Erinnerung an Markus O'Brien auszusperren, der von seinem Pferd auf sie herabblickt und sie mit seinen Augen verfolgt.

# 8

Wenn sich Jemma auf eins freut, dann ist es ihr wöchentlicher Unterricht mit Mr. Voletta. An ihn zu denken erfüllt sie mit Freude und Ruhe: sein offenes, lächelndes Gesicht, seine Festigkeit und ruhige Kraft. Ihre Zuversicht wächst, dass er jemand ist, dem sie trauen kann, jemand, der keine Forderung an sie stellt und sie so akzeptiert, wie sie ist. Im Laufe der Wochen lässt die Förmlichkeit des Unterrichts nach und wird von anregenden Gesprächen voller Intimität und Neugier auf den anderen abgelöst.

Immer öfter unterhalten sie sich über Europa, über die Berge, in denen er aufwuchs, über Locarno und die anderen Länder, die er gesehen hat. Er erzählt ihr von den Kunstwerken, die er auf seiner Reise nach Neapel besichtigte, den Fresken in den kleinen Dorfkirchen entlang seines Wegs. Als die Hafenstadt endlich erreicht und die Kühe im Schiff verladen waren, hatte er Zeit, zur Cappella del Pio Monte della Misericordia zu wandern, wo er auf Gemälde von Caravaggio und Luca Giordano stieß. Er behauptet hartnäckig, nur wenig von Kunst zu verstehen, aber aufgrund seiner Erzählungen steht für Jemma fest, dass er absichtlich Orte ausgewählt hat, wo die Werke der Meister zu besichtigen waren. Wenn sie es sich auch noch nicht leisten kann, dorthin zu gehen, kann sie wenigstens die alte Welt durch seine Augen heraufbeschwören und mit ihm über ihre Pläne sprechen.

Als sie eines Nachmittags in Celestinas Tearoom sitzen, fällt Gotardo auf, dass Jemma nicht sie selbst ist, sondern müde und reserviert wirkt. Er spricht sie darauf an, woraufhin sie ihm gesteht, dass sie niedergeschlagen ist.

Gotardo zögert. »Darf ich Sie fragen, was Sie bekümmert?«

Sie bringt es nicht über sich, ihm von Marcus O'Brien zu erzählen. Seit er in die Stadt gekommen ist, findet sie nur schwer Schlaf, und jedes Mal, wenn sie ausgeht, ist sie angespannt. Sie hatte geglaubt, diese Episode ihres Lebens hinter sich gelassen zu haben. Aber langsam begreift sie, wie erschreckend leicht es ist, andere zu missdeuten, davon auszugehen, dass die Menschen die Welt so sehen und empfinden wie man selbst. Und wie sehr man sich täuschen kann. Dabei fällt ihr Mr. Ruskin ein, der die Schwierigkeit des klaren Sehens und gerechten Beurteilens »der Risse und die Adern des menschlichen Herzens« erkannt hat und wusste, wie wenig man tatsächlich von der Welt und den Menschen um einen herum begriff. Indem man nur die Eindrücke des Augenblicks in sich aufnahm, sowohl der Natur als auch des Menschen, diese Eindrücke jedoch oft keine Einblicke waren, sondern nur Spiegelungen der eigenen Sehnsüchte und Ängste.

Sie schweigt so lange, dass Gotardo fragt: »Ist es wegen Paris?«

Jemma lacht bitter. »Ein törichter Traum, Mr. Voletta. In mir wächst langsam die Überzeugung, näher als in diesem Tearoom hier werde ich einem Pariser Café wohl nicht kommen.«

Gotardo beugt sich vor, und seine Ellbogen bringen den Tisch zum Wackeln. »Man kann auch auf andere Weise Künstler sein, Miss Musk. Sie brauchen nicht nach Paris zu gehen! Denken Sie doch an all die Künstler, die Europa verlassen haben, um hierherzukommen, und an die Freiheit, die sie hier gefunden haben. Dort wo ich herkomme, sind wir nicht von der Armut gefangen, sondern von den Vorstellungen der Vergangenheit. Und außerdem, was jetzt nicht möglich ist, mag später vielleicht möglich werden. Sie sind noch so jung!«

Jemma sieht ihn verwundert an. Er hat recht. Das zu sehen, hatte sie sich geweigert. Ihr war es in erster Linie darum gegangen, zu fliehen und sich ein Leben dort drüben auszumalen. Aber sie kann ihr Leben nicht damit zubringen, vor Marcus O'Brien zu fliehen oder sich einzubilden, ihr Leben werde sich auf wunderbare Weise verändern, sobald sie einen Fuß nach Frankreich gesetzt hat. Mr. Voletta verfügt über die Gabe der Perspektive, wie ihr Vater es formuliert hätte. Der Gabe, jemandes Träume und Ängste in einen größeren Rahmen zu stellen.

Erst als ihr Vater starb, hatte sie verstanden, wie wichtig seine Ermutigung gewesen war, wie sehr sie darauf angewiesen war, um an sich selbst glauben zu können. Wo ein andersgearteter Vater ihr gesagt hätte, sie solle mit ihrer Tagträumerei aufhören, sich einen Ehemann suchen und zur Ruhe kommen, hatte Erasmus Musk ihr Gefühl, einer Berufung zu folgen, auf jede nur erdenkliche Weise genährt.

»Sie erinnern mich sehr stark an meinen Vater, Mr. Voletta. Ich wünschte, Sie hätten ihn kennengelernt.«

Gern würde sie seine dicken dunklen Locken und seine olivenfarbenen Wangen berühren. Zeigt sich so die Morgenröte der Liebe? Mit einem schwindelerregenden Begeisterungsrausch für das, was die Zukunft verspricht, und der Erkenntnis, dass man sich nicht allein abmühen muss?

»Wer jemand wie Sie großgezogen hat, Miss Musk, muss ein bemerkenswerter Mann gewesen sein.« Dabei fällt sein Blick auf das Bild Weide mit Butterblumen, das an der gegenüberliegenden Wand hängt. »Wo Talent ist, sollte es gedeihen dürfen. Daran habe ich immer geglaubt.«

»Und ich bin dankbar für Ihren Auftrag. Doch ich sollte Sie warnen, denn das letzte Bild, das ich gemalt habe, hat für Tumult gesorgt.«

Gotardo winkt ab und unterstreicht dies mit einem *Boh!*, wie Jemma das auch Celestina oft sagen hört. »Kleingeister, Miss Musk. Ich komme aus einem kleinen Dorf. Ich weiß, wie Leute sein können. Man ignoriert sie und führt sein Leben weiter.«

»Mr. Voletta …«

»Gotardo, bitte.«

»Gotardo«, sagt sie weich und rollt das Wort in ihrem Mund. Er trägt den Namen eines Berges. Er wird ihr Fels sein.

»Ich möchte Ihnen danken.«

Der Himmel ist ein weißblauer Flickenteppich. Gelegentlich schaut Gotardo hoch zu den Wolken und denkt dabei an die Geschichte, die Miss Musk ihm zu dem von ihr vorgetragenen Gedicht erzählt hat. Und wenn er am frühen Morgen über die taunassen Weiden stapft und nach den Kühen sucht, die nicht in den Stall gekommen sind, oder abends durch den Busch streift, um Feuerholz zu sammeln, sieht er sich »allein wie eine Kuh« wandern. Und muss jedes Mal lächeln dabei. Ihre Ernsthaftigkeit hat eine spielerische Note, die ihn glauben lässt, von ihr auf eine Weise verstanden zu werden, wie das Felice niemals konnte.

Seit nunmehr drei Wochen malt sie an dem Bild. Anfangs hatte sie sich mit einem kleinen Melkschemel an den Rand der unteren Weide gesetzt und von dort aus die Herde mit schmalen Augen beobachtet und schnelle Skizzen angefertigt. Dabei verlor sie sich so sehr in ihrer Arbeit, dass sie ihn nicht kommen hörte und deshalb aufgeschreckt hochblickte, als sie merkte, dass er da war. Wenn er aus irgendeinem Grund draußen bei seiner Herde ist, überkommt ihn manchmal das Gefühl, zum posierenden Schauspieler zu werden und nicht mehr er selbst sein zu können. Selbst wenn er sich auf der Weide hoch oben auf dem Berg befindet und mit Pliny und seinen Brüdern an den Fundamenten für sein Haus arbeitet, spürt er ihren prüfenden Blick. Sie sagte ihm, er solle vergessen, dass sie da sei, aber dieser Bitte konnte er unmöglich nachkommen.

Und während er am Haus arbeitet, stellt er sich unweigerlich sie darin vor, träumt davon, dass es auch ihres sein könnte. Er hat sich bei den Plänen für sein Haus an dem von Pliny orientiert – mit einigen Ergänzungen – und ihr den Rohentwurf seiner Vorstellungen gezeigt. Es werde zwei Räume im Erdgeschoss und zwei im ersten Stock haben. In der Küche und im Wohnbereich soll ein großer Kamin eingebaut werden, der ein Dutzend Brotlaibe auf einmal backen kann, und für die Küche hat er einen Spülstein vorgesehen, der aus einem Block Sandstein geschnitten und poliert wird. Unterhalb der Küche soll ein großer Keller für Wein und Käse und alles andere entstehen, was kühl gelagert werden muss. Oben entstehen zwei Schlafzimmer. Anstelle des Schleppdachanbaus, der bei Pliny als Milchkammer und Käserei dient, möchte er die Milchkammer separat an die Ställe anbauen. Und die Ställe werden einen Steinboden bekommen, damit die Kühe gemolken werden können, ohne sich im Schlamm zu suhlen.

Als die Skizzen fertig sind, beginnt Jemma mit der Leinwand. Es dämmert bereits, als Gotardo von der oberen Weide auf dem Berg, wo er gearbeitet hat, herunterkommt, um sie zu fragen, ob sie mit ihnen bei den Serafinis zu Abend essen wolle. Anstatt die Leinwand rasch mit einem Tuch abzudecken, wie sie das sonst immer getan hat, winkt sie ihn mit einem kleinen Lächeln herbei.

»Ich habe mir ein paar Freiheiten herausgenommen«, beginnt sie vorsichtig. »Wenn Sie damit nicht zufrieden sind, lässt sich das ändern.« Sie bedeutet ihm, dass er sich das Bild ansehen soll.

Gotardos erster Eindruck erfasst die Qualität des Lichts, die ihm bei seiner Ankunft sofort aufgefallen ist. Das gleißende Weiß dieses Lichts, das im Vergleich zu dem zarteren Licht des Nordens hart und erbarmungslos ist, gleichzeitig jedoch eine Art von Luftspiegelung hervorzurufen vermag, die staubige Straßen in ferne Wellen verwandelt. Ein weiter Himmel in kräftigem Blau mit einem kecken Wolkenbausch und waberndem Hitzedunst am fernen Horizont beherrscht die Hälfte der Leinwand. Unter diesem Himmel ragen in der Ferne violette Berge auf, und im Vordergrund der Weide, wo seine Kühe grasen, haben ihre vertrauten kastigen Gestalten – einige stehend, andere liegend – sich im Schatten eines großen alten Eukalyptusbaums zusammengedrängt. Alles ist so, wie er das erwartet hatte, nur auf der mittleren Ebene nicht, wo der Berg steht, auf dem er baut. Statt des Steinfundaments hat sie bereits das fertige Haus gemalt.

Er sieht es sich aus der Nähe an und bewundert das Trockenmauerwerk, das unverkennbar den schweizerisch-italienischen Bauherrn verrät – doch weitaus überraschender findet er, dass sie genau das gemalt hat, was er sich ausgedacht hat. Oder genauer, was er sich erträumt hat, denn das ganze Werk hat definitiv Traumqualität. Es gibt keine scharfen Umrisse. So wie die Luft im Spätsommer vom Klang der Zikaden vibriert, summt hier der Horizont vor Licht. Das Haus selbst ist peinlich genau ausgeführt: die zwei Geschosse, das steile Schieferdach, die breite Veranda mit einer Pergola, die Milchkammer und die Ställe. Vor lauter Begeisterung lacht er laut und klopft sich auf die Schenkel. Er kann sich kaum zurückhalten, sie in seine Arme zu schließen.

Der Impuls, das noch nicht gebaute Haus zu malen, hat Jemma fast genauso überrascht wie Gotardo. Bisher hatte sie das Gefühl, ein Heim erschaffen zu müssen, nicht gekannt. Solange ihr Vater lebte, war er ihr Zuhause: Der Duft seiner Pfeife, der immer an seinen Kleidern und seinem Bart hing, sein Gesang, wenn er Ausschnitte aus seinen Lieblingsopern schmetterte, sein Anblick im Hof hinter dem Haus, wo ihm zwei oder mehr alte Elstern aus der Hand fraßen. Jeden Abend saßen sie bei einem Glas Sherry im Wohnzimmer und besprachen die Ereignisse des Tages. Seine Abwesenheit hatte sie nur ertragen können, weil ihr Traum, wegzusegeln und in Europa ein neues Leben und ein neues Zuhause zu finden, wo man ihre Fähigkeiten erkannte und sie das Gefühl bekäme dazuzugehören, sie aufrecht hielt. Aber jetzt wird ihr klar, dass die Liebe einem eine Richtung zu weisen vermag, die man sonst nie ins Auge gefasst hätte, und es auch noch andere Wege gibt, diesen Traum zu leben.

Jemma beobachtet Gotardo mit wachsender Begeisterung. Er nimmt das Gemälde in seine Hände, als wolle er es umarmen. Dann stellt er es vorsichtig wieder zurück auf die Staffelei und wendet sich ihr zu. Bis zu diesem Moment hat sie nicht zugelassen, sich mit den Konsequenzen ihres Tuns zu befassen. Anfangs hatte sie sich eingeredet, es sei eine interessante Erfahrung: ein Haus aufgrund des groben Plans heraufzubeschwören, den er ihr gezeigt hatte. Doch als das Haus auf der Leinwand Gestalt annahm, wurde es immer mehr zu einem Ort, den selbst zu bewohnen und dort glücklich zu sein sie sich vorstellen konnte. Ein Haus der Liebe. Eine pastorale Idylle, umgeben von grünen Feldern, Weinbergen und Obstgärten, ein Ort der Zufriedenheit und Freude, wo ihre Kunst gedeihen konnte. Zusammen mit der Milchkammer und den Ställen im hinteren Teil hatte sie noch ein drittes Gebäude eingefügt – wenngleich keiner, der das Gemälde betrachtete, es in den schattenhaften Umrissen, versteckt hinter Ranken und Blumenbeeten, hätte entdecken können. Ein Atelier.

Mutig greift Gotardo nach ihren farbfleckigen Händen. Seine dunklen Augen sind größer als sonst, und er betrachtet sie voller Hoffnung, doch auch voller Angst, etwas zu sagen.

Jemma weiß, was kommen wird, und ist bereit. *Ja*, sagt sie zu sich, *ich will und ich werde es tun.*

Aus der Küche der Serafinis kann Celestina die beiden auf der unteren Weide sehen, ihre sich vor der Dämmerung abhebenden Silhouetten. Sie hatte die Szene mit wachsender Erregung verfolgt, wagt es aber nicht, ihre Vermutung vor Pliny oder Marina auszusprechen. Den Ausdruck auf Jemmas Gesicht vermag sie nicht zu deuten, dazu sind sie zu weit weg. Erst als Gotardo Jemma in seine Arme schließt und sein Gesicht in ihrem Haar vergräbt, weiß Celestina mit Sicherheit, dass die Frage gestellt und mit Ja beantwortet wurde. Sie geht zur Tür und erwartet die beiden auf der Veranda, ihren lieben Vetter und ihre liebste Freundin, die nun Hand in Hand den Pfad zu ihr heraufsteigen.

Er warnt sie, dass sie bärbeißig sein können. (Später wird sie ihnen den Namen »die grimmigen Brüder« geben.) Die Brüder haben so lange wüst gelebt, dass ihnen gar nicht klar ist, welchen Eindruck sie machen. Und wenn sie erst mal erfahren haben, dass er Jemma den Hof macht, bringt er aus ihnen wohl gar kein Wort mehr heraus.

Deshalb ist es wichtig, ihnen seine Zukünftige so schnell wie möglich vorzustellen, ehe sie von jemand anderem von der Verlobung erfahren und Felice womöglich darüber informieren. Wenn sie es darauf anlegten, könnten Sie ihm ganz leicht Schaden zufügen, und deshalb sind seine Hände auch feucht, als Jemma und er sie an Plinys Eingangstor erwarten.

Zusammen mit fünf anderen haben die Brüder den Nachmittag damit zugebracht, ein weißes Känguru zu jagen, das tags zuvor in der Nähe von Chokem Gully gesichtet worden war. Gotardo und Jemma sehen die Männer den Berg heraufstapfen: eine Meute finster dreinblickender, zerlumpt aussehender Jäger, die nicht einmal ein totes Opossum erbeutet haben. Er deutet auf die beiden derb aussehenden Männer mit den wilden Bärten am Ende der Gruppe. Gewiss sind sie schlechter Stimmung, die nachmittägliches Zechen noch schlimmer gemacht hat. Weil er es rasch hinter sich bringen möchte, winkt Gotardo seine Brüder herbei, stellt ihnen Jemma vor und erklärt ihnen, was vor gerade einmal einer Stunde zwischen ihnen passiert ist.

Gotardo bekommt eine grunzende Antwort im Dialekt, den Jemma nicht verstehen kann, dann gratulieren ihr die Brüder mit einem derart süffisanten Lächeln, dass sie nicht umhin kann, sich zu wundern, was da vor sich geht. Wie die lächerlichen Bösewichte eines Puppentheaters oder einer Commedia dell' Arte nehmen sie jedoch gleich darauf ihre gut einstudierten Rollen ein. Diesmal sprechen sie langsamer, und Jemma – die von Gotardo einiges an Dialekt aufgeschnappt hat – kann ihnen folgen. Battista beklagt sich theatralisch bei Aquilino über den Mangel an Tessiner Mädchen in der Stadt und erklärt, sich aber nicht mit weniger zufriedengeben zu wollen.

Jemma verfolgt, wie sich in Gotardo, der zwischen brüderlicher Verpflichtung und seinem Bestreben, sie zu verteidigen, hin- und hergerissen ist, alles sträubt und er sich fast die Zunge abbeißt. Aber sie sagt sich, dass es keinen Grund gibt, weshalb sie nicht selbst das Wort ergreifen sollte. Und als mache sie bloß Konversation, ohne zu ahnen, was verlautet wurde, lässt sie eine Bemerkung über die vielen italienischen Männer in diesem Bezirk fallen, die englische oder irische Frauen haben.

Die beiden Brüder sehen sich verdutzt an.

»Die werden vermutlich keine andere Wahl gehabt haben«, erwidert Battista schließlich. Und fügt dann mit festem Blick auf Gotardo hinzu: »Manche haben eben mehr Chancen als andere.«

Als Aquilino und Battista schließlich ihrer Wege gegangen sind, nimmt er Jemma an der Hand. »Sie denken wohl, du bringst Ärger«, lacht er.

»Ich hätte nichts sagen sollen. Das war unüberlegt und unhöflich von mir.« Warum hat sie das getan? Sie hätte genauso gut schweigen können. Was auf lange Sicht besser für beide Seiten gewesen wäre.

Gotardo schüttelt langsam den Kopf und grinst. Sein ganzes Leben hat er sich damit auseinandersetzen müssen, von seinen Brüdern geneckt zu werden, musste ihre Spottnamen und Sticheleien ertragen. Doch wenn er ehrlich ist, hat es sich gelohnt.

# 9

Wenn Marcus O'Brien sein jetziges Leben betrachtet, denkt er nicht mehr an sein kleines dunkles Zimmer. Er denkt an das sonnige Holzhäuschen, das er auf der Westseite von Wombat Hill bewohnt. Abends, wenn er frei hat, sitzt er auf der Gartenveranda mit Blick auf die Hochebene von Elevated Plains und stellt sich vor, dass Jemma neben ihm sitzt und sie gemeinsam den Sonnenuntergang betrachten. Er zweifelt nicht daran, dass er den richtigen Schritt getan hat. Schon wenige Tage nach seiner Ankunft hat sein Kanarienvogel wieder zu singen angefangen. Denn er hat ein neues Weibchen gekauft und plant, im Frühjahr mit der Zucht zu beginnen. Es gibt im Bezirk viele Bergarbeiter, die einen guten Preis dafür zahlen würden, einen Kanarienvogel unten in ihrem Schacht dabeizuhaben. Aus Erfahrung weiß er, dass man für die Zucht Geduld braucht. Man muss sehr genau beobachten und die richtigen Zeichen erkennen, dass Männchen und Weibchen bereit sind. Das Weibchen reißt an dem Papier auf dem Käfigboden, um ein Nest zu bauen. Das Männchen fängt sofort zu trällern an, wenn sein Käfig neben den ihren gestellt wird. Die Vögel »küssen« sich durch die Gitterstäbe. Bringt man sie zu schnell zusammen, fangen sie zu kämpfen an.

Marcus O'Brien war immer gut darin gewesen, den richtigen Zeitpunkt abzuwarten. Als Junge hatte er tägliche Schläge ausgehalten und zusehen müssen, wie seine Mutter das gleiche Los ereilte, und so lange abgewartet, bis er genügend Kraft hatte, seinem Vater die Stirn zu bieten. Dieser Augenblick war gekommen, als er fünfzehn Jahre alt war, ein dürrer Kerl, aber ausgestattet mit jugendlichen Reflexen, die sein Vater schon lange weggesoffen hatte. Paddy O'Brien bekam gar nicht mit, wie Marcus' linker Haken ihn bewusstlos niederstreckte. Als der Junge danach auf seinen Vater hinabschaute, der alle viere von sich gestreckt auf dem Küchenboden lag, die Wangen blutverschmiert, bedauerte er nur, es nicht schon eher getan zu haben, denn dann hätte er seiner Mutter viel Kummer erspart.

Auch in der Schule hatte er den rechten Zeitpunkt abgewartet und seinen Lehrern und Mitschülern nur einen kleinen Vorgeschmack auf das gegeben, was er zu Hause ertragen musste. Nachdem er jedoch seinen Vater niedergeschlagen hatte, sollte ihm kein Lehrer mehr Vorschriften machen. Der alte Erasmus Musk zeichnete sich dadurch aus, dass er ihm nicht mit Drohungen kam, sondern Marcus einfach beiseitenahm und ihm erklärte, er habe das Zeug dazu, jemand zu sein, sofern er bereit sei, etwas dafür zu tun. Dies bedeutete, dass er noch länger in der Schule durchhalten musste, doch Marcus wusste zu diesem Zeitpunkt bereits, dass er damit keine Probleme hatte und seine Ausdauer am Ende belohnt werden sollte.

Und so wartet er auch jetzt wieder auf den richtigen Zeitpunkt. Zwar weiß er nicht, wie sich die Dinge entwickeln werden, aber er zweifelt nicht daran, dass Jemma Musk sein Schicksal ist. Dass seine Versetzung hierher nach Wombat Hill so problemlos bewilligt wurde, bestätigt ihn in dem Glauben, die Vorsehung habe es so bestimmt. Jemma hatte ihm einmal gesagt, sie bewundere seine Beharrlichkeit, die Entschlossenheit, derer es bedurft hatte, seine Lehrer eines Besseren zu belehren. Nun gut, dann wird er auch ihr zeigen, wie viel Entschlossenheit in ihm steckt. Er hat erfahren, dass ein Milchbauer ihr den Hof macht, einer der vielen Spaghettifresser, die in dieser Stadt wohnen. Für ihn ist es unbegreiflich, dass sie sich mit einem Schweizer Bauern zufriedengibt, doch nicht jetzt, da sie weiß, dass er hier ist. Er wird ihr zeigen, dass er sich geändert hat, und dann wird sie merken, dass es so sein soll.

Zwei Monate nach seiner Ankunft in Wombat Hill wird Marcus O'Briens Geduld belohnt, als der Constable außer Dienst die First Colonial Bank kurz vor Geschäftsschluss betritt und mitten in einen Banküberfall platzt, durch den er zum Lokalhelden hochgejubelt wird und in fast jeder Zeitung des Landes Erwähnung findet.

Er hat sich gerade erst in der Schlange angestellt und beginnt eine harmlose Plauderei mit dem Schmied des Orts, als der Mann hinter ihm sich ein Tuch über die Nase zieht und mit einer Waffe herumfuchtelt. Ein weiterer Mann, ähnlich ausgestattet, eilt nach vorne, hält dem Kassierer eine Pistole an den Kopf und verkündet, er werde jeden erschießen, der sich regt. Constable O'Brien ist anhand des aufgeregten Auftretens der Männer und der alten Pistolen mit nur einem Schuss Munition, mit denen sie herumfuchteln, sofort klar, dass es sich um Amateure handelt, die vielleicht sogar ihr erstes Ding durchziehen. Sie haben sogar vergessen zu überprüfen, ob jemand bewaffnet ist. O'Brien liegt wie befohlen auf dem Bauch, schafft es aber, seine linke Hand unter seine Jacke zu schieben, unter der er, festgeschnallt in einem Halfter, seine Pistole trägt. Er umfasst den Kolben seiner Waffe und wartet, während der Kassierer mit aschfahlem Gesicht Geldnoten in einen Stoffbeutel stopft. Mit Schweißperlen auf der Stirn drängen die Männer den Kassierer zur Eile. Als unerwartet ein Kunde an der abgeschlossenen Eingangstür der Bank rüttelt, wirbeln die beiden Männer herum und richten ihre Waffen auf die Lärmquelle. Diesen Moment nutzt O'Brien, rollt sich auf den Rücken und schießt beiden Männern in den Hinterkopf.

Später erzählt er den Zeitungen, dass er als Junge an den

Wochenenden immer unten am Fluss in der Nähe von Fitzroy, wo er damals gelebt habe, auf Kaninchen- und Fuchsjagd gegangen und in der Nachbarschaft für seine Treffsicherheit bekannt gewesen sei. (Er versagt es sich, von seiner erlesenen Revolversammlung zu erzählen, die er sich zugelegt hat, darunter ein amerikanischer Colt und eine Whitney, beide mit Kaliber .36, und eine englische Tranter .442, dasselbe Modell, das von dem Sonderkommando benutzt wurde, das Ben Hall niederstreckte.) Noch Wochen später kann er nicht durch die Straßen von Wombat Hill gehen, ohne dass Leute auf ihn zueilen, um ihn für seine Tapferkeit zu loben. Geschäftsleute bieten ihm Geschenke aus ihren Läden an, Wirte servieren ihm Freigetränke, junge Frauen schenken ihm ihr einladendes Lächeln. Man hat ihn zum Sergeant befördert, und der Bürgermeister verleiht ihm eine Medaille für seine Verdienste um die Stadt. Er wird gebeten, auf den monatlichen Treffen des Manchester Unity Independent Order of Oddfellows und der Ladies' Guild zu sprechen. Und er malt sich aus, wie es wäre, in seine alte Schule zurückzukehren, stellt sich vor, wie genau die Lehrer, die ihm prophezeit hatten, aus ihm werde nichts, es eilig hätten, auf ihn zuzugehen, um ihm die Hand zu schütteln. Vor allem aber klammert er sich an das Bild von Jemma, die an ihrem Schreibtisch sitzt und für ihn eine Notiz mit der Bitte um Verzeihung und dem Versprechen ihrer ewigen Liebe verfasst.

Wochen gehen ins Land, und er hört nichts von ihr. Zwei Mal am Tag geht er bei Manotti & Curle's Sprudelwasser in der Hoffnung vorbei, ihr über den Weg zu laufen. Er merkt, dass er die Fassung verliert und seine Gabe, den rechten Zeitpunkt abzupassen, verloren hat. Das hat er auch nicht mehr nötig. Er ist eine Respektsperson, die man nicht derart hinhalten darf. Dann entdeckt er sie eines Tages, wie sie gegen Mittag Brabant's Warenhaus verlässt. Glücklicherweise ist seine Uniform gerade frisch gereinigt und gebügelt, und weil er stolz ist auf die gute Figur, die er in dem oben von einem Messingknopf gehaltenen Uniformrock macht, hebt sich auch seine Laune. Undenkbar, dass er nicht zu beeindrucken vermag. Dank seiner neuen Position gehört er zu den mächtigsten und am meisten bewunderten Männern der Stadt.

Als Jemma ihn auf der staubigen Straße näher kommen sieht, hebt sie ihren Sonnenschirm. Am liebsten würde sie unsichtbar werden, aber ihr bleibt keine Wahl. Er lüftet seine Kappe und lächelt warmherzig, lässt sie wissen, wie gut sie aussieht. Er gibt sich kultiviert, und obwohl sie noch immer auf der Hut ist, hegt sie die Hoffnung, sie könnten alle Unstimmigkeiten hinter sich lassen. Doch dann fällt sein Blick auf das über ihren Arm drapierte weiße Litzen- und Spitzengewebe, das sie gerade für ihren Hochzeitsschleier gekauft hat. Das blendende Weiß spricht für sich selbst.

Er vermag seine Verwirrung nicht zu verbergen.

Jemma sieht ihm an, dass er Angst hat, sie zu fragen. »Ich werde heiraten, Marcus«, sagt sie leise. »In drei Wochen. Möchten Sie mich beglückwünschen?«

Hinter seinen Augen passiert etwas. Jemma kennt es bereits. Eine Art Gärprozess, aufsteigende Wut, die zu unterdrücken nicht in seiner Macht steht. Selbst seine Iris scheinen ihre Farbe zu verändern.

Marcus ist so angespannt, dass er kaum sprechen kann. »Sie haben doch sicherlich die Zeitungen gelesen?«

»Der Raubüberfall, natürlich! Ich habe alles darüber erfahren. Sie waren sehr mutig. Ich bin sicher, mein Vater wäre stolz auf Sie gewesen.«

Seine Stimme ist leise und rau. »Ich möchte, dass Sie stolz sind. Wissen Sie denn nicht, dass sich mir die Frauen auf der Straße in den Weg stellen?«

Jemma, die nun ebenfalls angespannt ist, wünscht, er könnte sich über die Aufmerksamkeit dieser anderen Frauen freuen. Warum verfolgt er sie so beharrlich? Sie kann ihm nicht geben, was er möchte. Sie hat Mitleid mit ihm, fürchtet ihn aber auch. Sie weiß, dass ihr Schweigen grausam ist, allerdings nicht, womit sie es füllen soll. Seine Wangenmuskeln arbeiten, während er versucht, sich unter Kontrolle zu halten.

»Glauben Sie denn, Ihr Vater würde wollen, dass Sie einen Bauern heiraten? Sie werden nicht glücklich werden, Jemma. Ich kenne Sie besser, als Sie glauben.«

Sie verabschiedet sich von ihm und wendet sich zum Gehen, doch er hält neben ihr mit steif aufgerichtetem Körper Schritt.

Und wie zum vertraulichen Gespräch neigt er den Kopf in ihre Richtung und sagt: »Und Sie kennen mich, Jemma. Ich werde nicht aufgeben.«

# 10

Am Abend vor der Hochzeit ist der Himmel zartrosa gefärbt und von Wölkchen getupft, die an Zuckerwatte erinnern – Gotardos Leuten zufolge ein gutes Zeichen für den kommenden Tag. Jemma hat den Eindruck, dass sie immer nach Zeichen Ausschau halten, sowohl guten als auch schlechten. Und bei ihrer Suche immer fündig werden.

Jemma kann nicht schlafen und ist gerade erst eingedöst, als Celestina sie an der Schulter schüttelt und zum Aufstehen drängt. Draußen ist es noch immer dunkel. Sie sitzt im Lampenlicht vor dem Frisiertisch, während Celestina um sie herumwimmelt und sich um ihr Haar und ihr Gesicht kümmert. Während Jemma im Spiegel verfolgt, wie die Braut Gestalt annimmt, fragt sie sich, ob sie das tatsächlich ist? Der Schleier, den Celestina jetzt über ihr Haar breitet, ist an einer runden Krone rosafarbener Röschen befestigt.

Über Babington's Hill steigt die Sonne auf. Die Glocken von St. Peter beginnen zu läuten.

Celestina stößt einen zufriedenen Seufzer aus. »Jetzt sieh dich an.«

Jemma mustert das vollendete Werk. Es überrascht sie, dass sie so gelassen wirkt, und hofft, dies möge der Beginn einer tiefer gehenden Verwandlung sein. Noch immer vermag sie kaum zu fassen, was geschieht. Seit Gotardo und sie ihre Verlobung bekannt gegeben haben, wurde ihnen alles aus den Händen genommen. Da Celestina sich in diesen Dingen auskennt, hat sie zusammen mit den Serafinis und verschiedenen anderen Familien, deren Verbindungslinien Jemma erst noch aufdecken muss, das Heft in die Hand genommen.

Um sechs Uhr morgens klopft es an der Tür zum Tearoom. Es ist ein altes Ritual, und Celestina hat Jemma vorgewarnt, damit sie darauf vorbereitet ist.

Auf der anderen Seite der Tür erklärt Gotardo, dass er gekommen ist, um seine Braut abzuholen. Nach einigem Wortgeplänkel öffnet Celestina die Tür, und Gotardo tritt ein, gefolgt von einer lauten Meute Verwandter und Freunde. Sobald er Jemma sieht, bleibt er stehen. Er kann sein Glück noch immer nicht fassen. Nie hat sie reizender ausgesehen. Feierlich reicht er ihr den Arm, und als über der Stadt der neue Tag anbricht, führen sie die Prozession über die Hauptstraße den Berg hinauf zur Kirche an.

Erst als die schneidend kalte Morgenluft den dünnen Stoff ihres Kleides durchdringt, erschaudert Jemma und muss an Marcus O'Brien denken. Sie schielt an Gotardos Arm hinab, der ihren kraftvoll stützt. O'Brien wird doch bestimmt nicht seinen Arbeitsplatz oder seine eben erst erlangte Berühmtheit aufs Spiel setzen, indem er die Zeremonie stört? Aber dennoch wäre es denkbar, dass er sich auf die eine oder andere Weise bemerkbar macht. Als sie in die Tuck Street abbiegen und mit dem Anstieg hoch zur Kirche beginnen, sucht sie die Menge nach bekannten Gesichtern ab.

Jetzt hört Jemma bereits die Orgel, das Brausen ihrer kraftvollen Akkorde, die in einem gewaltigen Klangwasserfall herabstürzen. Sie betreten die große in Stein gebaute Kirche. Ihr Blick richtet sich den Gang hinunter auf den Priester, der am Altar auf sie wartet, und streift dann rasch die Gemeinde. Marcus ist nicht darunter. Sie sagt sich, sie brauche sich keine Sorgen mehr zu machen. Die schweren Holztüren schließen sich hinter ihnen, und Jemma lässt sich von der Zeremonie mitreißen. In dem Moment, da sie vor den Priester treten, glaubt sie, ihren Vater neben sich zu spüren. Es ist eine höchst merkwürdige Empfindung, denn sie kann den Tabak an ihm riechen und spürt seine überwältigende Liebe. Doch die Angst, die sie daraufhin erfasst, ist so groß, dass sie es nicht wagt, den Mann anzuschauen, der ihren Arm hält. Stattdessen beobachtet sie den Staub, der in einem Lichtstrahl tanzt, und staunt über die Kraft des Herzens, Vergangenes wieder lebendig werden zu lassen.

Der Priester beginnt zu sprechen, und sie schielt nach rechts. Durch das zarte Gewebe ihres Schleiers sieht sie Gotardo, der sich ihr mit einem glückseligen Lächeln zuwendet. Durch die Buntglasfenster strömt das Morgenlicht herein. Der Priester murmelt lateinische Worte und hebt seine Hände. Seine Stimme steigt und fällt. Dann hebt Gotardo ihren Schleier und küsst sie.

Und plötzlich sind sie Mann und Frau.

# TEIL II

## II

Vom Aussichtsturm auf dem Wombat Hill lässt Nathaniel Byrne – der Geologe der Victorian Geological Survey, des Vermessungsamtes von Victoria – durch ein an die Augen gedrücktes Fernglas seinen Blick über die Landschaft schweifen. Die Gebäude der Stadt zu seinen Füßen nimmt er kaum wahr, sie bedeuten nur einen kindlichen Auswuchs der Zivilisation, den Bruchteil einer Sekunde in der gewaltigen Zeitspanne, die unsere Erde bereits besteht. Er weiß, dass die ältesten Städte Europas, ja selbst die Pyramiden von Ägypten kurzlebige Gebilde sind, welche zu Sand zerfallen werden wie der, auf den sie gebaut wurden. Er denkt an einen Zeitraum, der so weit zurückliegt, dass die meisten Menschen vor dem Gedanken daran zurückschrecken. Eine Zeit, in der die Landschaft um ihn herum und unter seinen Füßen sich wie ein lebendiges Wesen bewegte, lebhaft grollte und Rauchsäulen und Aschewolken und glühend heiße Lava ausspuckte, die sich in geschmolzenen Strömen ergoss und fruchtbare Basaltbecken formte, die nun mit Kartoffeln und Mais bestellt werden.

Sein Geist vermag sich mühelos siebenhundert Millionen Jahre zurückzubewegen, in eine Zeit, als die jetzt erloschenen Vulkane, die hier fast überall verstreut die Landschaft mit ihren konischen Buckeln prägen, Gold aus dem Erdmantel spuckten und es im krustigen Gestein ablegten, aus dem die Erosion es später herausholte. Das Gold dieser Adern wurde später in Flussbetten ausgewaschen. Für die Bergarbeiter ist dies alles so verlockend wie eine Gutenachtgeschichte von einem verborgenen Schatz, denn sie wissen natürlich, dass diese Flussbette von späteren Vulkanausbrüchen verschoben und begraben wurden, wobei das Gold in große Tiefen geschwemmt wurde, die nur durch ermüdende Schächte viele Meter unter der Erde erreicht werden können. Nach anderthalb Jahrzehnten Goldwäsche, mühevollen Aufspürens und Schürfens ist der größte Teil des oberflächlichen Goldes abgebaut. Leichte Beute ist selten geworden.

Nathaniel Byrnes marineblaue Augen wandern von den steilen, mit Farnen bewachsenen Schluchten und fruchtbaren Basaltebenen zu den zerklüfteteren Gegenden der Landschaft, wo die Goldfelder liegen und die Köhler und Zaunmacher und Holzfäller das Land bis auf wenige verkümmerte Bäume gerodet haben. Er versucht sich vorzustellen, wie es in nunmehr hundert Jahren aussehen wird, um sich auch einmal in die Zukunft zu wagen, wo er sonst mit Leichtigkeit in die fernste Vergangenheit eintaucht wie in ein dunkles, tiefes Wasserloch an einem Sommertag. Aber etwas lässt ihn zaudern. Dieser tiefe Tümpel wabert und verdampft. Die Zukunft hat keine Konturen, keine Spurenelemente, sie wirft kein Spiegelbild zurück. Es ist ein trübes Gebräu aus Möglichkeiten und Statistiken, aus Spekulation, Angst und Hoffnung. Er ist geneigt, sie für einen Mythos zu halten, eine notwendige Illusion, einen unbewohnbaren Raum zwischen dem Augenblick der Gegenwart und dem Tod.

Darüber hinaus wird die ganze Gleichung noch durch den unvorhersehbaren Faktor Mensch verkompliziert, einen Faktor, der in seinen üblichen Deduktionen kaum zum Tragen kommt. Dieses unbeständige Element beunruhigt ihn und blockiert sein Denken. Anstatt mit einem Satz Millionen von Jahren zu überspringen, arbeitet er sich mühsam ein Jahrzehnt ums andere voran und kann sich des immer stärker werdenden

Gefühls, dass irgendetwas schiefgegangen ist, nicht erwehren. Vor ihm ragen die geisterhaften und leichentuchgrauen Erscheinungen von Buchsbaum und Eukalyptus auf, die Mühe haben, sich in der nackten, hart gebackenen Erde zu behaupten, von Minen, in die man verrottende Kadaver geworfen hat, über denen summend die Fliegen kreisen, die ansonsten aber nicht aufgefüllt wurden.

Als seine Visionen immer düsterer werden, schilt er sich. Was sind schon hundert Jahre im großen Plan des Lebens? Nichts weiter als ein paar Generationen von Männern und Frauen, Leben, die in der großen Zeitspanne der Erdgeschichte überhaupt nicht zählen. Aber dann überfällt ihn hinterrücks ein Gedanke, der schon immer auf seine Gelegenheit gelauert hat. Dies sind die Generationen, die ihre Existenz womöglich ihm verdanken werden, dem zufälligen Ausbruch seines ungeschützten Verlangens. Doch das ist kein Gedanke, den er weiter zu verfolgen wünscht. Er gehört nicht zu den Männern, die sorglos ihren Samen verteilen und mutwillig Bastarde zeugen, die er nie kennenlernen und für die man ihn nicht zur Rechenschaft ziehen wird. Er wird sich von niemandem in Fesseln legen lassen. Selbst wenn er sich erlaubt, oben im Red Lion den Verlockungen von Betsy oder Emmaline oder der Dunkeläugigen, die sich selbst Lola Montez nennt, nachzugeben, nutzt er diese Gelegenheit nie aus. Benutzt ein Präservativ oder feuert ihn über ihren Köpfen ab. Die ratlosen Frauen bewundern ihn dafür, dass er sich so unter Kontrolle hat. Als Betsy ihn einmal fragte, wovor er denn solche Angst habe, schwang er sich sofort aus dem Bett und schlüpfte in seine Moleskinhose. Ohne ein Wort der Erklärung schnallte er seinen Gürtel zu und steckte sein Hemd in die Hose. Erst als er nach dem Hut griff, der neben der Tür an einem Holzständer hing, gab er ihr zu verstehen, was mit ihm los war. Diese Frage, sagte er kalt, dürfe sie ihm niemals mehr stellen.

Als Nathaniel ein Junge war, stieg er oft auf den Gipfel des Wombat Hill (damals gab es dort noch keinen Aussichtsturm), in der Hoffnung, seinen Vater zu erspähen, der als Hausierer die meiste Zeit auf der Straße zubrachte. Ganze Nachmittage hielt er angestrengt Ausschau nach einem einsamen Reisenden, der in der Ferne Staub aufwirbelte. Dieses Warten lehrte ihn Geduld und gab ihm Zeit, die Lage des Landes zu studieren und langsam seine Geschichte zu entziffern und sich vorzustellen, was darunterlag. Wenn eine vertraut aussehende Gestalt auftauchte, suchte er nach verräterischen Zeichen – dem Humpeln, das das Pferd seines Vaters auszeichnete, der mit einer Plane bedeckten Kutsche, gefüllt mit Kurzwaren, dem ramponierten Hut aus den Fasern des Cabbage Tree.

Während jener kurzen Zeitspannen, in denen sein Vater in der Stadt weilte, pflegte Lang Byrne Nathaniel zu zeigen, wie man in dem Fluss, der durch ihre Weide lief, Gold wusch. Manchmal fanden sich neben den Goldkörnern auch Splitter blauen oder roten Steins im Kies. Sein Vater tat diese als wertlos ab und warf sie weg, aber Nathaniel wühlte im weggeworfenen Schlamm nach den farbenfrohen Edelsteinen. Und es kümmerte ihn nicht, wenn sein Vater ihn einen blöden Maulesel nannte. Diese Edelsteine waren viel schöner als Gold. Er fing an, die Schürfstellen aufzusuchen, doch die meisten Männer behielten ihre Funde verschwiegen für sich, nur ein paar der älteren Goldgräber winkten ihn herbei und zeigten ihm eine kleine Phiole oder Flasche voll Wasser und Kies mit ein paar Goldkörnern darin. Doch dem Jungen kam es immer so vor, als sähe er mehr Glanz in ihren Augen als in diesen Gläsern. Er bat die Goldgräber, sollten sie Edelsteine finden, diese für ihn aufzuheben und nicht auf die Abraumhalde zu werfen. An einem guten Tag konnte es durchaus vorkommen, dass er mit einer Handvoll blauer und roter Splitter nach Hause kam, die so geheimnisvoll waren und ihm den Mund genauso wässerig machten wie ein klebriges Stück seines Lieblingskonfekts, Castlemaine Rock.

Während seiner Beschäftigung mit Steinen und den Bedingungen ihres Entstehens wurde ihm klar, dass die Edelsteine ihm mehr über die Tiefen der Erde zu erzählen vermochten als das Gold. Die Steine enthielten winzige Kristalle und andere Mineralien, Spurenelemente, die ihm die Geschichte ihrer Herkunft erzählten und in welcher Gesellschaft sie gewesen waren. Nach Abschluss seines Studiums an der Ballarat School of Mines war Nathaniels Vorstellungsgabe so geschärft, dass er nicht mehr nur die bloßen Konturen einer Landschaft sah, die Oberflächenbeschaffenheit, wie das gewöhnliche Auge sie wahrnimmt. Und so musste er jedes Mal, wenn er am Friedhof vorbeikam, seinen Schritt beschleunigen und sich abwenden, weil er die grausamen Bilder nicht zu bannen vermochte, die sich ihm aufdrängten, der Querschnitt von Erde und Leichen und Särgen in den verschiedenen Stadien des Verfalls unter den Grabsteinen und Granitengeln, die mit ihren Fingern auf den Himmel zeigten.

Nathaniel Byrne nimmt das Fernglas von seinen Augen, als er den Friedensrichter Rufus Gleeson entdeckt, der vom Frühschoppen aus dem Athens Hotel kommt, bevor seine Morgensitzung beginnt. An den Fall von vergangener Woche will er lieber nicht denken, geschweige denn an den Ärger, den dieser ihm eingebracht hat. Seine Vorgesetzten vom Vermessungsamt haben ihn gewarnt, dass ein Auftreten als Experte und Augenzeuge für einen Chinesen nicht ratsam sei und seine Anstellung gefährden könne. Doch die Versuchung ist groß, alles auf eine Karte zu setzen und seine Energie der Organisation einer Expedition ins Landesinnere zu widmen, die er schon seit Jahren plant. Außerdem, überlegt er, könne er, wenn er kündige, noch immer als geologischer Experte tätig sein, auch wenn gewisse Mitglieder des Vermessungsamts zweifellos alles dransetzen würden, ihm einen Strich durch die Rechnung zu machen.

Weshalb also sollte ihm verboten sein, sich für die Belange eines Chinesen einzusetzen? Jahrelang hatte seine Mutter ihr Gemüse in dem von Ah Yong geführten Marktgarten gekauft. Und nun hatte man dessen Bruder Ah Sen beschuldigt, Falschgold an den Mann zu bringen, indem er sich einer primitiven Form der Alchemie bediente und ein Amalgam aus Gold, Kupfer und Silber als Qualitätsgold anbot. Nathaniel wusste bereits, bevor der Fall überhaupt verhandelt wurde, dass der Friedensrichter keinen Freispruch aussprechen würde. Aber da er die Beweislage eingehend studiert hatte, glaubte er fest daran, dass Zweifel angebracht waren. Wie er dem Gericht darlegte, existierte Gold in Reinform überhaupt nicht, und der prozentuale Anteil der Legierung sei variabel wie auch die Farbe des Goldes selbst. Die rötliche Färbung von Quarzgold weise auf das natürliche Vorhandensein von Kupfer hin, während angeschwemmte Körner ihren blassgrünen Schimmer der natürlichen Beimischung von Silber verdankten. Die Wahrheit, so erklärte er dem Friedensrichter, liege in den Steinen selbst.

Dies vermochte den Friedensrichter nicht zu beeindrucken. »Es steht Ihnen nicht zu, in dieser Angelegenheit über die Wahrheit zu befinden, Mr. Byrne. Ich bin derjenige, der dies zu erwägen und das letzte Wort hat.« Und nun leistet Ah Sen zwei Jahre Strafarbeit bei einem Trupp Straßenarbeiter am Mount Alexander ab.

Nathaniel Byrne will gerade wieder hinuntersteigen, da fällt ihm eine Frau mit einem breitkrempigen Strohhut auf, die schnellen Schritts den Hang in Richtung Gärten erklimmt. Sie wirft gelegentlich einen Blick hoch zum Turm, fast als spüre sie, dass man sie beobachtet. Ihr zielgerichteter und energiegeladener Schritt lässt ihn vermuten, dass sie zu einem Stelldichein unterwegs ist, sich auf jemanden freut, den sie gleich treffen wird. Einen Liebhaber vielleicht. Über das, was sein Geist da zusammenspinnt, muss er selbst lachen. Für ihn ist es eine Art Glaubensbekenntnis, dass jeder ein geheimes Leben der einen oder anderen Art führt. Und für ihn steht fest, dass die meisten Menschen das entweder nicht erkennen oder sich nicht eingestehen, selbst wenn es sie in ihren Träumen verfolgt. Seiner Überzeugung nach besteht kein großer Unterschied zwischen der Erforschung dessen, was sich in der Erde abspielt, und dem, was in den Köpfen der Menschen vor sich geht. In beiden Fällen liegt die wahre Geschichte in den unterirdischen Tiefen verborgen, und man muss lernen, die Zeichen zu deuten, welche diese Tiefen aufwerfen.

Aber vielleicht ist sie doch einfach nur zu einem Spaziergang unterwegs.

Sosehr es ihn auch freuen würde, seinen Verdacht bestätigt zu sehen, kann er es sich nicht erlauben zu verweilen. Er ist bereits für seine eigene Verabredung spät dran, obwohl diese nicht dazu angetan ist, ihn zu beflügeln. Ein Treffen mit dem Chefgeologen der Vermessungsbehörde verheißt nie etwas Gutes.

Am Fuße des Aussichtsturms liegen die botanischen Gärten, der Stolz der Stadt, wo die Winterblumen in voller Blüte stehen. Doch Nathaniel hat kein Auge für die üppig roten Münder der Rhododendren, die Gartenbeete mit ihren zahllosen rosa Azaleen oder den Kamelien, die ihm ihre zarten Blüten zu Füßen werfen. Dazu ist er in Gedanken viel zu sehr mit der Aussicht auf eine weitere Abkanzelung oder womöglich Schlimmerem beschäftigt. Und als er den Fuß des Berges erreicht hat, hat er die Frau mit dem breitkrempigen Hut längst vergessen.

# 12

Im Turm ist es kühl und dunkel, vor allem nach der grellen Mittagssonne. Jemmas Schritte hallen nach, während sie die steinerne Wendeltreppe hinaufsteigt. Ihr Atem geht schwer, aber sie ist entschlossen, nicht stehen zu bleiben, nicht, bevor sie oben ist. Als sie ins Tageslicht hinaustritt, muss sie blinzeln, doch die plötzliche Weite, die sich vor ihr auftut, dieses Gefühl von Erhabenheit und Raum, wo der Himmel sich mit dem Horizont vermählt, entlockt ihr ein Lächeln. Es ist vergleichbar dem Gefühl, wenn man nach dem Schwimmen unter Wasser wieder auftaucht und vergessen hat, wie die Welt über der Wasseroberfläche aussieht.

Ein Jahr ist es her, seit sie zuletzt hier oben war – nicht lange, nachdem sie in die Stadt gekommen war – und noch ein anderer Mensch mit einem anderen Leben war. Sie dreht sich langsam im Kreis und nimmt die Aussicht in sich auf. Die Vulkanhügel, die staubigen blauen Wälder, die leuchtenden Maisfelder und die Obstgärten, die Stadt direkt unter ihr und die Silberspur der Eisenbahnschienen, die immer wieder auftaucht und verschwindet. Sie sucht in der mittleren Ebene, wo am Rande der Stadt eine staubige Straße zu einem Hof führt: jene zehn Ar Land, auf dem sie jetzt meistens ihre Tage zubringt. Das Neuland, wo sie die Einwanderin ist, die sich den Gegebenheiten anpassen muss.

Es ist gut, dies alles einmal mit so viel Abstand zu erfassen. Monate sind vergangen, seit sie das letzte Mal umhergeschweift ist, eigentlich seit ihrer Hochzeit nicht mehr. Und wenn sie jetzt hinabblickt, liegen die vergangenen acht Monate fast greifbar vor ihr. Sie sieht sich, wie sie über die Weiden wandert, am Morgen die Kälber füttert oder gebückt im Garten gräbt und pflanzt und sich immer und immer wieder sagt, dass dieser Ort der ihre ist. Sie kann sich im Haus sehen, wo sie von einem Zimmer ins andere wandert und dabei immer im Wohnzimmer verweilt, vor dem Bild, das sie gemalt hat, ehe es gebaut wurde. Sei es durch Zufall oder Planung – es sieht jedenfalls dem fertigen Gebäude bemerkenswert ähnlich, dem Ort, den Gotardo und sie in ihren Träumen heraufbeschworen haben.

Manchmal beobachtet Gotardo sie dabei, wie sie das Gemälde betrachtet, und kommt dann zu ihr und nimmt ihre Hand.

»Kannst du es auch kaum glauben?«, fragt er.

Jemma lächelt. »Dass wir zusammen hier sind?«

»Ja.«

»Manchmal schon.«

»Aber du bist glücklich?«

Jemma sieht ihn an. »Ich bin glücklich.« Sie weiß, dass er in Sorge ist, sie könnte bedauern, einen Milchbauern geheiratet zu haben. Dass er sich sorgt, weil das Melken eine große Belastung darstellt und es mühsam ist, bei Tagesanbruch aufzustehen. Dazu der Schlamm und die Jauche. In den ersten Monaten ihrer Ehe bestand Gotardo darauf, alles allein zu machen. Die Herde zu melken, die Kannen auf den Karren zu laden und so rechtzeitig auszuliefern, dass die Städter zu ihrem Porridge frische Milch und Sahne hatten. Dann musste gebuttert und der Käse durchgedrückt werden. Und dies war nur ein kleiner Teil dessen, was täglich an Arbeit anfiel. Es bekümmerte ihn auch, dass er ihr Atelier noch nicht fertiggestellt hatte, das bis jetzt nicht mehr als ein Gerüst, ein Holzrahmen war. Und Jemma hatte ihm seine Erschöpfung angesehen und gewusst, dass es so nicht weitergehen konnte.

Eines Morgens, als er wie üblich im Morgengrauen aufstand, lag sie da und lauschte dem fernen Schlagen einer Landwirtschaftsmaschine am Strike-A-Light-Riff. Bald schon hörte sie den klagenden Zapfenstreich von Gotardos Horn, das gedämpfte Geläut der Kuhglocken, das die zum Melken hereinkommende Herde ankündigte, und dann das tiefe Grollen seiner Stimme, als er sie in den Stall pferchte. Sie warf die Steppdecke ab, zog sich rasch an und folgte seinen Schritten über die Wiese, wo der Nebel noch über dem frostigen Gras schwebte. Sie fand ihn in der Milchkammer, wo er wie ein zu groß gewachsenes Kind auf einem Schemel saß, die Stirn wie zum Gebet in die Flanke der Kuh gepresst, und mit seinen Händen zog und drückte, wobei seine kräftigen Schultern sich kaum bewegten. Sie beobachtete seine geschickten Finger und dachte dabei lächelnd an seine Berührung.

Erstaunt blickte er auf, als sie den Stall betrat. »Was machst du denn hier?«

»Ich bin Malerin, Gotardo, ich benutze meine Hände. Ich bin arbeiten gewohnt.«

Und dann hatte er ihr gezeigt, wie es gemacht wurde: wie man eine gemolkene Kuh aus ihrem Melkstand trieb und die nächste namentlich hereinrief. Wie sie, wenn ihre Hände kalt waren, diese am Leib der Kuh wärmen konnte. Wie man mit festem Griff an den Zitzen zog und die Milch herausdrückte.

Von ihrem Horst auf Wombat Hill kann Jemma sich sehen, wie sie am zeitigeren Morgen, gleich nach Tagesanbruch, in jeder Hand eine leere Milchkanne, über die vom Tau feuchten Steinplatten vom Haus zur Milchkammer läuft. Hört, wie der erste Milchstrahl scharf und hell gegen die Kannenwand schießt. Spürt, wie sie selbst zu ihrem Rhythmus findet, wie die Milch schäumt und sich der Ton verändert, je mehr der Eimer sich füllt. Sie lernt es, wenn auch langsam, doch die Kühe werden auf ihre Berührung nie so reagieren wie auf die von Gotardo. Manchmal spürt sie, dass sie vor ihr zurückzucken, als spürten sie ihre Ambivalenz, ihre Ungeduld, ihren Wunsch, wieder ins Bett zu gehen.

Jemma beobachtet sich dabei, wie sie aus dem Stall kommt und dem Kiesweg zur Hintertür folgt, wo sie die Küche betritt und anfängt, den bereits zubereiteten Teig für das morgendliche Brot zu kneten. Während dieses backt, hilft sie Gotardo, die Milchkannen auf den Karren zu laden. Sie kehren ins Wohnzimmer zurück und nehmen rasch ein Frühstück zu sich, bevor er sich an die Auslieferung macht. Nachdem Gotardo gegangen ist, bleibt Jemma in der Küche und schält und kocht mit rotfleckigen Händen den letzten Schwung Tomaten ein, füllt sie in Gläser und versiegelt die Deckel. Manchmal reiht sie ihr Eingemachtes auf dem Fenstersims auf – die roten Tomaten und die grünen Paprika, die eingelegten Zitronen und Mandarinen –, nur, um es in der Morgensonne leuchten zu sehen.

Und da kommt Celestina über den Weg, der zum Eingang führt – irgendwer schaut immer vorbei –, mit einem Korb voller Obst und Gemüse in ihrer Armbeuge. Sie setzen sich auf die Veranda und schnippeln Rüben und Karotten für die Minestrone, unterhalten sich über Celestinas Kinder und darüber, wie der Tearoom läuft, und über die bevorstehende Ausstellung in Melbourne mit modernen Kunstwerken aus Europa. Dann erkundigt Celestina sich auf ihre unverblümte Art, was Jemma vom Eheleben hält.

Da sie allein mit ihrem Vater zusammengelebt hatte, war Jemma erst klar geworden, als sie selbst verheiratet war, dass ihr jegliche Erfahrung oder Vorstellung davon fehlte, wie eine Ehe aussehen könnte oder sollte. Und muss sich jetzt immer wieder fragen, wie ihre Eltern wohl miteinander umgegangen sind, was sie gesagt haben, wie sie sich berührt hatten. Wobei sie daran denken muss, wie Gotardo sich ihr immer von hinten nähert, wenn sie am Spülstein steht, und seine Arme um sie schlingt und sein Gesicht in ihrem Haar vergräbt. Oder wie sie am Abend in einvernehmlichem Schweigen zusammensitzen und lesen. Das sind ihr die liebsten Augenblicke. Doch sie hat nicht nur einen Mann geheiratet! Sie hat eine ganze Gemeinschaft geheiratet, ein Volk, das derart fleißig und umtriebig ist, dass es sie manchmal erschöpft, nur darüber nachzudenken, was wohl von ihr erwartet wird. Aber das kann sie Celestina wohl kaum erzählen.

Also lacht sie stattdessen. »Alle diese Feste und Namenstage der Heiligen. Noch nie habe ich so gut gegessen und so viel Wein getrunken!«

Celestina sieht sie verwundert an. »Dann ist also alles in Ordnung?«

»Ach Celestina«, hört Jemma sich ergänzen, »wie sollte ich mit Gotardo nicht glücklich sein? Er ist der beste, freundlichste aller Männer.«

Als sie aus dem Turm heraustritt, ist er da. Als hätte er auf sie gewartet.

»Jemma! Was für eine reizende Überraschung!« Marcus O'Brien ergreift ihre Hand und beugt sich mit einem strahlenden Lächeln über sie.

Jemma starrt auf den fuchsroten Wirbel seines Schädels. Es gelingt ihr, sich ihm zu entziehen. Obwohl sie ihn gelegentlich aus der Ferne gesehen hat, wenn sie zum Einkaufen in der Stadt war, hat sie seit dem Tag, als er ihr schwor, niemals aufzugeben, nicht mehr mit ihm gesprochen.

Er bedeutet ihr, sich zu ihm auf eine nahe gelegene Bank unter einer hohen Kiefer zu setzen.

Sie lässt ihren Blick schweifen und hofft, dass sie nicht die Einzigen im botanischen Garten sind.

»Sie brauchen keine Angst vor mir zu haben, Jemma. Bitte.

Ich bedauere aufrichtig mein Verhalten. Können wir das bitte vergessen? Können wir noch mal neu anfangen?« Doch ohne ihr Zeit zu einer Antwort zu lassen, redet er schon weiter. »Jetzt möchte ich nur noch Frieden mit Ihnen schließen.«

Die Luft riecht nach Kiefernnadeln und Staub. Ihr Instinkt gebietet ihr, auf der Hut zu sein. Doch sein Gesicht ist so verzerrt, seine Stimme klingt so elend, dass sie hofft, er sei zur Vernunft gekommen und habe die Dinge so akzeptiert, wie sie sind. Sie möchte nicht den Rest ihres Lebens damit verbringen, ihm aus dem Weg zu gehen. Wenn sie zivilisiert miteinander umgehen können, wird sie nicht länger in Angst vor seiner überschäumenden Wut leben müssen. Und es ist verständlich, dass auch er sein Leben fortführen möchte.

»Das möchte ich auch, Marcus«, sagt sie vorsichtig.

Mit seinem breiten Grinsen sieht er wieder aus wie der entwaffnende Schuljunge, der der Welt beweisen will, dass sie sich irrt. »Dann sind wir also Freunde?«

Jemma erlaubt sich ein Lächeln.

Schweigend sitzen sie nebeneinander, bis Marcus sagt: »Ich denke oft an Ihren Vater.«

Jemma starrt durch das Gebüsch auf die Hügel im Hintergrund. Das ist, wie sie weiß, die Wahrheit. Er ist der einzige Mensch in ihrem Leben, der ihren Vater noch gekannt hat. Einzig und allein aus diesem Grund ist es die Sache wert, sich auf ein Gespräch mit ihm einzulassen.

Marcus greift in seine Manteltasche und zieht eine silberne Taschenflasche hervor. Jemma kennt sie nur zu gut. Sie hatte ihrem Vater gehört. Erasmus schenkte sie Marcus, als dieser in den Polizeidienst übernommen wurde. Er studiert einen Moment lang die Inschrift, schraubt dann den Verschluss ab und bietet ihr einen Schluck an. Als sie den Kopf schüttelt, hebt er sie vor ihr zum Toast. »Auf Erasmus Musk, einen von Gottes edlen Männern!«

Sie beobachtet ihn beim Trinken. Es schüttelt ihn vor Genuss, dann, plötzlich ganz ernst, wendet er sich an sie und sagt: »Ihm verdanke ich alles, Jemma. Mein Vater war ein alter Mistkerl. Keine Sorge, ich werde nicht rührselig werden. Ich wollte nur den Anlass würdigen.«

Das Vertrauen Jemmas in Marcus' Motive ist noch nicht stark genug, um sich entspannt auf ein Gespräch über ihren Vater einzulassen. Es könnte schmerzhafte Erinnerungen und Missverständnisse wecken. In der Nähe fängt ein Vogel in einem Baum zu singen an, eine hübsche Fünfton-Melodie, die Jemma an eine Frau erinnert, eine Bekannte von früher, die das absolute Gehör besaß und jede einzelne Note erkannte, die ein Vogel sang. Zur Ablenkung erwähnt sie das gegenüber Marcus.

Es überrascht sie, dass sich daraufhin seine Miene erhellt. Und er erzählt ihr, dass er Kanarienvögel halte und sie züchte. Und welch wunderbare Sänger diese seien. Dass man ihnen einfache Melodien, die Klänge von Instrumenten und selbst die Rufe von Wildvögeln beibringen könne. Er erklärt ihr, dass man auf dem Kontinent die Kanarienvögel mit den langen gebogenen Federn oder so ausgefallene Vögel wie den Bossu Belge mit seinem Buckel bevorzuge, ihm aber die amerikanischen Arten besser gefallen, die ihrer Stimme wegen gezüchtet werden.

Jemma beobachtet ihn beim Erzählen und verfolgt, wie seine Miene weicher wird. Niemals hätte sie ihn für einen Vogelliebhaber gehalten.

Außerdem ist bei ihm die Besessenheit eines Liebhabers bis ins kleinste Detail ausgeprägt. Er berichtet von den Schwierigkeiten bei der Zucht und von der Aufregung zu beobachten, wie ein Vogel aus dem Ei schlüpft. Er schielt zu ihr. »Es gibt Leute, die halten es für normal, dass das Männchen auf das Weibchen einschlägt. Das sind Dummköpfe. Das würde ich niemals zulassen.«

»Das freut mich zu hören!« Jemma lacht verkrampft. Sie vermutet hinter dieser Bemerkung eine versteckte Anspielung auf ihre Ehe. Glaubt er etwa, Gotardo schlage sie? Ist das seine Vorstellung von Männern aus Europa? Will er sie damit ermutigen, sich ihm anzuvertrauen? Vielleicht bildet sie sich das auch nur ein. Er ist einfach nur besessen von seinen Vögeln. Und dafür sollte sie dankbar sein.

»Genug von den Vögeln!«, sagt Marcus unvermittelt. »Ich langweile Sie. Erinnern Sie sich noch daran, Jemma« – seine Ellbogen ruhen nun auf der Rückenlehne der Bank –, »als wir damals in East Melbourne diese Spaziergänge gemacht haben? Da haben Sie immer davon gesprochen, nach Paris gehen zu wollen.«

Jemma bezweifelt, dass ihm ihre Pläne jemals etwas bedeutet haben – zumal sie ihm zuwiderliefen. Paris ist ein Thema, über das sie lieber nicht nachdenken möchte. Sie redet sich ein, dass es schließlich nicht auf den Ort ankommt. Sondern auf die Aussicht, sich unter Gleichgesinnten wiederzufinden, neue Ideen ausprobieren zu können, ohne sich so allein zu fühlen.

»Ich bin heute vermutlich weniger zielstrebig«, erwidert sie. »Wenn man jung ist, träumt man immer von anderen Orten.«

»Und nichts hindert Sie, auch hier zu malen.«

»Genau.«

»Obwohl Sie nun auch andere Verpflichtungen haben.«

Jemma verkrampft sich. Sie hebt ein fleckiges weißes Kamelienblatt auf, das ihr auf den Schoß geflattert ist. Die Richtung, die das Gespräch jetzt nimmt, gefällt ihr gar nicht. Sie wird in Zukunft vorsichtiger sein müssen. Seine Absichten werden immer finster sein. Sie lässt das Blütenblatt auf den Boden fallen und erhebt sich.

»Es ist schon spät, Marcus. Ich muss gehen.«

Er nimmt ihre beiden Hände und sucht ihren Blick. »Ich bin so froh, dass wir einander verstehen, Jemma. Ich wusste es.«

# 13

Der Karren rollt den Abhang hinunter, doch Gotardo macht sich nicht die Mühe, die Zügel zu halten. Das Pferd kennt seinen Weg und weiß, wo es anhalten muss. Er schließt die Augen und lässt seine Gedanken schweifen. Die Begegnung mit einem Reporter des *Advocate* von Wombat Hill und der Artikel, den der junge Mann geschrieben hat, gehen ihm nicht aus dem Kopf. Er hatte nicht damit gerechnet, eine Geschichte über einen Mann zu lesen, den er kaum wiedererkannte. Der Journalist schien zu glauben, Gotardo verfüge über geheime und besondere Fähigkeiten im Umgang mit Tieren, ganz zu schweigen von der übermenschlichen Kraft, die nötig war, um die ganze Herde aus der Schweiz herzubringen, *ohne den Verlust eines einzigen Tieres*, obwohl Gotardo es ihm anders erzählt hatte. Er hätte anhand der übereifrigen Anspielungen, die der junge Mann auf die Odyssee und andere vergleichbare Epen machte, schon ahnen können, dass er vorhatte, über Heldentaten und Leistungen mythischen Ausmaßes zu schreiben. Die neue Kolonie brauchte Helden, und dieser junge Reporter sah es als seine Aufgabe an, diese aus jedem nur verfügbaren Rohmaterial zu modellieren. »Ich habe kein Geheimnis«, hatte Gotardo hartnäckig beteuert. »Nur jahrelange Erfahrung, harte Arbeit und Glück.« Aber das hatte auf das, was der junge Mann schrieb, keinen Einfluss.

Infolge dieses neu erworbenen Rufs, ein Meister der Viehzucht zu sein, dauert seine morgendliche Milchrunde jetzt doppelt so lang. Die Bauern vor Ort und die Städter wenden sich nun ratsuchend an ihn, wenn es um die Behandlung ihres Viehbestands und ihrer Pferde, ja selbst um ihre Haustiere geht. Alle sind in Sorge wegen der wachsenden Zahl von verwilderten Hunden, darunter viele große Doggen, die von den in der Stadt lebenden Schürfern hergebracht worden waren, um die Goldhaufen zu bewachen, die sie zu finden hofften. Als diese sich dann im Unterhalt als zu kostspielig erwiesen, setzten ihre Besitzer sie auf der Straße oder irgendwo auf dem Land aus, wo sie nun in rastlosen Rudeln umherschweifen, Weidevieh und Pferde erschrecken und Schafe angreifen.

Nachdem er seine Lieferungen erledigt und sich um das Vieh gekümmert hat, macht er am Postamt halt, wo er hofft, einen Brief seiner Eltern oder von Felice vorzufinden. Acht Monate ist es her, dass er ihnen von seiner bevorstehenden Hochzeit schrieb und Felice um Verzeihung bat. Ihre Antworten sollten ihn inzwischen erreicht haben, und je länger er wartet, umso vorwurfsvoller empfindet er ihr Schweigen. Seine Brüder hat er gewarnt, dieses Thema nicht vor seiner Frau anzuschneiden, doch es beunruhigt ihn, dass sie ihn damit in der Hand haben. Jedes Mal, wenn er mit ihnen zusammen ist, ist er nervös und wartet ängstlich darauf, was sie sagen könnten. Bei aller Aufmerksamkeit, die ihm der Artikel im *Advocate* gesichert hat, kann er sich nicht darüber freuen. »Ist nur ein Teil der Geschichte, nicht wahr?«, hatte Battista gemeint.

Der Postmeister schüttelt den Kopf. Er erwarte erst im späteren Verlauf der Woche Post vom Kontinent. Gotardo geht mit leeren Händen, doch er hat einen Entschluss gefasst. Er darf nicht länger schweigen. Er wird reinen Tisch machen und Jemma einfach die Wahrheit erzählen. Dann kann er seiner Frau und seinen Brüder wieder in die Augen schauen und hat nichts mehr zu befürchten. Mit einem Peitschenknall treibt er seine Stute zu einem raschen Trab an, und obwohl der Karren über die Spurrinnen schwankt, hält er die Zügel locker. Abgesehen von weißen Wolken, die über den Schluchten schweben, ist der Nebel verdunstet, und der Himmel zeigt sich in seinen sanftesten Blautönen. Nach einem stärkenden Glas Grappa wird er heute Abend mit ihr reden.

Die Mahlzeit ist vorbei, und Gotardo verweilt am Kamin, wo er im brennenden Holz herumstochert, ehe er ein frisches Scheit roten Eukalyptus auflegt. Die Glut zerstiebt unter dessen Gewicht und setzt einen Funkenregen frei. Er befestigt die Feuereisen, hebt vom Teppich ein Stückchen Rinde auf und wirft es auf den Gitterrost. Etwas trappelt über das Dach. Vor dem Fenster kratzt und zischt ein Opossum wie ein Dämon. Durch die Scheibe leuchten seine starren bernsteinfarbenen Augen herein. Jemma sitzt Gotardo gegenüber im Lampenschein und liest den *Advocate*. Gotardo schweigt, seine Finger gegen die Schläfen gepresst, und ringt um die richtigen Worte. Aber ihm fallen nur die Worte Felices ein, aus einem Brief, der schon auf ihn wartete, als er in Wombat Hill eintraf. Es war der erste Brief, den sie je geschrieben hatte, und sie meinte ganz verwundert, dass »diese Zeichen auf dem Blatt – die du mir so geduldig beigebracht hast – meine Gedanken und meine Liebe ans andere Ende der Welt schicken werden. Und wie ich meine Worte beneide. Denn sie werden lange vor mir bei dir sein!«

Er ist kein frommer Mann, hielt sich aber immer für einen von Grund auf guten Menschen. Es liegt nicht in seiner Natur, sich zu verstellen oder Geheimniskrämerei zu betreiben. Doch etwas lähmt ihn, obwohl er reden sollte. Nacht für Nacht träumt er, Felice nach ihm rufen zu hören, wie sie das damals auf den oberen Hängen des Gotthard immer getan hat, von wo ihre Stimme durchs Tal hallte. Oder er ist wieder in seinem Dorf und hört die Kirchenglocken zu einer Beerdigungsprozession läuten. Dann wacht er schweißgebadet auf, den klagenden Refrain noch im Ohr.

## 14

Jemma hört die Stimmen unter der Erde als Erste, als sie an einem Abschnitt der Weide vorbeikommt, den Gotardo auf halbem Weg zwischen dem Haus und ihrem neuen Atelier als Gemüsegarten hergerichtet hat. Die letzten Feldfrüchte sind abgeerntet, und das Gemüsefeld ist nunmehr nichts weiter als ein großer Streifen gepflügter Erde, der auf die Saat wartet. Doch als ihr Blick jetzt auf diese feuchte, krümelige Erde fällt, könnte es auch ein frisch gefülltes Familiengrab sein, dessen Bewohner man zu voreilig begraben hat. Während sie stehen bleibt und lauscht, ob sich hinter dem monotonen Gesang der Honigvögel und der kreischenden Elstern Geräusche menschlichen Lebens unter der Erde wahrnehmen lassen, rechnet sie halb damit, dass eine Hand durch die Erde kommt und verzweifelt nach Luft greift.

Da sie nichts mehr hört, setzt sie bedächtig ihren Weg zum Atelier fort und stößt die Tür auf. In einer Ecke wartet eine leere Leinwand auf der Staffelei auf ihren ersten Pinselstrich. Dank der vielen Bogenfenster, die nach Jemmas Angaben eingebaut wurden, ist das Atelier lichtdurchflutet. Monatelang hat sie von diesem Raum und der Einsamkeit geträumt, die sie darin zu finden hoffte, um dem Alltag zu entfliehen und in eine andere Dimension einzutauchen. Seit es fertig ist, möchte sie nur noch dasitzen, aus dem Fenster schauen und den Duft frisch geschlagenen Holzes einatmen, damit sie nach der aufgeregten Aktivität und der aufgewühlten Gefühle des letzten

Jahres zur Ruhe kommen kann. Sie wird es wissen, wann sie wieder bereit ist zu malen.

Sie sitzt in einem alten Korbsessel, der auf die hinteren Weiden und die nahe gelegenen Berge ausgerichtet ist, denen sich die dunkel einladenden Reihen des Waldes von Wombat Hill abrupt entgegenstellen. Am liebsten schließt sie die Augen und versucht, wenn sie diese wieder öffnet, mit den Augen eines Kindes zu sehen. Während sich Farbflecken ihrem Gedächtnis einbrennen, verfolgt sie, wie sich diese mit dem wechselnden Licht verändern. Jemma überlegt, wie sie den überraschenden Gefühlsschwankungen gerecht wird, die diese Aussicht in ihr auslöst. Die Szenerie ist sowohl pastoral als auch ursprünglich, beständig und unbeständig, vertraut und fremd. Die auf ihrer Weide grasenden schwarzweißen Kühe, die hoch aufragenden Eukalyptusbäume, um deren Stämme sich Rindenfetzen winden. Und dann gibt es noch die nicht sichtbare Dimension – das, was darunterliegt. Ein wabenartiges Geflecht von Tunneln zieht sich tief in die Berge hinein durch den gesamten Bezirk. Und so verbringt sie viel Zeit damit, sich zu überlegen, wie sie diese unterirdische Betriebsamkeit in ihre Gemälde einbinden kann, wie sie die Stimmen sichtbar machen soll.

Später steht Jemma vor dem Spülstein in der Küche und wäscht das Geschirr ab, wobei ihr Blick auf den Hof fällt, während Gotardo den Ochsenkarren in Vorbereitung auf die Pflanzung über die Erde des Gemüsefelds treibt. Sie sieht den Ochsen in dem ihr sichtbaren Ausschnitt hin- und herstapfen und bekommt kaum mit, dass er da ist, bis Gotardo plötzlich einen Schrei ausstößt und taumelnd von seinem Sitz kippt. Während er noch die Zügel hält, taucht der Ochse mit dem Kopf voraus in die Erde ein, als hätte ihn ein Ruf der Unterwelt ereilt. Und der Karren folgt dem in den klaffenden Abgrund stürzenden Ochsen. Während sich die Einbruchstelle wie eine zischende Zündschnur über das ganze Feld ausbreitet, gelingt es Gotardo gerade noch rechtzeitig, vom Karren abzuspringen, wobei sein Sturz von der frisch umgegrabenen Erde abgefedert wird. Als Jemma zu ihrem Ehemann kommt, starrt er auf Knien ungläubig in die tiefe Höhle, in die sein Ochse mitsamt dem Karren gestürzt ist.

Jemma und Gotardo sitzen beim Nachmittagstee im Schatten der von Weinlaub umrankten Pergola vor dem Haus, als ein Mann vor ihrem Tor anhält und sich anmutig von seinem Pferd schwingt. Sie verfolgen, wie er die Zügel über den Torpfosten wirft, um seine Stute festzubinden, seinen Schlapphut zurechtrückt und mit langsamen Schritten den Weg zu ihnen hochkommt. Er hat leichte O-Beine, bewegt sich jedoch locker, was bei einem Mann, dessen sehniger Körper wie aus Stein gemeißelt wirkt, verwundert. Sie haben schon den ganzen Nachmittag mit ihm gerechnet. Jemma hüstelt, und der Mann sieht sich erschrocken um, bis er die im Grün halb versteckten Gestalten entdeckt.

Hastig zieht der Mann seinen Hut. »Nathaniel Byrne von der Geological Survey. Sie haben einen Unfall gemeldet.«

Sie begleiten ihn zur hinteren Weide, erklären ihm, was passiert ist, und zeigen auf den Boden, der zu einer langen Grube unbekannter Tiefe abgesackt ist.

»An den Rändern bricht der Boden noch immer ein. Ich halte es nicht für klug, zu dicht ranzugehen«, sagt Gotardo.

»Und der Ochse?«

»Kein Zeichen und kein Geräusch von ihm. Das arme Tier wird sich den Hals gebrochen haben. Was auch das Beste ist, denn herausziehen hätten wir ihn nicht können.«

»Ich muss zu meiner Schande gestehen«, wirft Jemma ein, »dass ich es versäumt habe, meinem Mann von den Stimmen zu erzählen, die ich am selben Tag neben dem Gemüsebeet vernommen habe. Nie hatte ich gedacht, dass er in Gefahr war. Dass er sich sein eigenes Grab pflügen könnte!«

Die durchdringenden blauen Augen des Geologen beunruhigen Jemma. Sie muss dabei ans Meer denken. Noch immer hat sie sich nicht daran gewöhnt, »mein Mann« zu sagen, denn das Possessivpronomen legt einen Anspruch auf ihn nahe, den sie nicht empfindet. Lieben heißt nicht besitzen. Welche Nachlässigkeit hatte sie vergessen lassen, ihm von den Stimmen zu erzählen? Es beunruhigt sie, weil sie normalerweise nichts verschweigt, sondern ganz im Gegenteil klare Worte bevorzugt, doch in letzter Zeit muss sie sich öfter fragen, was mit ihr los ist. Seit einigen Wochen ist sie nicht mehr sie selbst.

Gotardo legt seinen Arm um die Schultern seiner Frau. »Wie hätte sie auch wissen können, was diese Stimmen zu bedeuten haben?«

Der Geologe schielt auf das Ehepaar – ein schönes Paar, wie er findet –, ehe er sich dem Schauplatz zuwendet. »Sehr richtig. Wer rechnet schon damit, dass die Bergmänner so töricht sind? Den meisten ist bewusst, dass sie mit ihrem Leben spielen, wenn sie ihre Gräben zu flach anlegen. Aber es wird immer welche geben, die dumm genug sind zu glauben, dass sie ungeschoren davonkommen. Und solche, die einfach nicht wissen, was sie tun.«

Gotardo erwähnt nicht, dass seine Brüder Anteilseigner an der Mine sind, die unter dem Grundstück liegt, und die Arbeit vorangetrieben haben. Er fragt sich jedoch, wo ihre Gräben sonst noch verlaufen mögen, und wie tief. Aus irgendeinem Grund muss er an die eng gerollten Zehn-Franc-Scheine und die chinesischen Münzen denken, die er zwischen den Mörtel des Hausfundaments geschoben hat. Sie waren als Glücksbringer gedacht.

»Was meinen Sie, ist das Haus in Gefahr?«

»Ich werde mit den Leuten sprechen, die diese Mine betreiben. Herausfinden, wohin sie verläuft. Zum Glück war keiner dort unten, als es passiert ist. Nach allem, was ich auf Ihrer

Weide gesehen habe, kann ich Ihnen nicht viel dazu sagen. Sie können nur auffüllen. Doch an Ihrer Stelle würde ich mir für mein Gemüsebeet eine andere Stelle suchen.

Meiner Meinung nach«, ergänzt er, »ist dieser Einbruch nur ein Symptom eines weitaus größeren Problems im ganzen Bezirk hier.«

»Und was ist das für ein Problem?«, will Jemma wissen.

»Mangelnde Vorausschau und Regulierung. Sie erinnern sich sicherlich noch, wie der Turm von St. Peter zu einem bebenden Haufen in sich zusammengestürzt ist, weil die Haphazard Co. bei ihren Grabungen nach dem Schwemmgold unter der Stadt die Fundamente der Kirche unterminiert hat?«

Gotardo schüttelt den Kopf. »Damals haben wir noch nicht hier gelebt.«

»Dass der Name der Gesellschaft nicht treffender gewählt sein könnte«, teilt Nathaniel Byrne ihnen mit, »versteht sich von selbst.«

# 15

Jemma gibt sich ganz der Bewegung der Eisenbahn hin. Es erinnert sie an die Aufregung, die sie als Mädchen empfand, als ihr Vater mit ihr eine Kirmes besuchte und sie einen Mann Feuer schlucken sah. Die Aussicht, einen ganzen Tag auf der Great Exhibition zubringen zu dürfen, hat sie sogar von ihrem Unwohlsein abzulenken vermocht.

Ihr gegenüber sitzt Celestina und erzählt ihr von der letzten Sitzung im Hotel Locarno, wo eine Petition unterzeichnet wurde, die man dem Kabinett vorlegen will, damit dieses endlich Schritte zum Schutz der Mineralquellen vor der Zerstörung durch Minen unternimmt. Das Treffen sei gut besucht gewesen, aber man brauche jemanden mit Expertenwissen, um ihrem Fall mehr Gewicht zu verleihen.

»Es gibt da einen Mr. Byrne von der Geological Survey, der euch helfen könnte«, sagt Jemma und sieht den Geologen vor sich, wie er über ihren Gartenweg schlendert.

Sie biegen langsam um eine Kurve, und die glänzende schwarze Lokomotive wird sichtbar, aus deren Schornstein Rauchkringel aufsteigen. Sanft schaukelt der Zug von Seite zu Seite. Jemma schließt die Augen, weil eine Woge der Übelkeit in ihr aufsteigt und sie hart schlucken muss. Sie hebt ihre Hand an die Stirn und versucht ihre Fassung wiederzugewinnen, doch es ist zu spät. Celestina starrt sie neugierig an.

»Jemma?«

»Es ist nichts. Mir ist ein wenig übel.« Zur Übelkeit gesellt sich ständige Erschöpfung. An manchen Tagen hat sie keinen anderen Gedanken als den, schlafen zu wollen. Morgens schafft sie es kaum aufzustehen. Gestern schlief sie so lange, dass Gotardo beim Melken allein war.

»Warst du beim Arzt?«

»Ja.«

»Und?«

»Es hätte nicht passieren dürfen!«

»Weißt du, wie viele Frauen das schon gesagt haben?«

Jemma erzählt Celestina, dass sie, als sie aus Dr. Borsas Praxis kam, Mrs. Hennig von der Ladies' Guild über den Weg gelaufen sei. Die als altes Klatschweib bekannte Mrs. Henning habe mehrmals ihren Bauch angeschaut und ihr zugeflüstert, sie werde jene Bilder, die sie gemalt habe, nunmehr wohl voller Bestürzung betrachten. Die von dem kleinen Mädchen in Nöten.

»Was hast du darauf erwidert?«

»Ich war so verblüfft von ihrer Unverschämtheit, dass ich kein Wort herausbrachte. Doch dann sagte ich ihr, dass ich es ganz im Gegenteil wieder machen würde. Und dann war sie an der Reihe, verblüfft zu sein.« Jemma lacht freudlos und bricht gleich darauf völlig unvermittelt in Tränen aus. Nur gut, dass außer ihnen sonst niemand im Abteil ist.

Celestina klopft auf den leeren Sitz neben sich. »Komm rüber, Jem.«

Jemma legt ihren Kopf auf die Schulter ihrer Freundin. »Mir fehlt da offenbar etwas, Tina, ich empfinde nichts für Kinder. Sie regen mich auf. Manchmal mag ich sie nicht einmal!«

Celestina antwortet darauf mit einem herzhaften wissenden Lachen. »Das geht allen Eltern so.«

»Aber du wolltest sie. Du wolltest Kinder.« Jemma hatte dieses Bedürfnis nie verspürt. Ihre einzige Erfahrung mit Kindern machte sie mit ihren Schülern, alles Mädchen, die schon fast ausgewachsen waren. Babys machen ihr regelrecht Angst. »Sie sind süß, wenn sie lächeln und brabbeln. Aber wenn sie schreien, halte ich das nicht aus. Ich sehe mir ein Gemälde an und fühle mich sofort hingezogen. Ich weiß, wie der Künstler diesen Lichteffekt oder jene erhabene Stimmung geschaffen hat. Ich kann seinem Geist bei der Arbeit zusehen, seiner von jahrhundertelanger Tradition und Überlegung geführten Hand. Wenn ich große Kunst betrachte, fühle ich mich in einen Zustand versetzt, den ich kaum zu beschreiben vermag. Aber wenn ich ein Kind ansehe, verstehe ich gar nichts. Zweifellos wird Mrs. Henning entzückt sein zu erfahren, dass ich so gefühllos und kaltherzig bin, wie sie und ihr Zirkel das immer schon behauptet haben. Gotardo glaubt allerdings daran, dass ich meine Meinung ändern werde, wenn das Kind erst einmal geboren ist.«

»Und das wirst du auch«, versichert Celestina ihr.

Jemma blickt ihre Freundin forschend an. »Aber es ist doch sicherlich falsch, ein Kind auf die Welt zu bringen, wenn man so fühlt wie ich?«

Celestina vermag ihr Entsetzen nicht zu verbergen. »Was redest du da?«

Der Zug ruckelt und bleibt dann abrupt stehen. Die beiden Frauen kippen nach vorn und halten sich an den gegenüberliegenden Sitzen fest. Ihre Hauben – die sie abgelegt und auf ihren Schoß gelegt haben – werden zu Boden geworfen. Der Blick aus dem Fenster verrät ihnen, dass sie sich der ewig von Wolken umhüllten Gegend von Woodend nähern. Doch aus irgendeinem Grund haben sie mitten in einem Wald angehalten, fast einen Kilometer vom Bahnhof entfernt.

Die Frauen heben ihre Hauben auf. Jemma kehrt an ihren Platz zurück. Sie ist davon ausgegangen, dass sie mit Celestina über alles reden könne, denn sie waren wie Schwestern zueinander. Aber dies ist eine Angelegenheit, die sie entzweien konnte, wenn sie es zuließ. Natürlich sieht sie als Tochter eines agnostischen Freidenkers die Dinge anders als eine Tochter der katholischen Kirche.

»Du hast mich missverstanden«, sagt Jemma. Eigentlich weiß sie gar nicht, was sie gemeint hat, doch sie muss es laut aussprechen. Um die Frage loszuwerden. Es gibt so viele andere Ängste, die sie nicht auszusprechen wagt. Ihr Entsetzen darüber, sie könne wirr im Kopf und schwerfällig wie eine Kuh werden, ihre Brüste geschwollen wie die Euter, die sie jeden Morgen melkt, dass das saugende Kind ihr die Inspiration und die Ausdauer raubt, die sie zum Malen braucht. Immer wieder muss sie an ihre eigene blutige Geburt und den Tod ihrer Mutter denken, ein so schmerzhaftes Ereignis, dass ihr Vater nie mit ihr darüber sprach, außer um ihr zu sagen, dass ihre Mutter zwei Tage nach Jemmas erstem Schrei an einer Blutung gestorben ist.

Celestina beugt sich vor und greift nach Jemmas Händen. »Ihr werdet glücklich sein, du und Gotardo. Ihr werdet gute Eltern sein. Glaub mir, das weiß ich.«

Sie lächeln einander linkisch an. Der Zug setzt sich wieder in Bewegung. Während des Rests der Reise wählen sie ihre Gesprächsthemen mit Bedacht und unterhalten sich vor allem über das, was sie auf der Ausstellung zu sehen erwarten. Es werden Arbeiten aus London und Paris ausgestellt sein, aber auch Gemälde von Künstlern aus den Kolonien. Allein schon die Aussicht, einen ganzen Raum voller Guérards vorzufinden und vielleicht sogar nach so vielen Jahren den Künstler selbst anzutreffen, verschafft Celestina ein Glücksgefühl. Jemma freut sich auf die Werke von Mr. Turner – Ruskins Lieblingsmaler –, von dessen wirbelnden, weiß glühenden Himmeln und wilden, strudelartigen Seestücken sie schon so viel gehört hat.

Überwältigt von Müdigkeit schließt Jemma die Augen. Als sie wach wird, fahren sie am Bahnhof Spencer Street ein.

Nach der Ausstellung begeben sie sich mit dem Omnibus zu den Royal Botanic Gardens. Sie schlendern am See entlang, werfen den Enten Brotkrumen ins Wasser und lassen sich dann im Schatten eines großen Moreton-Bay-Feigenbaums nieder. Sie befinden sich auf einer Anhöhe, von wo aus sie einen guten Blick auf die Stadt haben. Im Vordergrund schlängelt sich der Fluss vorbei. Dahinter ragt die Metropole auf, die aus dieser Entfernung einen überraschend soliden Eindruck macht, als hätte es sie immer schon gegeben. Eine Reihe respektabler Ziegelhäuser mit ordentlichen Schieferdächern nach der anderen und dann, Richtung Zentrum, die ins Nachmittagslicht getauchten großen weißen öffentlichen Gebäude und Kirchtürme. Jemma kann sich das alles gut in einem Rahmen vorstellen.

So geht es ihr immer, wenn sie eine Ausstellung besucht, danach stellt sie alles, was sie sieht, in einen Rahmen. Als würde man nach dem Besuch eines Theaterstücks von Shakespeare entdecken, dass alle im Blankvers sprechen. Zu ihrer Überraschung fand sie die Gemälde Turners nicht so ergreifend, wie sie das erwartet hatte. Denn trotz all ihrer brillanten Lichteffekte auf Wolken und Wasser haftet zu vielen seiner Werke etwas Gespenstisches, Apokalyptisches an, das übertrieben wirkt. Möglicherweise wäre sie sogar enttäuscht gewesen, hätte da nicht das einzelne Werk eines französischen Malers gehangen, von dem sie noch nie gehört, dessen Name aber bemerkenswerterweise dem von Mr. Manet sehr ähnlich war und dessen Werk (ebenfalls *Le déjeuner sur l'herbe* genannt) hier in Melbourne für fast ebenso großen Tumult sorgte wie das von Mr. Manet in Paris.

Vor dem Werk hatte sich eine große Menschenmenge versammelt, angelockt von dem Aufsehen, das es in der Presse erregt hatte, wo Kritiker und Politiker die Frage aufwarfen, warum man es ausgestellt habe, denn es sei »hingepfuscht« und »ohne jede Präzision« und hätte, wie ein Kritiker der Lokalpresse befand, auch von einem Blinden gemalt sein können. Der hauptsächliche Einwand, den die Öffentlichkeit vorzubringen hatte, war der, dass es unfertig wirkte, außerdem glaubte sie fest daran, man erlaube sich mit dem Betrachter einen arroganten Scherz, als glaube der Franzose, sein verschwommen wirkendes, grob gemaltes Werk einfach so auf die Leinwand werfen und den britischen Kolonialisten als Kunst unterjubeln zu können.

Jemma blieb lange vor dieser großen Leinwand stehen. Die staunenden und lachenden und abfällige Bemerkungen machenden Leute bekam sie gar nicht mit. Vom ersten Blick an war sie gebannt. Sie sah auf Anhieb, dass das Gemälde selbst der Beleg einer solch flüchtigen Wahrnehmung, eines vergänglichen Blicks war. Gleichzeitig jedoch schien es ständig neue Perspektiven zu entfalten, als wäre es fließend und als würde das Leben vor ihren Augen abgespult. Im Vordergrund sah man halb liegend einen Mann, der sich mit zwei Frauen unterhielt, die auf einer Picknickdecke saßen, ausgebreitet neben einer Birke, in deren panaschiertem Stamm man beim genauen Hinsehen ein in die Rinde geritztes Herz mit einem Pfeil erkennen konnte. Adrett gekleidete Picknicker standen links unter einem schimmernden Blätterdach, das auf so geschickte Weise gefiltertes Sonnenlicht suggerierte, dass Jemma fast dessen Wärme auf ihren Armen und ihrem Gesicht zu spüren vermochte.

Obwohl keine der Gestalten sich bewegte, haftete ihnen nichts Statisches an. Eine der sitzenden Frauen griff nach vorne, um einen Porzellanteller abzulegen, der, wie Jemma plötzlich realisierte, den Mittelpunkt des Bildes darstellte, die kleine Sonne, um den alle anderen Gestalten und die ganze Szenerie kreisten. Der Kopf dieser Frau war wirbelnder Teil dieser allgemeinen Bewegung, des Flimmerns sichtbarer Pinselstriche und des Wechselspiels von Schatten und Licht. Die Gewöhnlichkeit des Augenblicks. Und bei dem Mann, der an einem Baum lehnte, musste sie an ihren Vater denken, und sie verspürte eine schmerzhafte Sehnsucht nach all den verlorenen Augenblicken, die sie nie mehr teilen würden.

Das, so sagte sie sich, war der Grund, weshalb sie von Frankreich geträumt hatte.

Als Celestina vor dem Gemälde zu ihr stieß, wartete Jemma neugierig auf ihre Reaktion.

Weil ihr der verzückte Ausdruck ihrer Freundin nicht entgangen war, tastete Celestina sich vorsichtig heran. »Er hat was Neues versucht, das kann ich sehen. Und die Stimmung, die er vermittelt, ist heiter.« Doch in Wahrheit fand sie es unordentlich und auf unbefriedigende Weise unvollständig, obwohl sie nicht so weit gehen würde, es zu verdammen, wie die anderen dies taten.

Jemma sagte nichts. Es gab nichts zu sagen. Wenn es Celestina nicht möglich war zu erkennen, wie außerordentlich dieses Werk war, was brachte es dann, sie zu einer anderen Wahrnehmung zu drängen? Jemma hatte gehofft, sie würden den Nachmittag und die Heimreise in fröhlichem Austausch über die Ausstellung verbringen, denn sie hatte eine besondere Einsicht gewonnen: dass nämlich dieses französische Gemälde eine bemerkenswerte Umsetzung von Ruskins drittem Gesetz des Zeichnens darstellte. Mit seinem gefilterten Licht und den sich verschiebenden Schatten und der »transparenten Unendlichkeit des Laubwerks« zeigte es auf, wie man von einer Szene einen allgemeinen Eindruck bekommt, ein Gefühl, dass sie so realistisch wie eine Fotografie ist, doch nicht so präzise oder genau. Und einen immer an all das erinnert, was der Wahrnehmung entgeht, all das, was in den Schatten verborgen bleibt. Eine Lektion darin, wie man sieht, nicht was zu sehen ist.

Jetzt jedoch würde ihre Reise schweigsam verlaufen. Beide würden einem Gespräch über das Gemälde, das in aller Munde war, ausweichen, genauso wie jeglicher Anspielung auf Jemma und deren Gefühle angesichts des erwarteten Kindes.

Daran denkt Jemma, als sie im Park sitzt, ein Park mit schattigen Grotten, wo ein solches Picknick sehr gut vorstellbar wäre. Sie entspannt ihre Augen, sodass einen Moment lang alles zu einem weichen Nebel aus Farbe und Licht verschwimmt. Die am See entlangpromenierenden Leute tauchen in ihr Blickfeld ein und verschwinden wieder. Eine Frau im burgunderfarbenen Taftkleid mit betonter Büste schlendert vorbei und zieht ihr Cape aus, als wolle sie ihre betonten Formen noch vorteilhafter zur Schau stellen. Besucher aus der Heimat machten sich über die leuchtenden Farben der Kolonialmode oft lustig und fanden sie geschmacklos. Aber Jemma kümmerte das nicht. Je mehr Farbe, desto besser. Sie sieht sie dick mit dem Palettenmesser aufgetragen. Als die Frau in den Schatten eines Baums eintaucht, fällt Jemma auf, wie das Blau des Himmels sich auf ihrem Gesicht spiegelt und ihre Gestalt eins wird mit dem Gras, dem See und dem Pfad.

Es gab so viel zu schauen und zu überlegen und zu malen und so wenig Zeit, und ihre Kleider saßen mit jedem Tag enger. Sie muss Ruhe bewahren und darf nie vergessen, dass das außerordentliche Gemälde, wenn sie am Abend die Augen schließt, da sein wird und auf sie wartet, wann immer sie es braucht. Dass sie es immer mit sich herumtragen wird. Wie ein Geschenk.

Und wie ein Geheimnis, das sie mit keinem teilen kann.

# 16

Morgen für Morgen steigt Marcus O'Brien um sieben Uhr auf den Turm im botanischen Garten und richtet sein Fernglas auf die nördlichen Ausläufer der Stadt. Was er sucht, ist nicht schwer zu finden. Er fokussiert die aus Stein gebaute Milchkammer, wartet, dass Jemma herauskommt und dem Schweizer Bauern hilft, die Kannen auf seinen Karren zu laden. In den letzten Monaten waren ihre Bewegungen immer langsamer geworden, je mehr ihr Bauch unter ihrem Rock anschwoll. Dies ist eine Komplikation, die er nicht vorhergesehen hat. Sie war nicht Teil seines Plans, Teil ihrer Vereinbarung. Aber das kann man Jemma nicht anlasten. Diese Bauern sind wie Tiere, sie wird nicht in der Lage gewesen sein, seinen Forderungen zu entkommen.

Doch trotz aller Entrüstung erregt ihn ihr schwellender Leib. Er malt sich aus, ihren Rock anzuheben, um ihren nackten Bauch zu umfassen, während er sich gewaltsam zwischen ihre Schenkel drängt, um das Kind mit seinem Samen zu überfluten und zu seinem zu machen. Von einem Baum in der Nähe steigt explosionsartig ein Schwarm Papageien auf und erfüllt die Luft mit ihrem Gezeter.

Nach langem Warten erspäht O'Brien nicht Jemma beim Verlassen der Milchkammer, sondern den Bauern. Mit finsterer Miene streckt er seinen rechten Arm in Augenhöhe aus und zielt mit ausgestreckten Fingern auf Gotardos Kopf. Er spannt den Hahn und drückt ab. Nachdem er die Patrone ausgeworfen hat, bläst er den Rauch von seiner Fingerspitze und steckt die imaginäre Waffe wieder ein.

Eines Morgens taucht Jemma nach dem Melken gar nicht auf, auch am nächsten und am übernächsten Tag erscheint sie nicht. Eine Woche vergeht, und Marcus O'Brien beobachtet, wie der Schweizer Bauer allein die Milchkannen auf den Karren lädt. Alarmiert nimmt er seine morgendliche Wache auf dem Feld hinter dem Haus auf. Dort liegt er im hohen Gras und kann, wenn die Hoftür offen steht, die Küche einsehen, wo er schließlich mit ihrem Anblick belohnt wird, als sie mit vor Anstrengung gerötetem Gesicht eine Falltür aus Holz im Boden öffnet und in den darunterliegenden Keller steigt.

Jemma mag keine geschlossenen Räume, aber die Sommerhitze setzt ihr allzu sehr zu. So gern sie im Freien malt, die Helligkeit und die sirrende Luft erträgt sie nicht mehr. Im Licht der Kerosinlampe skizziert sie Flaschen mit hausgemachtem Grappa und eingelegtem Gemüse, Weinfässer und die gewachsten Räder reifenden Käses und ist sich der Verwandtschaft, die sie mit diesen Gefäßen voll brodelnden Lebens teilt, nur allzu schmerzlich bewusst. Je mehr sie sich über das in ihr heranwachsende Leben bewusst wird, umso mehr muss sie über das Geheimnis nachdenken, das ganz gewöhnlichen Dingen innewohnt. In der sie umgebenden Lehmerde atmet sie die feuchten Wurzeln des Seins, hört den in den Fässern gärenden Wein. Manchmal schwört sie, auch feinste Vibrationen zu hören, den fernen Widerhall von Pickeln gegen Fels.

Sie fertigt jeden Tag Skizzen an und malt. Sie arbeitet wie eine Besessene, ist aber mit allem unzufrieden, was sie hervorbringt. Jedes Stillleben, das sie malt, ist eine in sich geschlossene Welt, ein Enigma. Und wenn sie zurücktritt und diese Arbeiten studiert, erstaunt es sie, welche Überfülle und Heiterkeit sie verströmen, und kann kaum glauben, dass ihre

Hand sie geschaffen hat. Es ist ihr ein Rätsel, wieso ihre Arbeiten so sehr im Widerspruch zu ihrem inneren Aufruhr stehen: jenem immer stärker werdenden Gefühl, in der Falle zu sitzen, und ihrer Wut auf all jene, die Augenzeugen ihrer Zähmung wurden. Wenn sie in einen Laden kommt, legen die Leute ihre Hände auf ihren Bauch, als wäre sie zum öffentlichen Besitz geworden. Die Frauen erteilen ihr Ratschläge und machen wissende Anspielungen auf das, »was ausgehalten werden muss«, um das Kind auf die Welt zu bringen. Doch jedes Mal, wenn die Tortur des Gebärens zur Sprache kommt, muss Jemma an ihre eigene Mutter denken und bekommt es mit der Angst zu tun.

Sobald Gotardos Karren über den Hügel Richtung Stadt verschwunden ist, macht Marcus O'Brien seinen Zug. Er hat lange genug auf den richtigen Zeitpunkt gewartet. Ein kleiner Schock wird ihr die Augen für die wahre Natur dieser Bauern öffnen. Wie primitiv und besitzergreifend sie sein können. Und sie, gibt man ihnen nur die Gelegenheit dazu, ihre Frauen einfach wegsperren.

Am späten Vormittag ist es selbst im Keller erdrückend heiß, und die überreifen Käse verströmen einen ranzigen Geruch. Benebelt verlangt es Jemma nach Frischluft. Sie steigt die Leiter hoch und drückt gegen die Falltür, doch sie ist verriegelt. Und das, obwohl sie sich sicher ist, sie offen gelassen zu haben. Offenbar hatte Gotardo sie geschlossen und vergessen, dass sie hier unten war. Erst vor Kurzem, als er aus dem Haus ging, hatten die Dielenbretter unter seinem Gewicht geknarrt. Jetzt aber schweigen die Bretter, offenbar ist er hinaus auf die Weiden oder in die Stadt gegangen.

Sie drückt erneut mit beiden Händen gegen die Falltür, wobei sie einen gefährlichen Balanceakt auf der Leiter vollführt, während sie klopft und ruft. Wieder hört sie es oben knarren.

Vielleicht ist Gotardo zurückgekehrt. Sie erneuert ihren Angriff auf die Falltür. Das Knarren hört auf, als stünde jemand direkt über ihr in der Küche, stünde auf der Falltür und lauschte. Sie ruft Gotardos Namen und wartet darauf, dass er ihr die Tür öffnet. Es knarrt noch ein paar Mal, dann Stille. Warum ist er weggegangen? Er wird sie doch rufen gehört haben? Sie überlegt, ob er zornig ist auf sie, sie bestrafen möchte. Aber das ist unmöglich, niemals würde Gotardo etwas derart Grausames tun. Sie muss an den Mordfall in den Zeitungen denken, die McQueen-Frau, die vergewaltigt und ermordet und dann in einem Keller versteckt wurde. Vielleicht ist es derselbe Mörder, der die Tür verriegelt hat, und kommt nun gleich zurück, um ihr den Rest zu geben. Sie weiß, das sind verrückte Ideen, doch nun hat die Lampe zu zischen begonnen, und der Gedanke, hier unten in der Dunkelheit gefangen zu sein, ist ihr unerträglich.

Sie muss zusehen, noch etwas Kerosin zu finden, ehe die Lampe ausgeht. In der Eile, rasch nach unten zu kommen, verliert sie den Halt. Die Leiter schwankt nach hinten und wäre fast umgekippt. Mit einem Schrei wirft Jemma ihr ganzes Gewicht nach vorne. Die Leiter wankt und könnte jede Richtung einschlagen, aber sie neigt sich zu ihren Gunsten und findet Halt an der Falltür. Keuchend legt sie ihren Kopf auf das Holzgeländer, zwei Herzen schlagen wild in ihrer Brust.

Jetzt ist es zwar dunkel, doch sie ist ruhiger. Nachdem sie sich wieder gefangen hat, klettert sie langsam die Leiter hinab und testet dabei jede Sprosse mit übertriebener Sorge, bis sie den harten Boden unter sich spürt. Mit einem Seufzer der Erleichterung streckt sie sich auf dem feuchten Erdboden aus und schließt die Augen. Sie träumt, wieder sie selbst zu sein und auf ihrer Stute durch die dunklen Schluchten des Waldes von Wombat Hill und hinaus auf die dahinter im grellen Sonnenlicht liegenden Basaltebenen zu reiten.

Das Knarren der Falltür weckt sie. Licht durchflutet den Keller. Gotardo beugt sich über sie und ruft sanft ihren Namen.

Warum, fragt sie ihn später, habe er die Kellertür verriegelt, obwohl er doch wusste, dass sie dort unten war?

Er sagt ihr, die Falltür sei offen gewesen, als er das Haus verließ.

# 17

»Du bist also entschlossen hinzugehen?«, fragt Gotardo erschöpft.

Sie scheint bar jeglichen Gefühls dafür zu sein, wie die Welt sie wahrnimmt. Der Anblick einer hochschwangeren Frau, die einem derart schrecklichen Prozess beiwohnt. Die Leute werden reden. Jemma hat fast gierig die Ermittlungen verfolgt und den *Advocate* eifrig nach neuen Berichten durchforstet. Seit die gerichtliche Untersuchung bevorsteht, ist es das Tagesgespräch der Stadt. Zweifellos wird die halbe Stadtbevölkerung gemeinsam mit seiner Frau ins Gericht strömen.

»Es kann doch nicht gut für dich sein, dir die Einzelheiten dieses Verbrechens anzuhören?«

»Wenn es mich zu sehr erschüttern sollte, verspreche ich dir zu gehen.«

Gotardo schweigt dazu. Er wäre unfähig, seinen Willen durchzusetzen, selbst wenn er es wollte. Seit sie schwanger geworden ist, scheinen sie keine Einigkeit mehr erzielen zu können. Trotz all seiner Vorbehalte gegen die Kirche möchte er doch, dass das Kind im Glauben aufwächst. Jemma weiß, was das für ihn bedeutet und dass alle in der Gemeinschaft erwarten, bei der Taufe dabei zu sein, und es unvorstellbar wäre, dies nicht zu tun. Im Moment jedoch verweigert sie ihre Zustimmung. Sie sagt, sie habe sich noch nicht entschieden. In seiner Natur liegt es nicht, sich zu streiten, aber sie scheint den Kampf zu wollen, als wäre sie wütend auf ihn. Als bedauere sie ihre bevorstehende Niederkunft und mache ihn dafür verantwortlich. Was ihn verwirrt, denn sie hat sich seiner Berührung nie verweigert. Tatsächlich hatte sie diese sogar mit einem Eifer begrüßt, der sie beide erregte. Sie las ihm jeden Abend eine Geschichte von Ovid vor, nachdem sie entdeckt hatte, dass es kein besseres Vorspiel gab.

Gotardo sagt sich, dass sie wohl nicht anders handeln kann, dass ihr Zustand besondere Vorlieben und Stimmungen mit sich bringt. Vielleicht hat sie zu viel Zeit im Keller verbracht und muss einfach mal unter Leute. Wenn das Kind da ist, wird sie schon zur Vernunft kommen, und alles wird gut werden.

»Geh, wenn du musst«, sagt er.

Jemma bindet die Bänder ihrer Haube unter ihrem Kinn zusammen und lässt ihre Hand auf ihrem angeschwollenen Bauch ruhen. Sie blickt in Gotardos niedergedrücktes Gesicht. Normalerweise hätte sie für die Lüsternheit der Leute, die einem solchen Spektakel beiwohnen, nur Verachtung übrig, und deshalb wundert sie Gotardos Verwirrung nicht. Sie möchte ihn nicht verärgern. Sie weiß, wie schwierig sie ist, ja sogar wie pervers. Doch da sie es selbst kaum versteht, vermag sie ihm nicht verständlich zu machen, warum sie gehen muss. Anlass ist nicht nur das, was im Keller passiert ist, ihre Identifikation mit der fraglichen Frau. Sie kann es nur mit einer Art Getriebenheit erklären, die auch mit der Erkenntnis zu tun hat, dass das blutige Schauspiel der Geburt nicht viel von dem des Todes trennt.

Als sie das aus Basaltstein erbaute Gerichtsgebäude betritt, ist sie sich sehr wohl des Raunens bewusst, das durch die Menge geht. Sie findet einen Platz in der hintersten Reihe der Besuchergalerie neben Mrs. Bruhn vom Coffee Palace, die ihr zur Begrüßung zunickt und ihren Blick über Jemmas Leibesfülle wandern lässt. Kurz bevor sich das Gericht erhebt, sieht sie den Geologen Mr. Byrne durch die Tür schlüpfen und nach einem

Platz Ausschau halten. Er deutet fragend auf den leeren Platz an ihrer Seite. Jemma zieht die losen Falten ihres Rocks dicht an ihren Körper, um ihm Platz zu machen, und glaubt in seinen Augen einen Anflug von Erschrecken zu entdecken, als er ihres Umfangs gewahr wird.

Durch die Seitentür treten zwei Polizisten ein, wovon einer Marcus O'Brien ist. Dankbar vergewissert Jemma sich, dass sie von ihm nicht gesehen werden kann, auch nicht, wenn er in ihre Richtung schauen und seinen Hals recken würde. Das Risiko hierherzukommen war ihr bekannt, doch sie hatte nicht vor, den Rest ihres Lebens in Angst vor Marcus O'Brien oder jemand anderem zuzubringen.

Vorne im Gerichtssaal beginnt der Coroner mit seinem Vortrag über das Schicksal der achtzehnjährigen Irin Mrs. Lillian McQueen, die von ihrem Ehemann Geo McQueen nach seiner Rückkehr von der Excelsior C. Mine mit fünf tiefen Stichwunden in ihrer Kehle auf ihrem Bett liegend aufgefunden worden war. Als er die Ereignisse dieser Nacht skizziert hat, wendet er sich an die Publikumsgalerie und verkündet feierlich, er müsse nun den beiden Ärzten, Fullerton und Trembath, die am Tatort waren, ein paar sondierende und unziemliche Fragen stellen. Er werde außerdem dem Gericht Fotos vorlegen, die Thomas Feehan von der Wombat Hill Gallery angefertigt habe, nachdem er von der Polizei gebeten wurde, die Einzelheiten des Verbrechens festzuhalten.

»Die hier vorliegenden Beweise sind grässlich bis zum Äußersten«, betont er. »Ich bin der festen Meinung, dass jede Frau, die Wert auf ihren Charakter legt, das Gericht verlassen sollte.«

Es folgen hörbare Seufzer der Enttäuschung, und viele Lippen werden geschürzt. Die stämmige Mrs. Prohaskey, Barfrau im Athens, räuspert sich missbilligend. Doch in ihrem Beruf hat sie mehr Sensibilität als andere für öffentliche Schmach entwickelt und protestiert nicht. Die Männer erheben sich, während die Frauen zögernd ihre Plätze verlassen. Es dauert einige Zeit, bis das Rascheln der Krinolinen aufhört. Die Tür schließt sich hinter den sich entfernenden Damen, und Coroner Drummond will gerade anfangen, als sein Blick auf die Galerie fällt. Jemma spürt seine auf sie gerichteten Augen, die über seinen Brillenrand spähen. Sie starrt geradeaus, während das Baby in ihr wild drauflosstrampelt. Die Männer um sie herum hantieren mit ihren Taschenuhren und räuspern sich. Draußen auf den Goldfeldern hat sie schon so viel Grässliches gesehen, dass sie nicht einsehen will, warum sie oder die anderen Frauen ausgeschlossen sein sollten, sich Fakten anzuhören, die bereits in den Zeitungen breit ausgewalzt worden waren. Es ist doch absurd, ereifert sie sich, dass Frauen die Gewalt und den Schmerz der Geburt mit allen damit verbundenen Gefahren und Schrecken aushalten, dann aber zur Wahrung ihres guten Rufs so tun sollen, als würden sie bei der Erwähnung oder beim Anblick von Blut in Ohnmacht fallen.

Als der Coroner erkennt, dass man sie wohl nicht zum Gehen bewegen kann, murmelt er etwas in seinen Bart und ruft dann, da er offenbar kein Aufheben davon machen will, die beiden Ärzte in den Zeugenstand. Trotz ihrer Entschlossenheit, im Gerichtssaal zu bleiben, bekommt Jemma ihre Aussagen kaum mit, denn ihre Gedanken haben sich nun wie die Reifen eines Karrens auf sumpfiger Strecke festgefahren und drehen sich nur noch um die näher rückende Geburt. Sie muss an ihre Mutter denken, diese Fremde auf dem Porträt, das einst über dem Kaminsims im Salon des Hauses hing, in dem sie aufgewachsen ist, und das jetzt seinen Platz in ihrem Schlafzimmer gefunden hat und sie daran erinnert, nicht mutterlos zu sein. Sie teilt mit dieser Frau die Stupsnase und die halbmondförmigen Augen, das asymmetrische Lächeln.

Wenn sie an ihre Mutter dachte, löste das immer eine abstrakte Zuneigung aus, jedoch eher mittelbar für das heilige Objekt der Verehrung ihres Vaters als für die Frau selbst. Diese Betrachtungsweise erlaubte Jemma, an ihre Mutter nicht als eine Frau aus Fleisch und Blut und daran denken zu müssen, wie sie gelitten hatte und gestorben war. Jetzt aber bedrängen genau diese Gedanken sie und können nicht mehr verdrängt werden. Wie mag es gewesen sein, als du die Qualen der Geburt durchlittest, dein Kind in deinen Armen hieltst, wohl wissend, dass du es nie würdest heranwachsen sehen, weil dein Körper langsam alles Blut verlor? Jemma schloss die Augen, um ihre Tränen zu verbergen. Seltsam, wundert sie sich, Gefühle zu entdecken, von deren Vorhandensein sie gar nichts wusste. Sich nach der Mutter zu sehnen, die man nie gekannt hat, und nach dem mutterlosen Kind, das sie selbst gewesen ist, das Kind, das die Abwesenheit seiner Mutter immer als schlichte Tatsache des Lebens akzeptiert hat, ohne Sehnsucht nach ihr zu verspüren, weil es gar nicht wusste, was ihm fehlte.

Distanziert und leidenschaftslos spricht Doktor Trembath von der Menge des verlorenen Blutes, den Anzeichen des Missbrauchs, der Todeszeit. Der unvermittelte Schlag des Coroners mit seinem Hammer holt sie zurück in den Gerichtssaal, als der Gerichtsdiener das Ende der morgendlichen Sitzung verkündet. Langsam bahnt Jemma sich ihren Weg zur Tür und hängt dabei viel zu sehr ihren Gedanken nach, als sich um die missbilligenden Blicke zu kümmern, bis sie merkt, dass jemand sie anlächelt. Sie schaut auf. Es ist der Geologe Mr. Byrne. Er streckt seine Hand aus und entschuldigt sich, sie nicht eher erkannt zu haben. Sie spürt das Kind sich schneller bewegen. Er rückt näher und senkt seine Stimme. »Bravo, Madam. Bravo.«

Jemma schüttelt den Kopf. Wenn sie trotzig Widerstand leistet, dann nur, weil ihr keine andere Wahl bleibt.

# 18

Zwei Monate bevor das Kind kommen soll, erhält Gotardo endlich einen Brief von seinen Eltern. Sie hoffen, er sei glücklich mit seiner neuen Frau. Es tue ihnen unendlich leid, ihm mitteilen zu müssen, dass Felice gestorben sei. Obwohl ihr Zustand sich sehr verschlechtert habe, bald nachdem er das Tal verließ, habe sie noch fast zwei Jahre am Leben gehangen. Der letzte Winter im Tal sei sehr mild gewesen, und man habe weniger hungern müssen als zuvor. Sie seien dankbar für das Geld, das er ihnen schicke, und freuen sich schon auf den Tag ihres Wiedersehens. In ihrem vom Dorfbürgermeister geschriebenen Brief ließen seine Eltern unerwähnt, ob Felice starb, bevor oder nachdem der Brief eintraf, in dem er seine Hochzeit ankündigte. Doch die Erwähnung, wie lang sie durchhielt, legt für ihn nahe, dass ihr das Warten auf Nachricht von ihm Kraft gab, seine Neuigkeiten sie aber umbrachten. Heimlich hatte er von ihrem Tod geträumt, und sein Wunsch war in Erfüllung gegangen.

Den Weg vom Postamt über den Anstieg hoch zur Basaltsteinkirche, wo Gotardo jeden Sonntag den Gottesdienst besucht, hat er nie so steil empfunden. Er hat vor, zur Beichte zu gehen, bringt es aber im letzten Augenblick nicht über sich, mit dem Priester zu sprechen, der aus seinem Tal stammt und Felice noch als Kind kennt. Vater Rosetti ist nicht damit einverstanden, dass er mit Jemma den Bund der Ehe schließt, und die Tatsache, dass sie nie die Sonntagsmesse besucht, scheint ihm recht zu geben. Gotardo kniet im hinteren Teil der Kirche nieder, legt seinen Kopf auf die Bank vor ihm und bittet um Vergebung. Doch selbst wenn Gott ihm vergibt, weiß er nicht, ob er sich selbst verzeihen kann. Er ist ein Feigling. Er hätte Felice die Wahrheit sagen sollen, bevor er ging: dass er sie nicht heiraten werde, weil er nicht vorhabe, jemals zurückzukehren. Stattdessen hatte er sie warten und hoffen lassen und ihr dann mit dem grausamsten aller Schläge jegliche Hoffnung genommen. Seine Knie schmerzen auf dem harten Holzboden, aber er steht nicht auf. Er hat diesen Schmerz verdient.

Als Gotardo bei seiner Heimkehr das Tor entriegelt, hält ein Hausierer mit seinem Wagen an, streckt ihm seine fleischige Hand entgegen und beginnt mit seinem üblichen Geschwätz, wobei er sich scharfzüngig nach der Dame des Hauses erkundigt. Gotardo ist nicht in Plauderstimmung und grunzt nur hin und wieder, schafft es aber auch nicht, den Mann auf geschickte Weise abzuwimmeln. Widerstrebend ruft er Jemma herbei, die im Garten vor dem Haus die Rosen beschneidet. Als Jemma das Tor erreicht, zieht der Mann schwungvoll seinen Schlapphut.

»Meine besten Wünsche, Mrs. Voletta, zum bevorstehenden Ereignis«, sagt er und lässt sein Auge kritisch über ihr schmutzfleckiges Kleid wandern. »Sie werden zweifellos schon von mir gehört haben, wenngleich wir bisher nicht das Glück hatten, uns zu begegnen. Ihnen wird sicherlich aufgefallen sein, was für eine feine Stadt das ist, man ist sehr modebewusst und deshalb gibt es auch große Nachfrage nach meiner Ware.« Mit schwungvoller Bewegung deckt er die Plane ab, die seinen Wagen bedeckt, und gibt den Blick frei auf viele Regale, die von leuchtenden Seiden-, Samt- und Taftstoffen, Goldstickereien sowie spanischer Spitze überquellen.

Pflichtschuldig bedrängt Gotardo sie, sich ein neues Schultertuch oder eine Haube oder einen Hut mit Schleife zu kaufen, aber Jemma ist nicht in der Stimmung für Putz. »Ich möchte Kaliko«, sagt sie. »Für einen Kittel. Und Leinwand, aber ich glaube nicht, dass Sie gebleichte Leinwand verkaufen?«

»Das gehört nicht zu meinem Sortiment, Madam. Versuchen Sie es doch im Warenhaus Empire. Aber Ware dieser Qualität werden Sie in keinem Laden der Stadt finden können.«

»Haben Sie denn nichts für Kinder?«, fragt Gotardo.

»Leider nicht, Sir. Man schätzt mich wegen meiner *Haute Couture*. Nur die feinsten Stoffe und Schnitte, Seidenstrümpfe und Hauben *à la mode*. Doch meiner Erfahrung nach wünschen sich vornehme Damen nach ihrer Niederkunft ein neues Erscheinungsbild, um sich damit in der Gesellschaft einzubringen.«

Gotardo sieht Jemma zweifelnd an, deren Blick träumerisch zum Kegel des Mount Franklin schweift. Als der Hausierer erkennt, dass er ihr Interesse verloren hat, ändert er rasch seine Taktik. Erst letztes Jahr, vertraut er ihr an, sei er in die Hände des für seinen Charme berüchtigten Johnny Gilbert gefallen, der mit einer Wildlederhose, polierten Stiefeln und Gamaschen, mit hübscher Krawatte und einer mit Juwelen besetzten Weste aus Serge bekleidet war. Der Strauchdieb habe ihn nur um ein Paar Handschuhe aus Ziegenleder und einen seidenen Zylinder gebeten. Und habe, nachdem er die Ware des Hausierers begutachtet hatte, diesem bestätigt, dass er bessere Qualität biete, als man in Melbournes hervorragendem Modehaus von Buckley and Nunn finde.

Ein wenig belustigt erwidert Jemma lächelnd: »Was meinen Sie, wie groß sind die Chancen, einem solchen Schurken zu begegnen?«

»Der Mann ist tot, Madam. War jedoch, wie ich finde, durchaus ein Gentleman – gewissermaßen. Leider sind die meisten von ihnen bloße Banditen. Sie kennen weder Skrupel noch haben sie Geschmack.« Er erzählt ihr von einem vor kurzem erfolgten Überfall auf eine Frau mit einem kleinen Kind, die mit ihrem Zweisitzer zwischen Fryerstown und Castlemaine unterwegs war. Als ihr Fahrer von seinem Kutschbock heruntergestoßen wurde, nahm die Frau die Zügel in die Hand und versuchte, die Angreifer mit der Peitsche abzuwehren. Doch trotz all ihrer Bemühungen gelang es ihr nur für kurze Zeit, die Angreifer in Schach zu halten, und bald gewannen sie die Oberhand.

Jemma verspannt sich, weil sie an das Schicksal von Mrs. McQueen denken muss. »Und was geschah dann?«

Der Hausierer zupft an seinem Bart und wird ernst. »Ich glaube nicht, dass Madam das zu wissen wünscht.« Mit geübtem Griff zieht er aus seinem Wagen eine flache Zedernholzkiste und klappt den Deckel auf. »Wenn die Dame hingegen eine hiervon gehabt hätte, wäre es anders ausgegangen.«

In dem mit grünem Wollstoff ausgeschlagenen Kistchen liegt eine kleine Pistole mit einem mit Perlmutt verzierten Griff. Dazu eine Dose mit Zündhütchen, ein Pulverhorn mit Schießpulver, eine Flasche mit Waffenöl, sechs Bleikugeln und ein Laufschlüssel. »Höchst kompakt, finden Sie nicht auch? Die .45-kalibrige Einzelschusswaffe ist eine Spezialanfertigung für Damen. Ein deutsches Produkt. Ich habe dazu auch ein Halfter, das unter Ihre Jacke passt, ohne diese auch nur im Geringsten auszubeulen.«

Im Stillen verflucht Gotardo den Hausierer für seine Angstmacherei und will den Mann schon wegschicken, als Jemma, die noch nie zuvor eine Waffe gesehen hat, ihre Hand ausstreckt, um die fein gearbeitete Einlegearbeit aus Perlmutt zu berühren.

»Es ist beste Handwerksarbeit«, sagt sie zustimmend und legt ihre schlanken Finger um den Griff. »Ich hätte nie gedacht, dass eine tödliche Waffe so elegant sein kann. Auch nicht, dass sie so glatt in der Hand liegt.« Keine Waffe vermag die Geister zu bannen, die sie heimsuchen, und doch wäre es tröstlich, sie zu besitzen.

Sie wirft einen Blick auf ihren Ehemann, und für Gotardo steht sofort fest, dass sie beabsichtigt, diese Pistole zu kaufen. Würde er versuchen, sie ihr auszureden, würde sie das in ihrem Entschluss nur noch bestärken. Eine Ecke des gefalteten Briefs in seiner Tasche drückt sich wie ein Dorn in seinen Schenkel. Schon der bloße Gedanke daran bereitet ihm Übelkeit, und er weiß, dass er für sein Verhalten nicht länger einstehen kann. Den Kummer, der in seiner Brust aufsteigt.

»Dann nimm sie«, sagt er so gelassen wie möglich, wobei er jeglichen Gedanken daran verdrängt, warum seine Frau eine Waffe haben möchte.

Und so wird man handelseinig.

In späteren Jahren wird er sich daran erinnern, wie sie die Waffe in ihrer Hand wog und welch fiebrigen Ausdruck sie dabei in ihren Augen hatte.

# 19

Jemma liegt auf der Seite und starrt mit geöffneten, aber blinden Augen die Tapete an. In immer kürzer werdenden Intervallen biegt sich ihr Rücken durch wie der eines in die Enge getriebenen Tieres, und ihr ganzer Körper zittert vor Anstrengung, bevor sie auf ihre Matratze zurücksinkt und ungläubig keucht. Die Hebamme presst ihr ein Glas Tonic an die Lippen, während Celestina ihr die Hand drückt und ihr gut zuredet. Als der unsichtbare Stößel wieder in ihrem Kreuz zu bohren beginnt, versucht Jemma etwas zu sagen, bringt aber nur ein tiefes, halb ersticktes Stöhnen zustande. Monströs, sagt sie sich. Es ist monströs. All die verschämten Anspielungen der Leute, und doch hatte keiner sie gewarnt. Sie schleudert ihren Kopf ins Kissen und hat einen Moment lang Blickkontakt mit der Freundin, die neben ihr kniet, ehe der Schmerz ihr die Augen wieder verschließt. Die Hebamme fordert sie auf zu pressen, und sie presst mit aller Macht, aber irgendetwas stimmt nicht – sie ist sich sicher, dass das Kind festsitzt. Genau, wie sie es befürchtet hat: Es wird nicht geboren werden, sondern tot zur Welt kommen. Sie hat es draußen auf den Feldern gesehen, es läuft hin und wieder schief. Sie erinnert sich an den Kopf eines Kalbs, der aus dem Hinterteil des vor Schmerz brüllenden Muttertiers herausragt und um den Gotardo eine Schlinge legt.

Draußen im Flur flucht Gotardo in wütenden Dialektausbrüchen auf die abwesenden Ärzte und schimpft auf Gott. Seine Hilflosigkeit entsetzt ihn. Er hat mehr Kälbern auf die Welt verholfen, als er zählen kann, aber für seine Frau kann er nichts tun. Die Tür zu Jemmas Bettkammer fliegt auf, und die Hebamme steckt ihren hochroten Kopf durch die Tür. Sie nimmt kein Blatt vor den Mund und sagt ihm, er solle sich zusammenreißen, wenn er seiner Frau keinen Kummer bereiten will. Weil ihm das Warten unerträglich ist, macht sich Gotardo auf den Weg in die Stadt, um einen Arzt zu finden, und droht, diesen notfalls an den Haaren herzuschleifen.

Als Dr. Trembarth endlich mit dem Chloroform und der Geburtszange eintrifft, schlägt Jemma in ihrem Delirium wild um sich, ohne sich darum zu kümmern, was mit ihrem Kind passiert. Sie inhaliert tief und gleitet sehnsüchtig ins Vergessen ab. Eine Stunde später wird sie ruckartig vom Schreien ihres Kindes wach, das gewickelt in seinem Kinderbett liegt. Der gequälte Schrei zehrt an ihren Eingeweiden, als wäre die Nabelschnur noch nicht durchtrennt. Jemma dreht den Kopf, um sein fleckiges Gesicht, seinen schluckenden Mund und das dunkle Haarbüschel zu betrachten, und kann es nicht glauben, dass sie beide überlebt haben. Ihre Erleichterung ist so groß, dass sie dem Schmerz, der vom Unterleib aus einschießt, keine Bedeutung beimisst. Mithilfe von Celestina, die während der ganzen Zeit an ihrem Bett gesessen hat, setzt sie sich, von Kissen gestützt, auf und bekommt dann von ihr das Kind aus dem Bettchen gereicht.

»Ein Mädchen«, sagt sie.

Jemma untersucht die winkenden Händchen des Kindes. In einem ihrer Träume hatte sie entdeckt, dass sie sechs Zehen am Fuß hatte, was den Klatsch bestätigte, der behauptete, sie habe was Unnatürliches an sich. Doch wunderbarerweise ist ihr Kind perfekt, nichts deutet auf die Fehler seiner Mutter hin. Winzige Finger umschließen ihren Finger mit wildem Griff, bis irgendwo im Haus eine Tür zuschlägt und die Ärmchen des Kindes durch die erschreckende Leere sausen, die es umgibt.

Jemma hebt ihre Tochter an ihre pralle weiße Brust. Zu ihrem Erstaunen scheint das Baby zu wissen, was es tun muss, und saugt sich an der Brustwarze fest, als hätte es sein ganzes kurzes Leben auf diesen Moment gewartet.

Während das Kind trinkt, schläft Jemma immer wieder ein. Als sie wach wird, liegt das Kind schlafend in ihrer Armbeuge, und Celestina ist gegangen. Jemma studiert das Gesicht des Kindes – die geschürzten Lippen, die bebenden Nasenflügel, die leicht schrägen geschlossenen Augen. Wer braucht einen Gott, fragt sie sich, wenn Menschen so etwas zustande bringen? Stundenlang, vielleicht aber auch nur Minuten ruht ihr Blick auf ihrem Kind, dann werden ihre Lider schwer. Sie will das Neugeborene zurück in das Kinderbett legen, doch da zieht sich ihr Leib unter heftigen Krämpfen zusammen, und Ströme warmen Bluts laufen an ihren Beinen entlang. Weil sie an ihre Mutter denken muss, drückt sie das Kind an ihre Brust, während der Raum um sie zu verschwimmen beginnt. Auf ihren schwachen Schrei hin kommt die Hebamme ins Zimmer geeilt, wirft die Decke beiseite und untersucht den blutigen Ausfluss. Ohne Vorwarnung schlägt sie mit der Faust fest auf Jemmas noch immer geschwollenen Leib. Mit einem »Popp« schießt der Rest der Nachgeburt heraus. Die Hebamme entfernt die blutige Masse, legt das Kind zurück ins Bettchen und bettet Jemmas Füße auf einen Stapel Bücher, die sie aus dem Regal holt.

»Ich werde doch nicht sterben?«, flüstert Jemma.

Die Hebamme tätschelt ihr die Hand und sagt ihr, sie müsse sich jetzt ausruhen, ihre Arbeit sei getan.

In jener Nacht wird Jemma vom Grunzen und Schnauben einer wilden Kreatur geweckt, die sie noch nie zuvor gehört hat. Im Halbschlaf und bedroht von unsagbaren Ängsten setzt sie sich kerzengerade im Bett auf und klammert sich an die Schulter ihres Mannes.

»Gotardo, es ist ein Tier im Raum!«

Zwei Wochen nach der Geburt von Lucia Rose machen die Volettas ihren ersten Familienausflug. Während sie stolz den Kinderwagen über die Hauptstraße von Wombat Hill schieben, kommen Leute, mit denen Jemma noch kein Wort gewechselt hat, und sogar einige, die ihr bisher ausgewichen sind, aus den Läden und über die Straße auf sie zugeeilt, um einen Blick unter das Korbverdeck zu werfen und mit gurrenden Lauten das schlafende Kind zu bestaunen.

Am Tag nach der Geburt kamen Gotardos Leute mit Geschenken und Essen und so vielen guten Wünschen in ihr Haus geströmt, dass Jemma den ganzen Tag gegen ihre Tränen ankämpfen musste. Wie Kenner kindlichen Fleisches scharten sie sich um das Neugeborene und diskutierten die Herkunft jedes einzelnen Gesichtszugs und Ausdrucks. Bleich und erschöpft verfolgte Jemma vom Bett aus das Geschehen. Bei all ihrer Liebe zur Kunst hatten die Werke der großen Meister, die die Jungfrau Maria und ihr Kind auf die Leinwand bannten, sie nie besonders zur rühren vermocht, da sie ihr oft viel zu sentimental und einfach unrealistisch erschienen. Und vielleicht würde sie das auch noch immer so sehen. Aber den Wunsch, ein menschliches Kind als ein Alltagswunder zu verehren, den vermag sie jetzt nachzuvollziehen.

Was ihre eigenen Gefühle betrifft, sind diese viel zu überwältigend, als dass sie sie zeigen könnte. Nachts wacht sie stündlich auf und lauscht angestrengt den Atemzügen ihres Kindes, während sie ihre anhält. So wenig wie über den Schmerz der Geburt vermag sie über diese Liebe zu sprechen. Sie ist zu groß, zu gewaltig, so beladen mit Hoffnung und Angst, dass sie nicht in Worte gefasst werden kann. Die Wahrheit ist zu übermächtig. Binnen weniger Wochen ist sie zur willigen Gefangenen einer Liebe geworden, aus der es kein Entrinnen gibt. Einer Liebe, die sich für den Rest ihres natürlichen Lebens in ihrem Herzen eingenistet hat.

Doch wenn Gratulanten nach Brüdern und Schwestern für das Kind fragen, meldet Jemmas altes Ich sich rasch zu Wort. »Ich bin keine Gebärmaschine«, ist sie versucht zu antworten. Und sie muss an sich halten, als sie Mrs. Henning mit ihrer Kinderschar auf der Straße geschäftig auf sich zukommen sieht.

Nachdem diese das Kind unter dem Kinn gekrault hat, wendet sie sich an Jemma und meint befriedigt: »Das macht demütig, nicht wahr, Mrs. Voletta? Ich schätze, Sie werden nunmehr manches anders betrachten.«

»Demütig macht es. Noch einen guten Tag, Mrs. Henning.« Jemma schiebt den Kinderwagen weiter über den Gehweg, weil sie genau weiß, dass sie sich, bliebe sie nur einen Moment stehen, weitere Plattitüden würde anhören müssen, die sie zu Antworten provozieren könnten, die sie später sicherlich bedauern würde.

Ihr Ziel ist das Fotoatelier von Thomas Feehan. Gotardo legt großen Wert darauf, dass sie für Fotografien *en famille* posieren, damit er in seiner nächsten Post an seine Eltern eine Karte beilegen kann. Sosehr Jemma auch der Gedanke gefällt, Fotografien von Lucy zu haben, ist ihr Mr. Feehans forensische Arbeit doch noch allzu frisch im Gedächtnis, und sie kann die Begeisterung ihres Ehemanns nicht ganz teilen. Mr. Feehan zeigt ihnen eine Reihe von Hintergründen, und sie einigen sich auf eine Szenerie mit alten Ruinen, überwachsen von Blütenranken.

»Wir haben auch Kostüme, passend zum römischen Flair«, meint Mr. Feehan.

Gotardo ist fast versucht, ja zu sagen, bis er Jemma die Augen verdrehen sieht. »Vielleicht ein andermal.« Für seine Eltern werden sie sich in ihren Kleidern ablichten lassen.

Mr. Feehan erklärt ihnen, dass der von ihnen gewählte Hintergrund einen zwanglosen, jedoch klassischen Bildaufbau verlange. Er weist Jemma an, sich neben eine Steinsäule zu stellen und das Kind Gotardos geöffneten Armen entgegenzustrecken. Dann schlägt er noch eine Reihe weiterer Arrangements vor. Als die Sitzung sich dem Ende neigt, hat Gotardo noch eine besondere Bitte. Er wünscht ein Porträt von sich und seiner Frau. Aus seiner Tasche zieht er eine kleine Schachtel und reicht sie Jemma.

»Willst du dir das nicht um den Hals legen, mein Schatz?« Es ist ein ovales Medaillon aus rosafarbenem Gold, das man mit einer kleinen Fotografie bestücken kann: ein Geschenk zur Geburt ihrer Tochter. Wie von Gotardo erhofft hat ihr Mädchen die kleinen Streitereien und Differenzen zwischen ihnen relativiert. In Lucy haben ihre jeweils besseren Seiten zur perfekten Vereinigung gefunden.

Mr. Feehan schlägt vor, dass sie sich Seite an Seite nebeneinanderstellen, aber Gotardo schwebt etwas anderes vor. Er deutet auf den grüngolden gepolsterten Liebessessel, auf dem sie nebeneinandersitzen, sich aber dennoch ansehen können. Mr. Feehan verschwindet unter dem schwarzen Tuch, Licht blitzt auf, und sie sind auf ewig gebannt, wie sie einander in die Augen schauen. Es wird eine Fotografie, die Gotardo immer bei sich tragen wird, eine sepiafarbene Erinnerung an die Zeit ihrer Zufriedenheit.

Bis sie im Fotoatelier fertig sind und danach noch Celestina besucht haben, ist es Abend. In der Stadt herrscht bereits fast völlige Dunkelheit, bis auf das kalte Markasit-Glitzern der Milchstraße und den gelben Lichtschein ihrer Laterne, der ihre Schritte über den staubigen Weg durch den Busch begleitet, sowie das gelegentliche Aufflackern von Kerzen zwischen den Eukalyptusbäumen, wo die Minenarbeiter der Nachtschicht nach Brandy Hot unterwegs sind.

Wenn Gotardo in der Zukunft die an diesem Tag aufgenommenen Fotos betrachtet, wird er sich an diesen Nachhauseweg erinnern, der außer vom Kreischen der Flughunde auch von den wilden Lauten ihrer Tochter in ihrem Kinderwagen begleitet war. Er wird daran denken, wie der Horizont überirdisch zu leuchten begann, als sie sich den verlassenen Schächten der Grand Mystery Co. Mine näherten, wo der fossile Abraum und der lignitische Lehm eines prähistorischen Sumpfes Feuer gefangen hatte und von da an dreiundzwanzig Monate lang weiterbrennen sollte. Ihm wird in Erinnerung bleiben, wie sie an einem Grat stehen blieben, um das dunkelblaue Feuer zu beobachten, das wie ein aus der Erde befreiter Geist tanzend auf einer Stelle verharrte, und wie er dabei an die Mitternachtsmesse denken musste, zu der man ihn als Kind mitgenommen hatte, und dass er diesen Augenblick so vollkommen fand und glücklich gewesen wäre, dort die ganze Nacht zu verweilen und die rauchgeschwängerte Luft einzuatmen.

Nacht für Nacht träumt das Kind von der warm heraussprudelnden Milch, der weichen Rundung des Fleisches, das sich an seine Wange presst, und vom Diorama aus Himmel, Blättern, Ästen und Gesichtern, die über seinem Kinderwagen kreisen. Das Mädchen lernt, seine Wiege zum Schwingen zu bringen, sich umzudrehen und dann zu krabbeln, und bald schon zieht es sich an den Möbeln hoch und wackelt auf den eigenen Beinen einher und sagt Worte wie »Mama!« und »Papa!« und »Nein!«

Gotardos »Schweizer Gold« reift vollendet und kann nun aus dem Keller hochgeholt werden. Dank der Erfolge seiner Viehzucht konnte er es sich erlauben, einen jungen Landarbeiter einzustellen, der Jemma ihre Arbeit erleichtert. Und zur Krönung ihres Glücks schläft Lucy gern und erspart ihnen die schlaflosen Nächte, vor denen man sie gewarnt hatte, und so kann Jemma tagsüber lange Zeit vor ihrer Staffelei verbringen. Jedes Mal, wenn Gotardo am Atelier vorbeikommt, bleibt er am Fenster stehen, um einen Blick auf Lucy in ihrer hell gestrichenen Wiege zu erhaschen, die früher einmal als Schwingtrog zum Trennen von Gold und Kies gedient hat. Auch Jemma sieht er gern bei der Arbeit zu: Die stille Kraft, mit der sie vor der Leinwand steht, die plötzlichen Bewegungen ihres Pinsels, der Blick, den sie auf das schlafende Kind richtet, ehe sie sich wieder der Leinwand zuwendet, wo langsam eine Landschaft wie durch schmelzenden Schnee Gestalt annimmt. Gelegentlich stillt sie auch Lucy, wenn er vorbeikommt, und singt dabei. Niemals sonst hat er sie singen hören. Sie hat eine tiefe, rauchige Stimme, die nicht besonders melodisch klingt, aber in dem luftigen Raum sehr angenehm widerhallt. Obwohl ihre Lieder wenig Ähnlichkeit mit den Schlafliedern haben, an die er sich aus seiner Kindheit erinnert, hat sich ein Lied ganz besonders in seinem Kopf festgesetzt.

*Ru-, Ru-, Ruderboot*
*auf der Wogen Schaum.*
*Voran, voran, voran, voran –*
*das Leben ist ein Traum.*
*Voran, voran, voran, voran –*
*das Leben ist ein Traum.*

## 20

Als Nathaniel Byrne sieben Jahre alt war, fand er einen Graptolithen – einen verzweigten fossilen Organismus, der einst im Ozean geschwommen war – in den schuppigen Schichten schwarzen Schiefers am Ufer des Loddon River. Während er dieses primitive Wesen mit seinem Vergrößerungsglas untersuchte und dabei das Fischauge vor- und zurückzog, sodass das Fossil anschwoll und zusammenschrumpfte und vor seinen Augen fast zu verschwimmen schien, wurde eine Legende lebendig. Fast spürte er die Wellen jener längst vergangenen Zeit an seine Füße klatschen. Danach bebten seine Nasenflügel jedes Mal, wenn ein Nordwind vom tiefen Landesinneren heranpeitschte, gewürzt mit rotem Staub wie Cayennepfeffer und dem schwachen, aber unverkennbaren scharfen Geruch des Meeres.

Als er älter wurde, zog sich der große Ozean im Herzen des Landesinneren wie Ebbe immer weiter zurück, weil Abenteurer immer kühnere Vorstöße in das nicht kartografierte Hinterland machten und über Hunderte von Kilometern Boote hinter sich herschleiften, ohne auch nur eine Spur von Wasser zu entdecken. Selbst als Charles Sturt den Fluss Murray bis zu einer Salzlagune verfolgte und somit die Vision eines Flusssystems, das vom Great Divide ins Innere floss, zerstörte, weigerte sich der junge Nathaniel, die Hoffnung ganz aufzugeben. Er spürte es in den Knochen, als wären sie Wünschelruten, dass die Reste jenes Wasserkörpers, der einmal den größten Teil des Landes bedeckt hatte, noch immer gefunden werden konnten. Anstatt sich von Sturts misslungenem Versuch, ein Binnenmeer zu entdecken, entmutigen zu lassen, zog Byrne neue Hoffnung aus der Beobachtung des Forschers, den während seiner ganzen Reise das schwache Echo einer unterseeischen Welt verfolgt hatte. In der Simpson Desert war der Forscher schimmernden Dünen begegnet, die sich wie unendliche Ozeanwellen bis zum Horizont erstreckten. Es seien, pflegte Nathaniel jene zu erinnern, die sich über ihn lustig machten, weite Teile des Landes noch nie durchquert worden. Und wie sich verschiebende Sandhügel drängte sich dieses nicht ergründete Territorium in seine Träume.

Bis jetzt hat Nathaniel Byrne allerdings noch keine Schritte zur Vorbereitung einer Expedition unternommen, doch ist ihm dieses Vorhaben immer dann zupassgekommen, wenn junge Damen, denen er zwar gewogen war, damit anfingen, seine Aufmerksamkeit falsch zu deuten. Er könne ihnen keine Zukunft bieten, sagt er ihnen dann. Es wäre nicht fair, sie zu täuschen und ihnen Hoffnungen zu machen. Abgesehen von allem anderen würde er einen armseligen Ehemann abgeben, da er über keinerlei finanzielle Sicherheit verfüge und auch nicht vorhabe, sich an einem Ort niederzulassen. Sich auf diese Weise aus der Affäre zu ziehen ist immer eine sensible Angelegenheit, und es gab Situationen, da trat er seinen Rückzug gefährlich spät an, was ihm den Ruf eines Schufts einbrachte. Aus diesem Grund findet er es nunmehr sicherer, mit verheirateten Frauen zu flirten, und, sollte der Drang zu stark werden, die Dienste der überaus geschickten Damen des Red Lion in Anspruch zu nehmen. Betsy war bisher dort seine Favoritin, doch er meidet sie, seit sie ihn gefragt hat, wovor er Angst habe. Er war immer davon ausgegangen, dass sie diejenige sei, die ihn zu verstehen schien und auch warum er diesem Leben den Vorzug gab. Die anderen fragten ihn immer, wann er denn heiraten werde, Betsy aber nie. Nun hegt er den Verdacht, sie habe sich in ihn verliebt. Er muss an ihre großen dunklen Augen denken, die ihn beim Anziehen beobachteten, als er das letzte Mal bei ihr war.

»Du glaubst wohl, dir kann das nicht passieren?«, sagte sie. »Aber eines Tages wirst du schon dahinterkommen. Du wirst dich verlieben wie alle anderen auch. Und wenn das passiert, Nat, wirst du nicht wissen, wie dir geschieht.«

Zu Nathaniels liebstem Zeitvertreib an einem heißen Tag gehört es, auf der breiten vorderen Veranda des Mountain Hotel zu sitzen, das anderthalb Kilometer vor der Stadt liegt, und dort ein großes Glas perlendes Ale zu trinken. Wenn kein Wind weht, kann man das Tröpfeln der Mineralquellen hören, die aus der Erde blubbern und im Unterholz glänzende Bäche formen, ehe sie auf den Fluss in der darunterliegenden Schlucht treffen. Die Landschaft hier ist wie ein Sieb, porös von all den Quellen. Das Wasser sprudelt aus Aquiferspeichern, natürlichen unterirdischen Reservoirs, zurückgehalten von den gefalteten und gehärteten Sedimenten aus Sandstein und Schiefer, die unter dem Basalt vergraben liegen. Wie immer ist er sich der niemals endenden Aktivität im Untergrund bewusst, der Unruhe der Erde und des Drucks, der in ihr herrscht. Das Kohlendioxid im tief gelagerten eruptiven Magma sorgt nicht nur dafür, dass das Mineralwasser sprudelt, sondern drückt es auch an die Oberfläche. Einige behaupten, tief unter der Stadt gebe es einen alten Flusslauf, der die Quellen speise. Diese unterirdischen Höhlen und die Möglichkeiten, die sie aufwerfen, beflügeln seine Fantasie. Der Kontinent konnte sehr wohl von unterirdischen Flüssen und Meeren unterspult sein, auch wenn die Oberfläche wie der Mond aussah.

Mit geschlossenen Augen, die Füße auf die Schmiedeeisenranken des Balkons gestützt, gibt Nathaniel sich der Bewegung des Wassers im Untergrund hin, da spürt er die Erschütterung von Schritten auf den Holzdielen. Ein kurzer Blick sagt ihm, dass sie zu der schlaksigen, storchähnlichen Erscheinung von Sergeant O'Brien gehören, der in einem Korbstuhl nebenan Platz nimmt.

Die beiden Männer nicken einander kurz zu und hängen dann wieder ihren Gedanken nach. Nathaniel bemerkt, dass O'Brien das selbstzufriedene Federn in seinem Schritt verloren hat, das sein Auftreten in den Monaten nach dem Raubüberfall auf die First Colonial Bank bestimmt hat, als er in aller Munde war. Er wirkt verdrossen und reserviert, als hätte ihm der Ruhm nicht das gebracht, was er versprochen hatte. Nathaniel sagt sich, ihm gehe es nicht um Ruhm. Er will nur die Wahrheit über das Binnenmeer erfahren, wobei ihm die wissenschaftliche Erkenntnis Belohnung genug ist. Und dennoch muss er zugeben, dass der Ruhm durchaus seine Vorteile hat, einem etwa die Aufmerksamkeit sichert – und deshalb kann er O'Briens verdrießliche Stimmung auch nicht verstehen. Aber, sagt er sich und lächelt in sich hinein, man braucht schließlich nicht in der Zeitung zu stehen, um eine Frau ins Bett zu locken.

Marcus O'Brien liebkost seinen Whisky, während er finster hinaus auf die Landschaft blickt. Ihm ist völlig unverständlich, wieso die Leute darüber ins Schwärmen geraten. Er mag den Busch nicht, an seinen fahlen Farben und dürren Pflanzen findet er nichts Erfreuliches, ganz zu schweigen von den giftigen Kreaturen, die sich wie Gesetzlose in seinen Spalten verstecken. Er säße viel lieber drinnen und gäbe dem wesentlich angenehmeren Anblick der vielen farbigen Flaschen mit ihrem flüssigen Zauber den Vorzug, die hinter der Theke aufgereiht stehen, aber die stickige Hitze hat ihn in der Hoffnung auf ein frisches Lüftchen ins Freie getrieben. Unten auf der Straße nähert sich eine Gestalt, eine Frau, die einen Kinderwagen den Hügel hinaufschiebt, auf dem sich das Hotel befindet. Die Straße ist kaum mehr als ein Weg und das Gelände so unwirtlich und steil, dass es eine Mutter mit Kind eigentlich eher nicht zum Nachmittagsspaziergang einlädt.

Selbst aus dieser Entfernung vermag Marcus O'Brien sie zu erkennen. Schließlich hat er sie oft genug beobachtet und erkennt die Gestalt in ihrem schlichten braunen Rock, der weißen Baumwollbluse und dem schmucklosen Strohhut. Eine Gestalt, die so anders ist als die der meisten Frauen in der Stadt, welche Reifen oder Krinolinen oder in letzter Zeit auch diese absurd aussehenden Turnüren bevorzugen. Er weiß auch sehr genau, wie sie sich bewegt, kennt ihren schnellen Schritt. Als sie am Hotel vorbeikommt, dreht sie ihr Gesicht dem Himmel zu, als wolle sie den Sonnenstand beobachten. Er weiß, wohin sie geht, denn er ist ihr schon früher dorthin gefolgt und würde ihr auch heute wieder folgen, müsste er nicht zurück aufs Revier. Wenigstens weiß er, was sie vorhat, oder glaubt es zu tun, bis er bemerkt, dass Nathaniel Byrne seinen Platz auf der Veranda verlassen hat und in Jemmas Gefolge die Straße hinaufläuft.

Nach einer einstündigen Wanderung von der Stadt Richtung Breakneck Gully gelangt man zu einer Lichtung im Busch, wo einst ein Gehöft stand. Bis auf drei rote Kamine aus Ziegelsteinen, deren Feuerstellen sich unsichtbaren Räumen öffnen, steht nichts mehr von diesem Gebäude. Jemma hatte dieses verlassene Grundstück entdeckt, bevor Lucy geboren wurde, und mit ein paar vorbereitenden Skizzen für ein Gemälde begonnen. Orte wie diese ziehen sie magisch an, Plätze voller Melancholie und Geister, die unsichtbar umherschweben. Den üppig nachgewachsenen Bäumen am Rande der Lichtung und dem Gras nach zu schließen, das wie ein Teppich das Innere des Hauses überwuchert hat, muss es mindestens zwei Jahre her sein, seit das Buschfeuer hindurchgefegt ist. Aus einer eisernen Kasserole quillt ein Büschel violetter Wildblumen. In einem umgestürzten Camp Oven hat eine Familie kleiner Beutelratten ein Zuhause gefunden. Wo sich einst der Salon befunden haben dürfte, steht noch immer eine geschwärzte Teekanne auf den verkohlten Überresten eines Holztisches. Hinter dem Haus fließt ein Fluss, der sich zu kleinen Tümpeln mit stillen dunklen Wassern verzweigt, die fast unsichtbar wären, würden sich darin nicht die Bäuche vorüberziehender Wolken spiegeln. Über der Oberfläche schweben Stechmücken, die auf ihrem Flug durch die gefilterten Lichtsäulen auftauchen und wieder verschwinden.

Jemma findet eine schattige Stelle, wo sie den Kinderwagen abstellt und mit einem Netz abdeckt, das das Kind vor Fliegen schützt, bevor sie sich mit der aufgezogenen Leinwand im Schoß in der Nähe des Flusses niederlässt. Sie schaut ins Leere, sodass die Farben und die scharfen Konturen sich in eine flüchtige Palette aus Formen und Licht auflösen. Dabei muss sie an das Blickfeld des Kindes denken, dem die sich über seinem Kinderwagen drehende Welt nicht anders als bruchstückhaft und unwirklich vorkommen kann. Als Lucy noch kleiner war, brach sie in Entzückensschreie aus, wenn sie unter einem Baldachin aus Bäumen oder Riesenfarnen hindurchkamen und das Chiaroscuro ihr Gesicht sprenkelte und ihre Pummelhändchen sich ausstreckten, um nach den vorbeischwimmenden Schatten zu greifen.

Aus ein paar Metern Entfernung ist das Bild auf der Leinwand ganz deutlich. Von seinem Platz am Rande der Lichtung erkennt Nathaniel Byrne das quecksilbrige Glänzen des Flusses, die ihn umgebenden Bäume und deren Spiegelung in den Gumpen und im Vordergrund die aufragenden roten Kamine des ausgebrannten Gehöftes. Wie kommt es, fragt er sich, dass er, ein Stammgast des Mountain Hotel an der nahe gelegenen Straße nach Breakneck Gully, bisher noch nicht auf diese Ruinen gestoßen ist?

Er beobachtet sie beim Malen und fühlt sich an die aufgebrochenen, lichterfüllten Muster erinnert, die man beim Blick durch ein Kinderkaleidoskop sieht. Ohne nachzudenken nähert er sich ihr und entdeckt dabei eine merkwürdige Veränderung des Bildes. Es verschwimmt, als wäre es eine optische Täuschung, und die Bäume, der Fluss und die einst soliden Kamine lösen sich auf in einem Farbengewimmel. Fast rechnet er damit, dass auch Mrs. Voletta selbst vor seinen Augen verschwindet, als wäre sie nur eine Illusion aus Licht.

Jemma fährt mit einer raschen Bewegung herum, den Pinsel noch in der Hand. »Schleichen Sie sich an Frauen immer so heran?«

Unwillkürlich weicht Byrne zurück. »Ich muss mich entschuldigen, Madam. Ich sah Sie den steilen Hang mit dem Kinderwagen und Ihrer Leinwand hinaufsteigen. Und das hat mich zugegebenermaßen neugierig gemacht.« Weil ihm zur weiteren Erklärung seiner Motive nichts einfällt, hält er inne und ärgert sich, ertappt worden zu sein. »Wie ich höre, wird es im nächsten Monat bei Bendigo eine Ausstellung von Ihnen geben. Ich meine natürlich, von Ihren Gemälden, nicht von Ihnen. Obwohl sich zweifellos viele freuen würden, einen Blick auf …«

»Verheddern Sie sich bloß nicht, Mr. Byrne. Ich fand schon immer, dass Charme einem Täuschungsversuch gleichkommt. Es überrascht mich, dass Sie sich dazu herablassen. Sie sind so gar nicht der Typ dazu.«

Jemma kann sich nicht erklären, warum sie so gereizt ist. Er hat etwas an sich, das sie vorwarnt und wachsam sowohl ihretwegen als auch seinetwegen sein lässt. Das Gefühl, nicht ganz die Kontrolle über sich zu haben, ist ihr unangenehm.

»Anscheinend habe ich mir ganz unbegründet einen gewissen Ruf erworben«, sagt er.

»Darauf gebe ich nichts«, erwidert Jemma trotziger, als ihr lieb ist. Wohin sie auch geht, immer ist sie sich des Geredes bewusst, das sie auslöst, der Augen, die sie stillschweigend beurteilen. Selbst Gotardo fällt es schwer nachzuvollziehen, warum sie auf der Suche nach Sujets für ihre Skizzen den Kinderwagen ständig über holperige Buschwege schleift, warum sie nicht mehr Zeit dafür aufwendet, Kleider für das Baby zu nähen und sich um den Haushalt zu kümmern.

»Ihre Kühnheit bei der Anhörung im McQueen-Fall habe ich bewundert. Wie ich hoffentlich auch anschließend deutlich machen konnte.«

»Das haben Sie, und ich war dankbar dafür. Leider gehören Sie einer Minderheit an, Mr. Byrne«, ergänzt Jemma. »Woher wussten Sie denn von der Ausstellung?«

»Der Kurator, Mr. Kidd, ist ein alter Freund von mir. Er sagte mir, er habe Ihre Werke in Augenschein genommen und sei höchst beeindruckt.«

Jemma hatte gehofft, Mr. Kidd werde ihr Triptychon des sturmgebeutelten Picknicks und der wunderbaren Rettung des kleinen Mädchens auswählen, doch obwohl er voller Lob für dieses Werk war, fürchtete er doch, damit Anstoß zu erregen, ein Risiko, das er nicht eingehen wollte. Er verlieh seiner Verwunderung Ausdruck, warum sie es *Le déjeuner sur l'herbe* genannt habe, da schließlich auf diesen Bildern überhaupt kein Gras zu finden sei, der Boden im Gegenteil die Farbe von gegerbter Haut habe. Jemma war daraufhin rot geworden und hatte auf die Erwähnung der französischen Maler doch lieber verzichtet. Was ihr zuerst als gute Möglichkeit erschienen war, ihr Werk in eine neue Tradition zu stellen, kam ihr plötzlich hoffnungslos affektiert vor. Verblendet. Allein der Gedanke treibt ihr die Schamesröte ins Gesicht.

Byrne bemerkt diese und fühlt sich ermutigt anzunehmen, er habe sie in Erregung versetzt. Aber das Gespräch scheint ins Stocken geraten zu sein. Er spürt die Feuchte des Buschs nach dem morgendlichen Regen, der die von der Mittagssonne nicht erfassten Blätter wie glasiert erscheinen lässt. Indem er tief einatmet, sagt er: »Es gibt nichts Schöneres, nicht wahr, Mrs. Voletta? Dieser Duft des Busches nach dem Regen. Wenn man den auf Flaschen ziehen könnte. Man gäbe ihm den Namen *eau de* sowieso, und alle Damen der Gesellschaft würden sich darum reißen.«

Jemma lächelt und sagt dann: »*Forêt.*«

»Natürlich. *Eau de forêt.*«

Das sagt er mit einem derart starken, übertriebenen Akzent, dass Jemma gegen ihren Willen lachen muss. Die Luft scheint zu prickeln. Der Geruch von Eukalyptus, die Würze der Akazie, der Moschusduft feuchter Erde. Ihr liegt auf der Zunge zu sagen, wie fruchtbar es riecht, hält sich aber zurück. Etwas an dem Wort »fruchtbar« käme ihr zu keck vor. Zu heftig.

Sie wendet sich ihrer Leinwand zu, um ihre Verwirrung zu verbergen.

Nathaniel beobachtet sie amüsiert. So leicht käme sie ihm nicht davon. »Sie wollten etwas sagen, Mrs. Voletta?« Sie machten Fortschritte, und verdammt sollte er sein, wenn er die Gelegenheit verstreichen ließe.

Jemma vermag ihm nicht in die Augen zu schauen. Sie fühlt sich schüchtern in seiner Gegenwart, und das ist ein Gefühl, das sie nicht mag. Schüchternheit ist falsch und mädchenhaft. Kühn wendet sie sich ihm zu. »Dieses Aroma. Ich wollte sagen, wie fruchtbar es riecht.«

»Fruchtbar.« Sein Ausdruck verändert sich nicht, aber in seinem glutäugigen Blick blitzt kurz ein Funke auf. »Ein gutes und höchst passendes Wort.«

Es ist ein Augenblick vollkommener Übereinstimmung.

Aber was, fragt sich Nathaniel, soll er damit anfangen? Harmloses Scherzen mit Frauen ist er gewohnt, jedoch nicht diese Art von Intensität. Sie entmutigt ihn und erregt ihn zugleich, und er möchte mehr davon.

Plötzlich knackt es in den Zweigen. Sie drehen sich um und sehen eine Polizeiuniform im Gebüsch verschwinden.

»O'Brien!«, sagt Nathaniel.

»Schon wieder.«

»Was wollen Sie damit sagen?«

»Er beobachtet mich.« Jemma erzählt ihm in knappen Worten, woher sie sich kennen. »Ich kann nur hoffen, dass er dessen überdrüssig wird. Aber lassen Sie uns darüber nicht noch mehr Worte verlieren.«

Es folgt betretenes Schweigen.

»Ich sollte Sie zu Ihrer Malerei kommen lassen«, sagt Nathaniel. Verweilt aber trotzdem. Eingehend studiert er die Leinwand. »Aus der Entfernung konnte ich den Fluss und den Kamin und die Bäume sehen. Aber jetzt sehe ich nur noch Farbtupfen.«

»Es ist eine neue Technik, mit der ich experimentiere. Ich erwarte nicht, dass sie diese verstehen oder sogar bewundern. Ich verstehe sie selbst kaum.«

»Verstehen ist nicht immer das Wichtigste. Selbst in der Geologie muss man manchmal seiner Intuition vertrauen.« Mit einem Halblächeln holt er einen kleinen Goldklumpen aus seiner Tasche. Würde er diesen Klumpen halbieren, erzählt er ihr, sähe er wie eine Zwiebel aus, eine Lage auf der anderen. In einer Lösung entwickle sich ein kleines Knötchen zu etwas Größerem, indem es mehr Gold anzieht. Er fixiert sie mit seinen marineblauen Augen. »Gleiche Minerale ziehen einander an. Selbst Substanzen, die nicht magnetisch sind, können voneinander angezogen werden. Warum, wissen wir nicht.«

Aus dem Kinderwagen ertönt ein Schrei.

Byrne setzt seinen Hut wieder auf. »Bis zum nächsten Mal, Mrs. Voletta.« Er wartet ab, kann aber dann doch nicht widerstehen. »Ich nehme nicht an, dass Sie morgen wieder hier sind?«

Jemma starrt lang und intensiv auf die Leinwand. Es wäre falsch, ihn zu ermutigen. Und doch hat sie geplant zurückzukommen. Was konnte es schaden, die Wahrheit zu sagen? »Es wird noch ein paar Tage dauern, bis es fertig ist.«

»Also dann«, sagt Byrne, plötzlich ganz entschlossen. Er nickt ihr zum Abschied zu.

Sie sieht ihm nach, wie er über den schmalen Buschpfad Richtung Mountain Hotel ausschreitet. Noch immer spürt sie die kühle Direktheit seines Blicks. Sie legt das Kind an ihre Brust. Die Milch beginnt zu fließen und überflutet ihren Körper mit Wärme. *Gleiches zieht Gleiches an.*

# 21

Am nächsten Tag trifft Jemma früher als gewöhnlich bei dem ausgebrannten Haus ein. Der morgendliche Chor der Vögel, das schräg durch die Eukalyptusbäume einfallende Sonnenlicht und das satte Grün, das aus jeder Ritze frisch heraussprießt, verbannen das Gefühl des Verlassenseins, das sie mit hergebracht hat. Erwartungsvolles Summen erfüllt die Luft.

Während die Wärme zunimmt, die Luft schwerer wird und die Vögel verstummen, fällt es ihr jedoch immer schwerer, sich auf das Gemälde zu konzentrieren. Die Fliegen scheinen schlimmer zu sein als tags zuvor und summen viel hartnäckiger um ihre Augen und Lippen. Auch die Sonne brennt heißer, als sie das Laubdach über ihr durchdringt. Sie legt die Leinwand beiseite, taucht ihr Gesicht in den Fluss, zieht ihre Stiefel aus und watet dann mit geschürztem Rock durch das klar dahinströmende Wasser, das ihr bis zur Wade reicht. Sie wünschte, es wäre tiefer, dann könnte sie schwimmen. Mit nackten Füßen wandert sie um das ausgebrannte Haus, bückt sich gelegentlich, um Scherben zerbrochenen Geschirrs zu inspizieren, einen angelaufenen Kerzenhalter aus Kupfer, eine Butterdose aus Keramik zum Kühlhalten – alles halb begraben unter Laub und Schmutz. Angestrengt lauscht sie auf Schritte. Es gibt Momente, da ist sie sich sicher, ihn gehört zu haben, das Knacken von Zweigen und Rinde. Aber wenn sie aufblickt, ist da keiner. Sie hätte auch in ihrem Atelier bleiben und in angenehmer Kühle ihr Gemälde vollenden können, und als es Mittag ist, wünscht sie sich, sie hätte es getan.

Ein fordernder Schrei ertönt.

Jemma dreht sich um und sieht Lucy, die von ihrem Schläfchen aufgewacht ist, mit einem breiten Grinsen in ihrem Kinderwagen sitzen und von beiden Seiten daran rütteln. »Mama!«

Als sie sich die Aufmerksamkeit ihrer Mutter gesichert hat, jauchzt sie vor Freude.

Jemma öffnet daraufhin weit ihre Arme. »Lucia mia!«, lacht sie und hebt das Kind aus seinem Kinderwagen. Sie wandert eine Weile mit Lucy im Arm umher, zeigt auf die Dinge und benennt sie – Kamin, Baum, Tisch, Vogel – und singt dann ein paar Takte eines Liedes. Sie wundert sich, wie alles wieder neu wird, wenn man ein Kind hat. Die Welt der wimmelnden Ameisen und kriechenden Geschöpfe, die unter Steinen leben. Der Anblick von Wasser, das sich über die Kiesel in einem Fluss wölbt. Ein winziger Schössling, der aus einem geschwärzten Baumstamm austreibt. Als Lucy in ihren Armen zu strampeln beginnt, setzt sie sie auf einem Grasstück ab, um sie umhertapsen zu lassen. Noch bevor Lucy laufen konnte, zog sie sich an dem hölzernen Rollwagen hoch, den Gotardo für sie gemacht hatte, und rannte damit so schnell sie konnte im Flur auf und ab. Jemma muss lächeln, als sie überlegt, was sie Lucy erzählen wird, wenn sie älter ist: dass sie schon rannte, bevor sie laufen konnte.

Jemma kehrt zu ihrer Leinwand zurück, starrt eine Weile darauf, ist aber in Gedanken ganz woanders. Sie fängt an, ihre Farben wegzupacken. Sie wird nicht mehr hierher zurückkommen. Welch überstürzte Eingebung hat sie an ein weiteres Treffen denken lassen?

Sie hat alles auf das Tablett neben dem Kinderwagen gepackt und sucht nach ihren Stiefeln, als sie im Busch Bewegung und Farbe aufblitzen sieht und Nathaniel Byrne heraustritt.

Er lüftet seinen Hut. Winzige Schweißperlen glänzen auf seinem Nasensattel. »Ich wollte früher hier sein, Mrs. Voletta, wurde aber von der Arbeit abgehalten. Müssen Sie schon gehen?«

Er hält eine braune Papiertüte hoch und sagt ihr, er komme von Bonettis Bäckerei, wo er Marmeladentörtchen und Zimtschnecken gekauft habe, in der Hoffnung, sie könnten sich diese teilen.

Jemmas erster Impuls ist der zu sagen, sie habe keine Zeit mehr. Lucy werde bald müde und nörgelig werden, und es gebe tausend Dinge, die zu Hause auf sie warteten. Außerdem ist sie sauer, dass er sie so lange hat warten lassen. Doch es wäre kleinlich, ihn zurückzuweisen, und Lucy würde sich über ein Marmeladentörtchen freuen.

Plötzlich wird sie sich peinlich ihrer nackten Füße bewusst.

Nathaniel Byrne folgt ihrem Blick nach unten. Er starrt auf ihre nackten, schmutzbespritzten Füße, ihre durchsichtige Haut, das komplizierte Xylophon ihrer Knochen. Sie sehen einander an und lachen.

»Wie Sie sehen, Mr. Byrne, werde ich im Moment nirgendwohin gehen.«

Er verfolgt die Bewegung ihre Lippen und hört kaum, was sie sagt. Er fragt sich, ob ihr wohl je ein Mann gesagt hat, wie schön ihr Mund ist, wie voll und lebendig. Egal, wie sehr sie um Zurückhaltung bemüht ist, wenn sie lächelt, bricht alles aus ihr heraus.

Sein Blick schweift über die Lichtung und bleibt an dem geschwärzten Tisch mit der daraufstehenden Porzellankanne hängen. Regen und Wind haben dem Holz arg zugesetzt, aber es ist noch immer stabil genug, das Gewicht eines kleinen Picknicks zu tragen. Er holt eine Thermosflasche Tee und zwei Zinnbecher heraus, und sie nehmen im Stehen ihren Nachmittagstee ein.

Jemma streicht über die verkohlte Tischplatte. »Das Buschfeuer ist hier durchgekommen. Doch es dürfte schon Jahre zurückliegen.«

»Es war kein Buschfeuer. Sondern ein Hausbrand. Sehen Sie, nur die unmittelbare Umgebung wurde verbrannt? Vermutlich ein Funke von einer dieser Feuerstellen, der übergesprungen ist.«

Sie spürt Mr. Byrnes Blick auf sich, wagt es aber nicht, ihm in die Augen zu schauen. Sie stellt sich einen solchen Moment vor. Ein Funke, der auf eine Matte fliegt, und gleich darauf steht das ganze Haus in Flammen. Wie schnell kann so etwas passieren. Wie schnell sich das Leben verändern kann. Sie ruft Lucy herbei und reicht ihr ein kleines Stück Marmeladentörtchen. Da das Kind mit seinen klebrigen Fingern wie Tentakeln die Marmelade über sein Gesicht schmiert, nimmt Jemma sich vor, alle Anzeichen davon wegzuwischen, ehe sie zu Hause eintreffen. Sie sieht zu, wie Lucy loswandert, um mit einem Haufen kleiner Steine zu spielen, die sie neben einer der Feuerstellen entdeckt hat.

»Was führt Sie zu einem Ort wie diesem, Mrs. Voletta?«, möchte Nathaniel wissen. »Sie haben zu Hause einen hübschen Garten, den Sie malen könnten. Oder den nahe gelegenen Wald. Warum nehmen Sie das alles auf sich?«

»Genau das fragt mein Mann mich auch.«

Nathaniel hätte ihr gern gesagt, dass er sie das aus einem anderen Grund fragt. Er versteht, dass sie zu den Frauen gehört, die man nicht ans Haus binden kann, dass sie ein rastloser Geist ist, wie er selbst.

»Ich kann verstehen, dass diese Ruinen einen ansprechen«, sagt er. »Sie erzählen eine Geschichte, eine tragische vielleicht.«

Jemma lächelt ausweichend. »Die Stimmung ist tatsächlich wichtig. Doch weitaus wichtiger ist für mich noch die Qualität des Lichts. Aber ich möchte diese Dinge gar nicht allzu genau analysieren. Womöglich verschwindet dann der Zauber.«

»Dann finden Sie es also besser, impulsiv zu handeln?«

Jemma überlegt, wie sie ihm ausweichen kann, da hört sie Lucys Aufschrei.

Im Bruchteil einer Sekunde hat sie alles erfasst. Lucy, die auf eine kleine braune Schlange deutet, die nur zwei Schritte von ihr entfernt zwischen ihr und dem großen Kamin dahinter in der Falle sitzt. Hätte die Schlange gekonnt, wäre sie zweifellos geflohen, aber da sie sich bedrängt fühlt, verharrt sie, um zuzuschlagen. Mit einer Kraft und Geschwindigkeit, die sie sich selbst nicht zugetraut hätte, hebt Jemma einen ihrer Stiefel vom Boden auf und wirbelt ihn durch die Luft, sodass er direkt vor der Schlange landet. Ein schwerer Aufprall, eine Staubwolke, und die lauernde Schlange weicht dem Schlag scharf aus, windet sich im Staub und gleitet in den Busch.

Nathaniel hebt das heulende Kind auf und reicht es Jemma. Eine Zikade setzt mit ihrem durchdringenden metallischen Zirpen ein. Jemma drückt Lucy an sich und wiegt sie von Seite zu Seite, weil sie sich selbst genauso beruhigen muss wie das Kind. Sie schaukelt und murmelt Trostworte, bis Lucy einschläft.

Als Nathaniel die beiden vom Rande ihres geschlossenen Kreises aus beobachtet, hat er das befremdliche Gefühl, nicht mehr länger existent zu sein. Das ist kein Gefühl, das ihn üblicherweise in der Gesellschaft von Frauen überfällt. Sein Verstand gebietet ihm, sich diese Frau aus dem Kopf zu schlagen und sich so flink wie er kann aus dem Staub zu machen, sein Körper dagegen verweigert sich ihm.

Erst als Jemma Lucy in den Kinderwagen gelegt hat, wird sie seiner wieder gewahr. »Es war falsch von mir, sie mit hierher zu bringen. Alle haben das gesagt, doch ich wollte nicht auf sie hören. Ich bin zu impulsiv, Mr. Byrne, das war ich schon immer.« Sie sieht ihn vielsagend an. »Aber ich habe meine Lektion gelernt.«

»Schlangen gibt es überall, Mrs. Voletta. Das Risiko ist in ihrem Garten womöglich genauso groß wie hier draußen.«

# 22

Das Bendigo Mechanics' Institute ist keine Kunstgalerie, erfüllt diesen Zweck aber dennoch gut. Der Innenraum ist hell dank einer Reihe von Oberlichten und wurde in einem unauffälligen gebrochenen Weiß gestrichen. Jemma und der Kurator Mr. Kidd haben den ganzen Vormittag damit zugebracht, die Bilder aufzuhängen, und da Mr. Kidd nun losgegangen ist, um etwas zum Mittagessen zu holen, nutzt Jemma die Gelegenheit, zurückzutreten und ihr Werk voll und ganz auf sich wirken zu lassen.

Es ist ein merkwürdiges Gefühl, so kurz vor einem Ereignis zu stehen, auf das man sich so lange gefreut hat. Merkwürdig und beängstigend. Bald schon werden Leute durch diese Räume schlendern, ihre Gemälde studieren, vom einen zum nächsten gehen und womöglich mit einem einzigen Blick das Werk von Jahren taxieren und ablehnen. Und weil sie in ihren Bildern einen Stil verfolgt, der neu und unorthodox ist und womöglich nicht den Erwartungen der Leute entspricht, wie ein Gemälde auszusehen hat, sind die Chancen sehr groß, dass es dem Publikum nicht gefällt. Und Jemma wird machtlos dagegen sein.

»Mrs. Voletta.«

Die Stimme kommt vom Eingang hinter ihr. Jemma dreht sich aufgeschreckt um. Sie hatte niemand hereinkommen hören. Wieder einmal hat er sie überrascht. Sie spürt, wie rasch sich ihre Brust hebt und senkt, und sagt: »Das wird langsam zur Gewohnheit bei Ihnen, Mr. Byrne.«

»Ich habe am Breakneck Gully auf Sie gewartet. Aber Sie sind nicht zurückgekehrt.« Im Lauf des vergangenen Monats war Nathaniel diesen Weg mehrmals in der Hoffnung abgelaufen, sie anzutreffen. Es verstört ihn zutiefst, dass er kaum in der Lage war, an etwas anderes zu denken.

»Ihr Freund, Mr. Kidd, ist gerade gegangen, um zu Mittag zu essen«, sagt Jemma, entschlossen, Avancen jeglicher Art zu ignorieren. »Ich werde ihm ausrichten, dass Sie vorbeigeschaut haben.«

»Das macht nichts, Mrs. Voletta. Ich bin mehr als erfreut, Sie zu sehen.« Sein Blick wandert über die Wände. »Und Ihre Arbeiten.«

»Sie werden mich entschuldigen müssen, wenn ich Ihnen jetzt den Rücken zukehre. Es müssen noch mehr Bilder aufgehängt werden.«

Jemma rückt ein schief hängendes Gemälde gerade, erleichtert, etwas mit ihren Händen tun zu können. Verzweifelt wünscht sie sich, er wäre nicht gekommen. Oft hatte sie mit dem Gedanken gespielt, wieder nach Breakneck zurückzukehren, hatte nachts neben Gotardo im Bett gelegen und überlegt, was sie tun soll, und sich gefragt, ob sie ihn bereits mit diesen Gedanken betrügt. Aber das Gemälde konnte nun im Studio fertiggestellt werden, ohne Lucy unnötigen Gefahren auszusetzen. Außerdem lenkte sie sich mit der Vorbereitung ihrer Werke für die Ausstellung ab, sodass keine Zeit für Tagträume und zum Sinnieren blieb. Ungeachtet der Gefühle, die Nathaniel Byrne in ihr aufgewühlt hatte, sagte sie sich, dass Breakneck Gully der Anfang und das Ende von allem sein müsse.

Doch jetzt, da er hier war, sein gemeißelter Körper, an dessen Hand lässig sein Hut baumelte, im scharfen Kontrast zur weißen Wand, weiß Jemma, dass das nicht stimmt.

Sie fragt ihn, was ihn zur Bendigo führt.

»Ich unterrichte an der Bendigo School of Mines.«

Er steht vor dem Bild, das sie in Breakneck Gully gemalt hat, und studiert es eingehend. Der Himmel über der Buschlichtung ist jetzt viel blauer. Ein Blau, das hypnotisch schimmert, wie auch die weiß-goldenen Flecken vertrockneten Grases, die von der Sonne angestrahlt werden. Er spürt die Hitze dieses Tages aus der Leinwand aufsteigen, kann die Zikaden in der schweren Luft zirpen hören. Es erinnere ihn an ein Gemälde von einem Franzosen, sagt er ihr, den er vor ein paar Jahren auf der Great Exhibition of Modern Works in Melbourne gesehen habe. Weil beide Gemälde sich erst vor den Augen des Betrachters zusammenzusetzen scheinen.

»Ich glaube, ich begreife langsam, was Sie da tun. Sie nehmen Zukünftiges vorweg, Mrs. Voletta. Da bin ich mir ganz sicher.«

Jemma legt das Tuch ab, mit dem sie einen Rahmen abgestaubt hat. Seit jener Ausstellung hat sie dieses französische Gemälde wie ein Geheimnis mit sich herumgetragen, das sie mit niemandem teilen kann. Und hier steht er und teilt es mühelos mit ihr, als kenne er ihre im Innersten verborgenen Gedanken. Gotardo und Celestina hatten versucht, ihr Mut zu machen und das Richtige zu sagen, aber es ist offensichtlich, dass sie vor den Kopf gestoßen sind und sich wünschen, sie würde zu dem eher konventionellen Stil von *Weide mit Butterblumen* zurückkehren. Selbst Mr. Kidd gibt ihren früheren Arbeiten den Vorzug. Er scheint Angst zu haben, ihre späteren Werke könnten genauso angegriffen werden wie das des Franzosen.

Nachdem Jemma sich mit einem Blick über ihre Schulter vergewissert hat, dass Mr. Kidd noch nicht zurückgekehrt ist, bringt Jemma ihre Bedenken zum Ausdruck.

»Ich vermute, dass das ganze Theater um Mr. Manet in den Zeitungen ihn nervös gemacht hat«, erwidert Nathaniel. »Mr. Kidd lässt sich ziemlich leicht aus der Ruhe bringen.«

Sie unterhalten sich noch eine Weile darüber, mit welch primitiver Wut die Öffentlichkeit und die Presse auf die Gemälde des Franzosen reagiert hatten und welches Maß an Feindseligkeit man wohl den Gemälden einer lokalen Künstlerin entgegenbringen wird, die als von dieser »neuen französischen Marotte« beeinflusst gilt. Nathaniel erwähnt, dass er selbst kurzzeitig die Erfahrung machen musste, den Zorn der Zeitungen auf sich gerichtet zu sehen, nachdem er den Chinesen Ah Sen gegen den Vorwurf, Falschgold gemacht zu haben, verteidigt hatte. Die ihm dadurch zuteilwerdende Aufmerksamkeit habe ihn damals fast seine Anstellung gekostet.

Sein Blick fällt auf die über den Boden verstreuten Seiten des *Advocate*, die Jemma verwendet hat, um ihre Gemälde einzuwickeln. »Die Zeitungen behaupten, den Zeitpunkt des Geschehens wiederzugeben. Doch in Ihren Gemälden ist mehr Wahrheit, Mrs. Voletta, als in einer ganzen Ausgabe vom *Advocate*.« Er grinst. »So wie man dort mit Worten um sich wirft, ist das eine Beleidigung echten Schlamms und Schmutzes.« Bei aller Leichtigkeit ist es ihm ernst damit. Echter Schlamm hat die Vergangenheit konserviert. Und kennt keine Vorurteile, keine Mutmaßungen über Richtig und Falsch oder Maßstäbe, wie die Welt zu sein hat.

»Da spricht der Geologe«, lacht Jemma. »Ich bin Ihnen dankbar, Mr. Byrne, mehr als ich das ausdrücken kann. Aber da die Ausstellung jetzt kurz vor ihrer Eröffnung steht, frage ich mich ständig, warum um alles in der Welt ich sie machen wollte. Wenn ich meine Bilder ansehe, die hier an den Wänden hängen, fühle ich mich …«, sie hält inne und holt tief Luft, »schmerzhaft entblößt. Der Kritik, der Lächerlichkeit, der Verachtung preisgegeben.«

Mit sanfter Stimme sagt Nathaniel Byrne: »Nicht von allen.«

Ein Beben erfasst Jemma, als seine Stimme tief in ihrem Inneren nachhallt. Sie bückt sich, um ein Gemälde aufzuheben, das sie hatte aufhängen wollen. Bei ihren Gesprächen findet der tatsächliche Austausch nicht mittels ihrer Worte statt. Sondern in den Vibrationen, die sich zwischen ihnen bewegen wie eine über Draht vermittelte telegrafische Nachricht.

Sie hebt das Gemälde an die Wand, hat aber Mühe, es an den Haken zu hängen. Gerahmt ist es schwerer, als sie gedacht hat. Als ihr Arm zu zittern anfängt, ist er plötzlich direkt hinter ihr und greift über ihre Schultern hinweg an den Holzrahmen. Sie spürt seinen heißen Atem in ihrem Nacken.

»Danke, Mr. Byrne, ich schaffe das schon«, sagt sie, obwohl jedes Atom ihres Körpers sich nach ihm sehnt.

Nachdem das Gemälde am Haken hängt, lässt Nathaniel es los und tritt einen Schritt zurück. Er hat schon viele Frauen begehrt, aber so sehr noch nie, und es schockiert ihn, wie anders es ist. Und er muss an Betsys Worte denken. Dass es eines Tages passieren würde, dass es auch ihn treffen, hart treffen würde. Und wie recht sie hatte. Diese eine Frau, die er begehrt, ist unerreichbar für ihn. Das ist seine Strafe: sein Herz zu spüren, als klopfe eine Faust gegen eine geschlossene Tür.

Während er dasteht und nicht weiß, was er als Nächstes tun soll, huschen seine Augen über das Gemälde des ausgebrannten Gehöftes und entdecken überrascht etwas, das ihm zuvor nicht aufgefallen ist: Eine Gestalt in der Landschaft, das kleine Mädchen, Lucy Voletta, das im Schatten spielt. Man musste im richtigen Abstand und Winkel stehen, um sie zu erkennen, doch war dies der Fall, gestaltete sich das ganze Bild um sie herum neu und wurde belebt von dieser kleinen Elfe, die sich so leichtfüßig bewegte, dass sie kaum den Boden zu berühren schien.

Er will etwas dazu sagen, als Jemma leise meint: »Ich denke, Sie sollten jetzt besser gehen, Mr. Byrne.«

Sie schauen einander an, wagen es aber nicht, noch etwas zu sagen.

Aus Angst nachzugeben wendet Jemma sich von ihm ab und wartet, bis seine Schritte verhallt sind.

Was soll sie jetzt mit sich anstellen? Der Raum um sie herum, das ganze Gebäude atmet den Schmerz seines Verschwindens. Sie setzt sich auf einen Stuhl, wirft ihren Kopf in den Nacken und starrt die Decke an. Sie muss an seine Hände denken, als diese den Rahmen hielten. Jeder Zentimeter von ihr sehnt sich nach seiner Berührung.

Wie hatte sie das zulassen können? Und doch war nicht wirklich etwas passiert. Nichts und alles. Jemma legt ihre Hand auf ihren Mund, um den Drang loszuschreien zu ersticken. Damit wird sie jetzt leben müssen, mit dieser bedrängenden Erkenntnis jenes anderen Lebens, das sie hätte leben, der anderen Person, die sie hätte sein können. In ihr wurde etwas geweckt, das nicht wieder in den Schlaf zurückgeschickt werden konnte. Etwas, das im Dunkel gedieh, wie jene mythischen Geschöpfe tief unten im Meer oder in den Eingeweiden der Erde. Sie hatte genug Ovid gelesen und lange genug gelebt, um begreifen zu können, dass das menschliche Verlangen nicht zu bändigen ist.

Doch bis jetzt wusste sie gar nichts.

# 23

Seit Laddie zu ihnen gehört – eine Promenadenmischung mit rötlichem Fell und einem weißen Punkt über einem Auge –, bläst Gotardo nicht mehr in sein Horn, wenn er die Kühe zum Melken ruft. Eifrig bemüht, die Anerkennung seines neuen Herrn zu gewinnen, lernte Laddie sehr rasch, die Milch tragenden von den trockenen Kühen zu unterscheiden und jede aus der Herde zu holen, die Gotardo ihm benannte. Das Horn wurde in den Ruhestand versetzt, das Messing poliert, bis es wie Gold glänzte, und jetzt hängt es an seiner roten Kordel über dem Kamin, wo Besucher es bewundern. Doch es wird dort nicht lange hängen, denn die Zeit, da Gotardo seinen Anblick nicht mehr ertragen wird, weil es eine zu schmerzhafte Erinnerung an all das ist, was er verloren hat, rückt immer näher. Er wird es in einer Teebüchse verstauen, wo es ungesehen in der Dunkelheit Patina ansetzen wird.

In den letzten Tagen hat Gotardo eine gewisse Lustlosigkeit in seiner Herde festgestellt. Wenn er ruft, kommen die Kühe nicht so eifrig angetrottet, sondern schleppen ihre Hufe wie schmollende Kinder hinter sich her. Die Hitzewelle der letzten Tage hat sie offenbar umgehauen, Gotardo selbst ist auch apathisch. Und so macht er sich auch keine allzu großen Sorgen. Die Lungenseuche, der im vergangenen Winter so viele Tiere in diesem Bezirk zum Opfer fielen, verschwand, als das Frühjahr kam, und ihr Verschwinden wurde weitgehend ihm zugutegehalten. Er betonte immer wieder, dass seine Behandlung dieser Seuche nichts Besonderes sei – eine Standardmischung von pulverisiertem Eisensulfat, Glaubersalz, Salpeter, Pottasche, Brechweinstein und Kampferpulver. Aber die Bauern, um deren Herden er sich gekümmert hat, sind voll des Lobs über seine »beruhigende Berührung«. Jedermann weiß, dass die Schweizer diese Krankheit schon seit Jahrhunderten behandeln und mit den leidenden Tieren gut umzugehen wissen. Trotz all seiner Proteste ist Gotardo stolz auf seinen Ruf und die diesbezügliche Wertschätzung. Nach seinem Erfolg im Winter hat er keinen Grund, an seinen Fähigkeiten zu zweifeln.

Und deshalb ist er fassungslos, als Laddie am Morgen vom frühmorgendlichen Vieheintrieb nur mit einem Viertel der Herde zurückkommt. Er ruft den Hund zu sich, und gemeinsam brechen sie im grauen Licht der Dämmerung zu ihrem Gang über die Weiden auf. Aus der Ferne erinnern seine im Gras liegenden Kühe an große, glatte Felsen, die ein prähistorischer Stamm sorgfältig arrangiert hat, um die Wintersonnenwende zu markieren. Dann hört er das trockene Husten, das Unheil verkündende Röcheln, und Gotardo fängt zu rennen an. Er geht von einer Kuh zur anderen, ruft sie beim Namen, untersucht ihre Zungen und Augen, zwingt sie aufzustehen, während Laddie sie wie verrückt kläffend umkreist. Bald schon steht fest, dass die meisten Kühe gar nicht aufstehen können. Sie zeigen kein Interesse an dem Heu, das Gotardo ihnen anbietet, und als er die Mischung verabreicht, die die Herden der anderen Bauern auf so wunderbare Weise wiederbelebt hat, ändert auch das nichts.

In den darauffolgenden Tagen stellt Jemma sich die Frage, ob sich nicht auch Gotardo das Fieber eingefangen hat. Er schläft bei den Kühen im Stall, presst ihnen feuchte Nesseltücher auf ihre herausgestreckten Zungen und singt ihnen Lieder aus den Bergen vor, bis er keine Stimme mehr hat. In seiner Verzweiflung nimmt er das Horn von der Wand, und als die

Luft von den Klängen widerhallt, welche die felsigen Berghänge und Weiden am See heraufbeschwören, öffnen ein paar der leidenden Tiere ihre Augen und stützen sich mühsam auf ihre wackeligen Vorderbeine, ehe sie zu zitternden Haufen zusammenfallen. Er muss dabei an Lucys Krabbelversuche denken, wie sie auf dem Bauch lag und ihren Kopf wie eine neugierige Schildkröte hob, während Arme und Beine durch die Luft schwammen, bis ihre Stirn auf den Boden knallte. Trotz all ihrer Enttäuschung war es ein komischer Anblick. Aber das hier hat nichts Komisches – seine geliebten Tiere sind so schwach, dass sie hilfloser sind als ein neugeborenes Kalb.

Eines Abends taucht Gotardo an der Küchentür auf, die Augen verquollen, die Wangen dunkel von Bartstoppeln. Jemma hat ihn die ganze Woche kaum gesehen und ist entsetzt, wie ausgezehrt er aussieht.

»Es ist vorbei«, verkündet er. »Mit allen. Sie sind tot.«

Jemma schließt seinen schaudernden Leib in ihre Arme, es ist das erste Mal, dass sie ihn weinen sieht. Wie all diese zuverlässigen, starrsinnigen Tiere mit ihrem grasigen Atem und den prall mit Milch gefüllten Eutern so rasch ihren Geist aufgeben konnten, ist unbegreiflich. Diese zuverlässigen Tiere, die sie so oft verflucht hat und aus ihrem Leben verbannen wollte – obwohl sie sich das nie herbeigesehnt hat. Noch vor zwei Wochen hatten sie eine Herde von fünfzig Tieren, jetzt kein einziges mehr. Mögen Gotardo und sie auch ihren Lebensunterhalt verloren haben, so haben sie noch immer einander und Lucy. Gotardo wird sie mehr denn je brauchen, und sie muss ihn auf jede nur erdenkliche Weise unterstützen. Sie hatte gehofft, durch die Ausstellung etwas Geld einzunehmen, aber nur zwei frühe Werke verkaufen können. Die paar kurzen Notizen in den Zeitungen fielen aus wie von ihr erwartet. Gedämpftes Lob für ihre frühen Gemälde, jedoch Bestürzung angesichts der späten. Ein Kritiker ließ sich gar zu der Bemerkung hinreißen, diese späteren Werke machten den Eindruck der »Dekomposition«. Diese Bemerkung hätte Jemma sich zu Herzen genommen, wäre sie nicht eben erst Zeugin der Zerstörung von Gotardos Herde geworden, was ihr die wahre Bedeutung von Dekomposition vor Augen führte. Wenigstens ist ihr jetzt klar geworden, worauf es wirklich ankommt und was getan werden muss. Darüber hinaus darf es keine »zufälligen« Begegnungen mehr mit Mr. Byrne geben.

Matt erwidert Gotardo ihre Umarmung, für Worte viel zu niedergeschlagen.

Der Graben ist so tief, wie Gotardo groß ist. Würde jemand vorbeikommen, wäre er darin unsichtbar. Feuchte Erdklumpen fliegen heraus und landen wie Kuhfladen im Gras. Er bückt sich und gräbt und wischt sich gelegentlich mit dem Handrücken über die Stoppeln seines Kinns, den Bartschatten, den er sich hat wachsen lassen, um seinen Kummer und seine Scham zu verbergen. Er hätte die Kadaver in den verlassenen Schacht am nördlichen Ende seines Grundstücks werfen und dann mit Kalk und Lehm bedecken können, aber Gotardo ist entschlossen, für seine Tiere ein richtiges Grab zu schaufeln. Sie sind Nachkommen der Herde seines Ururgroßvaters, so wie er der Nachkomme von Generationen von Viehbauern ist, die jahrhundertelang Angriffen und Hungersnöten trotzten, um ihren Familien in jenem isolierten Tal seiner Geburt ein Überleben zu sichern. Aber jetzt muss er vermutlich seiner toten Herde tief in die Erde folgen, wird sich an ein unterirdisches Dasein blinden Tunnelgrabens gewöhnen müssen, denn was soll er sonst tun? Für ihn steht fest, dass Gott von ihm Buße einfordert für seinen hochmütigen Stolz, seinen Verrat an Felice. Er hat die Katastrophe selbst über sich und seine Familie gebracht, und so scheint es ihm nur angemessen, dass er nun, nach einem Leben in frischer Gebirgsluft, dazu verdammt sein soll, seine Tage in den übel riechenden feuchten Erdlöchern einer tiefen Erzmine zu verbringen. Seine Brüder haben ihm einen Anteil an ihrem Unternehmen angeboten, und so unbehaglich ihm der Gedanke an eine Partnerschaft mit ihnen auch ist, kann er es sich doch nicht leisten, das Angebot auszuschlagen.

Gotardo sticht mit der Schneide seiner Schaufel in den Lehm und berechnet den Raum, den er für die Kadaver der fünfzig Kühe benötigt. Seine Ohren foppen ihn noch immer mit dem schwachen Gebimmel der Kuhglocken. Aber er hat nicht nur seine Herde verloren. Seine Vergangenheit, seine Kindheit, der Mann, der er einmal war, ist mit ihnen gestorben und hat ihn leer wie seine Weiden zurückgelassen. Plötzlich prallt seine Schulter zurück, als die Schaufel auf Fels stößt. Er holt noch ein paar Mal aus, aber erfolglos. Er hat auf Fels gehauen und ist am Tiefpunkt angelangt. Ihn schwindelt vor Erleichterung. Tiefer geht es nicht. Seine Füße patschen im Wasser, das durch seine Stiefel eindringt, wo sich die Sohle gelöst hat. Er inspiziert seine Stiefel und überlegt, dass er sie reparieren muss, bevor sie auseinanderfallen. Und da drängt sich ihm wie eine göttliche Vorsehung ein Gedanke auf. Eine Lösung. Er braucht nicht hinunter in die Minen zu steigen oder sich auf die dubiosen Geschäfte seiner Brüder einzulassen. Er richtet sich auf, im Blick noch immer seine Stiefel. Es gibt einen Weg, noch etwas von den Resten seiner Tiere und dem Rest seines Stolzes zu retten. Es wird Jahre dauern, bis er wieder Fuß gefasst hat, aber er wird wie ein Maultier arbeiten und eines Tages eine neue Herde kaufen. Und er weiß mit unerschütterlicher Gewissheit, dass man das unter göttlicher Gnade versteht.

Jemma kann nur vermuten, dass das Entsetzen und der Kummer für sein merkwürdiges Verhalten verantwortlich sind. Ganz geheimniskrämerisch hat er sie plötzlich gebeten, die Weiden oder auch den Stall nicht mehr aufzusuchen. Aus der Ferne hat sie ihn zusammen mit Pliny Serafini die Kadaver in den Stall schleppen und später dann auf den Karren laden sehen, um sie zu dem Massengrab zu transportieren, das Gotardo im hintersten Winkel des Grundstücks ausgehoben hat. Sie hat die beiden auch im Busch verschwinden sehen, von wo sie dann mit Armladungen voll Akazienrinde wieder auftauchten. Vielleicht, überlegt sie, vollziehen sie ein altes Ritual aus ihrer schweizerisch-italienischen Heimat, einen abergläubischen Ritus, in den Gotardo sie nicht einweihen möchte. Davon scheint es viele zu geben. Oft gehen die Männer bei abnehmendem Mond ins Holz, weil es dann angeblich kräftiger sein soll und weniger leicht bricht, da die Säfte sich zurückgezogen haben. Außerdem geht das Gerücht um, Bonetti der Bäcker sei schuld an dem McQueen-Mord, denn man sagt ihm den bösen Blick nach. Jemma zweifelt nicht daran, dass einige von Gotardos älteren Landsleuten sie für den Tod der Herde verantwortlich machen werden – durch ihre Weigerung, der Messe beizuwohnen, habe sie Gottes Zorn über sie gebracht.

Obwohl Gotardo eine Stunde lang im Waschhaus zugebracht hat, um sich mit Seife und Bimsstein abzuschrubben, ehe er zum Abendessen hereinkommt, vermag er nicht alle Spuren von Blut und anderen merkwürdigen Flüssigkeiten zu tilgen, mit denen sein Körper und seine Kleidung bespritzt sind. Jemma erträgt das Geheimnis von Gotardos Ausflüchten nicht länger und schleicht sich eines Abends, als ihr Mann schläft, aus dem Bett, legt sich ein Tuch um ihre Schultern und nimmt eine Laterne mit, damit diese ihr den Weg über die feuchten Weiden erhellt. Die große Holztür des Stalls schwingt auf, und anfangs kann sie sich keinen Reim auf die Gestalten machen, die vor ihr in der Luft schweben. Sie schwenkt die Laterne von Seite zu Seite, bis ihr Gehirn langsam einen Wald von Kuhhäuten registriert, die wie riesige Flughunde von den

Sparren hängen. Sie geht durch den Korridor gegerbter Häute, berührt die weicheren, kleineren Häute und muss dabei an die Kälbchen denken, die sie mit einer Babyflasche von Hand aufgezogen hat. Am hinteren Ende des Stalls stehen ein großer Holzzuber und ein großer Waschkessel voll teefarbener Flüssigkeit, die nach Akazie riecht.

Sie hört Schritte, und bald darauf taucht Gotardo mit einer Kerze in der Hand in der Tür auf. Mit dunklen Schatten unter seinen Augen.

»Ich wollte dich überraschen«, sagt er hilflos. Er wollte nicht, dass sie von den Häutungen erfuhr. Es war ein blutiges und schauderhaftes Geschäft. Er wollte alle Häute schon fertig aufbereitet haben, um ihr zu zeigen, dass nicht alles verloren war. Er erzählt ihr von seinem Onkel Clemente, einem Schuhmacher daheim in seinem Dorf. Als Junge habe Gotardo viele Stunden in dessen Werkstatt zugebracht und seinem Onkel beim Zuschneiden des Leders und beim Zusammennähen über den Holzschuhen zugesehen. Er selbst hätte diese Möglichkeit zwar für sich nicht ausgesucht, das habe Gott für ihn getan. Schließlich lassen sich aus den Häuten von fünfzig Tieren viele Schuhe machen. Eine Zeit lang werde er nun einfach Schuhmacher sein. Er müsse sich nur noch das Werkzeug besorgen.

Jemma ist erleichtert, noch einen Funken des alten Gotardo in ihm aufflackern zu sehen. Ein Schuhmacher. So soll es sein. Dann haben sie wenigstens etwas, wovon sie leben können. Doch aus seinem Blick ist deutlich zu lesen, dass sein Schicksal ihn niedergedrückt hat, er durch den Verlust seiner Herde auch einen Teil von sich selbst verloren hat. Er bewegt sich steif und geht mit hängenden Schultern, als erwarte er den nächsten Schlag.

»Eine Zeit lang wird es schwer werden«, meint er. »Aber du brauchst dir keine Sorgen zu machen. Die Volettas scheuen vor harter Arbeit nicht zurück, und wir haben zum Glück gute

Freunde.« Er ringt sich ein Lächeln ab und hält den Kerzenhalter hoch, sodass das Licht auf das Gesicht seiner Frau fällt. »Du schämst dich doch nicht meinetwegen?«, flüstert er.

Jemma zwinkert ihre Tränen zurück. Sie ist es, die sich schämen sollte. »Niemals, wie kannst du nur so etwas denken.«

# 24

Als Jemma und das Kind an der Rennbahn und den Bocciabahnen neben dem See vorbeikommen, zupft Lucy an der Hand ihrer Mutter. Sie hat Onkel Battista und Onkel Aquilino unter den Männern erspäht, die jubeln, weil eine glänzende Gummikugel auf einen kleinen weißen Ball zugerollt ist. Als sie die Schreie ihrer kleinen Nichte hören, werfen die Onkel ihr mit übertriebener Gestik Kusshändchen zu. Jemma nicken sie nur zu. Sie erwidert diese knappe Begrüßung, nimmt ihre protestierende Tochter auf den Arm und geht weiter die Hauptstraße hinunter, wo Gotardo zwei Türen von Celestinas Tearoom entfernt sein Ladenschild aufgehängt hat.

Jemma hat inzwischen Angst, Gotardos Leuten über den Weg zu laufen. So freundlich und gastfreundlich die Serafinis auch gewesen waren, weiß sie doch, dass sie diesen immer ein Rätsel bleiben und nie richtig dazugehören wird. Manchmal ertappt sie sie dabei, wie sie sie anstarren, als wäre sie eins von Mr. Darwins merkwürdigen neuen Geschöpfen, das sich in ihre Mitte verirrt hat. Nur von Celestina fühlt sie sich so angenommen, wie sie ist. Sie ist die ständigen Fragen leid, warum sie die Taufe des Kindes hinauszögert, und möchte auch nicht auf die besorgten Nachfragen Antwort geben, wie Gotardos Geschäft läuft, denn es läuft entmutigend schlecht.

Jemma setzt Lucy an Celestinas Theke mit einem Zitronensirup ab, den sie mit einem Wachspapierstrohhalm trinkt. Nach zwei Stunden in ihrem Atelier kehrt sie zu Celestina zurück, und sie gehen dann auf dem Weg zu Gotardos Werkstatt gemeinsam zum Postamt.

Als Jemma eintritt, blickt Gotardo kaum auf von seiner Bank, wo er den Absatz eines Frauenstiefels repariert.

»Flicken«, sagt er angewidert. »Ich bin nur ein Flickschuster.« Jemma weiß, was er damit sagen will. Von den paar Shillings, die er durch Reparaturen verdient, können sie nicht leben. Erst ein Bruchteil vom Schweizer Gold wurde verkauft und ein Viertel der Häute. »Wo ist die Kleine?«

»Bei Celestina. Sie kommen gleich. Ich habe ein Bild fertiggestellt. Und das kann ich unmöglich, wenn sie umhersaust.« Lucy weigert sich inzwischen, bei Jemma im Atelier zu bleiben, wenn diese dort arbeitet, und hämmert wütend auf die Tür ein, bis man sie hinauslässt.

»Und das Bild ist wichtiger?«

Jemma zuckt zusammen. Es sieht Gotardo gar nicht ähnlich, sie auf diese Weise herauszufordern, vor allem nicht bei diesem Thema. Offenbar ist er mutloser, als sie das wahrgenommen hat. »Ich habe einen Auftrag für ein Porträt«, erwidert sie leise. »Das bringt uns zwanzig Pfund ein.«

Die Glocke über der Tür läutet, und Lucy platzt herein, gefolgt von einer strahlenden Celestina. »Hast du die Neuigkeiten schon vernommen?«, begrüßt ihn Celestina.

»Aber ich dachte, du willst keine Porträts malen!«, sagt Gotardo zu Jemma.

»Glaubst du etwa, deine Frau ist so blind für eure Lage, dass sie ein solches Angebot ausschlagen würde?«, herrscht Celestina ihn an. »Sie wäre doch dumm, das auszuschlagen.«

Gotardo zieht seine Brauen hoch. »Zwanzig Pfund, hm? Vielleicht sollte ich auch zu malen anfangen. Damit ist mehr Geld zu machen als mit Schuhen. Wen wirst du malen?«

Jemma hofft, dass es dunkel genug ist im Raum, damit man ihre heißen Wangen nicht sieht. »Den Geologen vom Vermessungsamt, Mr. Byrne. Ich bin ihm gerade auf dem Postamt begegnet. Seine Mutter wünscht sich zu ihrem sechzigsten Geburtstag, dass er sich porträtieren lässt, und hat mich gefragt, ob ich bereit dazu wäre.«

Jemma hat Nathaniel Byrne seit dem Tod von Gotardos Herde nicht mehr gesehen, und wäre Celestina nicht mit ihr im Postamt gewesen, hätte sie höflich abgelehnt und wäre dann ihrer Wege gegangen. Aber Celestina war ihretwegen derart begeistert, wohl wissend, dass sie das Geld dringend benötigten, dass es Jemma nicht möglich gewesen war, nein zu sagen.

Mit noch immer finsterer Miene begleitet Gotardo sie zur Tür. »Bist du dir auch sicher, Freude daran zu haben? Du sagtest doch immer, Porträts seien als Kunst verbrämte Schmeicheleien.«

Wie froh wäre Jemma, wenn Celestina jetzt nicht dabei wäre. Gotardo zeigt ihr einen Ausweg, den sie nur allzu gern nutzen würde. Die bloße Tatsache, neben Mr. Byrne zu stehen, hatte ihr im Postamt klargemacht, wie gefährlich jede dieser Begegnungen sein konnte.

»Glaubst du im Ernst, sie könnte jemandem schmeicheln?«, meint Celestina lachend, ehe Jemma auch nur ihren Mund aufmachen kann.

»Nicht, wenn sie die Wahl hat. Aber bei Mr. Byrne hat sie Glück«, gibt Gotardo zu. »Seine Züge sind sehr ansprechend. Ihn sollte die Wahrheit nicht beleidigen.«

Nathaniel Byrne steht am Fenster seines Büros, wo er auf Mrs. Voletta wartet, und streicht sich mit der Hand durch seine lohfarbene Stirnlocke. Dieses Arrangement ist alles andere als perfekt, aber er kann sich wenigstens ihrer Gesellschaft sicher sein, solange sie für das Porträt braucht, ohne dass Verdacht aufkommt. Die Volettas benötigen Geld, also haben alle ihren Vorteil davon.

Als er sie auf den Haupteingang des Verwaltungsgebäudes zulaufen sieht, geht er ins Foyer, um sie zu empfangen.

»Der Zweisitzer wartet, Mrs. Voletta.«

»Wir fahren woandershin? Können die Skizzen nicht hier angefertigt werden, Mr. Byrne?«

»Sie haben erwähnt, wie wichtig die Umgebung ist. Und zufälligerweise haben mich viele meiner Außeneinsätze zum Mount Franklin geführt. Wenn Ihnen dieser Vorschlag allerdings nicht behagt … Aber ich dachte, sie zögen es vor, im Freien zu malen.«

Er hilft ihr auf den Zweisitzer, wo sie Seite an Seite sitzen.

»Sie sind doch nicht wütend auf mich, Mrs. Voletta, oder?« Nathaniel sieht sie mit einem nervösen Lächeln an. »Ich dachte, dieses Arrangement komme Ihnen entgegen.«

Jemma *war* wütend gewesen, aber es fällt ihr schwer, ihm zu widerstehen. Wenigstens braucht sie keine Schuldgefühle wegen der Zeit zu haben, die sie in seiner Gesellschaft verbringt. Schließlich geht es nur darum, ein Geschäft abzuwickeln. Sie wird entschieden und professionell auftreten. Wenn das Gemälde erst einmal fertig ist, werden sie sich nicht mehr treffen.

Auf dem Weg zu dem erloschenen Vulkan erzählt Nathaniel Byrne ihr dessen Vorgeschichte und die Mythen, die ihn wie Lagen feinsten Sediments umgeben, und seine Blicke liebkosen die Landschaft, während er schildert, was darunterliegt. Der Mount Franklin, sagt er, sei ein Neugeborenes, wenn man ihn mit den anderen Vulkanen des Bezirks vergleiche. Erst zweihunderttausend Jahre alt. Sein Ausbruch habe Eingang in die mündlich weitergegebenen Legenden der Ureinwohner gefunden.

Jemma lässt ihren Blick über das Weideland schweifen, während der Zweisitzer über den harten, unnachgiebigen Boden holpert. Sie weiß, dass sich um den Mount Franklin Geschichten ranken. Trotz all des saftigen Grases, das in seinem Krater wächst, wird kein Bauer in diesem Bezirk seine Herde hier weiden lassen. Und Bergleute, die einen Schacht in den Kraterboden trieben, verließen den Ort sehr schnell wieder, als der Boden hohl zu klingen begann. Denn sie bildeten sich ein, jeden Moment die Kruste der Erde zu durchbrechen und dann in die Tiefen ihres glühenden Kerns zu stürzen.

Sie spricht ihn auf die Angst der Bergleute an. »Könnte das passieren?« Doch sie bedauert ihre Frage sogleich. »Zweifellos eine törichte Vorstellung.«

Nathaniel lacht. »Diese Idee hat durchaus etwas Zwingendes.« Schließlich sei der Fels auf dem Grund des Kraters sehr leicht. Erkaltete Lava. Die *tatsächlich* hohl klinge. Darunter jedoch sei der vulkanische Pfropfen abgekühlt und habe sich zu schwarzem Felsgestein verfestigt. Sodass niemals die Gefahr bestanden habe, sie könnten im freien Fall in den Erdmittelpunkt stürzen. Doch dass man dort nach Gold suche, sei verständlich. Wie ein Flaschengeist, der seinen Schatz bewache, sitze der Mount Franklin auf einigen vielversprechenden, aber unerreichbaren tiefen Erzadern.

Er erzählt ihr von den Erdzeitaltern, welche die umgebende Landschaft geformt haben, berichtet von Krustenverdickungen und vergrabenen Flüssen, von Aufwölbungen und Verwerfungen und antiklinalen Falten und vom Land, das sich aufgebläht hat wie eine gewaltige Blase, als von unten das Magma drückte.

Über die Entstehung der Erde und die rastlose Aktivität in ihren Tiefen hatte Jemma sich erst Gedanken gemacht, als sie Mr. Ruskin zu lesen begann. Für Ruskin waren Steine, Mineralien und Felsen die Grundlage großer Kunst. Obwohl sie es für unter ihrer Würde gehalten hatte, begann ihre Lehre bei ihm mit einer Übung, die es verlangte, einen Stein zu zeichnen. Würde man die Rundheit eines Steins genau erfassen können, behauptete er, ware auch alles andere möglich. Nach und nach hatte sie die Wichtigkeit dieser einfachen Lektionen eingesehen, und seine Bewunderung für ihn wuchs.

Sie berichtet Mr. Byrne, dass sie sich noch immer durch die vielen Kapitel von Mr. Ruskins *Moderne Maler* kämpfe, in denen es um die Problematik der Gebirgsbildung gehe.

»Wenn Sie irgendwelche Fragen haben sollten«, sagt er, »wissen Sie ja, wen Sie fragen können.«

Während Nathaniel Byrnes Augen auf die Straße vor ihm gerichtet sind, schielt Jemma heimlich auf sein Profil. Es tut so gut, mal aus dem Alltagstrott herauszukommen und sich mit neuen Themen zu befassen. Sie hatte gar nicht gemerkt, wie schwach ihre Lebensgeister geworden waren und wie sehr sie sich mit ihren Gedanken quälte und im Kreis drehte. Sie ist froh, die Stadt hinter sich zu lassen, unter einem saphirblauen Himmel durch die offene Landschaft zu fahren und die häuslichen Aufgaben zu vergessen. Wieder sorglos zu sein. Ihr Herz weitet sich. Das von Mr. Byrne geschilderte geologische Schauspiel hat wahre Größe – der weißglühende Fels, der nach Spalten sucht, die Bergzüge, die durch Wüstenebenen brechen, der wie ein gewaltiges Ei aufbrechende Erdball, das Auftauchen und Verschwinden der Ozeane, während die Erde sich verzehrt und neu erschafft.

»Mr. Ruskin sagt, eine Künstlerin müsse auch eine Geologin sein, wenn sie der Landschaft gerecht werden will, die sie malt.«

Nathaniel lacht. »Und was sagen Sie dazu?«

»Dass ich keine Zeit gehabt habe, Felsen zu studieren.«

»Absolut verständlich. Aber was für einen großartigen Künstler ergäben wir beide in Kombination!«

Ohne Vorwarnung schleudert die gefurchte Straße sie in gewaltsamer Kollision gegeneinander. Trotz all ihrer Bemühungen, sich aufrecht zu halten, wird Jemma gezwungen, an seiner Schulter nach Halt zu suchen. Nathaniel gerät mit dem Zweispänner ins Schwanken und bleibt einen Moment an sie gedrückt, ehe er wieder zurück auf seinen Sitz findet, wobei um seine bebenden Lippen ein winziges Lächeln spielt. Jemma fragt sich, ob er ihr Herz klopfen hört.

Während sie in den Krater hinabfahren, lässt der Wind nach, doch es gibt kaum Anzeichen darauf, dass sie sich im Schlund eines Vulkans befinden. Genauso gut könnten sie eine sanfte Böschung zu einem Fluss hinuntergefahren sein. Erst als sie anhalten, bekommt Jemma Gelegenheit, sich umzusehen, und bemerkt den kreisrunden Rand. Sie ist zum ersten Mal hier. Sie steigt aus und rechnet dabei fast damit, dass die Erde unter ihren Füßen nachgibt.

Als er den Zweisitzer gesichert hat, streckt Nathaniel seine Arme aus. »Ich stehe zu Ihrer Verfügung. Wo möchten Sie mich haben?«

Sie wandern umher und suchen nach einer passenden Position. Immer wieder kniet Mr. Byrne nieder und zieht etwas aus dem Kraterboden – vulkanische »Granaten« von vor Millionen von Jahren, Obsidiansplitter, einen Beilkopf aus Granit, wie ihn die Ureinwohner benutzten, die dieses Gebiet einmal bewohnt hatten. Er erzählt ihr von den Graptolithen, die er als Junge im Loddon gefunden hat, und von seinen Plänen, eine Expedition auszurüsten und sich auf die Suche nach dem Binnenmeer zu machen.

»Lachen Sie ruhig, Mrs. Voletta. Ich bin daran gewöhnt.« Wenn er von der Obsession seines Lebens spricht, erntet er darauf oft höhnisches Grinsen oder wird mit schallendem Gelächter lächerlich gemacht. Seitdem Sturt bei seiner Suche nach dem Binnenmeer gescheitert war, ist es zum geflügelten Wort für Selbsttäuschung geworden. *So vergeblich wie die Hoffnung, das Binnenmeer zu finden.* Nun klammert er sich daran, dass dieses Meer saisonal sein könnte, in Zeiten großer Regengüsse gedieh, sich aber unter die Erde zurückzog, wenn die Flüsse austrockneten. »Diese Theorie ist für den Geschmack der meisten Leute nicht nachzuvollziehen. Denn für die Ohrensesselreisenden, eine sehr verbreitete Spezies, gibt es entweder ein Meer oder keins.«

»Sie sind mir vielleicht ein Träumer, Mr. Byrne.«

»Ich verstehe das lieber als wissenschaftliche Ahnung.«

Jemma wählt eine Stelle, wo ein paar Bäume stehen und die Erde bis auf einen großen Granitbrocken fast nackt ist. Sie bittet ihn, auf diesem Platz zu nehmen.

»Machen Sie es sich bequem. Aber versuchen Sie nicht, allzu locker zu wirken, das funktioniert nie. Am besten reden Sie. Erzählen Sie mir mehr von Ihrer Expedition oder was Ihnen sonst in den Sinn kommt.«

Nathaniel blitzt sie mit einem trägen Lächeln an. »Was mir sonst in den Sinn kommt, Mrs. Voletta? Ich bin mir nicht sicher, ob ich Ihnen das erzählen soll.«

Jemma nimmt die Kohle und skizziert den Umriss des Felsen. »Was fasziniert Sie so an diesem Meer? Wären Sie in einem Schiff hierhergekommen, würden Sie das womöglich anders sehen.«

Nathaniel widerspricht ihr. »Wenn diejenigen, die hierhergekommen sind, um Gold zu finden, gewusst hätten, was ich weiß, dann wären sie nicht in Scharen ins Inland eingefallen wie die Lemminge, die sie sind.« Er bemerkt ihre hochgezogenen Brauen. »Sie finden, ich urteile zu hart? Ich habe auf diesen Goldfeldern mehr Torheiten und gebrochene Herzen erlebt, als ich das für möglich gehalten hätte. Die Natur des Menschen in ihrer niedrigsten Form. Männer und Frauen, die sich nicht besser benehmen als Tiere. Engstirnigkeit, Verrat, Gier.«

Jemma wartet darauf, dass er fortfährt. Zum ersten Mal erlebt sie ihn derart leidenschaftlich, und das möchte sie festhalten. Aber, um ihn zu malen, muss sie ihre Wachsamkeit vernachlässigen und porös werden, um ihn durch ihre Haut einzusaugen. Muss zulassen, dass die Spannung auf ihren Pinsel überspringt. Sie konzentriert sich auf die muskulösen braunen Arme vor dem Granit, die scharfen Umrisse seiner Wange, weicht jedoch vorsichtig seinem glutäugigen Blick aus.

Im Meer sei mehr Gold zu finden, erklärt er ihr, als man

jemals aus der Erde ausgraben könne. Alluviales Gold, durcheinandergewirbelt von den langsam schmelzenden Gletschern und aus alten Flüssen gespült, goldhaltiger Sand aus Küstenklippen, ausgewaschen von den Ozeanwellen. Mehr Gold als von tausend schiffbrüchigen Galeeren voller Kisten mit Münzen und Kandelabern und anderen geplünderten Schätzen.

Er habe sich oft gefragt, was passieren würde, wenn jemand all diesen Männern und Frauen, die auf der Suche nach ihrem Glück um die Welt segelten, sagte, dass der Stoff ihrer Träume den Wellen anhafte, die das Deck überspülten. Dass sie, würden sie mit angestrengtem Blick hinüber an Afrikas Küste schauen, dunkle Gestalten sehen könnten, die an ihren Ufern hocken und mit ihren Kalabassen den Sand durchsieben, in denen nach eines Tages Arbeit Goldablagerungen im Wert einer halben Guinea, vielleicht aber auch nichts zurückblieb. Dass auf ihrem Weg über den Indischen Ozean im Norden eine große Wüste lag, die Heimat – wie es hieß – von Riesenameisen, die winzige Sandberge aufhäuften, in denen man Gold finden könne. In früheren Zeiten pflegten die Inder auf ihren Kamelen dort hineinzureiten und die Goldberge zu plündern, solange die Ameisen vor der Hitze des Tages unter der Erde Schutz suchten. Waren die Inder allerdings zu langsam beim Füllen ihrer Säcke, gingen die Ameisen auf sie los und fraßen sie alle auf.

»Sie sind ein begnadeter Geschichtenerzähler, Mr. Byrne. Aber glauben Sie wirklich, derartige Geschichten hätten sie abzuhalten vermocht?«

»Vermutlich nicht. Die Macht des Goldes über die Seelen der Menschen gehört zu den Dingen, die mir unergründlich sind. Ich mag viele Schwächen haben, das Gold gehört nicht dazu.«

Daran zweifelt Jemma nicht. Er ist viel zu überlegt und unabhängig, als sich auf den Zufall oder das Glück zu verlassen. Und zu eigensinnig, um sich dem Mob anzuschließen. Und so überrascht es sie nicht, dass er sich lieber auf die Suche nach

Wasser in der Wüste machen würde, als das Gold in der Mine unter seinen Füßen herauszuholen.

»Ich hatte geglaubt, immun gegen dieses Fieber zu sein«, gesteht Jemma. Aber der Verlust von Gotardos Herde hat sie noch einmal daran erinnert, dass es im Leben keine Sicherheit gibt, auch wenn es den Anschein hat. Als ihr Vater starb, hatte sie auf schmerzhafte Weise die Erfahrung gemacht, wie rasch einem alles, was man für gegeben ansah, wieder genommen werden konnte. Jetzt begriff auch sie, warum Menschen davon träumten, auf Gold zu stoßen. Träume waren frei und standen jedermann offen. Wer man war, zählte dabei nicht. Je mehr Geldsorgen sie hatte, umso öfter gab sie sich der Fantasie hin, plötzlich Glück zu haben. Selbst wenn sie im Rosengarten das Unkraut jätete, ertappte sie sich dabei, Felsbrocken umzudrehen und den Schmutz abzuwischen, oder bildete sich ein, zwischen den Karotten und Kartoffeln im Gemüsebeet Goldsprenkel zu entdecken.

Nathaniel entfernt sich von seinem Platz am Felsen und nähert sich ihr. »Wir kennen uns selbst nicht so gut, wie wir glauben.«

Jemma blickt von ihrer Leinwand auf, und ihre Blicke treffen aufeinander.

»Ich muss Ihnen etwas gestehen, Mrs. Voletta. Meine Mutter hat mich gar nicht um dieses Porträt gebeten. Ich habe diesen Plan ausgeheckt, weil ich Ihre Gesellschaft suchte, und hielt mich für klug dabei. Doch jetzt bin ich über meine eigene Klugheit gestolpert. Meine Gefühle sind mächtiger, als mir bewusst war.«

Sie holt tief Luft. Er hat sie in einen Hinterhalt gelockt. Darauf war sie nicht vorbereitet. Mit brüchiger Stimme, die Jemma selbst kaum als die ihre erkennt, sagt sie: »Eine Ihrer Schwächen, Mr. Byrne?«

»Es stimmt, ich hielt mich für unverwundbar, was diese Art von Gefühl betrifft. Eine arrogante Einschätzung. Ich habe mich geirrt. Sehr geirrt.« Er hatte geglaubt, diesen Begegnungen gewachsen zu sein. War davon ausgegangen, dass es ihm gelänge, die Freude, mit ihr zusammen zu sein, genießen zu können und dabei den nötigen Abstand zu wahren. Aber er kann es nicht. Und das hat ihn waghalsig gemacht. Er befindet sich in den Fängen von etwas, das sich seiner Kontrolle entzieht.

Nathaniel nimmt ihr die Kohle aus den Fingern. »Die üblichen Gesetze gelten für uns nicht, Jemma. Das wissen wir beide. Und das können wir nicht ignorieren.«

Es ist das erste Mal, dass er es wagte, sie so intim anzusprechen. Jemma sieht ihn nicht an und nennt ihn auch nicht beim Namen, weil sie sich selbst nicht traut. Sie spürt, wie sie zu zittern beginnt, ob vor Wut oder Verlangen vermag sie nicht zu unterscheiden.

»Ich hätte nicht mit Ihnen hierherkommen dürfen. Das ist Wahnsinn. Sie wissen, dass ich auf das Gerede der Leute nichts gebe, aber mein Mann und mein Kind sind mir wichtig. Ich darf meinen Gefühlen nicht nachgeben.«

»Wenigstens sagen Sie mir, dass Sie genauso empfinden wie ich.«

»Es wäre nur eine Qual für uns beide.«

»Was soll ich damit anfangen? Dass sie mit mir gespielt haben und überhaupt nichts empfinden?«

Jemma klammert sich an ihre Wut. Sie ist ihre einzige Waffe gegen den Sturm von Gefühlen, den er entfesselt hat. Wenn sie hart sein muss, dann muss es eben sein.

»Wir haben miteinander gespielt, Mr. Byrne, und zahlen jetzt den Preis dafür. Lassen Sie uns zurückkehren und nicht mehr darüber sprechen.«

»Werden Sie das Porträt fertigstellen?«

»Es ist keine weitere Sitzung vonnöten. Wenn unsere Vereinbarung noch gilt, werde ich es Ihnen nächste Woche liefern. Danach dürfen wir einander nicht wiedersehen.«

# 25

Gotardo schließt seine Werkstatt zeitig und schlendert die Straße hoch zum Tearoom. Lucy erspäht ihn, sobald er durch die Tür kommt, und eilt zur Begrüßung auf ihn zu, wobei sie »PapaPapaPapa!« mit derart wilder Begeisterung ruft, dass er die fehlende Kundschaft und die Würdelosigkeit, alte Stiefel flicken zu müssen, vergisst und sie in seine Arme nimmt und seine Nase in ihre weichen, süß duftenden Locken drückt. Keiner auf der Welt begrüßt ihn derart hingerissen, keine bewundert ihn so wie sie. Wenn er sie ansieht, kann er sich noch immer darüber wundern, Anteil an ihrer Erschaffung zu haben: an diesem prachtvollen Kind mit den rosigen Wangen, das mit seinen großen braunen Augen verheißungsvoll in die Zukunft blickt. Lucy legt ihr kleines Pummelhändchen in seine große schwielige und führt ihn zurück zur Tür, wobei sie »Heim, Papa, heim!« trällert und Celestina fröhlich zuwinkt.

Mit einem Lutscher lässt sie sich dazu überreden, in den Kinderwagen zu klimmen, und sie zuckeln langsam zurück zum leeren Hof. Die Spätnachmittagssonne scheint auf ihren Weg, und Gotardo, der in die Betrachtung seiner Tochter versunken ist, wird davon verleitet, über das Malen von Porträts nachzudenken, wie es sein muss, stundenlang vor einer Person zu sitzen und diese in sich aufzunehmen. Diese schamlose Intimität, die dabei entsteht.

»Raus, raus!«, schreit Lucy, sobald sie das Haus erblickt.

Gotardo schichtet im Kamin jenes Winkels des Wohnzimmers, den er die Bibliothek nennt, (obwohl nur zwei Regale voller Bücher darin stehen) ein Feuer auf und legt sich zu Lucy auf den Boden. Sie spielen mit einem kleinen Holzfrosch auf Rädern und einer Schnur daran, den er zum ersten Weihnachtsfest gemacht hatte. Dunkel spürt er, dass sich in seinem Hinterkopf ein bohrender Gedanke eingenistet hat, den er eigentlich hatte verfolgen wollen, eine Überlegung, die er auf dem Heimweg angestellt hatte. Aber er ist durch seine Tochter zu sehr abgelenkt, um seine Gedanken zurückzuverfolgen. Ihr Interesse hat sich auf ein Buch im unteren Regal verlagert, und Gotardo muss schnell reagieren, um es vor ihren neugierigen Händen zu retten.

Die Gewohnheit, einander am Abend vorzulesen, haben Jemma und er inzwischen aufgegeben. Schon seit der Zeit vor Lucys Geburt sind ihre Abendveranstaltungen immer seltener geworden. Woran das lag, kann er selbst nicht sagen, ob es die Arbeit ist, die einen zu sehr fordert, oder ob ihre Begeisterung nachgelassen hat, weil das Ritual seinen Reiz verlor. Jemma verbringt abends, sobald Lucy bettfertig ist, immer mehr Zeit in ihrem Atelier, und wenn seine Frau dann ins Bett kommt, ist sie so müde, dass sie nur noch schlafen möchte. Bevor seine Kühe starben, war auch er oft erschöpft – im positiven Sinne –, nachdem er den langen Tag über gemolken und sich um die Tiere gekümmert und Butter und Käse gemacht hatte. Aber jetzt schläft er nicht mehr gut, weil er findet, dass er sich den Schlaf nicht verdient hat. Wenn er nicht schlafen kann, wickelt er sich in eine Decke und liest Platons Dialoge mit Sokrates in dieser Stellung. Diese Lektüre hat ihn dazu inspiriert, darüber nachzudenken, was es bedeutet, mit Würde zu leben und angstfrei die Wahrheit auszusprechen. Jemma, die den Hang hat, unverblümt ihre Meinung zu äußern, findet, dass er zu gefällig ist, zu zögerlich, auch mal Wind zu machen und für sich selbst einzustehen. »Zu gefällig?« probt er seine Verteidigung. »Ich bin davon ausgegangen, dass du froh darüber bist!«

Er ist in den Anblick der Flammen versunken, da bemerkt er, was Lucy im Schilde führt. Er war davon ausgegangen, dass sie die vom Feuermachen noch herumliegende Zeitung zerreißt. Doch überall um sie herum liegen wie frisch gerupfte Gänsefedern die Seiten seines Platons. Im Glauben, alles sei nur ein Spiel, lacht Lucy über den plötzlichen Aufschrei ihres Vaters. Als sie sieht, wie er sich auf die Seiten stürzt, fährt sie mit ihren Ärmchen dazwischen, sodass sie in die Luft fliegen, und dreht sich dann zwischen ihnen wie ein Wirbelwind. Normalerweise verpufft sein Ärger, wenn er ihr Kichern hört, aber in einem unerklärlichen Anfall aufwallenden Zorns zerrt er sie auf sein Knie. Lucys Quietschen wird zum Angstgeheul, während er ihr auf die zarte Hinterseite ihrer Schenkel schlägt. Anklagend wendet sie ihm ihr schmerzverzerrtes Gesicht zu. Gotardo sagt sich, sie müsse ihre Lektion lernen, doch ihm fehlt die notwendige Überzeugung. Was bedeutet schließlich schon dieses Buch? Es ist kein heiliger, unersetzbarer Gegenstand. Er kann sich immer ein neues kaufen oder ausleihen. Er versucht sie zu beruhigen, aber sie will sich nicht trösten lassen und rennt schluchzend zu ihrer Mutter, sobald Jemma, die im Atelier gearbeitet hat, das Haus betritt.

Jemma beugt sich hinab zu ihrer schluchzenden Tochter, die sich an ihre Knie klammert. Zwar steht sie in der Küche, doch ein Teil von ihr ist noch immer am Mount Franklin. Während der ganzen Rückfahrt hatten Nathaniel und sie kein Wort miteinander gewechselt. Sie sah die Vulkanhügel vorbeiziehen und hielt sich aufrecht, um jegliche Berührung ihrer Körper zu vermeiden. Als sie die Stadt erreichten, nahm er ihre Hand, um ihr vom Zweisitzer herunterzuhelfen.

»Das ist Folter, Jemma«, flüsterte er.

Sie gab vor, es nicht zu hören. Er hatte recht, und deshalb konnte sie auch nichts darauf erwidern. Sie musste ihre ganze

Kraft aufbringen, um nicht ihre Fassung zu verlieren. Musste sich ihrer Familie stellen. Durfte sich nicht erlauben, an etwas anderes zu denken.

Und als sie jetzt Lucys kleinen Körper an sich drückt und den süßen Duft ihrer Haut riecht, sagt sie sich: »Das ist es, was zählt. Dieses kleine Geschöpf.« Und ihr Blick wandert weiter zu Gotardos traurigem Gesicht. »Und dieser Mann.«

»Ich habe meine Beherrschung verloren«, seufzt Gotardo. Er hält die Reste des Buchs hoch.

Jemma kann sich vorstellen, wie es passiert ist, wie er abgelenkt gewesen war. Er hat in letzter Zeit so viel ertragen müssen, und obwohl sie versucht hat, ihn zu unterstützen, kann sie nicht leugnen, dass ihre Gedanken anderswo waren.

»O Lucy! Das Buch des armen Papa!«

Das Gesicht des Mädchens verzieht sich, und es fängt wieder zu weinen an. Jemma nimmt ihre Tochter auf den Arm und gibt Gotardo zu verstehen, er solle zu ihnen kommen. »Eine große Umarmung, und alles wird wieder gut.« Das ist ihr Ritual, die große Umarmung, die alle Tränen trocknet.

Gotardo schließt seine Arme um sie beide, und so verweilen sie mit leisen beruhigenden Lauten, bis Lucy zu weinen aufhört. Jemma lächelt Gotardo an, muss sich dann aber abwenden, weil sie befürchtet, er könne den Aufruhr in ihren Augen sehen. Aber es tut so gut, seine Arme zu spüren und zu wissen, dass die Zärtlichkeit, die sie für ihn empfindet, anhält. Seine Kraft und Festigkeit ist so beschaffen, dass es ihm vielleicht sogar gelingt, sie vor sich selbst zu schützen.

In der folgenden Woche verbringt Jemma jede freie Minute im Atelier und arbeitet an dem Porträt, malt beim Licht der Rochester-Lampe bis spät in die Nacht hinein. Als das Bild fertig ist, bringt sie es nicht über sich, es auszuliefern. Das Gemälde ist das Einzige von ihm, worauf sie Anspruch hat, und sie möchte es festhalten, solange es geht. Jedes Mal, wenn Gotardo sich danach erkundigt, sagt sie ihm, es könne noch nicht besichtigt werden. Sie hat Angst vor dem, was er darin sehen wird. Angst, dass alles, was sie zu leugnen versucht hat, aus der Leinwand hervorbrechen und der Welt kundtun wird.

Jemma betrachtet das Gemälde auf der Staffelei. Sie kann sich kaum daran erinnern, die Farbe aufgetragen zu haben. Nur an die prickelnden Momente hier und da, wenn sie seine Haut unter ihren Fingern spürte, während ihr Pinsel seinem Körper zum Leben verhalf. Und dennoch lehnt er dort an dem Granitfelsen, den Kopf leicht zurückgeworfen, als winke er sie herbei, die Lippen umspielt von einem Lächeln. Die scharfe Linie seiner kühnen Koteletten, die auf seine glatten Wangen übergreifen, als hätte er aus sich heraus Gestalt angenommen. Sie weiß, was er denken wird, wenn er das Porträt sieht, egal, was sie ihm erzählt. Er wird von ihr fordern, das zu gestehen, was ihr Pinsel bereits offenbart hat.

# 26

Gotardo ist unten im Keller, als er es an der Tür klopfen hört. Eigentlich sollte er schon in seiner Werkstatt sein, aber er ist an diesem Morgen nur langsam in die Gänge gekommen. Jetzt sieht es so aus, als würde er noch länger aufgehalten werden. Er steigt auf die Leiter, bis sein Kopf auf Fußbodenhöhe ist, von wo aus er in der unvermittelten Helligkeit eine Gestalt in Polizeiuniform in der Küchentür stehen sieht. Obwohl ihm Marcus O'Brien schon öfter in der Stadt begegnet ist, haben sie nie miteinander gesprochen. Er schließt hinter sich die Falltür und saugt die Luft zwischen seinen Zähnen ein. Als er sich aufrichtet, lässt ihn ein leichtes Stechen in seinem Rücken zusammenzucken.

»Meine Frau ist nicht hier, Sergeant. Und wenn Sie hier wäre, würde sie Sie nicht sehen wollen.«

»Ich bin eigentlich nicht hergekommen, um Ihre Frau zu treffen, Mr. Voletta«, sagt O'Brien mit schleppender Stimme. »Darf ich eintreten?«

Gotardo hätte ihm am liebsten verboten, die Schwelle zu übertreten, und ihm gern die Tür vor der Nase zugeschlagen. Aber in seine Befürchtung, was O'Brien wohl im Schilde führen mag, mischt sich auch Neugier. Er neigt seinen Kopf und bittet O'Brien mit zögernder Geste herein, indem er einen der Küchenstühle aus Hartholz herauszieht. Verdammt soll er sein, wenn er diesen Mann in sein Wohnzimmer einladen würde. Er kann nur hoffen, dass Jemma in ihrem Atelier bleibt und nicht auf der Suche nach etwas Trink- oder Essbarem plötzlich auftaucht.

Sie nehmen einander gegenüber Platz und legen ihre Hände auf den Küchentisch.

»Ich nehme an, Ihre Frau ist nicht hier«, legt O'Brien los.

Mit schmalen Augen lässt Gotardo O'Briens langes Gesicht und die kurz geschorenen roten Haare auf sich wirken. Ungeachtet dessen, was Jemma ihm erzählt hat, hat Gotardo von diesem Mann in der Öffentlichkeit genug gesehen, um ihn nicht leiden zu können. Männern, die große Töne spucken, kann man nicht trauen.

Mit einstudiertem Ernst sagt O'Brien: »Darf ich fragen, ob Sie wissen, wo sie ist?«

»Ich wüsste nicht, was Sie das angeht.«

O'Brien starrt Gotardo eindringlich an. »Es gibt Zeiten, da muss ein Polizist schwierige Fragen stellen.«

Gotardo wendet sich ab und sagt nichts. Er muss sich sehr beherrschen, diesen Mann nicht am Kragen zu packen und aus der Tür zu werfen. Aber er weiß, wie flink O'Brien seine Fäuste einzusetzen weiß und dass er ihn womöglich niederschlagen würde. Schwer lastet das Schweigen zwischen ihnen. Laddie bellt irgendetwas an und rennt am Zaun auf und ab, wie der Hund das auch getan hat, als er sich noch darauf freute, die Herde hereinzutreiben. Gotardo bildet sich ein, das sanfte Geläut der Kuhglocken der auf der oberen Weide umherstreifenden Tiere zu hören. Es ist ein Klang, der ihn noch immer heimsucht und vermutlich auch immer heimsuchen wird.

Als er sich nicht länger beherrschen kann, platzt es aus O'Brien heraus: »Ist Ihnen denn gar nicht bewusst, dass sie ihre Zeit mit einem anderen Mann verbringt? Dass sie draußen im Busch ihre Stelldicheins haben?« O'Brien bebt vor Wut. Er wischt sich mit seinem Taschentuch den Mund ab, lehnt sich in seinem Stuhl zurück und wartet auf Gotardos Antwort.

Gotardo muss lächeln. »Natürlich weiß ich das. Sie malt Mr. Byrnes Porträt. Es ist eine Auftragsarbeit. Ich freue mich schon darauf, es zu sehen. Wissen Sie, Sergeant O'Brien, sie mag es nicht, wenn man ihr beim Arbeiten zusieht.«

Langsam findet Gotardo Gefallen an der Situation. Jemma hat ihm von ihrem Verdacht erzählt, dass O'Brien ihr nachspioniert. Dass sie sich manchmal, wenn sie draußen ist, beobachtet fühlt und ihn einmal gesehen hat, wie er durch den Busch davongaloppiert ist. Gotardo war immer beunruhigt gewesen, wenn sie allein in den Busch ging, und war erleichtert zu wissen, dass Mr. Bryne sie während der Arbeit am Porträt begleitete. Es gab Gerede darüber, wie unschicklich dies sei, aber er vermutet, dass es auf die eine oder andere Weise immer Gerede über Jemma geben wird: darüber, wie sie sich kleidet, dass sie den Kinderwagen während ihrer Exkursionen nach geeigneten Stellen zum Malen mit sich schleift, dass sie sich weigert, ihn zur Messe zu begleiten. Jemma kann tun, was sie will, die Leute werden immer reden. Er wusste von Anfang an, dass er ihre Absonderlichkeiten akzeptieren musste. Und obwohl die Situation für sie in letzter Zeit so schwierig war, zweifelt er doch nicht daran, dass er ihr vertrauen kann, selbst wenn er nicht begreift, was in ihrem Kopf vor sich geht.

Er muss an den gestrigen Abend denken, als er nach der Arbeit zum Eingangstor kam und drinnen im Haus ein Feuer lodern sah, in dessen Lichtschein das Wohnzimmer tanzte. Im Sessel vor dem Herd ein Bild mütterlicher Hingabe, das nämliche Bild, vor dem er sich seit frühester Kindheit immer bekreuzigt hat – Jemma mit Lucy: die Jungfrau Maria mit dem Jesuskind. Zutiefst gerührt war er auf der Veranda vor dem Fenster stehen geblieben und hatte die geröteten Wangen seiner Frau betrachtet. Verzaubert vom Feuer lächelte sie in sich hinein, und er konnte nicht umhin, sich zu fragen, was sie wohl dachte. Aber als er dann die Tür aufstieß, schien ihre Stimmung umzuschlagen. Sie begrüßte ihn zerstreut und machte sich dann daran, das Essen zuzubereiten.

Marcus O'Brien erhebt sich mit finsterer Miene. Dieser Narr, sagt er sich, hat keine Ahnung; er scheint seine Frau für einen Engel zu halten. Er hatte immer gewusst, dass dieser zum Flickschuster gewandelte Bauer keine Bedrohung darstellte, dass diese Beziehung nicht von Dauer sein würde. Nathaniel Byrne ist allerdings was anderes. Außerdem hatte er recht behalten, was Jemma und ihren lockeren Lebenswandel betraf. Als er ihr diesen vorhielt, hatte er nur die Wahrheit ausgesprochen. Er kannte sie besser als jeder andere, und im Lauf der Zeit würde auch sie dies erkennen. Auf die eine oder andere Weise würde die Wahrheit ans Licht kommen, dafür würde er schon sorgen.

Gotardo begleitet Sergeant O'Brien über den Kiesweg zum Eingangstor und ist erleichtert, ihn verabschieden zu können, als – zum denkbar schlechtesten Zeitpunkt – Jemma aus ihrem Atelier kommt. Sie entdeckt Gotardo im Garten und ruft ihm zu, sie habe etwas, das sie ihm zeigen wolle. Das Porträt sei fertig. Sie ist zu dem Schluss gekommen, dass sie nur seinen Argwohn weckt, wenn sie es vor ihm zu verbergen sucht. Das Gemälde ist gut, und es gibt nichts, weswegen sie sich schämen müsste. Sie redet sich ein, dass ihre Ängste grundlos sind. Es ist das Bild eines Mannes, der auf einem großen Felsen sitzt. Wie könnte das ihre Gefühle offenlegen?

Jemma kommt mit fließenden Bewegungen über den Rasen und bemerkt zu spät, dass Gotardo nicht allein ist, sondern Marcus O'Brien neben ihm steht. Sie lächeln sich angespannt an und begrüßen sich, während Jemmas Augen zwischen ihrem Ehemann und O'Brien hin und her wandern und sie einzuschätzen versucht, was O'Brien ihm erzählt haben mag.

»Sergeant O'Brien will sich gerade verabschieden«, erklärt ihr Gotardo.

»Ihr Mann hat mir nicht gesagt, dass Sie hier sind, Mrs. Voletta. Sehr nachlässig von ihm, finden Sie nicht? Nichts wäre mir eine größere Freude als zu sehen, woran Sie arbeiten.«

Jemma und Gotardo schauen einander hilflos an. Angesichts der Autorität, die O'Brien für sich in Anspruch nimmt, glauben sie, keine andere Wahl zu haben. Jemma macht auf dem Absatz kehrt und geht, gefolgt von den beiden Männern, in ihr Atelier mit den hohen Wänden, an dessen Stützbalken sich die Leinwände reihen. Auf einer langen Bank liegen Tuben und Farbtöpfe, Gläser mit Pinseln in vielen verschiedenen Größen und große, mit Skizzen bedeckte Blätter. O'Brien sieht sich interessiert um. Er bemerkt, dass der Raum viel größer ist als ihr Atelier in East Melbourne, und verliert für einen Moment seinen spöttischen Ton und wird wieder zum kleinen Jungen. Als würde ihn der Geruch von Leinöl sowie das, was er vor sich sieht und ihn wieder in jene Tage voller Hoffnung zurückversetzt, entwaffnen, verfolgen seine Augen Jemma mit unverhohlenem Begehren, während sie an die Staffelei in der hinteren Ecke tritt und diese für sie herumdreht.

Schweigend starren die beiden Männer auf das Gemälde. Es ist so still, dass Jemma sie atmen hören kann. O'Briens nasales Atemholen, das sich beschleunigt, sobald seine Augen auf das Bild gefallen sind, ist ihr eindringlich bewusst. Seine Augen mustern die Leinwand, nehmen jede Nuance in sich auf, jeden zarten Pinselstrich, und sein Mund verhärtet sich zu einem bitteren Grinsen. Gotardo reagiert darauf mit Verlegenheit, als versuche er sich davon zu überzeugen, dass es nichts gibt, weswegen er sich Sorgen machen müsste. Er betrachtet das Porträt und wendet sich dann ab, sucht zerstreut etwas in seinen Hosentaschen, um es dann erneut anzusehen.

Jemma erträgt es nicht länger, die beiden oder das Gemälde ansehen zu müssen. Noch nie hat sie sich derart bloßgestellt gefühlt und kann doch nur sich selbst die Schuld daran geben.

Unfassbar, dass sie das zugelassen hat. Sie hätte wissen müssen, dass man kein Porträt malen kann, ohne sich damit selbst auf die eine oder andere Weise zu verraten. Entweder sich selbst zu verraten, indem man der Eitelkeit des Modells Vorschub leistet, oder die Gefühle zu verraten, die man für das Modell empfindet – seien diese positiv oder nicht. Dies war auch der Grund, weshalb sie sich immer geschworen hatte, keine Porträts zu malen. Diese konnten für alle Beteiligten nur unbefriedigend ausfallen – und manchmal regelrecht gefährlich. Gestalten in einer Landschaft stellten kein Problem dar. Da ging es nur um die Stimmung, um die Beziehung zwischen Mensch und Natur. Aber versuche einen Menschen auf Leinwand zu bannen, versuche ihn festzunageln wie ein Insekt, und du handelst dir Ärger ein.

Endlich räuspert sich Gotardo und erklärt pflichtschuldig, dass sie die Ähnlichkeit hervorragend getroffen habe.

»So ist es«, sagt O'Brien unvermittelt und kehrt dem Gemälde den Rücken zu. Er schielt zu Gotardo und meint achselzuckend: »Wenn das nicht Beweis genug ist …« Ohne sich zu verabschieden schreitet er zur Tür hinaus.

# 27

Der Tag beginnt windstill und verträumt, ohne Anzeichen auf das, was bevorsteht. An der Grenze zur Rosemount Station, acht Kilometer außerhalb der Stadt, entdecken sie eine schattige Schlucht, die für ihre wild wachsenden Pilze bekannt ist. Es ist zwar bereits Anfang Herbst, aber der Boden ist nach einem langen trockenen Sommer ausgetrocknet, der Fluss ein bloßes Rinnsal, und es gibt nirgendwo Pilze. Lucy lässt sich davon jedoch nicht abschrecken und stöbert zwischen den Blättern, der Rinde und den Abfällen herum und nimmt mit der Begeisterung, die ein Bergmann empfinden mag, wenn er auf Gold gestoßen ist, gelegentlich einen Stein oder eine kleine Pflanze in die Hand. Sie legt die verschiedenen Gegenstände auf eine Ecke der Decke, auf der ihre Eltern liegen, und rennt sofort wieder los, um weiterzusuchen.

Jemma beobachtet das emsige Treiben ihrer Tochter und sehnt sich danach, ihre Augen zu schließen und die Wärme des gefilterten Sonnenlichts zu genießen. Aber sie muss jeden Moment bereit sein aufzuspringen, um den Erkundungsdrang des Kindes zu stoppen und dafür zu sorgen, dass es sich nicht verletzt. Leise summt Lucy ein Lied, das nur aus einem Wort zu bestehen scheint. *Mama, Mama, Mama, Mama. Mama, Mama, Mama, Mama.*

Lächelnd genießt Jemma den Klang. Der neben ihr liegende Gotardo ist so still, dass sie davon ausgeht, er sei eingeschlafen, bis er seinen Arm über die Decke ausstreckt und ihre

Hand ergreift. Seit er zusammen mit Marcus O'Brien vor einer Woche das Porträt betrachtet hat, hat er darüber kein Wort mehr verloren. Am Nachmittag jenes Tages hatte Jemma es dann verpackt zu den Diensträumen des Geologischen Vermessungsamtes gebracht und es Nathaniel Byrne mit der Bitte überreicht, es erst zu öffnen, wenn sie gegangen war. Sollte er nicht damit zufrieden sein, teilte sie ihm mit, werde sie ihm die zwanzig Pfund zurückgeben. Sie befanden sich in einem öffentlichen Gebäude, sodass kein vertrauliches Gespräch möglich war – genau, wie Jemma es wollte. Doch er hatte ihr versichert, er werde sich melden. Bis jetzt hat sie jedoch noch nichts von ihm gehört. Sie sagt sich, dass es so am besten ist, aber sein Schweigen tut weh. Zwei Mal am Tag sieht sie nach, ob Post für sie gekommen ist, und begreift langsam, weil er all ihr Denken beherrscht, was O'Brien antreibt, ihr hinterherzujagen.

Gotardo drückt ihre Hand erneut, und Jemma erwidert pflichtschuldig den Druck. Ermutigt stützt Gotardo sich auf seinem Ellbogen auf und beugt sich über sie, um sie zu küssen. Jemma lächelt, schiebt ihn aber sanft beiseite.

»Warte, bis Lucy schläft.«

Sie versteckt sich hinter Lucy, um sich ihren ehelichen Pflichten zu entziehen. Auch wenn sie sich noch so sehr bemüht, ihre Gedanken zu zügeln, führen diese ihr wildes Eigenleben selbst jetzt, da sie hier liegt und die Hand ihres Mannes hält. Die beiden in ihrer jeweils eigenen Welt gefangenen Eltern achten nicht auf das trockene Knistern des Unterholzes unter Lucys Füßen.

»Ich möchte dich etwas fragen«, sagt Gotardo mit Blick in den Himmel, wo Vögel in seltsam großem Schwarm kreisen.

Angespannt wartet Jemma. Die ganze Woche über hat sie auf diesen Moment gewartet. Er wird sie nach Nathaniel Byrne fragen.

»Warum lächelst du mich nicht mehr an?«

Diese Frage überrascht sie. »Tue ich das nicht?« Sie sieht ihn an und setzt ein Lächeln auf, wird dann jedoch wieder ernst.

»Und mehr bekomme ich nicht?«, ruft er mit vorgetäuschter Entrüstung aus. »Als dein Ehemann? Ich erinnere mich an eine Zeit, da brauchte ich nur meine Augenbrauen hochzuziehen und mein schönes Eheweib lachte laut los. Ist es so schwer, glücklich mit mir zu sein?«

Jemma spürt ihr Herz, das wie kaltes Eisen in ihrer Brust sitzt. Wie gern würde sie weinen können. Stattdessen blickt sie starr in den Himmel. Sie hat ihn nicht betrogen und kommt sich doch vor, als hätte sie eine Unzahl von Verbrechen begangen. Ihr Verbrechen bestand darin, ihn nicht genug lieben zu können – nicht auf die Weise, die sie wieder zu der Frau verwandelt, die er verdient. Ihr Verbrechen war ihre Leidenschaft für einen anderen Mann. Ihr Verbrechen bestand darin, dass es ihr als Künstlerin an der Hingabe mangelt, die eine Ehefrau haben sollte. Es ängstigt sie, dass sie womöglich nie in der Lage sein wird, diese Mängel zu beheben, dass sie an dieser Schuld und dieser Reue ihr ganzes Leben lang wird tragen müssen.

»O Gotardo. Es liegt nicht an dir.« Aus Angst, er könnte nachhaken, ergänzt sie rasch: »Lass uns was essen.«

Jemma setzt sich auf und beginnt, Essen aus dem Picknickkorb zu holen und auf der Decke auszubreiten. Dabei muss sie an das Picknick denken, das sie vor über drei Jahren skizziert hat und dessen gemalte Fassung – ihre beste Arbeit überhaupt – nun in ihrem Atelier Staub ansetzt.

»Komm her, Schatz«, ruft sie Lucy zu. »Zeit zum Mittagessen.«

Nach dem Essen sind sie noch schläfriger als davor. Weder Jemma noch Gotardo haben in letzter Zeit gut geschlafen. Jemma legt Lucy auf ein Kissen, hat aber nicht die Absicht einzudösen. Sie hält ihre Tochter im Arm und nimmt sich vor, nur kurz ihre Augen zu schließen, damit diese sich ausruhen können, aber kaum hat sie das getan, sind sie alle auf der Decke eingeschlafen.

Etwas weckt sie. Eine Windböe zerrt an den Baumkronen, und die ganze Welt scheint ihre Achse zu verschieben, der sich über ihnen drehende Himmel ist jetzt sepiafarben. Ein merkwürdiges Licht liegt über der Landschaft.

Sie schnuppert und setzt sich erschrocken auf.

»Riechst du das?«

Gotardo klettert auf die Bergkuppe und kann nicht glauben, was er sieht. Etwa drei Kilometer von ihnen entfernt rast ein Wall wütender orangefarbener Flammen, an dessen Rändern grauer Rauch aufsteigt, die Hügelketten hinab, und der Wind, vor dem sie in der Schlucht geschützt gewesen waren, treibt die Feuerwalze auf sie zu. Er verfolgt die Feuerlinie, doch nur um eine weitere Front zu entdecken, die von hinten heranrauscht. Ihr Pferd, das sie oberhalb der Schlucht an einem Baum neben dem Karren festgebunden haben, fängt zu wiehern an, zerrt an seinem Strick und versucht sich loszureißen. Der Wind ist so böig und wechselt ständig die Richtung, dass Gotardo nicht sagen kann, welche Richtung sie einschlagen sollen. Über ihren Köpfen tröpfelt verlockend Wasser durch das Blätterdach. Gotardo hetzt den Hang hinunter, um Jemma zu informieren. In der Hoffnung, dass das teilweise gerodete Land als Schneise dient, um das Feuer aufzuhalten, beschließen sie, den Weg über die Weiden zu Jack Maddicks Gehöft zu nehmen. Jemma drückt Lucy an ihre Brust, um sie vor der beißenden Luft zu schützen.

Gotardo spürt kaum, wie der Draht ihm in die Haut schneidet, als er diesen vom Pfosten löst und eine Öffnung in Jack Maddicks neuen Zaun macht. Er führt Pferd und Karren hindurch. Mit jeder rauchgeschwängerten Windböe wird das Pferd nervöser, dessen Flanken bereits schweißnass sind. Gotardo muss all seine Kunst anwenden, um das scheuende Tier unter Kontrolle zu halten. Als Lucy wegen des Rauchs zu würgen beginnt, jammert und hustet, bekommt Jemma Panik. Wie hatte sie das zulassen können, wie konnte sie ihr Mädchen solcher Gefahr aussetzen?

Nicht weit hinter ihnen wälzt das Feuer sich brüllend und schnaubend heran und löst immer wieder Explosionen in den Eukalyptusbäumen aus, die Feuerwerke in den Himmel speien. Brennende Streifen von Candlebark- und Stringybark-Eukalyptus zischen wie Kometen durch die sengende Hitze der Luft. Weil Jemma und Gotardo jegliche Orientierung verloren haben, schreien sie einander an und streiten darüber, welchen Weg sie einschlagen sollen. Eigentlich sollte die Landschaft offener werden, aber stattdessen verdichtet sich das Unterholz immer mehr und der Busch wird undurchdringlicher.

Die Stute bäumt sich auf der Hinterhand auf, als ertrüge sie die Hitze des Bodens nicht mehr. Auf dem Pfad vor ihnen ist eine Frau aufgetaucht und wäre fast unter die Hufe gekommen. Mit Worten, die sie nicht verstehen können, beruhigt sie das aufgeschreckte Pferd. Sie ist eine Ureinwohnerin, gekleidet in der Tracht eines Hausmädchens, doch ihr dunkles lockiges Haar löst sich unter der Haube, die fleckig ist von der vom Himmel fallenden Asche. Sie erfahren von ihr, dass sie in dem Gehöft arbeitet und auf dem Heimweg von einer Besorgung für ihren älteren Nachbarn war, der Weg aber von den Flammen blockiert ist. Von ihr hören sie, dass sie in der falschen Richtung unterwegs sind und noch ehe das Feuer sie überrenne mit Sicherheit vom Rauch überwältigt würden, sollten sie weiterhin diesen Weg verfolgen. Sie legt ihnen nahe, den Karren und das Pferd zurückzulassen, und führt sie in eine andere Schlucht. Dort gebe es einen Wasserfall, hinter dem sie Zuflucht finden können.

Sie klettern, rutschen und klammern sich bei ihrem Abstieg an kleine Büsche, angezogen vom wohligen Klang herabstürzenden Wassers, wo die Luft zunehmend frischer wird und ihnen nach dem erstickenden Rauch und der Hitze eine Atempause gewährt. Unten angekommen bedrängt die Frau sie, ihre schwere Oberbekleidung abzulegen und in den Teich zu steigen, dabei deutet sie auf eine Höhle, die man hinter dem flüssigen Vorhang erahnen kann, der wie schaumgesponnener Tüll von einer Felskante dreißig Meter über ihnen hängt. Glücklicherweise, sagt sie, gebe es jetzt im Winter keine Strömung. Sie müssten durch die Gumpe waten, um die Höhle zu erreichen. Wortlos öffnet sie die Häkchen, die ihren Rock zusammenhalten, und bedeutet Jemma, ihr das Kind zu geben. Den Rock wie ein Zelt über ihren Köpfen haltend geht sie raschen Schritts durch die Wand aus Wasser und verschwindet wie in einer anderen Welt. Jemma und Gotardo tauchen direkt nach ihr ein und befinden sich gleich darauf am Ausgang einer kühlen, flachen Höhle, wo es unerwartet still ist. Lucy findet ihre tropfenden Haare lustig und schaut mit fröhlichem Grinsen von einem Gesicht ins andere, als wäre das alles ein herrliches Spiel.

Sie sind zwar durch das herabstürzende Wasser teilweise geschützt, aber die Rauchgefahr ist nicht gebannt. Hinter ihrem flüssigen Vorhang verfolgen sie, wie die höllische pulsierende Feuerwalze, gebrochen durch den Wasserfall, sich der Schlucht nähert. Die Höhle ist relativ schmal, aber die Frau, die sich ihnen als Harriet Farmer vorstellt, kennt einen kleinen Tunnel, der tief in den Berg hineinführt. Auf Händen und Füßen kriechen sie in diese Spalte und atmen die feuchte unterirdische Luft ein, während draußen das Feuer den Sauerstoff verschlingt und die Erde schwärzt. Wie ein gefräßiges Fabelwesen donnert es über sie hinweg. Aneinandergedrängt liegen sie auf den bemoosten Felsen und warten.

Als das Gebrüll nachlässt und sie gefahrlos wieder herauskommen können, kriechen sie ins Freie und stehen vor einer vollkommen veränderten Landschaft.

# 28

Später wird Gotardo daran als ihr letztes Abendmahl denken. Dazu haben sich Celestina und Carlo mit ihren beiden Kindern Giulia und Cesare, Marina und Pliny mit ihren vier Kindern Maurizio, Anna, Giacomo und Rosa sowie die beiden Brüder Gotardos, Battista und Aquilino, versammelt. Finstere Gesichter mit Vollbärten neben vollen Mündern und straffe Chignons neben pausbäckigen gelockten Cherubim, lange Locken neben romanischen Nasen und gestutzten Schnurrbärten. Dunkelhaarig, grobknochig, olivenfarben. Gotardos eigene Züge, die vielgestaltig auf ihn zurückgeworfen werden. Und selbst Jemma sieht so glücklich und gelöst aus wie schon seit Wochen nicht mehr. Er wird sie so, wie sie in diesem Moment im Lampenschein um den Tisch sitzen, im Gedächtnis behalten, sich an ihre entsetzten Ausrufe und an ihre von den Schatten vergrößerten Gesichter erinnern, als Jemma und er ihnen ihre Geschichte zum wiederholten Male so lebhaft schildern, dass allen der Rauch in den Augen brennt.

Pliny hebt sein Glas. »Auf das Leben!«

»Auf das Leben!«, jubeln alle.

Als die Volettas an diesem Abend eintrafen und Lucy das Feuer im Herd sah, schrie sie, bis Marina das Schutzblech vor die Flammen stellte. Doch abgesehen von der verständlichen Panik angesichts des Feuers und einer vom Rauch ausgelösten leichten Reizung des Halses macht sie einen unverletzten Eindruck. Nachdem sie den Teich und den Wasserfall erlebt hat, beschließt sie sogar, gern baden zu wollen, was zuvor immer eine Tortur gewesen war. Bevor sie zu den Serafinis aufbrachen, vollzogen Jemma und Gotardo gemeinsam das Ritual, das seit Lucys Geburt fast täglich absolviert wurde. Die beiden Eltern knieten sich wie zum Gebet beidseits der Wanne nieder, senkten das nackte Kind ins Wasser und verfolgten das Mienenspiel, wenn Wasser und Seifenschaum von ihrer Haut tropften. Sie sangen eigens für sie erfundene Lieder, Unsinnsreime zu alten Melodien und Lieder, die sie aus ihrer Kindheit ausgekramt hatten und die alle dazu ersonnen waren, um Lucys Aufmerksamkeit zu buhlen. Obwohl es schon zwei Tage her war, dass sie von der Feuersbrunst überrascht wurden, fanden sich noch immer schwarze Ascheflocken in ihren Ohrmuscheln und Moosstückchen unter ihren Nägeln. Jemma nahm einen Waschlappen und hob ihn über Lucys Kopf, um einzelne Wassertröpfchen herauszudrücken und ihr aufs Haar fallen zu lassen. Diese tägliche Taufe bedeutete ihr mehr als alles, was in der Kirche passieren könnte. Nach dem Schrecken des Feuers hat Jemma jedoch Gotardos Bitten nachgegeben. Lucy Rose Voletta wird am kommenden Sonntag getauft werden.

Ehe es dunkel wird, spielen die Kinder draußen im Garten »Strauchdiebe und Gendarm«. Gelegentlich sausen sie an einem der Fenster vorbei, gefolgt von Lucy, die »Bleib stehen, Dieb!« ruft. Am späteren Abend schlafen die Kinder vor dem Kamin ein. Jemma verfolgt das über ihre Körper hüpfende gelbe Licht, die Wärme der domestizierten Flammen, die anders als das Buschfeuer nicht bedrohlich sind wie eine Eidechse im Vergleich zu einem Drachen. Die Erwachsenen trinken auf Harriet Farmer und debattieren fröhlich darüber, wie man diese einheimische Frau, dank derer die Volettas dem sicheren Tod entkamen, am besten belohnen könnte.

Jemma fällt ein, dass sie seit dem Feuer vor zwei Tagen kein einziges Mal an Nathaniel Byrne gedacht hat. Im Moment scheint in ihrem Kopf kein Platz für ihn zu sein – es ist, als wäre all ihr aufgestautes Verlangen in der gewaltigen Hitze des Feuers verpufft. Sie waren vom Tode gestreift, mit dem Leben davongekommen, und nun ist alles anders als zuvor. Diese Feuerprobe hat sie verändert. Sie glaubt langsam zu verstehen, was Zufriedenheit bedeuten könnte: sich einfach mit dem zufriedengeben, was man hat. Sie lässt ihren Blick über die Runde um den Tisch schweifen und hegt selbst für Battista und Aquilino warmherzige Gefühle, die sich an diesem Abend – zum ersten Mal, seit sie sie kennt – wirklich zu freuen scheinen, sie zu sehen. Und sie ist wahrhaft glücklich, eine von ihnen zu sein. Sie leert ihr Glas Wein und hält es Pliny zum Nachschenken hin, beteiligt sich an der angeregten Unterhaltung, fühlt sich wohl in ihrer Haut und endlich zu Hause.

Um Mitternacht machen sie sich auf den Heimweg über den staubigen Weg, der die beiden Anwesen miteinander verbindet. Jemma trägt die in eine Decke gewickelte Lucy, deren Lockenkopf auf der Schulter ihrer Mutter ruht und deren Rosenknospenmund sich gelegentlich verzieht, wenn sie im Schlaf schnieft. Gotardo geht mit der Laterne voran. Vom Ast eines Eukalyptusbaums beobachtet sie ein Paar runder goldener Augen. Eine Eule schreit und rauscht in die Dunkelheit davon. Gotardo bleibt stehen und lässt seinen Blick über die Weiden wandern, und Jemma weiß genau, was er denkt. Wie leer sie aussehen. Sie tritt hinter ihn und bläst ihm weißen Hauch ins Ohr. *Die Kühe werden nach Hause kommen*, sagt ihr Lächeln. Es ist ein kleiner Scherz zwischen ihnen, ein Satz, der ihn aufmuntern soll, wenn ihn die Verzweiflung niederdrückt, den Rest seines Lebens als Stiefelmacher zubringen zu müssen.

»Sieh nur!«, ruft Gotardo plötzlich und deutet hinunter auf das Stony-Creek-Becken, wo das Feuer an der Grand Mystery Co. noch immer brennt. Es überrascht ihn, dass er sich nach allem, was sie durchgemacht haben, nach wie vor für dieses

Flackern in der Dunkelheit erwärmen kann. Aber dem Feuer wohnt ein Geheimnis inne, das stärker ist als die Angst, vor allem einem Feuer wie diesem. Die Hände in die Taschen gesteckt bleibt er stehen und bewundert diesen Anblick, bis Jemma ihn drängt weiterzugehen. Sie möchte nicht, dass Lucy sich erkältet.

Im Haus bringt sie das schlafende Kind nach oben in ihr Bettchen am Fußende ihres Ehebetts. Jemma legt sie hinein und deckt sie mit einer zweiten Decke bis zum Kinn zu, küsst die warme Haut ihrer Tochter und sagt ihr flüsternd Gute Nacht.

Ehemann und Ehefrau schlafen tief und fest, und wenn sie träumen, werden ihre Träume viel zu tief im Schutt ihrer früheren Leben begraben sein, als dass man sie ausgraben könnte.

Jemma wird wach von der Stille im Raum. Obwohl es bereits tagt, hat Lucy sich noch nicht gemeldet, wie sie das für gewöhnlich tut. Jemma bleibt liegen und lauscht auf den Atem ihrer Tochter, der vom Gekrächze der Elstern und dem Geschwätz der anderen Vögel übertönt wird. Sie wirft die Decke ab und eilt zur Wiege. Beugt sich über das Gitter und hält dann inne. Zwingt sich zurück in den Schlaf, zurück in ihre Träume, die sie träumte, als Lucy noch atmete, und noch weiter zurück, als Lucy sicher eingerollt in ihrem Bauch lag, zurück in eine Zeit, die vorbei ist.

Lucys Lippen sind blau. Als Jemma sie aus dem Bettchen hebt, weiß sie Bescheid. Anstatt des vertrauten weichen, sich anschmiegenden Körpers ihrer Tochter hält sie die steife Gestalt einer Porzellanpuppe in ihren Armen.

# 29

Noch bevor der Bericht des Gerichtsmediziners Fragen nach der Todesursache aufwirft, hat sich das Gerücht schon wie ein Lauffeuer verbreitet. Die Lunte wurde schon vor langer Zeit gelegt und entzündet sich so schnell, dass schon bald eine Feuersbrunst wütet, die nichts aufzuhalten vermag.

Seit Gotardo mit seiner unerträglichen Nachricht in ihren Laden gestürmt kam, hat Celestina es sich zur Aufgabe gemacht, sie und ihr Haus zu beschützen. Sie kümmert sich und beschützt sie so gut ihr das möglich ist – hat ihnen Mahlzeiten gekocht, unerwünschte Besucher ferngehalten und mit den Bestattern verhandelt. Aber als Sergeant O'Brien vorbeikommt, weiß sie, dass sie ihn nicht wegschicken kann. Er sagt ihr, er habe bereits mit Pliny und Marina über den Abend vor ihrem Tod gesprochen, ebenso mit Battista und Aquilino. Er bittet Celestina um ihre Version der Ereignisse und sagt dann, er müsse Jemma und Gotardo sprechen. Celestina protestiert und möchte von ihm wissen, warum Ermittlungen nötig seien, wo doch eindeutig eine natürliche Todesursache vorliege, die zweifellos im Zusammenhang mit dem Buschfeuer stehe. Die Tragödie sei schon groß genug, auch ohne einen Schuldigen zu suchen.

Sergeant O'Brien steht in der Küche, die Arme über der Brust verschränkt. Das Schicksal geht wundersame Wege, überlegt er, und hat ihm endlich in die Hände gespielt. So unangenehm die kommenden Ereignisse auch sein werden, sie dienen der Reinigung und sind deshalb notwendig. Dabei geht es nicht so sehr um ein Wiederherstellen der Ordnung, sondern vielmehr um das Einleiten einer neuen Ordnung. Er teilt ihr mit, man habe bei der Autopsie keine Anzeichen auf einen plötzlichen Tod gefunden. Lunge und Herz seien in guter Verfassung gewesen, nichts habe auf Krankheit oder Reizung durch den Rauch hingewiesen. Das Kind habe aus unbekannten Gründen zu atmen aufgehört. Es obliege seiner Verantwortung zu entscheiden, ob es Beweise für menschliches Einwirken an ihrem Tod gebe.

»Menschliches Einwirken! Was ist das denn für eine Ausdrucksweise?« Warum konnte er nicht sagen, was er dachte? Dass entweder Gotardo oder Jemma oder beide zusammen ihr eigenes Kind umgebracht hatten.

»Die wahrscheinlichste Todesursache scheint Ersticken zu sein«, erklärt O'Brien. »Ich würde als Erstes gern mit Mr. Voletta und dann mit seiner Frau sprechen.«

Celestina rührt sich nicht von der Stelle. Sie kennt O'Briens Gefühle für Jemma, und sie hat Angst. »Die beiden haben genug gelitten, Sergeant O'Brien. Sie haben ihre Tochter verloren. Sie haben dieses kleine Mädchen vergöttert.« Bei diesen Worten schnürt es ihr die Kehle zu. »Bitte lassen Sie sie in Ruhe.«

»Langsam verliere ich die Geduld, Mrs. Manotti. Kindestötung kommt häufiger vor, als man glauben möchte. Es ist meine unerfreuliche Pflicht, derartige Vorfälle zu untersuchen. Behindern Sie mich nicht dabei, sonst wird das Folgen haben.«

Kindestötung. Celestina fröstelt. Erst vor Kurzem war ein solcher Fall in der Presse aufgebauscht worden. Und O'Brien weiß genau, dass er nur das Wort »Kindestötung« aussprechen muss, und sofort wird allen dieser Vorfall wieder einfallen. Eine Frau, die ihre beiden Kinder umgebracht hat, weil ihr Liebhaber eifersüchtig war und sie aus dem Weg haben wollte.

Weitaus verbreiteter waren allerdings die Fälle, in denen junge, unverheiratete Frauen, die ihre Schwangerschaft verborgen hatten, sich irgendwohin allein zurückzogen, um zu gebären, und sich dann, weil sie keine Unterstützung fanden und Angst vor übler Nachrede hatten, des Kindes entledigten.

Celestina hat keinen Zweifel daran, dass der Polizist seine Macht genießt und bereits sehr genau weiß, wie er diese einsetzen wird. Am meisten erschreckt sie jedoch, dass sie nichts tun kann, um ihn aufzuhalten. Sie geht und holt Gotardo. Kurz darauf erscheint dieser wie ein Schatten seiner selbst in der Küchentür, unrasiert und ausgelaugt. Er setzt sich und starrt mit leerem Blick auf Sergeant O'Brien, während Celestina sich im Hintergrund hält. Das Verhör ist kurz, beinahe nachlässig. Dann darf Gotardo wieder zu seinen weinenden Verwandten ins Wohnzimmer zurückkehren. Celestina würde ihn nur zu gern begleiten und mit ihnen trauern, aber Jemma zuliebe kann sie das nicht tun. Die Trauergäste können es nicht verstehen, warum ~~Celestina~~ Jemma sich weigert, sich zu ihnen zu gesellen, warum sie ihr Leid nicht teilen will. Warum sie keine Tränen vergießt. Warum sie nicht schwarz trägt. Selbst Pliny und Marina, die sie kennen und lieben, sind erstaunt darüber. Ihrer Meinung nach stimmt etwas nicht, wenn eine Mutter nicht um ihr Kind weint. Und auch Celestina muss gegen die Dämonen des Zweifels ankämpfen, wenn sie sich daran erinnert, wie verhalten Jemma reagierte, als sie von ihrer Schwangerschaft erfuhr, an ihre Andeutungen, diese beenden zu wollen, wenn sie könnte.

Celestina nimmt einen Tiegel und haut damit auf den Küchentisch, als wäre er ein Richterhammer und als wollte sie sich damit zur Räson bringen. Wie kann sie nur derartige Gedanken zulassen, obwohl sie genau weiß, wie sehr Jemma dieses Kind geliebt hat? Wenn schon Jemmas Familie auf diese Weise denkt und redet, wie soll man da noch hoffen? Sie weiß, was die Leute in der Stadt reden. Es geht das Gerücht um, Jemma habe eine Affäre mit Nathaniel Byrne. Das war Celestina schon vorher zu Ohren gekommen, jetzt dagegen hat die Geschichte aber Ausschmückungen erfahren, die an Absurdität nicht zu überbieten sind. Es heißt, sie habe ihren Mann und ihr Kind an dem Tag, als das Feuer ausbrach, in der Absicht mit in den Busch genommen, sie beide umzubringen und dort zu verstecken, das Buschfeuer und Harriet Farmer hätten jedoch ihre Pläne vereitelt. Und man hatte auch nicht vergessen, wie sie das Kind skizziert hatte, das fast in einen Minenschacht gestürzt wäre. Einer Frau, die so gefühllos ist, so etwas zu tun, traut man auch zu, dass sie ihr eigenes Kind umbringt. Das sagen die Leute. Voller Entsetzen malt sie sich aus, was sie erst denken werden. Welche Abgründe an Boshaftigkeit und Engstirnigkeit sich angesichts dieser Tragödie auftun. Wie bereitwillig sie gleich das Schlimmste annehmen. Und doch kennt sie diesen Impuls wie alle anderen nur zu gut.

Celestina teilt O'Brien mit, dass Jemma sich weigere, ihr Atelier zu verlassen, wo sie sich aufhalte, seit man Lucys Leiche weggebracht hatte.

O'Brien zuckt die Achseln. »Das lässt sich leicht lösen.«

Obwohl er sagt, er kenne den Weg, besteht Celestina darauf, ihn zum Atelier zu begleiten. Sie zieht ihre Rückkehr solange es geht hinaus, bis O'Brien ihr zu verstehen gibt, sich zu entfernen. Auf dem Rückweg zum Haus hört sie ihn an die Tür klopfen und fast zärtlich sagen: »Ich bin es, Jemma. Darf ich reinkommen?«

Jemma findet keinen Schlaf, ihre Gedanken brennen wie heiße Kohlen. Es gab Momente während der Nacht, da hatte sie mit offenen Augen geträumt und halluziniert, eine kleine, verbrannte Gestalt in Fötushaltung in ihrer Handfläche zu halten. Sie hatte etwas Menschliches, hätte aber auch eine monströse schwarze dicke Bohne sein können. Und da kam ihr die Idee, diese könne, wenn sie sie einpflanze, austreiben und dem Himmel entgegenwachsen wie Jacks Bohnenstängel – wie in der Geschichte, die sie gerade erst Lucy vorgelesen hatte –, und sie selbst könnte dann an diesem Bohnenstängel hochklettern und Lucy in einem märchenhaften Königreich in den Wolken wiederfinden. Vielleicht schläft sie tatsächlich. Wenn es nur so wäre. Wenn sie doch nur aufwachte.

Sie erhebt sich von dem harten Fliesenboden ihres Ateliers, auf dem sie gelegen hat, und tritt mit nunmehr wachem Verstand ans Fenster, von wo aus man den Wald von Wombat Hill sieht. Es ist früher Morgen, die Sterne sind noch am Himmel zu sehen. In ihrem weißen Nachthemd verfolgt sie, wie vor ihr der Tag langsam Kontur annimmt, wie eine Fotografie in einer Lösung. Aus einer dunklen Masse treten die einzelnen Baumstämme hervor, aus dichten Klumpen die sichelförmigen Blätter. Auf dem von Tau bedeckten Boden jeder einzelne Grashalm. Sie steht so lange auf ihrem Platz, bis sie zu schwanken beginnt und einen Stuhl finden muss, bevor sie umfällt. Eigentlich hatte sie erwartet, es würde für immer Nacht bleiben, denn wie konnte die Welt sich weiterdrehen wie vorher? Und doch war wieder ein neuer Tag angebrochen, die Sonne stieg in den Himmel auf, die Vögel sangen, Leute regten sich. Wie sollte sie jeden weiteren neuen Morgen ertragen, wenn ihr kleines Mädchen nicht mehr aufwachte?

Die Tür geht auf, und ein Mann ruft ihren Namen. Wütend und erschrocken springt sie auf, weil sie wieder mit O'Brien rechnet.

Darauf war Nathaniel Byrne nicht vorbereitet. Jemma in ihrem Nachthemd, die Augen eingefallen, das Haar lose herabhängend. Er nähert sich ihr und ergreift ihre Hände. Wagt es kaum, sie anzusprechen.

»Jemma«, flüstert er.

Sie starrt ihn an. »Was willst du?«

»Verzeih mir. Aber weißt du, was O'Brien vorhat?« Nathaniel erzählt ihr, was er erfahren hat. Der Sergeant plane, sie wegen Mordes an ihrem Kind zu verhaften.

Jemma muss an das Angebot denken, das O'Brien ihr gestern gemacht hat. Er werde keine Anklage gegen sie erheben, sofern sie einwillige, ihren Ehemann zu verlassen und nach angemessenem Abstand seine Frau zu werden. Es war der absolute Wahnsinn. Vorgetragen in gemessenen und entschlossenen Worten, als würde er schlicht seine Pflicht erfüllen. Als würde er vollkommen vernünftig handeln. Als wäre dies eine Option, die sie ernsthaft in Erwägung ziehen könnte. Und wieder erinnerte sie sich daran, wie er ihr geschworen hatte, niemals aufzugeben.

Sie hatte überlegt, seinen Vorgesetzten auf der Polizeiwache aufzusuchen, der ein aufrichtiger Mann zu sein schien. Aber wie groß war ihre Chance, dass er ihr glauben würde? O'Brien würde leugnen, würde sie beschuldigen, völlig durcheinander zu sein, und auf diese Weise versuchen, die Schuld von sich abzuwälzen.

»Ich weiß, Nathaniel.«

Ohne zu überlegen streckt er seine Arme nach ihr aus. Es ist das erste Mal, dass sie ihn Nathaniel genannt hat, obwohl sie sich dessen gar nicht bewusst zu sein scheint. Er möchte sie festhalten und trösten, ihren Schmerz ausmerzen. Aber für sie gibt es keine Beruhigung, keinen Trost.

»Ich kann dich an einen sicheren Ort bringen, Jemma. Wo O'Brien dich nicht finden wird.«

Jemma blickt ihn durch lose Haarsträhnen hindurch an. »Damit alle glauben, ich hätte mein Kind umgebracht?«

»Wenn er dich nicht kriegt, will er dich baumeln sehen!«

Jemma glaubt nicht, dass O'Brien sie tot sehen möchte. Er möchte sie für sich haben. Im Gefängnis wäre sie in seiner

Gewalt, er könnte noch immer hoffen. Sie hat keine Angst vor O'Brien. Als Lucy geboren wurde, erkannte sie die wahre Bedeutung von Angst, die Angst, etwas zu verlieren, das kostbarer war als das eigene Leben. Nein, vor O'Brien hat sie keine Angst. Die Angst, die sie jetzt befällt, ist gänzlich anderer Natur. Sie betrifft die Ereignisse des folgenden Nachmittags. Den kleinen Sarg, das frisch ausgehobene Grab.

Nathaniel wartet auf ihre Antwort. »Jemma?«

Sie schüttelt den Kopf.

»Denk bitte darüber nach. Ich werde morgen zurückkommen«, sagt er. »Es bleibt nicht mehr viel Zeit.«

# 30

In der folgenden Nacht setzt Regen ein, der bis zum Morgen anhält. Weil sein Prasseln auf dem Blechdach sie aufweckt, reißt Jemma die Tür ihres Ateliers auf und geht hinaus in den Wolkenbruch. Sie folgt dem Kiespfad, der sich um den Garten schlängelt, vorbei am Gemüsebeet und den Weinstöcken, vorbei an der Milchkammer und der Pergola. Der Regen durchweicht ihre Bluse und ihren Rock, rinnt über ihren Rücken und füllt ihre Schuhe. Sie wandert am Obstgarten vorbei und sieht es dann, ehe sie Zeit zum Rückzug hat – die kleine Grube aufgehäuften Sands, von allen Seiten mit dicken Planken aus Rotgummibaum gestützt. In der Sandgrube steht ein winziger Eimer mit Spaten. Im Eimer blubbert Wasser, das überläuft, als würde es auf einem Herd kochen.

Jemma starrt es an. Wie lebendig das Wasser aussieht, wenn die Regentropfen von der eingedellten Oberfläche abspringen. Wie kann man leben mit so viel unbekümmertem Leben um einen herum, ohne das eine Leben, das einem das liebste war? Und doch tun die Menschen das, tun es ständig. Bliebe sie hier, gäbe es kein Entrinnen. Nicht vor dem Haus, dem Garten. Dem Eimer. Dem Spaten. Den ständigen Erinnerungen, wohin ihr Blick auch fiel. Und überall der Geruch fruchtbaren, feuchten Lehms. Blind stolpert sie durch den Regenschleier zurück in ihr Atelier. Drinnen hockt sie sich nieder und legt ihren Kopf in ihre Hände. Das ist unerträglich. Heute wird ihr kleines Mädchen in diese nasse kalte Erde gelegt.

Und da weiß sie, dass sie das nicht erträgt, nicht dabeistehen und zusehen kann, wie es geschieht. Gotardo wird ohne sie besser dran sein, ohne all das Leid, das sie ihm bescheren wird. Lieber soll man sie für eine Mörderin halten, als dass sie jeden Morgen in der nachhallenden Stille ihres Schlafzimmers, ihres Hauses aufwachen und im Gesicht ihres Mannes ihren Kummer gespiegelt sehen muss. Ohne ihre Lucy werden sie einander gewiss in Stücke reißen. Selbst wenn O'Brien sie nicht ins Gefängnis stecken sollte, wird ihr dieses Haus mit seinen Erinnerungen ein Gefängnis sein. Und wird weiterhin mit den Anschuldigungen und O'Brien leben müssen, der ihr auf Schritt und Tritt folgt.

Nathaniel sagte, er werde am Vormittag zurückkommen, und sie zweifelt nicht daran, dass er es tut. Sie muss sich fertig machen. Und es ist eine Erleichterung, sich mit etwas zu beschäftigen. Sie wird sich waschen, anziehen und eine kleine Tasche packen. Sie wird für Gotardo eine Nachricht schreiben, aber sie wird nicht versuchen, ihm zu erklären, warum sie geht. Wozu auch? Entweder versteht er sie oder nicht. Es geht nicht um eine Entscheidung zwischen ihm und Nathaniel. Wenn sie nicht verrückt werden möchte, muss sie gehen.

Eine Stunde später klopft Nathaniel wie versprochen drei Mal am vorderen Fenster. Er hat ein Pferd gesattelt und wartet. Wortlos nimmt er ihre Tasche. Sie steigt mit ihrem Stiefel in den Steigbügel und schwingt sich selbst aufs Pferd. Der Regen hat nachgelassen, aber es nieselt noch ausreichend, um ihre Spuren zu verwischen. Sie schlagen den Weg ein, der von der Stadt weg in den Wald führt.

# TEIL III

# 31

Auf einem Schaufelraddampfer, der stampfend von Melbourne aus über die Port Phillip Bay zum Ferienort Settlers Cove unterwegs ist, schmiegen sich zwei frisch Vermählte aneinander, wobei sie ihre Hüte festhalten müssen, damit der Wind sie nicht wegreißt. Es ist ein schöner Frühherbsttag, nur ein paar hohe Zirruswolken erstrecken sich über den endlosen Himmel. Am Geländer des Oberdecks lehnt ein Mann mittleren Alters in einer türkisfarbenen Weste, pafft eine Zigarre und lässt seinen Blick auf das Flitterwochenpaar fallen. Beobachtet, wie der Mann seinen Arm um seine Frau legt und sie an sich zieht, sieht, wie sie zu ihm aufblickt, ihre Augen feucht von Tränen, die nur Freudentränen sein können. Sie sind dezent gekleidet, nichts an ihnen erweckt ungebührliche Aufmerksamkeit. Der Mann küsst keusch die Stirn seiner Frau, die Frau trocknet ihre Tränen mit einem Taschentuch, und sie setzen ihren Spaziergang über das Deck mit den vielen Tagesgästen fort, die es für die letzten Tage der Saison an die Küste zieht.

Doch gleich darauf hat der Zigarre rauchende Mann die frisch Vermählten schon wieder vergessen, denn sein Blick wird jetzt von einem weitaus modischeren Quartett angezogen, zu dem zwei Frauen mit derart eng geschnürten Taillen gehören, dass sie sich kaum bücken können, sowie zwei gut gekleideten Männern mit Seidenkrawatten, die an Deck ein Wurfringspiel spielen. Würde der Mann mit der Zigarre in der Zeitung über eine Frau lesen, die verdächtigt wird, ihr Kind umgebracht zu haben und mit ihrem Liebhaber vom Tatort geflohen zu sein, hätte er keinen Grund, auch nur einen Gedanken an die Frischvermählten zu verschwenden, die ihm an diesem Herbstmorgen auf dem Deck der *Hygeia* kurz aufgefallen waren.

Sie haben jetzt die Mitte der Bucht erreicht, einer Wasserfläche, soweit das Auge reicht. Jemma tritt an die Reling und blickt hinunter in das schäumende Nass, das sie so lange anstarrt, dass Nathaniel sie besorgt, was ihr dabei womöglich durch den Kopf geht, wegziehen muss. Sie setzen sich auf eine Holzbank, wo sie von der Gischt geschützt sind, und verfolgen, wie am Horizont langsam Land auftaucht und sich von einer fernen Wolke zu ockerfarbenen Klippen und Häusern aus Kalkstein verfestigt, die mit ihren sich über zwei Geschosse erstreckenden Gusseisenbalkonen über dem Teebaumgestrüpp zu schweben scheinen. Als sie am Pier von Settlers Cove vor Anker gehen, eilen Träger in schicken Uniformen von den großen Hotels mit Blick auf die Bucht herbei und bieten ihnen an, sie in Droschken und Wagonetten hinauf in die Hügel zu fahren. Weil sie die Anonymität der von Pferden gezogenen Trambahn vorziehen, schließen sie sich dem allgemeinen Gedrängel an und steigen im Royal Hotel ab, wo sie sich als Mr. und Mrs. Jonathan Wright eintragen.

Nachdem sie ihr Zimmer im zweiten Stock erreicht und die Tür hinter sich geschlossen haben, wirft Nathaniel sich auf das Bett, aber Jemma findet keine Ruhe. Sie wandert durch das Zimmer und streicht mit schlaffer Hand über alles, woran sie vorbeikommt – das Messingbettgestell, die Patchworkdecke, die Frisierkommode aus Rosenholz, die Rochester-Lampe. Weich fällt das Nachmittagslicht durch die Spitzenvorhänge und wirft filigrane Schatten an die Wände. Als sie sich dem Schrank nähert, erblickt sie sich im großen Spiegeloval: eine Fremde mit gehetztem Blick. Kann es sein, dass erst eine Woche vergangen ist, seit sie mit der eingewickelten Lucy im Arm von den Serafinis nach Hause gelaufen ist?

Sie setzt sich auf die Bettkante. Ihr Unterwegssein hat alles erträglicher gemacht. Sie war Mrs. Elizabeth Wright, frisch verheiratet mit Mr. Jonathan Wright aus Melbourne, und sie waren unterwegs nach Settlers Cove, wo sie leben und arbeiten wollten. Dies war die Geschichte, die sie, wenn erforderlich, jedem erzählten. Aber jetzt sind sie allein und müssen keinem mehr etwas vorspielen, und Jemma hat Angst vor ihren Gedanken.

Nathaniel zieht seine Uhr aus der Tasche. Sie müssen sich beeilen, so viel steht fest. Wenn sie noch besorgen wollen, was sie benötigen, müssen sie schnell los, denn die Läden schließen bald. Er hat so viel Erspartes dabei, dass sie sich damit gut ein paar Monate über Wasser halten können, doch er ist zuversichtlich, dass sie bald Arbeit finden werden. Im Warenhaus Ozone besteht Nathaniel darauf, Jemma einen Badeanzug zu kaufen, und schlägt dann vor, dass sie hinunter zum Amphitheater am Strand des Ozeans gehen, wo sie sich im Coffee Palace niederlassen und die Riesenwellen der Bass Strait beobachten können, die dort an die Felsen schlagen. Als sie wieder in ihr Hotel zurückkehren, ist es dunkel.

Beim Abendessen im Speisesaal des Hotels erzählt Nathaniel von den Ferien, die er hier als Junge verbracht hat, als der Ort nicht mehr als eine Ansiedlung von Kalkbrennern und Fischern war, die in kleinen Häuschen am Strand wohnten. Er beschreibt ihr, dass es damals oben auf den Klippen einen Aussichtsturm gegeben habe, mit einer Glocke, die geläutet wurde, sobald ein großer Fischschwarm gesichtet wurde, und wie er dann an den Strand zu rennen pflegte, wenn die Fischerboote hereinkamen, damit er beim Einholen der Netze helfen konnte. Es stimmt ihn traurig, wie sehr der Ort sich verändert hat. Keine Fischerhütten mehr am Strand, man hat sie abgerissen, um für Schwimmbäder, Musikpavillons, Badehütten und all die anderen Einrichtungen Platz zu machen, die für ein modernes Seebad und als Tummelplatz der Vornehmen für notwendig erachtet werden. Man hat den rauen Zauber des Dorfes, das er einmal kannte, so gut wie wegpoliert, um den Anforderungen der Distinguiertheit und des Fortschritts gerecht zu werden.

Er redet, um das Schweigen zu füllen, und fragt sich, ob Jemma überhaupt zuhört. Sie hat ihr Essen nicht angerührt und fast die ganze Zeit aus dem Esszimmerfenster auf das silbrige Dunkel der Bucht gestarrt. Immer mal wieder warf sie einen kurzen Blick auf die anderen Gäste im Raum. Ihr innerer Aufruhr lässt sich mit Händen greifen. Woran sie denkt, wagt er sich nicht zu fragen.

Jemma ergreift das Buttermesser und untersucht die matte, flache Schneide, ehe sie ihre Aufmerksamkeit dem Spitzentuch mit den farbigen Perlen zuwendet, das über der Zuckerschale liegt. All diese seltsamen kleinen Objekte, die man normalerweise als gegeben hinnimmt und die für das zivilisierte Leben so wichtig zu sein scheinen. Unter diesen gut gekleideten, gut genährten Leuten begreift sie langsam, was es bedeuten könnte, die Menschen aus einer anderen Perspektive zu sehen, sich wie alle anderen zu geben und doch zu den lebenden Toten zu gehören.

Sie erinnert sich an einen Cartoon in der *Argus*, inspiriert von der Kontroverse über Mr. Darwins Theorien, wo Affen mit Häubchen und Krinolinen, Westen und Zylindern gezeigt wurden. Wie die Überschrift lautete, fällt ihr nicht mehr ein, nur das Bild der schwatzenden Affen. Damit sollte die Evolution ins Lächerliche gezogen werden. Doch der Cartoonist hatte unwillentlich das Gegenteil bewirkt und ein Porträt von zivilisierten Männern und Frauen geschaffen, beherrscht von urzeitlichen Kräften, die sie weder begreifen noch kontrollieren können.

Wieder wandert ihr Blick durch den Raum, und sie presst ihre zusammengeknüllten Handschuhe zusammen. Mit lodferndem Blick erfasst sie diese kultivierten Affen, die der Wahrheit nicht ins Gesicht zu schauen wagen. Alle sind sie versunken in ihrer eigenen kleinen Welt, reden und lachen und leben gelassen weiter, als gäbe es weder Leid noch Tod oder als wären diese nur ein Alptraum, aus dem es ein Erwachen gibt. Sie fühlt sich dem allem nicht zugehörig, doch auch als Gespenst ist man nicht taub. Und sie muss an sich halten, um nicht loszuschreien.

Jemma wendet sich an Nathaniel und sagt leise, aber mit Nachdruck: »Ich hasse jeden, auf den mein Blick fällt.«

Behutsam legt er seine Hand auf ihre Faust. »Jeden?«, fragt er lächelnd. Ihre Wut weckt in ihm eine seltsame Erregung. Zum ersten Mal in seinem Leben ist er mit einer Frau zusammen, die er nicht in Schach halten möchte, einer Frau, die er vor allem glücklich machen möchte. Sie müssen weg aufs Land, weg von den Leuten und von der Gesellschaft und den neugierigen Blicken. Er hat dem Hoteldirektor mitgeteilt, dass sie eine Anstellung suchten, idealerweise auf einem großen Anwesen. Und offenbar habe der Leiter einen Narren an ihnen gefressen, denn er hole Erkundigungen ein, wie Nathaniel ihr berichtet.

Jemma lacht darauf mutlos. »Wenn er nur wüsste, was in den Zeitungen steht. Aber wer würde uns glauben, wenn wir die Wahrheit erzählen? Denn warum laufen wir dann davon, wenn wir doch unschuldig sind?«

»Im Lauf der Zeit wird die Welt die Wahrheit erfahren.« Seine Stimme klingt überzeugt. Er muss daran glauben, dass er sie aus O'Briens Klauen gerettet hat. Denn ansonsten hätte er sie nur von ihrem Zuhause und ihrem Ehemann und allem, was sie liebt und kennt, weggeschleppt, und dies aus keinem guten Grund außer dem, dass er sie für sich haben wollte. Er hatte davon geträumt, dass sie zusammen durchbrennen würden, und jetzt war es geschehen. Aber in seinen Träumen gab es weder Kummer noch Schuld.

In jener Nacht träumt Jemma, dass sie auf dem Dampfer fährt und ins Wasser starrt, wo sie auf dem sandigen Grund etwas entdeckt. Mit einem stillen Schrei reagiert sie auf die dunklen Augen eines Kindes, die wartend zu ihr hochblicken. Flink wie ein junges Mädchen klettert sie über die Reling und taucht hinab in das durchsichtige Blau, bis sie nah genug ist, um den winzigen Körper packen zu können. Da sie das Kind an ihre Brust drückt, hat sie nur eine Hand frei, mit der sie gegen den Sog ihres Kleides und des erstarrenden Wassers nach oben krault. Auf der Wasseroberfläche hat die Sonne einen Lichtkranz wie am Ende eines Tunnels gebildet, den sie schon fast erreicht hat. Aber kurz bevor sie ihn durchbricht, erwacht sie in einem dunklen Hotelzimmer, die leeren Arme an ihre Brust gedrückt.

Nathaniel zieht sie an sich heran. »Du hast geschluchzt.«

Jemma kann nicht sprechen. Sie schiebt ihr Gesicht zu den weichen Kringeln seiner Brusthaare und sucht dann verzweifelt seinen Mund. Sie schluchzt wieder, krallt ihre Finger in sein Haar und gräbt ihre Zähne in seine Lippen.

Nathaniel stöhnt, als seine Lippen unter ihren Bissen zu bluten anfangen. Bis jetzt sind sie beinahe keusch miteinander umgegangen. Mehr als einen gelegentlichen Kuss auf ihre Stirn hat er sich nicht erlaubt. Der Zeitpunkt war nie danach gewesen, mehr zu wagen, und er hatte sich ihr nicht aufdrängen wollen. Sie wollte von ihm getröstet werden, mehr jedoch nicht, wie er glaubte. Und er war willens zu warten, bis sie bereit dazu war. Er hatte schon so lange gewartet, dass er auch noch länger warten konnte.

Doch jetzt wendet sie sich ihm plötzlich ohne Vorwarnung, ohne auch nur ein Wort voller Erregung zu. Sobald er sie berührt, schmilzt sie dahin und bedrängt ihn weiterzumachen.

Entfesselt von ihrem Kummer gibt es für sie kein Tabu mehr. Für diese Art des Liebesspiels gibt es keine Regeln, sie müssen sie neu erschaffen. Er hat das Gefühl, mit ihr ins Dunkle zu fallen, in einen weiten Raum ohne Schwerkraft. Wie Meteore, die vor Hitze glühen. Jemma reißt mit ihren Fingernägeln an seinen Schultern, kämpft gegen ihn an und zieht ihn heran, quält sich, um die Leere zu füllen, die nicht gefüllt werden kann. Sie kratzt und beißt ihn, als wollte sie ihn anstacheln, ihr ebenfalls Schmerz zuzufügen.

Ihm ist klar, was sie sucht. Vernichtung. Um für nichts anderes mehr zu existieren. Aufgezehrt zu werden vom Feuer ihrer beider Körper. Es würde ihn nicht überraschen, wenn am Morgen von ihnen nichts mehr übrig wäre als ein Häufchen Asche und Knochen. Als willfähriger Sklave ihrer Wünsche vergräbt er sein Gesicht in ihren Lenden. Sie erschaudert und wölbt sich ihm entgegen, als seine brennenden Lippen sie berühren, und stößt einen langen, kehligen Heulton aus, ehe sie zurück aufs Bett fällt. Er wischt ihr die Tränen aus dem Gesicht und dringt dann sanft in sie ein, was ihr wieder einen Schrei entlockt. Und so quälen sie sich durch die Nacht, bis Jemma das Vergessen findet, wonach sie sucht.

Nathaniel liegt auf der Seite und umarmt sie von hinten. Sie schläft friedlich, doch er hat nicht das Bedürfnis, sich wegzudrehen. Dies war ihre Hochzeitsnacht, die ihre Körper aneinandergeschmiedet hat, sodass keiner sie mehr voneinander loseisen konnte. In der Vergangenheit sprang er aus dem Bett und zog sich an, sobald der Akt vorüber war. Da hatte er nicht gewusst, dass diese Art des Zusammenliegens möglich war, diese nackte Hingabe, diese tief gehende Erregung sowohl des Fleisches als auch des Herzens. Und so müde er auch ist, würde er doch vor Dankbarkeit überfließen, wenn sie aufwachte und die Hände nach ihm ausstreckte.

Bei Tagesanbruch setzt er sich ans Fenster und blickt hinaus auf die Stadt. Welche Wohltat, die Hauptstraße so leer zu sehen, ohne die teuren Kutschen und die auffällig gekleideten Feriengäste, die tagsüber durch die Straßen strömen. Wenn er die Ohren spitzt, kann er das schwache Dröhnen der Brandung hören, die der Südwind heranträgt. Ihm entgeht nichts. Nicht die Katze, die über die Dächer schleicht, nicht das Ruderplatschen der Fischer. Im Osten schiebt sich lavarot der Kranz der Sonne aus der Bucht.

Er muss an das Binnenmeer und seinen Traum denken, sich auf die Suche danach zu begeben. Jahrelang hat er diese vorbereitet und geplant, aber immer hat ihn etwas zurückgehalten. Doch jetzt hat unter den merkwürdigsten Umständen endlich seine Reise begonnen und wäre ohne Jemma nicht möglich gewesen. Er hatte fest daran geglaubt, dass es seine Bestimmung im Leben war, diese rätselhafte Wasseransammlung zu finden. Und sollte es ihm durch irgendwelche Zufälle nicht gelingen, ist er sich sicher, dass die Geschichte ihm eines Tages recht geben wird. Was im Moment, da die Sonne über der Bucht hervorbricht, jedoch bedeutsamer ist, sind weder die Geschichte noch der Ruhm, sondern das Wohlbefinden dieser schlafenden Frau. Die Expedition kann warten.

Sein Blick wandert zu ihr. Bleich und ernst liegt sie mit wie zum Fächer ausgebreiteten Haaren auf dem Kissen im Bett. Könnte er doch nur dafür sorgen, dass sie so bleibt, und ihren Schmerz bannen, der ihre Augen weitet, sobald sie diese öffnet. Vielleicht ist seine Lebensaufgabe eine ganz andere, als die von ihm gedachte. Vielleicht ist sie viel größer. Mehr als nach allem anderen verlangt es ihn danach, dass ihr Lächeln wieder ein *echtes* Lächeln wird, wie das, das ihm von Breakneck Gully in Erinnerung geblieben ist, ein freimütiges Lächeln ohne Vorbehalt. Und wenn sie sich an dieses Lächeln gewöhnt hat, wird er sie sanft dazu bringen, dass es breiter wird und zu beben beginnt und schließlich in einem Lachen aus ihrem Bauch herausexplodiert, ein wahrhaftiges Lachen ungezügelter Wonne. Es mag Monate oder sogar Jahre dauern, er wird geduldig sein. Seine Lebensaufgabe, seine Mission wird es sein, sie glücklich zu machen, ihr die Lebensfreude zu schenken, die sie ihm gegeben hat.

# 32

Sergeant Marcus O'Brien sitzt auf seinem grauen Hengst und starrt auf den Horizont. Mit kleinen Bewegungen seiner Absätze und Hände lässt er das Pferd langsam eine Kreisbewegung vollführen und untersucht auf diese Weise jede mögliche Richtung, die die Flüchtenden genommen haben könnten. Die Landschaft ist weit, mit endlosen Möglichkeiten.

Auf einem Telegrafenmast in seiner Nähe stößt eine Krähe einen bronchialen Seufzer aus. Von weiter weg scheint eine andere Krähe zu antworten. Mit finsterer Miene blickt O'Brien zur Krähe hoch. Er hasst diese Vögel mehr als irgendwelche anderen Geschöpfe. Mehr noch als Spinnen und Schlangen. Und das liegt nicht an ihrer Schwärze oder dem Geruch des Todes, der ihnen anhaftet, nicht einmal daran, dass er einmal eine dabei ertappt hat, wie sie hungrig sein Kanarienweibchen beäugte, als dessen Käfig draußen auf der Veranda stand. Es ist der Ausdruck ihrer Augen, den er hasst. Ihr wissender Blick und ihre Kommunikation in barbarischem Gekrächze, ihre Unfähigkeit zu singen. Sie sind verschlagen, und auch das ist ihm zuwider. Er hat beobachtet, wie sie als Meute im hellen Tageslicht vorgehen, ihre weit oben fliegenden Feinde aus dem Hinterhalt angreifen, indem sie sich, getarnt im Schatten der Bäume, verstecken. Sie erinnern ihn an Strauchdiebe, die klüger sind, als ihnen guttut.

Die Krähe auf dem Mast krächzt noch einmal, und als sie gerade ihre Flügel hebt, um davonzufliegen, zieht O'Brien seinen

American Colt und zielt. Noch bevor er abdrückt, weiß er, dass er zu langsam ist und nicht treffen wird. Der Vogel sucht heftig flatternd und krächzend das Weite, und in dem Moment streift die Kugel seine Flügel. Ein paar Federfetzen schweben durch die Luft zu Boden. Das nächste Mal wird er sie nicht verfehlen.

Bald schon ist der Vogel nur noch ein Punkt in der Ferne. Besäße er die Überlegenheit des Krähenblicks, überlegt O'Brien, hätte er sie inzwischen gefunden. Seine schwarzäugige Jemma Musk. Er ist sich sicher, dass diese schwarzäugigen Krähen ihre Wege kennen. Noch ein weiterer Grund, sie zu hassen. Es kann doch unmöglich sein, dass keiner in der Stadt oder dem sie umgebenden Bezirk sie seit ihrer Flucht gesehen hat. Es gibt nicht den Ansatz einer Spur. Trotzdem ist er überzeugt davon, dass gewisse Leute ihm nicht alles erzählen, was sie wissen.

Obwohl das Dampfmaschinenzeitalter bereits eingeläutet ist, ist Marcus O'Brien bisher nicht in den Sinn gekommen, dass Jemma und Nathaniel, nachdem sie auf dem Pferderücken von hier geflohen waren, ihre Flucht mit anderen Mitteln fortgesetzt haben könnten. Er weiß, dass Jemma eine gute Reiterin ist. Und da Byrne sich in der Gegend hier bestens auskennt, scheint es ihm naheliegend, dass sie sich in einer Höhle oder einem verlassenen Minenschacht verstecken und darauf hoffen, dort von O'Brien nicht entdeckt zu werden. Es sei denn, er kann den Polizeikommissar dazu bringen, ihm mehr Männer und einen schwarzen Fährtenleser zu geben. Aber bis jetzt zählen eine Frau, die der Kindstötung verdächtig ist, und ihr Liebhaber (und möglicherweise Mitverschworener) nicht zu den Verbrechern, die einen derartigen Großeinsatz rechtfertigen, zumal nicht unter den gegebenen Engpässen bei der örtlichen Polizei.

Als er auf dem Friedhof eintrifft, ist noch keiner da. Er bezweifelt zwar, dass Jemma zur Beerdigung erscheinen wird, doch es würde ihn nicht überraschen, wenn sie einen Aussichtspunkt fände, von wo aus sie die Zeremonie beobachten könnte. Er hat am Aussichtsturm im botanischen Garten einen Constable postiert und wandert nun, nachdem er am Friedhofstor vom Pferd gestiegen ist, auf staubigen Pfaden zwischen den Gräbern hindurch und lässt dabei seine Blicke über die Berge der Umgebung schweifen. Neben den chinesischen Gräbern mit ihren Schalen voll frischem Reis kommt er an einem alten, nach Zitrone duftenden Gummibaum vorbei. Die Rinde ist so glatt und aromatisch wie parfümiertes Papier, und er holt, einer Eingebung folgend, sein Taschenmesser heraus. Einen Moment lang ist er versucht, es zu tun, Jemmas Initialen in die Rinde zu schnitzen. In Erinnerung an seine Liebe zu ihr, deren Intensität noch anhält und immer vorhanden sein wird, auch wenn es nicht länger mehr Liebe ist.

Doch statt der Initialen ritzt er ganz zart ihr Gesicht in die Rinde, treibt ihr Bild dann tiefer hinein, betont gewisse Züge und verleiht ihr volle, laszive Lippen. Schließlich ritzt er einen Rahmen darum herum ein und schnitzt darunter das Wort GESUCHT. Lächelnd tritt er zurück. Wozu ist die Liebe gut? Sie hat ihn hilflos gemacht und verspottet, der Hass jedoch verleiht ihm Stärke und Macht. Reinigt seinen Geist. Seit sie mit Byrne geflohen ist, kann er sich nichts mehr vormachen. Sie hat ihn nie geliebt. Sie hat ihn ihrem Vater zuliebe toleriert, und später dann, um ihren Frieden zu haben. Doch er in seiner liebestollen Verblendung hatte geglaubt, ihr etwas zu bedeuten, und ihr alles verziehen. Aber der Mensch kann nur ein gewisses Maß verzeihen. Sie mag sich zwar weigern, seinen Anspruch auf sie anzuerkennen, doch die Regeln des Gesetzes kann sie nicht leugnen, und indem sie sich außerhalb diese stellte, hat sie ihm die absolute Genehmigung erteilt, sie aufzuspüren und so zu bestrafen, wie das Gesetz das vorschreibt.

Aus der Ferne könnte man meinen, eine riesige schwarze Schlange, begleitet von Klagelauten, die nicht von dieser Welt sind, bewege sich langsam über die Straße auf ihn zu. Als sie näher kommt, erkennt O'Brien im Anführer der Prozession den Priester, Vater Rossetti, in seiner langen schwarzen Soutane mit dem massigen Silberkreuz um den Hals. Ihm folgt ein ausgezehrt aussehender Gotardo Voletta mit seinem Vetter Pliny Serafini, die beide einen winzigen Kiefernsarg geschultert haben. Hinter ihnen kommen ganze Trauben weinender Schweizer Bauern in Schwarz. Mag der winzige Sarg auch mitleiderregend sein, die Klagelaute und die Tränen stoßen Marcus ab. Beerdigungen müssen schnell hinter sich gebracht werden. Er erinnert sich an seinen Vater, der vor der Beerdigung einen endlosen langen Tag im Sarg aufgebahrt in ihrem Salon lag und dessen steifes Gesicht im Tod noch genauso wütend aussah wie im Leben. Nach einem letzten Blick auf ihn blieben Marcus als einzige Gefühle nur noch Spott und Ungeduld. Er hatte es kaum erwarten können, bis der alte Mann unter der Erde war.

Gotardo verweigert Sergeant O'Brien den Gruß, als sie an ihm vorbeikommen. Ihn schmerzt der Gedanke, dass er Jemma versprochen hat, sie habe nichts von ihm zu befürchten. Gotardo hatte geglaubt, es mit diesem Mann aufnehmen zu können. Hätte er O'Brien daran gehindert, ihr nachzuspionieren, hätte er sich ihm in den Weg gestellt, wäre ihre Flucht nicht nötig gewesen. Seine eigene Schwäche hatte sie aus dem Haus getrieben. Es war leichter, sich die Schuld zu geben, als zu glauben, dass sie lieber mit Nathaniel Byrne zusammen sein wollte. Byrne, der ihr kleines Mädchen nicht kannte. Der nicht Nacht für Nacht da war, wenn Lucy wach wurde und ihre Milch einforderte, an der Brust ihrer Mutter trank. Der nicht da war, als Lucy Fieber bekam und einen Tag und eine Nacht lang schrie, bis die Gefahr vorüber war. Der nicht da war, um Lucys erstes

Lächeln oder ihre ersten Schritte zu sehen. Der nicht da war, wenn sie morgens in die Milchkammer gelaufen kam, um die Kälbchen zu tätscheln und über die dicken Euter und schlagenden Schwänze der Kühe zu lachen.

Nur die Wut macht diese Gedanken für Gotardo erträglich. Den Blick nach vorn gerichtet sieht er nichts, mit den Knöcheln klammert er sich an die Sarggriffe. Seine Knie wackeln wie Scharniere, die gleich zusammenklappen. Sie kommen an grauen Engeln aus Stein, hoch aufragenden Säulenplatten, flachen tafelförmigen Grabsteinen, Erdhaufen mit Holzkreuzen und Gräbern vorbei, die von rostendem Schmiedeeisen umzäunt sind, das ihn an eine Kinderwiege erinnert. Nur das Auf und Ab von Vater Rossettis Gesang hält Gotardo davon ab, einen Schrei auszustoßen, als sein Auge auf die frisch ausgehobene Grube fällt, in die man den Sarg herabsenken wird.

Die Nacht ist angebrochen. Gotardos Blick schweift über die offenen Weiden zum Stony-Creek-Becken, wo irgendetwas zu fehlen scheint, wie er verschwommen wahrnimmt. Doch er redet sich ein, dass es ihn nicht überraschen sollte, wenn alles verändert aussähe. Aber dann dämmert es ihm. Es ist das Feuer der Grand Mystery Co. Im Verlauf des ganzen letzten Jahres hatte er, wenn sein Blick am Abend nach Süden wanderte, diese blauen Flammen gesehen, die über den brennbaren, versteinerten Boden züngelten und den Horizont erhellten, als wäre dort ein Stern auf die Erde gefallen. Offenbar hat das Feuer sich selbst verzehrt. Nun ist das Licht verschwunden.

Nachdem O'Brien sämtliche verschleierten Frauen inspiziert hat, um sicherzugehen, dass Jemma nicht unter den Trauernden ist, galoppiert er zurück in die Stadt. Seine ursprüngliche Theorie, sie müsse noch in der Nähe sein, hat er verworfen. Doch selbst jetzt hat er weiterhin das Gefühl, ihr Spielball zu sein, indem sie ihn absichtlich dazu verführt, das eine zu glauben, obwohl sie das andere tut. Byrne und sie werden bemüht sein, so viel Abstand wie möglich zwischen sich und die Stadt zu bringen. Es war dumm von ihm gewesen, etwas anderes anzunehmen. Aber welche Richtung haben sie eingeschlagen? Es macht ihn wütend, dass er so viel Zeit verliert.

Wieder einmal wird er auf den richtigen Zeitpunkt warten müssen. Am Ende der Woche werden von hier bis nach Melbourne Suchplakate mit ihrem Konterfei an Telegrafenmasten und in Postämtern hängen. Wenn er Geduld hat, wird er Informationen bekommen. Sie können sich schließlich nicht in Luft aufgelöst haben.

Am nächsten Tag kommt ein Bauer auf die Polizeiwache, um den Diebstahl von zwei Pferden am nämlichen Vormittag zu melden. Er berichtet, er habe die Missetäter mit den Pferden davongaloppieren sehen – die nach einer Frau in Männerkleidung und einem Mann mit flammend rotem Haar aussahen. Der Bauer ist der festen Überzeugung, es handele sich bei den Dieben »um diese Frau, die ihr Baby umgebracht hat, und diesen Burschen, mit dem sie durchgebrannt ist«. Im späteren Verlauf des Tages trifft O'Brien auf der Straße einen Hausierer, der zugibt, Jemma vor ein paar Jahren einen Damenrevolver und Munition verkauft zu haben. Als Journalisten der Lokalpresse um Detailinformationen nachsuchen, ergreift O'Brien die sich ihm bietende Gelegenheit. Ob Jemma und Byrne nun diesen Diebstahl begangen haben oder nicht, er weiß, dass er ihn zu seinem Vorteil nutzen kann. Er fordert die Journalisten auf, die Öffentlichkeit zu warnen, sich dem Paar, sollte es gesichtet werden, nicht zu nähern, da es bewaffnet sei.

In den folgenden Wochen wird O'Brien dann ganz heimlich den Spekulationen Vorschub leisten, Musk und Byrne steckten hinter sämtlichen Delikten im Umkreis, von Weideviehdiebstählen über Einbrüche bis zu Schießereien, bei denen die

Identität der Verbrecher nicht bekannt ist. Die Zeitungen werden sich auf diese Geschichte stürzen und wann immer man die geächtete Dame und ihren Liebhaber gesehen zu haben glaubte, diese Begegnungen begeistert ausschmücken. Kommt die Sache dann erst mal ins Rollen, wird Marcus O'Brien beim Polizeikommissar mit der Bitte um zusätzliche Männer für die Jagd nach den Geächteten vorstellig werden und die Journalisten ermutigen, sich des Falls anzunehmen. Binnen weniger Monate werden die Leitartikel von *Age* und *Argus* sich für die Notwendigkeit einer Spezialeinheit wie die starkmachen, mit der man Ben Hall gefangen genommen hat, um »dieses Paar zu jagen, dessen Bedrohung der öffentlichen Moral beinahe so schwer wiegt wie ihre Verbrechen«.

# 33

Als Jemma erwacht, klebt Blut unter ihren Fingernägeln. Sie dreht sich um zu Nathaniel, der noch schläft, und sieht auf seinen Schultern die roten Kratzer. Sie schrubbt sich am Waschstand ihre Hände und zieht sich rasch an, um dann über die Treppe hinunter ins leere Foyer und hinaus ins Morgenlicht zu huschen.

Weit und breit ist niemand zu sehen. Jemmas Fußabdrücke sind die ersten im Sand, den die Gezeiten geglättet haben. Am Uferende schiebt sich eine kleine Landspitze ins Meer, und dahinter beginnt der Bogen der Bucht. Nachdem sie sich vergewissert hat, dass keiner zusieht, schnürt sie ihre Stiefel auf, entledigt sich ihrer Strümpfe und lässt sie unterhalb eines von Gras bewachsenen Hügels zurück. Sie schürzt ihre Röcke und rennt über den kühlen, feuchten Sand. Und läuft, bis ihre Beine schwach werden und in ihrer Brust ein Feuer brennt und sie nicht mehr weiterkann. Eine Weile bleibt sie wie in Trance sitzen und empfindet dabei nur matte Erleichterung. Ihre Augen folgen dem Horizont und dem Spiel des Lichts auf dem Wasser. Am liebsten würde sie ihr Kleid abwerfen und direkt hineinspringen. Doch jetzt sind auch andere Leute zu Gange: auf der Mole und in den Booten in Küstennähe ein paar Fischer und morgendliche Spaziergänger, die über den Sand näher kommen. Sie wird ins Hotel zurückkehren und sich ihren Badeanzug holen und auf die Schwimmzeiten für die Damen in den Seebädern nahe des Hafens warten müssen.

Es ist bereits Vormittag, als sie endlich ins Wasser darf. Die meisten Frauen gehen vorsichtig und schrittweise hinein und kreischen dabei wie Schulmädchen, um sich dann am Fleck auf und ab zu bewegen. Eine Weile planscht Jemma mit ihnen, aber als keiner herzusehen scheint, taucht sie unter Wasser und kehrt für einen kurzen Moment in ihren Traum zurück. Jedes Mal, wenn sie untertaucht, gleitet sie in jene andere Dimension ab, wo ihre Lucy lebt und auf sie wartet. Selbstvergessen beginnt Jemma mit offenen Augen von einem Zaun zum anderen zu kraulen und dabei den Boden abzusuchen, ohne mitzubekommen, dass sie für Aufruhr sorgt. Erst als sie innehält, bemerkt sie, dass alle Köpfe sich in ihre Richtung gedreht haben. Die wenigsten Frauen sind untergetaucht, und ihr Haar unter den Rüschenkappen ist noch immer trocken. Jemma blickt in die sie anstarrenden Gesichter. Nun hat sie genau das getan, was sie um jeden Preis vermeiden wollte: sich unmöglich aufgeführt. Tränen brennen ihr in den Augen. Sie wählt den kürzesten Fluchtweg, taucht erneut unter Wasser und taucht erst kurz vor dem Ufer wieder auf.

Sie hat bereits das halbe Hotelfoyer durchquert, als sie sich erneut Blicken ausgesetzt fühlt. Hinter seiner Theke sitzt der Hoteldirektor und beobachtet, wie sie hereinkommt. Sein Federhalter schwebt über dem Gästebuch. Sie nickt und geht raschen Schritts auf die Treppe zu, wobei ihr eine Kuh in den Sinn kommt, die ihr Brandzeichen nicht wie üblich auf dem Rumpf, sondern seitlich ihrer Nase, direkt unterhalb des Auges sitzen hatte. Jemma führt ihre Hand an ihre Wange und denkt dabei an die Kratzer, die diese hinterlassen hat. So wie die Leute sie anstarren, könnte sie sich gut selbst gebrandmarkt haben.

Der Hoteldirektor hebt seine Hand. »Mrs. Wright, Ihr Ehemann erzählte mir, Sie suchen nach einer Anstellung.« Weil er es kaum erwarten kann, seine Neuigkeiten loszuwerden, wartet er nicht auf ihre Antwort. »Ich denke, Sie könnten Glück haben, Mrs. Wright. Einer unserer angesehensten Gäste ist der Melbourner Arzt Dr. Theodore Leask. Er ließ mich wissen, dass er dringend eine Gouvernante für seinen Sohn und einen Aufseher für sein Anwesen an der Westernport Bay sucht.«

Binnen weniger Minuten ist alles vereinbart. Nathaniel und sie werden Dr. Leask am frühen Nachmittag treffen, bevor Leask und seine Frau den Dampfer zurück nach Melbourne nehmen.

Als Nathaniel und Jemma die Hotellounge betreten, senkt ein großer, mit einer türkisen Weste bekleideter Mann die Zeitung, in der er liest, spießt seine Zigarre am Kamin auf und erhebt sich aus seinem Sessel, um sie zu begrüßen. Jemmas Blick fällt auf die *Argus*, die er gerade weggelegt hat. Sie hat sie am Vormittag beim Frühstück durchgeblättert und dann wegen der ungeheuerlichen Behauptungen fallen lassen, die man darin über sie schreibt. Bei der Überlegung, was Dr. Leask wohl gelesen haben mag, zieht sich alles in ihr zusammen.

Theodore Leask will gerade etwas sagen, als ihn etwas innehalten lässt. Er starrt sie an, aber dann blitzt der Funke des Wiedererkennens in seinen Augen auf.

Jemma wappnet sich. Sie hätten wissen müssen, dass Wegrennen sinnlos war.

»Natürlich!«, sagt er und strahlt sie beide an. »Die Frischvermählten gestern auf dem Dampfer. Ich habe Sie oben an Deck gesehen.«

Jemma bringt ein schwaches Lächeln zustande, und sie nehmen gemeinsam Platz. Knapp und ohne Umschweife, wie er das als Mann der Armee gewohnt war, bedankt Dr. Leask sich bei ihnen, dass sie sich angeboten haben, so kurzfristig einzuspringen.

»Man hat mich leider im Stich gelassen.«

Vor einer Woche, so erklärt er, seien die Gouvernante seines Sohnes und der Aufseher seines Anwesens bei Red Ridge durchgebrannt und zu den Goldfeldern aufgebrochen. Er werde jedoch am Abend wieder im Royal Melbourne Hospital gebraucht und müsse diese Sache so rasch wie möglich abwickeln. Der Hoteldirektor, Mr. Lucas, habe sie ihm als ehrbares, frisch verheiratetes Paar empfohlen. Und da Mr. Lucas ein guter Menschenkenner sei, habe er die Zuversicht, von ihnen nicht enttäuscht zu werden.

Jemma und Nathaniel sehen sich an. Jemma fragt sich, ob sie den Schein aufrechterhalten kann. »Sie sind sehr vertrauensselig, Dr. Leask.«

Dr. Leask schielt über seine Brille. Nathaniel beruhigt ihn mit einem Lächeln und ist insgeheim wütend auf Jemma, weil sie Zweifel an ihrer Integrität aufkommen lässt. Einen Moment lang macht Dr. Leask einen verwunderten Eindruck, da er den Ton dieser Bemerkung nicht deuten kann. Dann verpufft seine Unsicherheit in einem schroffen Lachen und einer wegwerfenden Geste seiner Hand, als hätten sie gerade eine Prüfung bestanden, der er sie unterzogen hatte. »Vertrauen ist nur ein Teil davon, Mrs. Wright. Ich bin ein Mann der Wissenschaft. Ich ziehe Schlussfolgerungen. Die bloße Tatsache ihrer Bemerkung sagt mir, dass Sie vertrauenswürdig sind.«

Mit einem Blick auf seine Taschenuhr eilt er voran, stellt ihnen der Form halber ein paar Fragen zu ihren früheren Dienstverhältnissen. Jemma erwähnt ihre Jahre, die sie mit Unterrichten an Mrs. Sands' Ladies' College verbracht hat; Nathaniel nimmt Bezug auf seine Zeit auf verschiedenen Anwesen im Mount-Alexander-Bezirk. Besorgt warten sie darauf, dass er ihre Zeugnisse sehen will. Die einzige kriminelle Tat, die sie beide bisher begangen haben, besteht darin, dass sie den Vormittag damit zugebracht haben, gefälschte Referenzen ihrer früheren Arbeitgeber zu erstellen.

Das Schiffshorn ertönt und verkündet das Eintreffen des

Dampfers unten am Pier, was Dr. Leask erneut auf seine Uhr sehen lässt, sodass die Frage nach den Referenzen gar nicht erst aufkommt.

»Dann scheint alles in Ordnung zu sein«, sagt er und erhebt sich aus seinem Sessel. »Sie können die Stellen haben, wenn Sie möchten. Mr. Wright wird für die im Außenbereich tätigen Bediensteten verantwortlich sein; Mrs. Wrights einzige Aufgabe besteht darin, meinen Sohn Henry zu unterrichten. Die Haushälterin Mrs. Croad kümmert sich um die häuslichen Angelegenheiten. Sollten Probleme oder Fragen auftauchen, wenden Sie sich an Mrs. Croad. Ich habe nur eine Bitte, Mrs. Wright, bitte schinden Sie meinen Sohn bei Ihrem Unterricht nicht zu sehr. Er ist ein kluger Junge und sehr wissensdurstig, neigt jedoch zu nervösen Reaktionen, wenn er zu sehr stimuliert wird.«

Dr. Leask teilt ihnen mit, dass er und seine Frau Amelia binnen eines Monats wieder nach Red Ridge zurückzukehren gedenken. In der Tür bleibt er stehen und sieht sie ein letztes Mal an. »Ich schätze mich äußerst glücklich, dass Sie meine Wege gekreuzt haben, Mr. und Mrs. Wright. Es wäre schön, wenn Sie sich gleich morgen früh bereithalten könnten, dann lasse ich Sie von meinem Kutscher abholen.«

Verdutzt und sprachlos sehen Nathaniel und Jemma ihm hinterher, als er durchs Foyer hinaus auf die Straße tritt. Jemma glaubt glücklich sein zu müssen, dass sie diese Stellen bekommen haben, aber außer Erleichterung, die Stadt zu verlassen, fühlt sie nichts. Nur ein wenig Verwunderung darüber, wie die Befragung gelaufen ist, die Eile, die merkwürdige Tatsache, dass Dr. Leask seinen Sohn der Fürsorge seines Hauspersonals und ein paar Fremder überlässt, die ihm gerade erst begegnet sind.

Es wird nicht so einfach sein, jemand anderer zu werden, überlegt sie. Ein halbes Leben abzustreifen, als würde man

Kleider wechseln. Sie hat das Gefühl, sich auf einen unausgesprochenen Pakt eingelassen zu haben, als hätte sie die Existenz ihrer Tochter gegen ihren Liebhaber und eine neue Identität eingetauscht und müsse den Rest ihres Lebens den Preis dafür zahlen. Durch das Hotelfenster sieht sie einen Fischer, der, umkreist von Möwen, gemächlich auf den Horizont zurudert. Während Nathaniel und sie die Treppe zu ihrem Zimmer hochsteigen, gehen ihr die Worte eines Kinderlieds durch den Kopf, aber dessen einst fröhlicher Reim klingt wie finsterer Spott.

*Voran, voran, voran, voran –*
*das Leben ist ein Traum.*

# 34

Von keinem beachtet entschwinden sie in die Landschaft. Keine Blicke neugieriger Badender, kein Hoteldirektor oder zukünftiger Arbeitgeber an Deck eines Dampfers, kein Polizist hoch oben auf einem Aussichtsturm. Sobald sie die Stadt hinter sich gelassen haben, lösen sich die Anzeichen von Siedlungen rasch auf. Eine Weile werden sie von den Teebaumbüschen verschluckt und können das Meer nicht mehr erkennen. Derart gequält aussehende Bäume hat Jemma noch nie gesehen, ihre an menschliche Sehnen erinnernden Stämme hat der Wind verbogen und gebeugt. Farbe bringt nur hin und wieder ein blühender Eukalyptusbaum ins Bild, mit seinen kleinen orangefarbenen und blutroten Kelchen.

Langsam weitet sich die Landschaft zu hügeligen, dünenartigen Formationen, die auf riesige Sandflächen, dünn von Gras bedeckt, schließen lassen. Dann verflacht das Hügelland zu grünen, welligen Weideflächen, gesprenkelt mit Kühen und Schafen. Als es dämmert, springt vor ihnen ein Kängururudel über die Straße, und zwei Kookaburras setzen zum Duett an, und ihr Gekecker steigert sich fröhlich zum synkopischen Schluckauf.

Jemma starrt aus dem Fenster der Kutsche und spürt die heraufziehende Dunkelheit. Kurvenreich windet sich die Straße hinunter in eine Schlucht, heftige Regenschauer prasseln hernieder. Als das Gefühl unterzugehen und in Tiefen abzugleiten, wo kein Mensch sie mehr zu erreichen vermag, sie überkommt, überrascht sie das nicht, sie hat es erwartet. Und selbst mit Nathaniel an ihrer Seite, der ihre Hand hält, während der Regen aufs Dach trommelt, weiß sie, dass er nichts für sie tun kann. Wenn sie sich an die Vergangenheit oder an Wombat Hill zu erinnern versucht, taucht als einziges Bild die Ruine des ausgebrannten Hauses auf, das sie einst im Busch gemalt hat. Nur ein gemauerter Kamin und ein paar verkohlte Reste eines anderen Lebens. Ihre Hand greift nach dem Medaillon an ihrem Hals und umklammert es so fest, dass das Gold in ihrer Faust nachzugeben scheint.

Endlich sehen sie wieder das Meer, doch es ist eine andere Bucht als die, die sie von Melbourne aus überquert haben. Sie befinden sich jetzt auf der nach Osten zeigenden Rückseite der Halbinsel und sind, seit sie die Außengebiete von Settlers Cove hinter sich gelassen haben, keinem einzigen Reisenden mehr begegnet. Die Sonne steht schon tief am Himmel, als sie in eine lang gezogene Einfahrt einbiegen, die von einem Regiment von Zypressengewächsen flankiert wird. Müde trotten die Pferde den Hügel hinauf. Ein roter Ziegelturm ragt aus den Baumwipfeln heraus, und bald schon sehen Jemma und Nathaniel ein großes Gehöft, umgeben von einer breiten Veranda mit Kletterrosen und Schmuckranken.

Als sie aus der Kutsche steigen, werden sie von einem jungen Mann mit hellblondem Haar begrüßt, der eifrig, aber zögerlich mit ausgestreckter Hand auf sie zugeschritten kommt. Seine Wangen sind fiebrig gerötet. Begleitet wird er von einem Beagle, der sie wie ein Fass auf Beinen angrinst. Gezaust von der Meeresbrise stehen sie da, während der dreizehnjährige Henry Leask pflichtschuldig seiner Rolle als Hausherr gerecht wird und sie den vier anderen Bediensteten vorstellt: Mrs. Croad, der Haushälterin; Lizzy, Köchin und Hausmädchen, Jaspers, dem Gärtner und Dyson, dem Kutscher und Stallknecht, den sie bereits kennengelernt haben. Wenn sie möchten, können sie im Häuschen wohnen – er zeigt auf ein hübsches Gebäude aus Kalkstein und roten Ziegeln im hinteren Teil des Gartens – oder eins der großen Schlafzimmer oben im Haus beziehen.

Henry weist Dyson an, die zwei kleinen Koffer der Wrights aus der Kutsche zu holen. Unschlüssig, was er tun soll, streichelt er den Kopf des Hundes. »Wie konnte ich das vergessen?«, lacht er. »Und das ist Astor!«

Er ist noch ein Kind, sagt sich Jemma. Und würde ihm am liebsten über sein wolkenfarbenes Haar streichen, wie er das bei seinem Hund macht. Stattdessen geht sie neben Astor in die Hocke und liebkost seine seidigen Ohren. »Der ist bestimmt ein guter Freund!«

Henry erklärt ihr, sein Vater habe ihn für die Kängurujagd gekauft, doch er sei jedes Mal, wenn Dr. Leask ihn mit auf die Jagd genommen habe, von dem Rudel weggelaufen und nach Hause gegangen. Wenn sein Vater dann Stunden später zurückgekommen sei, habe er Astor zusammengerollt zu Henrys Füßen vor dem Kamin angetroffen, wo er sich schlafend stellte.

Henry begleitet sie ins Haus. Beim Eintreten fällt Jemma das bemalte Glas ins Auge, das die Eingangstür umgibt, und sie bleibt stehen, um die Landschaftsskizzen zu betrachten – einen Leuchtturm, ein Fischerboot, langbeinige Vögel, die pickend durchs Schlickwatt waten. Sie sind mit leichter Hand und beeindruckender Technik gemalt. Sie fragt ihn nach dem Künstler.

»Meine Mutter«, antwortet er leise. »Sie starb letztes Jahr an Schwindsucht.«

»Aber dein Vater sagt, er und seine Frau würden …«

»Das ist meine Stiefmutter. Sie kommt nicht oft hierher.«

Er führt sie über einen Flur ins Wohnzimmer, wo zwei große Erkerfenster den Blick auf eine Rasenfläche freigeben, die abrupt am Rand einer Klippe endet. Ein paar letzte Sonnenstrahlen fallen schräg durch die Wolken und tauchen die Bucht in silbriges Gold. Ein paar Kilometer von der Küste entfernt können sie die dunklen Umrisse einer Insel erkennen, gesäumt von Gischt.

Henry steht versunken am Fenster. »Hier kann man vergessen, dass der Rest der Welt existiert, und das ist das Beste an Red Ridge.« Etwas im Ton seiner Stimme verleitet Jemma, sich den Bruchteil einer Sekunde lang zu fragen, ob er sie nicht erkannt hat.

Dann dreht er sich um und meint fast flehend: »Es gefällt Ihnen hier doch? Sie werden doch bleiben?«

# 35

Eine Zeit lang scheint es, als habe Henry recht. Dass es möglich sein könnte, den Rest der Welt zu vergessen.

Als Jemma am nächsten Morgen die Vorhänge ihres Schlafzimmers aufzieht, hat sich zwischen das Haus und die Welt ein Schleier gelegt. Sie kann weder die Insel noch die Bucht oder den Garten sehen. Nichts, nur Dunst in geisterhaftem Weiß. Der dichte Nebel hält sich bis zum frühen Nachmittag, doch als es aufklart, öffnet sich kein strahlend blauer Himmel, wie das nach Nebel sonst der Fall ist. Stattdessen zieht er sich zurück und lässt ein niedriges Dach fester Bewölkung direkt über ihren Köpfen zurück. Dahinter kann sie die grellweiße Scheibe der Sonne sehen und möchte nur noch hineinstarren und diesen verbotenen Anblick in sich aufnehmen.

Der Alltag im Haus folgt den von Mrs. Croad aufgestellten Regeln, die in Red Ridge als Haushälterin tätig ist, seit dieses vor zwanzig Jahren erbaut wurde. Frühstück um acht Uhr, Lunch um die Mittagszeit, Nachmittagstee um vier und Abendessen um sieben Uhr. Solange sie sich an diese Zeiten halten und der Küche fernbleiben, lässt Mrs. Croad sie in Ruhe. Nicht einmal Dr. Leask wagt es, bei seinen gelegentlichen Besuchen an Mrs. Croads Tagesablauf zu rütteln.

Jemma achtet darauf, ihre Tage so zu strukturieren, dass sie immer beschäftigt ist. Die Vormittage sind Henrys Unterricht vorbehalten, und da sie entdeckt, dass sie beide eine gemeinsame Leidenschaft für Naturgeschichte verbindet, verbringen sie die Nachmittage auf Exkursionen und suchen nach Pflanzen und Tieren, um sie zu untersuchen, zu klassifizieren und zu skizzieren. Manche Tage sind so ruhig und klar, dass sie bei ihren Streifzügen durch die Hügel der Umgebung die Boote der Robbenfänger sehen können, die an der Insel an der Mündung der Bucht vertäut liegen. Andere Tage hingegen sind so nebelig, dass sie sich nicht über den Rasen vor dem Haus hinauswagen, um nicht über den Rand der Klippe zu fallen.

Wenn es nicht nebelig ist, geht Jemma jeden Morgen vor dem Frühstück hinunter zum Strand. Egal, wie kalt es ist, sie muss schwimmen, um den Tag zu überstehen. Das ist ihre Sucht, ihr Morphium. Seit dem Vorfall im Seebad von Settlers Cove achtet sie darauf, nur zu schwimmen, wenn der Strand verlassen ist, was aufgrund der wenigen Menschen, die hier leben oder diese abgelegene Küste besuchen, keine Schwierigkeit darstellt. Funktioniert der Zauber, versetzt Schwimmen sie in einen Schwebezustand, ein erschöpftes Taubheitsgefühl, das ihren Schmerz in Schach hält.

Wenn sie Glück hat, gesellen sich ein oder zwei Robben zu ihr, die völlig angstfrei direkt auf sie zuschwimmen und dann rasch abdrehen und mit treuherzigem Blick verspielt zurückschauen, ehe sie sich ihr erneut nähern. Sie hat sie unter Wasser tanzen sehen, wo sie sich spiralförmig um sich selbst drehen und dann auf eine Welle zuschießen, an deren Flanke sie sich anmutig nach unten stürzen, um dann in letzter Minute, bevor die Welle am Ufer zerschellt, das Weite zu suchen. Bleiben sie mehrere Tage aus, macht sie sich Sorgen, sie für immer verschreckt zu haben. Manchmal hat sie das Gefühl, beobachtet zu werden, und wenn sie dann über ihre Schulter schaut, sieht sie eine schnurrbärtige Schnauze und diese traurigen Augen aus dem Wasser schauen. Doch es kommt auch vor, dass das Meer und der Sand leer sind, sie sich aber dennoch beobachtet fühlt. Dann erinnert sie sich, wie sie im Wasserloch der Serafinis geschwommen war, als sie Gotardo zum ersten Mal traf und er sie fast verwundert dabei beobachtet hatte, wie sie flussaufwärts durchs Wasser glitt. Und sie muss an ihn denken und wünscht sich, ihm schreiben und ihm verständlich machen zu können, warum sie hatte gehen müssen. Und wenn sie nicht aufpasst, sieht sie dabei seinen Gesichtsausdruck in dem Moment vor sich, als ihm bewusst wurde, dass Lucy tot war, und wie er sich in seinem Gram ihr zuwendete, wohingegen sie sich abwendete. Dann muss sie weiterschwimmen bis zur Landzunge und darauf hoffen, dass alle Gedanken weggespült werden.

Jeden Morgen beobachtet Henry von seinem Schlafzimmerfenster aus, wie Mrs. Wright dem Pfad folgt, der zwischen Eukalyptusbäumen und Kasuarinen nach unten führt und an der Honeysuckle Beach endet, wo auch ein Fluss mündet. Anfangs war er davon ausgegangen, dass sie einen Morgenspaziergang machte, doch dann fiel ihm auf, dass ihr Haar bei ihrer Rückkehr feucht war und sie etwas in ein Handtuch gewickelt bei sich trug. Eines Morgens folgte er ihr in entsprechend großem Abstand, damit sie ihn nicht hören konnte. Als er den Strand erreichte, war sie bereits im Wasser und schwamm durch die sanfte Dünung, wobei ihre Arme sich als bleiche Bögen vor dem kräftigen Blau des Himmels abhoben. Wenn sie bis zur Landzunge hinausgeschwommen war, schwamm sie parallel zum Strand, drehte wieder um und kehrte ans Ufer zurück. Manchmal hat sie Seetang in den Haaren, wenn sie aus dem Wasser auftaucht. Er weiß, dass er sie nicht beobachten sollte, aber er kann nicht anders. Seit Mr. Wright und sie eingetroffen sind, hat ihn eine Erregung gepackt, die ihn kaum schlafen lässt.

Seine größte Angst ist die, dass sein Husten ihn verraten oder sie seine bläulich verfärbten Lippen bemerken könnte. Jedes Mal, wenn sein Vater auf Besuch kommt, nimmt er eine

Untersuchung von Henrys Brust vor, tippt mit seinen Fingern darauf und lässt ihn tief Atem holen. Dabei beobachtet Henry das Gesicht seines Vaters. Macht er beim Einatmen ein rasselndes Geräusch, zieht sein Vater die Stirn in Falten und lauscht noch einmal. Doch auf die Frage Henrys, was los sei, schlüpft er jedes Mal in seine Arztrolle und meint, es gebe keinen Grund zur Beunruhigung, so als würde er mit einem Kind reden. »Sieh mich an!«, möchte Henry dann schreien. »Schau in mein Gesicht, auf die Haare auf meiner Brust. Ich bin ein junger Mann, kein Junge.« Das Wichtigste, meint sein Vater, der die Enttäuschung seines Sohnes nicht zu bemerken scheint, sei tägliche Bewegung und dass er seinen Geist nicht überfordere. Henry fragt sich, wie lange sein Vater dieses Spiel noch treiben und sich weigern wird anzuerkennen, was sie doch beide wissen.

# 36

Einmal in der Woche reitet Nathaniel ins acht Kilometer entfernte Flinders, um die Post abzuholen, doch abgesehen vom gelegentlichen Besuch eines Nachbarn sehen sie niemanden außer den anderen Hausangestellten. Bis jetzt ist es Nathaniel gelungen, damit durchzukommen, dass er »vergessen« hat, Zeitungen zu kaufen, obwohl dies zu einer seiner Aufgaben gehört. Mrs. Croad beklagt sich inzwischen jedoch, die Neuigkeiten zu vermissen, und er weiß, dass es sich nicht länger vermeiden lässt. Jemma und er müssen sich mit der Möglichkeit befassen, dass die neuesten Gerüchte über Musk und Byrne ins abendliche Gespräch beim Essen oder in die allgemeine Unterhaltung einfließen und sie dem nicht ausweichen können. Die Geschichte beherrscht die Schlagzeilen sämtlicher Zeitungen, und zusammen mit der ständig wachsenden Liste ihrer »Verbrechen« wird wöchentlich darüber berichtet, dass sie gesichtet wurden.

Als Nathaniel das erste Mal zum Postamt und Kramladen von Flinders kam, hielt ihn der Besitzer, Mr. Coombs, dort fast eine ganze Stunde lang zum Plaudern fest, wollte wissen, wer er war und woher er kam. Obwohl Nathaniel sich bewusst ist, dass dieser Mann einfach ein wenig Gesellschaft haben möchte, kann er nicht umhin, ihre wöchentlichen Begegnungen zu fürchten. Keiner in der Gegend hat irgendeinen Grund, sie zu verdächtigen, allein schon deshalb nicht, weil die Begegnungen, von denen berichtet wird, meist im Norden stattfinden, und doch könnte einem in einem unbedachten Moment nur allzu leicht ein Ausrutscher passieren, und schon wäre ein Gerücht in die Welt gesetzt. Und es würde ihn nicht überraschen, wenn jemand, der so besessen und halb wahnsinnig war wie Marcus O'Brien, nicht in jeder Stadt dieses Staats seine Spione sitzen hätte.

Wenn er nicht in Flinders Einkäufe erledigt, verbringt Nathaniel die Vormittage damit, das Anwesen abzureiten und nach den Zäunen, dem Weidevieh und den Kälbern zu sehen. Sobald alle kleinen Instandhaltungsprobleme des Gehöfts behoben sind, kann er über den Rest des Tages nach Belieben verfügen. Dyson kümmert sich um die Ställe und den Garten und ist so geschickt, dass er weder Druck noch Anweisung braucht. Wenn er in der Stimmung dazu ist, erforscht Nathaniel die Klippen nach Höhlen und sammelt Felsbrocken. Seiner Vermutung nach befinden sie sich auf einer Bruchstelle der Erdkruste, die noch immer aktiv sein könnte und gelegentlich auch erbebt, obwohl genauso gut Jemmas Erklärung gelten mag, die der Meinung ist, sie seien es, die sprunghaft sind, und nicht die Erde.

Diese Beobachtung fällt ihm wieder ein, als er während eines Besuchs in Flinders von Mr. Coombs gefragt wird, ob er nicht ein Veloziped ausprobieren wolle, das er gern verkaufen würde. Ein überehrgeiziger Herr sei auf diesem Gefährt von Settlers Cove gekommen, habe dann aber beschlossen, sich den Rückweg nicht mehr antun zu wollen.

In Melbourne hatte Nathaniel gelegentlich modische Herren gesehen, die sich auf zweirädrigen Laufmaschinen vorwärtsbewegten, hatte aber nie eine dieser neuesten Erfindungen mit Pedalen und Tretkurbeln gesehen, die es dem darauf Sitzenden erlauben, die Maschine anzutreiben, ohne dass die Füße je den Boden berühren.

»Sie sind in der Heimat der letzte Schrei, und auf dem Kontinent ebenfalls«, klärt Mr. Cooms ihn auf, als er das Fahrrad festhält, damit Nathaniel aufsteigen kann. Obwohl Nathaniel für ein solches Gefährt, das die Leute, wie er weiß, »Klapperkiste« nennen, keinen Bedarf hat, kann er doch nicht widerstehen, es auszuprobieren. Vorsichtig steigt er auf die Maschine, setzt sich auf den Sattel und stellt seine Füße auf die Pedale. Er ist ein sicherer Reitersmann, aber dieses schmale Gefährt erinnert in nichts an die Robustheit eines vierbeinigen Wesens.

»Ich werde Sie anschieben, wenn Sie so weit sind«, sagt Mr. Coombs. »Sie brauchen ein wenig Schwung, damit Sie nicht auf die eine oder andere Seite kippen.«

Nathaniel meldet sich, als er so weit ist, und Mr. Coombs schiebt ihn an, sodass er die Hauptstraße hinunterrollt. In den ersten paar Sekunden sieht es ganz danach aus, als wäre es leichter, als er sich das vorgestellt hatte. Alles läuft ganz rund, bis er über einen kleinen Hubbel in der Straße fährt und der Vorderreifen zu wackeln anfängt. Obwohl er die Lenkstange mit festem Griff hält, kippt das Gefährt um und wirft ihn in den Straßengraben. Als er sich von dem auf ihm liegenden Fahrrad befreit und sich müht, wieder auf die Beine zu kommen, hat er das gleiche Gefühl wie nach einer Bootsfahrt, wenn sich einem die Erde unter den Füßen wegzieht.

»Ich hätte Sie noch darauf aufmerksam machen sollen«, sagt Mr. Coombs, der herbeigeeilt ist, um ihm beim Abbürsten zu helfen, »dass man ein paar Versuche braucht, ehe man den Dreh raushat.«

Eine halbe Stunde später saust Nathaniel, dem der Fahrtwind ins Gesicht weht, die Straße entlang, die nach Red Ridge führt. Vermutlich ist er genauso schnell unterwegs wie auf dem Pferd, und doch ist die Empfindung eine gänzlich andere. Ein berauschendes Gefühl von Freiheit, als würde man wie ein Vogel herabstürzen und dahingleiten, sich der Zukunft mit stromlinienförmiger, pfeilartiger Gewissheit entgegenschleudern, sodass er sich eine Zeit vorstellen kann, da es dem Menschen möglich ist, eine Maschine zu erfinden, die fliegen kann. Die grünen Hügel und die Kühe blitzen schemenhaft auf. Sein Gesicht ist ein einziges breites Grinsen. Er kann sich nicht erinnern, wann er das letzte Mal so viel Spaß gehabt hat. Und er stellt sich Jemma vor, die an seiner Stelle die Straße hinunter auf ihn zustürmt, die Augen groß vor Schreck und Entzücken, wobei der Schrecken mit wachsender Sicherheit nachlässt. Er malt sich aus, wie sie sich dem Gefühl des Fliegens ausliefert und dann, wenn es vorbei ist, sich schwindelig in seine Arme wirft und wie ein Kind lacht.

# 37

Sie entdecken ihn im Fluss, der in der Farbe von Tee an der Honeysuckle Beach ins Meer mündet. Einen kleinen Vogel, der nicht fliegen kann und Flossen anstatt Flügel hat, am Rücken Federn in dunklem Schieferblau, der Bauch glänzend weiß. Nichts deutet auf eine Verletzung hin, alles ist perfekt, unberührt. Auf Jemma wirkt er wie ein weiches Stofftier, wie Kinder es zum Kuscheln mit ins Bett nehmen.

Sie wartet auf Henry, der noch über den Sand läuft. »Weißt du, was das ist?«

Er kniet sich neben sie, um ihn zu untersuchen, und berührt sanft den Kopf des Vogels. »Ein Zwergpinguin von der Insel.« Da sie sich auf einer ihrer naturkundlichen Expeditionen befinden, ergänzt er pflichtschuldig: »*Eudyptula minor*. Das habe ich nachgeschlagen.«

Henry hat von diesen kleinen Pinguinen gehört, weil die Robbenfänger manchmal von der Insel herüberkommen, um sich Vorräte zu beschaffen. Er weiß, dass sie den Tag damit zubringen, nach Nahrung zu tauchen und dann an den Strand zurückkehren, um in den Sanddünen zu nisten. Die Robbenfänger haben ihm erzählt, dass sie die Pinguine auf dem Wasser vorbeitreiben sehen, die oft aussehen, als wären sie tot, obwohl sie nur ein Nickerchen machen. Und dass es ein wahnsinnig komischer Anblick sei, wenn diese kleinen Vögel bei Sonnenuntergang zu Hunderten aus dem Wasser hinauf zum Strand watscheln und dabei einen unglaublichen Lärm veranstalten.

Aber lebend hat Henry nie einen gesehen, nur die, die angespült wurden.

»Papa hat mir versprochen, an meinem vierzehnten Geburtstag mit mir dorthin zu fahren.«

Seit Dr. Leasks letztem Besuch war ein Monat verstrichen. Jemma hofft, dass Leask sein Versprechen einlöst, weiß aber, dass Henry schon öfter enttäuscht worden war. In den vergangenen drei Monaten hat Leask Red Ridge nur zwei Mal besucht und war jedes Mal nur eine Nacht geblieben. Seine Frau Amalia war erst einmal mitgekommen. Henry sagt, es gefalle ihr nicht am Meer. Und was Dr. Leask betrifft, scheint er im Krankenhaus von Melbourne unabkömmlich zu sein, sodass er unmöglich länger bleiben kann. Jemma zweifelt nicht daran, dass der Arzt sehr gefragt ist. Aber sie hat von seinem Verhältnis zu seinem Sohn genug mitbekommen, um die Gewissheit zu haben, dass er den Jungen liebt. Doch Henry scheint etwas an sich zu haben, was den Vater zutiefst beunruhigt, weshalb dieser auch jedes Mal sichtbar erleichtert die Heimreise antritt.

Ziel ihrer nachmittäglichen Exkursion ist es, ein kleines Tier, eine Eidechse vielleicht oder auch ein Meerestier zu finden, das sie zum Sezieren mit nach Hause nehmen können. Jemma möchte, dass Henry Klassifizieren lernt – mit Wirbeln oder wirbellos, kalt- oder warmblütig und die Benennung von Art und Spezies. Sie werden von dem Tier als Ganzes, so wie sie es gefunden haben, eine Skizze anfertigen, aber auch nach der Sektion, und die wichtigen Organe identifizieren. Als Jemma dieses Projekt vorschlug, war Henry voller Begeisterung darauf eingegangen. Bei seiner letzten Hauslehrerin hatte sich der Naturkundeunterricht auf das Zeichnen von Insekten, Seegras und Blumen beschränkt. Die ganze wunderbare Flora der natürlichen Welt reduziert auf einen Katalog von Keimblättern, Federchen und Keimwurzeln, trocken aufbereitet in M. A. Liversidges *Elementary Botany*. Und aufgeschnitten hatten sie auch nie etwas.

Doch als Jemma jetzt vorschlägt, den Zwergpinguin zu zeichnen, fällt Henry dann doch die Kinnlade herunter.

»Keine Sorge, wir werden ihn nicht sezieren«, versichert sie ihm. »Nicht so ein hübsches Geschöpf wie ihn.«

Sie finden eine trockene Stelle im Sand dicht am Fluss und holen ihre Skizzenblöcke heraus. Für eine Weile sind sie still damit beschäftigt, mit ihren grauen Bleistiften über das Papier zu gleiten, wobei ihre Augen zwischen dem toten Vogel und dem Blatt hin und her wandern. Hinter ihnen lecken kleine Wellen am Sand. Es ist so still, dass der gelegentliche Gesang des Glockenvogels die Luft bewegt wie ein Stein, der in einen Teich fällt. Henry glaubt, ihm seien Antennen gewachsen. Überall scheint das Leben zu summen.

Hin und wieder schielt er auf Mrs. Wright, wendet sich aber sofort wieder ab, damit sie ihn nicht dabei ertappt. Er kann sich nicht erinnern, wann er das letzte Mal so zufrieden gewesen ist. Er würde Mrs. Wright gern erzählen, wie gut er sich fühlt, doch dies hieße, ihr zu erklären, wie einsam er gewesen war und wie verzweifelt er seine Mutter vermisst, und da dies sicherlich in Tränen enden würde, lässt er es lieber sein.

Henry hat den Vogel gemalt und konzentriert sich nun auf das Umfeld. Er überlegt, wie schwer es ist, den Glanz der öligen Federn einzufangen und das durchsichtige Wasser des Flusses, da erhascht er einen Blick auf Mrs. Wrights Skizze, weil sie ihre Sitzposition verändert. Obwohl er ihre Zeichnung verkehrt herum und schräg sieht, fesselt sie ihn.

»Darf ich sie sehen?« Er streckt seine Hand danach aus.

Jemma zögert, gibt dann aber nach. Es sei eine grobe Skizze, sagt sie. Und keinesfalls so präzise und detailliert wie seine gute Arbeit.

Henry hat niemals Kunstunterricht genossen, doch seine Mutter hat ihn ermutigt und angeleitet. Alles, was er kann, hat er sich selbst durch Kopieren beigebracht, und er ist stolz auf seine Fähigkeit, die Dimensionen und die Proportionen jedes Objekts, das er sich vornimmt, korrekt wiederzugeben. Er vermutet, dass seine Mutter sehr talentiert war, aber aufgrund ihrer häufigen Erkrankungen war sie nicht in der Lage, mehr als hin und wieder ein Aquarell oder eine Glasmalerei zu vollenden.

Während er Mrs. Wrights Zeichnung studiert, erkennt Henry, dass mehr darin steckt als nur eine Kopie des Vogels zu wissenschaftlichen Zwecken. Sie hat weniger den Pinguin gemalt, als ihn mit dem nicht zu übersehenden Fingerspitzengefühl der Künstlerin zum Leben schraffiert. Da ist jemand am Werk gewesen, der nicht nur kopieren kann. Sie versteht es sogar, den Federn des Vogels Glanz zu verleihen und das Wasser schimmern zu lassen und ihm Tiefe und Schatten zu verleihen, wie Henry das niemals wiedergeben könnte. Doch mehr noch als durch ihr handwerkliches Können besticht die Zeichnung durch ihre bemerkenswerte Stimmung, die von ihr ausgehende Traurigkeit, die Henry ratlos zurücklässt.

»Das ist wunderbar!«, seufzt er und wünscht sich, selbst auch die Szene so verwandeln zu können, wie sie das getan hat. Aufgeregt will er wissen, ob sie Kunst studiert hat und ob sie malt, und wenn nicht, warum nicht? Er löchert sie, welche Künstler sie liebt, und verspricht, ihr einige Werke seiner Mutter zu zeigen.

Jemma möchte seine Begeisterung nicht dämpfen, will sich mit ihm aber auch nicht über Malerei unterhalten. Das gehört zu ihrem früheren Leben, es ist etwas, das Jemma Musk einmal getan hat. Nicht Mrs. Wright. Für Mrs. Wright ist Zeichnen eine technische Fähigkeit, ein nützliches Mittel, um Naturphänomene zu dokumentieren. Sie weiß, dass die Kunst ihr einst alles bedeutet hat, ihrem Leben Sinn gab und sie sich durch die Kunst mit etwas verbunden fühlte, was größer war als sie selbst. Jetzt jedoch ist es ihr unverständlich, warum sie ihr so viel bedeutet hat. Die Verbindung ist abgebrochen, und sie weiß nicht, ob sie sich jemals wieder erneuern wird. Sie weiß, dass Jemma Musk einmal an eine höhere Berufung glaubte und nie daran gezweifelt hat, berufen zu sein. Aber das ergibt jetzt keinen Sinn mehr, und sie weiß nicht, wozu es gut sein sollte, sich mit ihrer früheren Existenz zu befassen. Wenn sie ehrlich ist, sieht sie so gut wie gar keinen Sinn mehr. Sie klappt ihren Skizzenblock zu und packt ihre Sachen zusammen.

»Das hat nichts zu bedeuten«, sagt sie leise. Sie hat diese Skizze wie nebenbei hingekritzelt und war in Gedanken ganz woanders. Über das Ergebnis ist sie genauso überrascht wie Henry.

Henry verweilt zaudernd am Fluss, weil er den Pinguin nicht den Krähen und den Möwen oder sonst irgendwelchen Tieren überlassen möchte, die ihm sicher die Augen aushacken und seinen plumpen kleinen Leib verstümmeln würden. Warum ihn nicht begraben, schlägt er vor, und mit einem kleinen Holzkreuz die Stelle markieren?

Und so stehen sie schon bald vor dem winzigen Grab nicht weit entfernt vom Fluss, und Henry rezitiert Zeilen aus dem Prediger Salomo. *Alle Flüsse gehen in das Meer, und das Meer wird nicht voll; an den Ort, wohin die Flüsse gehen, dorthin gehen sie immer wieder. Alle Dinge mühen sich ab: Niemand vermag es auszusprechen …*

Jemmas Augen fallen auf das Grab. Sie hätte das nicht zulassen dürfen. Ihr Blut wallt auf wie das Meer, und sie muss an die beiden Herzen denken, die in ihr rasten, als sie im Keller in der Falle saß, und wie sie sich im Dunkeln niedergelegt hat, als wäre es ihr Grab. Und wieder sitzt sie in der Falle, wird an diesem fernen Strand hinterrücks von Gedanken an jene andere Beerdigung überfallen und an jenes Grab, das sie nie gesehen hat.

»Das reicht!«

Der Junge bricht mitten im Satz ab und unterdrückt ein Hüsteln.

Wortlos entfernen sie sich von dem Hügel im Sand und erklimmen den Hang hoch zum Haus.

# 38

In ganz Wombat Hill tauchen an den Torpfosten Briefkästen und messinggerahmte Schlitze in den Eingangstoren auf. Gotardo hat von der aufgeregt diskutierten Postzustellung gehört, kann dem jedoch nichts abgewinnen. Denn dieses Geschwätz erinnert ihn nur allzu schmerzhaft an den einen Brief, nach dem er sich sehnt, der ihn aber nie erreichen wird.

Jeden Tag, wenn Gotardo Voletta am Postamt seine Post abholt, weigert sich Mr. Hazzard, der Postmeister, ihm in die Augen zu schauen, denn schließlich weiß er am besten, was mit Mr. Volettas Post geschieht, bevor sie durch seine Hände geht. Hätte Mr. Hazzard die Wahl, wäre er lieber nicht Teil einer derartigen Einmischung. Senior Sergeant O'Brien hat ihn gewarnt, sollte er davon erfahren, dass auch nur ein einziger Brief ohne seine Zustimmung an Mr. Voletta weitergeleitet wird, müsse er mit schwerwiegenden Folgen rechnen. Und der Senior Sergeant ist kein Mann, den man gegen sich aufbringen möchte. Mr. Hazzard kann die übereifrige Bewachung von Mr. Voletta nicht gutheißen, doch O'Briens Einfluss in der Stadt ist so groß, dass man sehr vorsichtig abwägen muss, wem man sich anvertraut. Er hat die Leute reden hören, der Senior Sergeant habe private Gründe, Mrs. Voletta verhaftet zu sehen, Gründe, die mit dem Tod ihres Kindes nichts zu tun haben.

Gotardo wird das Gefühl, dass hier Regeln verletzt werden, nie los. Jedes Mal, wenn er einen Brief umdreht, um den Umschlag zu öffnen, entdeckt er die verräterischen Anzeichen. Das gerunzelte Papier, gelegentlich ein schmutziger Fingerabdruck, die ungenau gefalteten Seiten darin. Selbst die Briefe aus dem Tessin werden geöffnet. Es würde ihn nicht überraschen, wenn O'Brien jemanden dafür bezahlte, sie zu übersetzen, für alle Fälle. Den einzigen Vorteil, den Gotardo in einer Zustellung seiner Post sehen kann, ist der, dass er dann nicht mehr Mr. Hazzards linkisches Bemühen ertragen muss, seinem Blick auszuweichen.

Doch viel größere Sorge als dieses Eindringen in seine Privatsphäre bereitet ihm Celestinas dickköpfige Entschlossenheit, sich O'Brien vorzuknöpfen. Nicht lange nach Jemmas Verschwinden stellte sie sich dem Polizisten auf der Straße in den Weg und sagte ihm, sie wisse, dass er Jemma bedroht habe, und werde dafür Sorge tragen, ihn bloßzustellen. O'Brien hatte daraufhin kaltblütig erwidert, sie täte klug daran, ihren Mund zu halten. Und mit einem leichten Zucken seines hängenden Schnauzbartes fügte er hinzu, dass, sollte sie diesen Rat nicht beherzigen, ihr Geschäft darunter leiden werde und somit auch sie. Seit dieser Konfrontation und der verschleierten Drohung waren nachts zwei Mal Steine durch die Schaufensterscheibe ihres Tearooms geflogen. Die von O'Brien mittels Klatsch und Presse angestachelte Feindseligkeit gegen Musk und Byrne ist so groß, dass man unmöglich sagen kann, wer tatsächlich dafür verantwortlich ist. Battista und Aquilino haben sich freiwillig bereit erklärt, nachts den Tearoom zu bewachen. Sie sind zwar wütend auf Jemma, weil sie Gotardo verlassen hat, aber ihr Hass auf O'Brien ist noch viel größer.

Die Weinstöcke sind jetzt kahl. Gotardo kommt es so vor, als würden sie sich an den Hang kauern wie ganze Reihen verhutzelter alter Männer. In den Wochen, die auf Lucys Tod und Jemmas Verschwinden folgten, hatte er, als die Trauben reif und bereit zur Lese waren, beschlossen, sie am Stock verrotten zu lassen. Er besaß weder die Kraft noch war er in der Seelenverfassung zu tun, was getan werden musste. Als er dann aber eines Morgens in der Dämmerung aus dem Küchenfenster schaute, sah er dunkle Gestalten, die mit um den Nacken gehängten Weidenkörben entschlossen die Reihen auf und ab liefen. Es waren Pliny und seine Brüder Battista und Aquilino. Nachdem die Trauben abgeerntet waren, stampften sie sie mit den Füßen und pressten sie, jetzt gärt im Keller der Most in seinen Fässern. Gotardo ist davon überzeugt, dass der Wein sauer sein wird. Wie sollte er nach einem solchen Jahr sonst auch sein? Und selbst wenn er gut sein sollte, kann er sich nicht vorstellen, ihn mit Genuss zu trinken.

Das Einzige, worauf er sich jeden Tag freut, ist der Besuch an Lucys Grab, das er jeden Abend in der Dämmerung aufsucht. Es liegt am nördlichen Rand des Friedhofs, nicht weit entfernt von der Pappelreihe, deren goldene Blätter es den ganzen Herbst über darauf herabgeregnet hat. Und Tag für Tag fegt er sie weg und muss dabei an das Entzücken in ihrem Gesicht denken, wenn sie einen Haufen davon entdeckte, um dann mit Begeisterung mitten hindurchzurennen und mit den Armen aufzuwirbeln, sodass sie ihr wie Konfetti aufs Haar fielen.

Der Grabstein besteht aus grau geädertem weißem Marmor, darauf ihr Name, Geburtstag und Todestag in vergoldeten römischen Lettern. Über die Grabinschrift hat er lange nachgedacht, denn die vorgefertigten sentimentalen Phrasen, die man sonst auf Kindergräbern findet, waren ihm zuwider. In seinen düsteren Stunden schrie er und weinte und verfluchte Jemma dafür, dass sie nicht hier war und ihm half, die richtigen Worte zu finden. Fast hätte er aufgegeben, doch da fand er eine Sammlung mit Wordsworth-Gedichten auf dem Bücherregal. Das Buch öffnete sich an der Stelle, wo Jemma zwischen den Seiten Akazienblätter gepresst hatte, wie einen Brief, den sie ihm geschickt hätte, stünde dem nicht O'Brien im Weg.

*Nicht Regung kennt sie nun, noch Kraft,*
*Gesicht nicht, noch Gehör,*
*kreist in der Erde Wanderschaft*
*mit Fels und Baum und Meer.*

Er weiß nicht, wie lange er darüber geweint hat, aber danach fühlte er sich sehr viel besser. Gleich am nächsten Morgen ging er zum Steinmetz und erklärte ihm, was er haben wollte. Seine Leute würden entsetzt sein, das war ihm klar – keine Bezugnahme auf Gott oder den Himmel oder Engel, doch das war ihm egal. Als er Celestina die Zeilen zeigte, wurde sie blass.

»Aber sie ist bei Gott!« Er habe das Gedicht nur gewählt, entgegnet er vorwurfsvoll, weil er dachte, es würde Jemma gefallen. »Sie ist weg und sie wird nicht zurückkommen, du armer, törichter Mann!«

Ihre Worte lässt Gotardo an sich abperlen. Natürlich war es ihm wichtig, was Jemma von der Grabinschrift halten würde, und er sah nicht ein, was daran falsch sein sollte. Warum dieses Gedicht so passend war, hätte er nicht sagen können. Doch irgendwie half es ihm, sich mit der schrecklichen Wahrheit auszusöhnen, obwohl Lucy dadurch lebendig blieb. Sie war da draußen in den Felsen und Bäumen. Für ihn zählte jetzt nur noch, denjenigen die Treue zu halten, die er liebte.

Und jeden Abend, wenn er einen frischen Strauß Blumen mitnimmt, um sie auf das Grab zu legen, flüstert er seinem Mädchen etwas zu, wie er das auch getan hat, wenn er sie zu Bett brachte, erzählt ihr Geschichten, die seine Mutter ihm einst erzählt hatte, bevor er sein Gesicht auf den Grashügel legt und Gute Nacht sagt. Und dabei nährt er die Hoffnung, eines Tages, wenn er sich dem Friedhof nähert, die vertraute Gestalt seiner Frau über das Grab gebeugt anzutreffen. Und sie, nachdem sie ihrem Mädchen Gute Nacht gesagt haben, gemeinsam durch die hereinbrechende Nacht nach Hause gehen.

Es ist eine Fantasie, das weiß er – genauso wie er weiß, dass der Brief, nach dem er sich so sehnt, nie eintreffen wird –, und auch, dass noch mehr Leid auf ihn wartet, sollte diese Fantasie Wirklichkeit werden. Denn nicht nur Gotardos Post wird täglich verletzt. Selbst auf dem Friedhof ist Gotardo selten allein. Immer lauert der Senior Sergeant oder einer seiner Männer irgendwo in der Nähe, beobachtet und wartet darauf, dass Jemma Musk zurückkommt.

# 39

Die letzte Hitze des Herbstes lodert in den goldenen Heuhaufen auf, die auf dem Weg zwischen Flinders und Red Ridge wie baufällige Hütten über die Felder verteilt sind. Als Nathaniel an der Einfahrt vom Veloziped steigt, liegt noch immer ein Lächeln auf seinem Gesicht. Sein Baumwollhemd klebt ihm am Körper, seine Beine schmerzen, und seine Pobacken sind taub. Klappergestell ist das richtige Wort dafür, sagt er sich, aber es tut gut, so durchgerüttelt zu werden. Er versteckt das Fahrrad in einem Busch neben dem Eingangstor und geht die letzten hundert Meter zum Haus zu Fuß.

Er trifft sie allein im Wohnzimmer an. »Jemma!«, flüstert er, »ich will dir was zeigen.«

Jemma zuckt zusammen, als sie ihren Namen hört, obwohl er geflüstert wird und keiner in der Nähe ist. Sie wirft ihm einen warnenden Blick zu, auf den Nathaniel mit einem trotzigen Grinsen reagiert.

»Keine Fragen.«

Am Ende der Einfahrt sagt er ihr, sie solle die Augen schließen. »Lass sie geschlossen, bis ich dir Bescheid gebe!« Er holt sich das Fahrrad und schiebt es ein Stück die Straße hinauf. An der Bergkuppe steigt er auf, setzt sich in Bewegung und ruft ihr zu, sie könne die Augen aufmachen.

Jemma blinzelt, und ihr bleibt der Mund offen stehen, als sie ihn auf diesem zweiräderigen Gefährt den Berg herunterrollen sieht, wunderbarerweise ohne zu stürzen. Er winkt ihr im Vorbeisausen zu, und seine Füße treten kräftig in die Pedale, während er den nächsten Berg erklimmt. Seine Weste ist aufgegangen und flattert, und seine Hemdsärmel werden vom Wind aufgebläht. Gleich, nachdem er die Bergkuppe erreicht hat, macht er ein wenig unsicher kehrt und kommt dann mit in den Himmel gereckten Armen wieder heruntergerauscht und jauchzt dabei wie ein Junge. Mit geröteten Wangen und bebenden Nasenflügeln kommt er wackelig vor ihr zum Stehen.

Jemma wartet, bis er wieder Luft bekommt.

»Das ist für dich«, grinst er.

Sie starrt erst ihn und dann das Fahrrad an. Sie war sich ganz sicher gewesen, dass er herunterfallen und sich womöglich das Genick brechen würde – vor allem, als er seine Hände von der Lenkstange nahm –, und sie steht noch immer unter Schock. Doch dieser legt sich rasch, während sich etwas anderes in ihr zu regen beginnt, ein Teil von ihr, den sie kaum noch kennt. Ein kleines Lächeln zupft an ihren Lippen.

»Du bist verrückter, als ich dachte, Nat.«

»Viel verrückter. Du hast ja keine Ahnung.«

Sie sehen sich in die Augen, wie sie das seit Wombat Hill nicht mehr getan hatten, als kühne Blicke das Intimste waren, was sie sich erlauben konnten.

»Also dann?«, fordert Nathaniel sie auf. »Mr. Coombs sagt, in Frankreich sei das der letzte Schrei.«

»*Alors*«, erwidert Jemma mit gekünstelter Ernsthaftigkeit und versucht dabei ihre Nervosität zu verbergen. Dieses Gerät scheint der Schwerkraft zu trotzen. Sie kann sich nicht vorstellen, wie es aufrecht bleiben kann. Doch Nathaniel hat sich solche Mühe gegeben, und es sieht verlockend aus und ganz so, als könnte es Spaß machen, auch wenn dieser ein wenig riskant sein dürfte. Aber hat sie sich je vom Risiko abschrecken lassen? Sie leben es als Dauerzustand, was also hat sie zu verlieren?

Die vorrangigste Frage ist allerdings, was macht sie mit ihrem Rock? Sie vergewissert sich, dass sich keiner auf der Straße nähert, bevor sie ihn in ihre Unterhose steckt.

»Ich warne dich, Nat, lach bloß nicht!«

Nathaniel erteilt ihr einige Ratschläge, und als sie bereit ist, gibt er ihr an einem kleinen Abhang einen Schubs und rennt, mit einer Hand die Lenkstange haltend, neben ihr her. Damit versucht er ihr einen sicheren Halt zu geben und zu verhindern, dass sie zu früh stürzt, doch bald schon wird klar, dass er es ihr auf diese Weise unmöglich macht, die Geschwindigkeit zu entwickeln, die sie braucht. Er warnt sie, dass er loslassen wird. Sie nickt und tritt zuversichtlich auf gerader Strecke in die Pedale, doch als die Straße ansteigt, verliert sie an Geschwindigkeit. Das Fahrrad beginnt zu wackeln und kippt mit hypnotisierender Langsamkeit um. Sie landet hart auf der roten Staubstraße.

Jemmas Verärgerung ist größer als ihr Schmerz. Sie spürt, dass sie sich ihr linkes Bein ein wenig aufgeschürft hat, kann es aber wegen ihrer Unterhose und ihrer Strümpfe nicht inspizieren. Wenigstens hat ihr gebauschter Rock den Sturz gedämpft, und sie sieht kein Blut. Sie klopft den roten Staub aus den Kleidern und sieht Nathaniel kläglich an.

»Du hättest mich warnen sollen, wie hart der Boden ist!«

Er ist erleichtert, dass sie darüber scherzen kann und nicht verzagt zu sein scheint. Da kommt ihm eine Idee. Es gibt einen ebenen, ausgetretenen Pfad durch ein nahe gelegenes Feld, der von den Einheimischen benutzt wird, wenn sie hinunter zum Strand wollen. Wenn es zu weiteren Stürzen kommt, fällt sie dort wenigstens auf weiches Gras.

Die Felder ziehen sich in sanften Wellen und Ebenen hinunter zum Rand der Klippe und dem Strand darunter. Dahinter schimmert blaugrün das Meer. Als Jemmas Blick über das geschnittene Gras und die goldenen Heuhaufen wandert, legt sich ein merkwürdiger Ausdruck auf ihr Gesicht. Nathaniel hätte sie gern gefragt, woran sie denkt, spürt aber, dass dies nicht der richtige Zeitpunkt ist. Er sieht zu, wie sie auf das Fahrrad steigt und wackelig anfährt, bald aber kräftiger in die Pedale tritt und sich in den Wind lehnt, während sie Geschwindigkeit aufnimmt. Ihr Haar hat sich aus ihren Spangen gelöst und fliegt hinter ihr her, und in ihren Augen ist ein wildes Glitzern. Diese Verwandlung kennt er aus den Nächten in ihrem Schlafzimmer, diese wilde Gleichgültigkeit, als wäre ihr alles egal. Wenn sie doch nur zulassen würde, sich zu entspannen, überlegt Nathaniel, sich von der Leichtigkeit des Seins erfüllen ließe, die das Geschenk dieser kostbaren Maschine ist.

Dann biegt sie plötzlich vom Wanderpfad ab und lenkt mit einem kleinen trotzigen Aufschrei direkt in einen der Heuhaufen. Es ist eindeutig eine vorsätzliche Bewegung, und Nathaniel bleibt vor Erstaunen der Mund offen.

Heu und Spreu wirbeln durch die Luft, als Jemma und das Fahrrad durch den Haufen pflügen. In einer großen Wolke aus goldenem Rauch löst sich das lockere Gebilde auf. Als Nathaniel sie einholt, lehnt Jemma zerknautscht an den Resten des Heuhaufens und hält sich den Bauch.

»Jemma!«, ruft er erschrocken.

Aber als sie ihn ansieht, lacht sie. Sie hält sich vor Lachen den Bauch. Sie lacht, bis sie weint, bis ihre Wangenmuskeln wehtun. Sie kann sich nicht erinnern, wann sie zuletzt derart gelacht hat. Vielleicht seit ihrer Kindheit nicht mehr.

Auch Nathaniel fängt zu lachen an. Er hat sie zum Lachen gebracht, er hat es geschafft! Ihr laufen vor Lachen Tränen über die Wangen. Was für ein wunderbarer Anblick! Sie vor Freude gelöst zu sehen, Haare und Kleider mit Heu bedeckt.

Sie lässt sich aufs Gras fallen, und als ihr Lachanfall nachlässt, stößt sie einen tiefen Seufzer der Zufriedenheit aus und wischt sich die Augen. »Hast du nie so etwas tun wollen?«

Nathaniel zupft ihr einen trockenen Grashalm aus dem

Haar, beugt sich über sie, um sie zu küssen, und murmelt: »O doch.«

Sie lieben sich hinter einem der Heuhaufen – sanft und verspielt, eine Liebe, die keine Ähnlichkeit mit der qualvollen Leidenschaft ihrer Nächte hat –, und der Nachmittag verstreicht wie im Traum, aus dem keiner von ihnen aufwachen möchte. Als sie sich endlich aus dem Gras erheben, wechseln sie sich auf dem Fahrrad ab, bis Jemma vorschlägt, es einmal zusammen zu versuchen, bloß noch ein letztes Mal, ehe sie als Mr. und Mrs. Wright zu ihren Pflichten zurückkehren.

Vor dem rosigen Dunst des Spätnachmittags lassen sich ganze Schwärme von Kakadus mit schwefelgelben Hauben auf die Felder nieder, um die Grassamen aufzupicken. Nathaniel setzt sich auf den Sattel des Velozipeds, Jemma nimmt auf der Lenkstange Platz. Vorsichtig schiebt er es mit dem Fuß an. Anfangs bremst ihr verdoppeltes Gewicht ihre Fahrt, und es geht recht gemächlich den sanften Abhang hinunter. Ihr Wagemut macht sie leichtsinnig, und so steuert Nathaniel das Gefährt in gemütlichen Schlenkern über den Pfad. Sie sollten, schreit er, sich einem Zirkus anschließen und dort todesmutige Nummern zum Besten geben!

Daraufhin müssen sie so sehr lachen, dass Jemma den entscheidenden Moment nicht mitbekommt, doch irgendwann haben sie den Pfad verlassen und schlingern plötzlich mit zunehmender Geschwindigkeit über das Feld. Sie kommen über eine Kuppe, und aus dem Nichts ragt ein paar Hundert Meter hangabwärts ein großer Blaugummibaum vor ihnen auf.

Jemma nimmt Nathaniel so gut wie jede Sicht, sodass sie sein Auge sein muss. Als sie jedoch einen Warnschrei ausstößt, ist ihr Schwung so groß, dass nur noch wenig Hoffnung besteht, den Zusammenprall zu vermeiden. Sie können nur noch abspringen. Jemma springt nach links und schlägt mit einem Aufschrei auf dem Boden auf, Nathaniel stürzt ihr hinterher.

Zwei Sekunden später müssen sie zusehen, wie das Veloziped auf den massigen Stamm des Blaugummibaums trifft und mit sich wild drehenden Rädern hoch in die Zweige fliegt, ehe es zu Boden kracht und sein Eisenrahmen entzweibricht.

Jemmas Sturz war zum Glück von einem kleinen verstreuten Heubündel abgemildert worden. Sie setzt sich auf und spricht Nathaniel an, der reglos auf dem Boden liegt. Seine auf dem Bauch liegende Gestalt und das Veloziped im Hintergrund mit seinen sich sinnlos drehenden Rädern inspiriert sie zu einem Bild, das sie einmal malen möchte. Das Gemälde eines Mannes mit einem kaputten Fahrrad, und sie wird sich beim Malen nach ihm verzehren, wie sie sich nach ihm verzehrt hat, als sie seinen Körper das erste Mal mit ihrem Pinsel lebendig werden ließ.

»Nat! Alles in Ordnung mit dir?«

Nathaniel stöhnt und stützt sich auf seinen Ellbogen. Am Rande seines Blickfelds wimmeln dunkle Gestalten, und er fragt sich, ob er gleich ohnmächtig werden wird. Er schließt die Augen und öffnet sie wieder. Langsam verschwindet das schwarze Gewimmel, aber sein Kopf hämmert.

»Es scheint nichts gebrochen zu sein.«

»Und was ist mir dir?«

»Nur wehgetan«, antwortet sie und reibt sich ihren Schenkel.

»Was haben wir uns nur dabei gedacht?« Er lächelt matt. »Wir hätten dabei umkommen können.« Er schleppt sich über den Boden zu ihr und legt seinen Kopf in ihren Schoß. Und schweigend verweilen sie so und lauschen ihren hektischen Atemzügen. Die von dem Zusammenstoß aufgescheuchten Kakadus lassen sich wieder nieder und picken ihre Grassamen. Am Himmel färben tief hängende Wolken sich rosa.

»Wir werden einen Monat lang grün und blau sein«, sagt Nathaniel. Er findet es tröstlich, einen Zeitrahmen festzusetzen, obwohl er keine Ahnung hat, wie lange der Heilprozess dauern wird. Oder ob eine Heilung tieferer Art überhaupt je möglich sein wird. Ob ihre Liebe immer aus einem Teil Ekstase und aus zwei Teilen Schmerz bestehen wird.

Ein Rad des Velozipeds liegt verbogen im Gras, das andere lehnt wie ein Betrunkener am Baum. Von einem der unteren Äste baumelt die Hälfte des um die eigene Achse gebogenen Rahmens.

Jemma seufzt. »Es tut mir leid, Nat.«

Nathaniel lässt sich von ihrem Schoß ins Gras rollen. »Was tut dir leid? Wir haben getan, wozu wir Lust hatten, Jem. Und es hat uns in Gottes Namen zum Lachen gebracht! Würdest du nicht alles noch mal tun?«

»Alles noch mal tun?« Sie weiß, dass er damit nicht die Ereignisse dieses Nachmittags meint. Er möchte von ihr die Bestätigung hören, dass ihre gemeinsame Zeit es wert war. Sie sieht ihn an, wie er ausgestreckt auf dem Gras liegt, sein Hemd ist am Ellbogen zerrissen, und über seine Stirn zieht sich eine böse rote Schürfwunde, und doch hat sie ihn nie attraktiver gesehen. Wenn es doch nur möglich wäre, alles andere auszublenden und nur füreinander zu leben. Aber von Anfang an waren sie Gefangene von Ereignissen gewesen, die sich ihrer Kontrolle entzogen. Sie starrt hinaus auf die Bucht.

»Wir hatten keine echte Chance.«

Nathaniel will gerade etwas darauf erwidern, als Jemma Henry entdeckt, der aus dem Haus tritt. »Sieh doch!«, sagt sie, froh um diese Ablenkung. Und so verfolgen sie beide, wie der Junge mit dem an seiner Seite springenden Hund über das Feld auf sie zugerannt kommt.

# 40

Seit ihrer letzten Schwangerschaft hat Celestina keinen so leichten Schlaf mehr gehabt. Seit man ihre Scheiben eingeworfen hat, wird sie vom leisesten Geräusch wach – Opossums auf dem Dach, das leise Gemurmel der Bergleute, wenn diese von der Mitternachtsschicht nach Hause marschieren, die Schritte, die auf der Straße vorbeikommen. Manchmal glaubt sie auch, das hartnäckige Klopfen der Finger einer Frau an der Tür ihres Tearooms zu hören. Und obwohl dieses Geräusch sich verflüchtigt, sobald sie aufwacht, kann sie nicht anders, als aufzustehen – wie sie das auch jetzt tut – und leise über die Treppe nach unten in den Laden zu huschen, für alle Fälle. Die Vorstellung, Jemma würde in der Dunkelheit warten, ohne dass sie ihren Besuch mitbekommt, ist ihr unerträglich.

Von der anderen Straßenseite wirft die Straßenlampe einen schwachen Schein in den Tearoom. Celestina erkennt Battista, der an einem der Tische sitzt, wo er den Kopf auf die Arme gelegt hat und laut schnarcht. Sie hat Aquilino und ihm gesagt, es sei nicht nötig, Wache zu halten, aber wenn die beiden sich etwas in den Kopf gesetzt haben, sind sie stur und lassen sich davon nicht abbringen.

Natürlich steht keiner an der Tür, die dunkle Straße ist leer und still. Doch in dieser Stille ist kein Frieden. Die Stimmen in ihrem Kopf melden sich wieder, zu viele Stimmen, die ihr sagen, was sie tun soll. Sie quälen sie seit Monaten, kritteln, ermahnen, schmeicheln, drohen. Die meisten davon setzen ihr wegen Jemmas Gemälde zu, wollen von ihr wissen, wieso sie »dieses Bild« nach allem, was passiert ist, an einer der Öffentlichkeit zugänglichen Wand hängen lässt. Sagen ihr, dass sie sich schämen sollte. Jedes Mal, wenn Celestina den Tearoom betritt, fällt ihr Blick darauf und verweilt dort, und sie muss nachdenken, und es kommen Erinnerungen hoch, und ehe sie sich versieht, ist sie wütend und verletzt.

Bevor das Kind starb und Jemma wegging, hat kaum jemand eine Bemerkung über dieses Bild gemacht. Gelegentlich pries ein kunstverständiger Gast die Ausführung oder die Farbwahl oder die Technik. Aber insgesamt betrachtet sah es so aus, als sei das Werk zu schwermütig und könne, da sich dahinter auch keine Schnurre versteckte, außer Verblüffung keine anderen Gefühle auslösen. Wie traurig, überlegt Celestina, dass es einer Tragödie und eines Skandals bedurfte, um Reaktionen zu provozieren. Diese fallen jetzt allerdings heftig aus. Man sieht nicht mehr das Bild, sondern die Frau. Und wenn man schon nicht die Frau bestrafen kann, denn doch wenigstens das Gemälde.

Celestina hält ihre Kerze vor das Bild. Wie leicht wäre es, einen Unfall herbeizuführen, die Flamme so nah dranzuhalten, dass die Leinwand Feuer fängt. Ein Unfall, der sie jeglicher Verantwortung entbinden würde, eine wie auch immer geartete Entscheidung zu treffen. Denn auch ohne die Aufmerksamkeit und das Theater, das um das Gemälde gemacht wird, hat sie genug Sorgen. Während sie es im Schein der hin und her wandernden Kerze betrachtet, erinnert sie sich an den Tag, der sie in Jemmas Atelier geführt hat, und an die freudige Erregung bei der Entdeckung des Bildes, die untrennbar mit der Gewissheit verbunden war, dass diese Freundschaft sie beide bis zum Ende ihres Lebens begleiten würde. Sie erinnert sich, wie sie das Bild an diese Wand gehängt und von der Galerie geträumt hat, die sie eines Tages eröffnen und sich dann vor der Welt damit brüsten würde, dass sie als Erste das Talent von Jemma Musk erkannt hat.

Erst als Celestina von der Leinwand zurückweicht, bemerkt sie es. Unzählige Male hat sie *Weide mit Butterblumen* betrachtet und es doch nicht wahrgenommen. Natürlich war ihr aufgefallen, dass einige der Butterblumen platt gedrückt waren. Aber nicht die Form, die dadurch entstand – und die jetzt durch die nächtlichen Schatten im Tearoom hervorgehoben wird –, als legte sie Zeugnis von dem Eindruck ab, den ein eben erst entfernter Körper hinterlassen hat. Schlagartig kommt ihr die Erkenntnis wie ein Tadel. Erinnert sie daran, dass es immer entscheidende Details geben wird, die einem entgehen. Sie kannte die Geschichte von Erasmus Musks Tod, hatte aber nicht erkannt, dass sie sich vor ihren Augen abspielte.

Und jetzt erzählt dieses Gemälde von zwei Absenzen. Dem abwesenden Vater und der abwesenden Freundin, die beide noch immer mit ihr kommunizieren und ihren Eindruck hinterlassen. Manchmal scheint es Celestina, als würde sich ihr Leben um Jemmas Abwesenheit neu formen, als wäre diese der Antrieb für alles, was sie tut. Wenn sie müde und niedergeschlagen ist, ärgert sie sich darüber und denkt darüber nach, dass Jemma doch nur ihren Freunden und ihrer Familie hätte vertrauen müssen. Hätte wissen müssen, dass sie alle zu ihr halten würden. Hätte wissen müssen, dass sie das Gotardo schuldig war, ihnen allen schuldig war. Aber diese Stimmung hält nicht lange an, und sie sagt sich, dass der Kummer die Menschen unberechenbar mache und O'Brien Jemma keine Wahl gelassen habe. Und dann weiß sie, was sie zu tun hat. Es ist eine Frage der Ehre wie auch der Loyalität.

Anfangs zweifelte sie daran, dass es möglich war. O'Briens Autorität und seine Macht über die Öffentlichkeit schienen unangreifbar zu sein. Doch es gibt, wie sie entdeckt hat, auch andere in der Stadt, die O'Briens Auftreten mit Sorge erfüllt, und sie hat einen besonders nützlichen Verbündeten in dem Journalisten des *Advocate* gefunden, der damals Gotardo interviewt hat. Der junge Mann hat aufgrund der ihm von ihr zur Verfügung gestellten Informationen Nachforschungen angestellt, und sie ist zuversichtlich, dass er bald schon genügend Material zusammenhaben wird, um einen Artikel zu veröffentlichen, der die Unregelmäßigkeiten aufzeigt, welche sich die Polizei bei der Verfolgung von Musk und Byrne geleistet hat.

Ob dieser irgendwelchen Einfluss haben wird, weiß sie nicht zu sagen, aber es wäre ein Anfang, eine kleine Stimme, die anderer Meinung ist, eine Mahnung, dass nicht alles so ist, wie es scheint.

Erst wenn O'Brien endlich entlarvt sein wird, wird auch Celestina wieder gut schlafen können.

# 41

Vom Klavier aus beobachtet Henry Mrs. Wright, die aus dem Wohnzimmerfenster hinaus auf den Garten und zur Westernport Bay schaut. Er räuspert sich und wartet, bis sie darauf reagiert. Es ist nicht das erste Mal, dass er sie so gesehen hat, eine Statue mit leerem Blick. In eine Art Trance versunken. So freundlich sie auch immer zu ihm war, ein Teil von ihr blieb immer abwesend, als lebte sie in ihrem Kopf ein anderes Leben. Als er Mr. Wright und sie auf diesem Veloziped direkt auf den Blaugummibaum zusteuern sah, war es, als wäre kurz eine Tür aufgegangen und hätte ihm einen Blick auf dieses andere Leben gewährt. Dann schlug die Tür zu, und er tappte wieder im Dunkeln.

Henry möchte sie nicht stören, aber er kann auch nicht den ganzen Nachmittag so verweilen. »Mrs. Wright?«

Ruckartig blickt Jemma auf. »Henry! Entschuldige bitte.«

Sie ist so blass, dass er Angst hat, sie werde gleich in Ohnmacht fallen.

»Stimmt was nicht?«, fragt er.

»Nein, nicht doch. Fang bitte an.«

Während Henry sich auf das Gedicht stürzt, rüttelt Jemma sich auf. Sie fragt sich, wie lange der Junge sie wohl beobachtet hat. Sie hatte völlig vergessen, wo sie war. War eingetaucht in jenen sonnigen Nachmittag vor einer Woche, wo sie unter Nathaniels Beifallsrufen auf dem Fahrrad den Berg hinuntergerast war. Erinnerte sich an den süßen Geschmack der Hoffnung, den sie dabei empfand, der Hoffnung, Nathaniel und sie könnten jenseits der täglichen Scharade eine Zukunft haben. Der Hoffnung, dass sie trotz allem, was geschehen war, doch noch ihr Glück finden könnten. Aber sich ein solches Glück vorzustellen hieße, sich vorzumachen, dass sie es verdient oder dass man die Vergangenheit hinter sich lassen kann. Und weder das eine noch das andere trifft zu. Ließe sie den Schmerz los, ließe sie damit auch Lucy los, und das wird sie, wie sie weiß, niemals können. Ihr Schmerz ist alles, was ihr geblieben ist.

Sie richtet ihren Blick auf Henry, als wäre er eine Rettungsboje mitten im Ozean. Für einen Dreizehnjährigen ist er groß, und er hat so ein liebes Gesicht, dass die Vorstellung, er werde zu einem Mann mit Koteletten und einem enormen Bauchumfang wie sein Vater heranwachsen, sie traurig stimmt. Wenn er seine Stimme überstrapaziert und sie bricht, steigt ihm manchmal das Blut in den Kopf. Doch als er seinen Rhythmus findet und selbstvergessen zu Tennysons alterndem Odysseus wird, den es nach einer letzten Reise dürstet, verschwindet die Röte.

Jemma vermag hinter Henrys Worten das leise Pfeifen seiner Lunge zu hören. Ihr ist aufgefallen, dass er schneller ermüdet, als dies ein junger Mann seines Alterns tun sollte, und er oft außer Atem ist, wenn er einen Berg erklommen hat oder eine Treppe hinaufgestiegen ist. Aber immer, wenn sie ihn fragt, was mit ihm los ist, winkt er ab – wie das auch sein Vater bei ihrer ersten Unterredung getan hat –, als wolle er damit das Problem wegwischen. Er erkälte sich leicht, sagt er. Nichts Ernstes, nichts, was sich nicht auswachsen würde.

Das ist zwar keine zufriedenstellende Auskunft, aber Jemma hat den Eindruck, Dr. Leask sei mitschuldig daran, das Leiden seines Sohnes herunterzuspielen. Sie wird nie begreifen, wie ein derart intelligenter und gestandener Mann zulassen kann, dass sein einziger Sohn in diesem großen leeren Haus herumgeistert. Dass es diesem Jungen nicht gut geht, kann jeder sehen. Doch auch aus Mrs. Croad, die sie wegen Henrys Gesundheit befragte, brachte sie kein Wort heraus. Die Haushälterin behauptete, von nichts zu wissen, sei sich aber sicher, dass Dr. Leaks schon wisse, was das Beste für den Jungen sei.

Wenn Henry genug Luft und Energie hat, hört Jemma ihn manchmal traurige Volkslieder über verlorene Liebe singen. Er singt jedoch nur, wenn er allein ist, für gewöhnlich auf dem Weg hinunter zum Strand, wenn er mit hochgezogenen Schultern, die Hände tief in den Taschen seiner Tweedjacke vergraben, die Augen auf den Boden heftet, ohne hinaus aufs Meer zu schauen.

Als Henry seine Rezitation beendet, erläutert Jemma ihm jambische Pentameter und ein Enjambement, den Einfluss des shakespeareschen Monologs, und verweist ihn auf den entsprechenden Gesang bei Dante, der Tennysons Gedicht inspiriert hat. Henry erzählt ihr, dass auch er Gedichte schreibe, es aber nicht genug sei, Gedichte über große Abenteuer zu schreiben, sondern er sich danach sehne, selbst Abenteuer zu erleben. Während seiner täglichen Wanderungen sehe er Schiffe auf ihrem Weg ins offene Meer, sehe sich selbst an Deck, unterwegs in noch nicht bereiste Welten.

Jemma erinnert sich an etwas, das sie über den Hofdichter in der *Times* gelesen hat. Als ein guter Freund Tennysons England verließ, um in die Kolonien zu reisen, meinte der Poet, hätte er keine Frau, würde er nur allzu gern mit ihm kommen. Jemma sagt, sie frage sich immer wieder, ob nicht diese enttäuschte Sehnsucht, auch auf Reisen zu gehen, ihn zu seinem »Odysseus« inspiriert haben könnte, sodass er, wenn er eine solche Reise tatsächlich gemacht hätte, dieses Gedicht nicht hätte schreiben müssen.

»Ich würde lieber leben!«, platzt es aus Henry mit einer Gewalt heraus, die sein Alter Lügen straft. Dann kämpft er gegen

Tränen an. Er blinzelt sie weg und beginnt von seinem Helden Lord Byron zu erzählen, den nichts aufgehalten habe, große Gedichte zu schreiben und dennoch Abenteuer zu erleben. Und was für Abenteuer!

Jemma lächelt ihn traurig an. Die Standuhr im Flur beginnt zu schlagen, und ihre tiefen, bebenden Töne signalisieren für diesen Tag das Ende von Henrys Unterricht.

Gern hätte sie ihm erzählt, dass Abenteuer nicht immer das sind, was sie zu sein scheinen. Jedes Mal, wenn sie die *Argus* oder den *Port Phillip Herald* aufschlägt – Mrs. Croad besteht darauf, dass Nathaniel beide kauft –, wappnet sie sich für die neuesten Taten der berüchtigten Musk und Byrne. Sie muss zugeben, dass es eines gewissen Galgenhumors nicht entbehrt, auf diese Weise etwas über sich selbst zu lesen. Anfangs hatten Nathaniel und sie es für einen Vorteil gehalten und geglaubt, O'Brien käme ihnen auf diese Weise nicht auf die Spur. (Ihre Holzschnittkonterfeis in der *Police Gazette* und auf den »Gesucht«-Plakaten waren so armselig, dass die Chance, sie könnten identifiziert werden, äußerst gering erschien.) Doch in letzter Zeit hieß es in den Zeitungen, man habe eine Spezialeinheit gebildet, um sie aufzuspüren. Welch ein Unsinn. Sie war davon ausgegangen, dass die Geschichten im Sande verlaufen würden, wenn man dahinterkam, dass sie jeglicher Substanz entbehrten. Aber ihnen haftete etwas an, was das öffentliche Bewusstsein anheizte. Wenn sie die Leserbriefe in den Zeitungen liest, kann sie nicht begreifen, warum Menschen so etwas tun. Haben diese selbst kein eigenes Leben? Keiner zweifelt daran, dass sie schuldig ist. Ihre Taten sprechen für sich selbst. Welche Frau verlässt schon ihren trauernden Ehemann und brennt mit ihrem Liebhaber durch, bevor ihr totes Kind überhaupt unter der Erde liegt? Sie ist schamlos, gefährlich und auf freiem Fuß.

Es gibt Zeiten, da ist Jemma der Meinung, man hätte sie verhaften, verurteilen und ins Gefängnis sperren sollen, und hält sich selbst für irgendwie verantwortlich am Tod ihres Kindes. Oder hält eine Bestrafung für gerechtfertigt, weil sie sich in einen anderen Mann verliebt und Gotardo verlassen hat. Der Unsinn, der in den Zeitungen steht, wäre ja noch erträglich, wüsste sie nicht, dass Gotardos Leute – und sogar Celestina – an ihr zweifeln. Allein Gotardo kennt die Wahrheit.

Marcus O'Brien wird in diesen Artikeln oft zitiert und schürt die Spekulationen, wo er nur kann. Je mehr Jemma liest, umso mehr ist sie davon überzeugt, dass er nie aufgeben wird.

# 42

Eingehüllt in den Chiffonschleier des Mondlichts liegen sie wach im Bett und warten darauf, dass der Wecker läutet. Nathaniel spürt Jemmas Arm an seinem, wo die zarten Härchen seine berühren. Er sieht sie beide von oben: einen Ritter und seine Dame auf einer mittelalterlichen Grabplatte. Hätte er die Gewissheit, dass sie ihre Tage auf diese Weise beenden würden, könnte er fast alles ertragen. Aber es gibt keine Sicherheit in ihrer zerbrechlichen Ehe, die sie vollziehen, wenn sie in der Dunkelheit übereinander herfallen und sich die Masken wegreißen, die sie als Mr. und Mrs. Jonathan Wright tragen müssen.

Während des Tages spürt Nathaniel, wie diese ständige Wachsamkeit sich aufbaut, die beide jedes Wort auf die Goldwaage legen lässt, bevor es ausgesprochen wird, um bloß nicht zu viel preiszugeben. Jedes Gespräch, das Jemma und er im Haus und um das Anwesen herum führen, vollzieht sich wie auf der Bühne. Dieser Kampf, in Blicke und Gesten mehr hineinzulegen, als ihre Worte auszudrücken vermögen. Früher einmal hätte er darin das perfekte Aphrodisiakum gesehen – ein Liebespaar, das als Mann und Frau posiert –, wäre dieses Spiel nicht so anstrengend und gäbe es nicht das Leid und die Schuld und die Angst, entdeckt zu werden.

Wie in einem Tableau haben nur die Augenblicke Bestand. Jemmas verzerrtes Gesicht im Mondlicht, das eher an das einer Frau erinnert, die ausgepeitscht als geliebt wird. Ihre nach hinten gerollten Augäpfel, die Zähne gebleckt wie ein Wolf.

Das tiefe, urwüchsige Gurgeln, das wie Gift, das ausgespien werden muss, ihrer Kehle entsteigt. Nathaniel, der sich mit gekräuselten Lippen und hungrigem Funkeln an diesem gequälten Schrei weidet und mit seinem darauf antwortet. Wobei die blaue Flamme seiner Augen implodiert und sein angespannter Körper wie ein Hammer dazu getrieben wird, immer und immer wieder niederzugehen. Bilder von Körperteilen, die von den Schatten abgetrennt werden. Bilder, die nicht aus ihrer Zeit sind. Bilder, vor denen selbst sie zurückschaudern, wenn die Nacht vorüber ist.

In der Stille danach sehen sie einander an und fragen sich, was sie besessen hat. Wenn Jemma sich auf ihre Seite dreht, bildet Nathaniel sich ein, sie würde vor ihm zurückschrecken, vor diesem Mann, der nicht ihr Ehemann ist, diesem Mann, den sie kaum kennt. Er bildet sich ein, dass sie sich nach Gotardo in seinem leeren Bett sehnt. Und so liegt er da und starrt die Zimmerdecke an und versucht die unerklärliche Wende des Schicksals zu begreifen, das sie hierher geführt hat, Seite an Seite und doch allein.

Und ehe er sie aufhalten kann, ist Jemma schon aus dem Bett gesprungen und erfrischt am Waschstand ihr Gesicht. Nathaniel beobachtet sie, indem er heimlich unter dem Quilt hervorlugt – die Wölbung ihrer Brüste, ihr langes, lose fallendes Haar, das bei jedem Schritt mitschwingt –, und wünscht sich, er könnte sie zurücklocken. Wenn sie im Bett zusammenliegen, dann ist wenigstens noch Hoffnung für sie. Mit dem Trost ihres Körpers vermag er fast daran zu glauben, dass ihre Liebe nicht so verdammt ist, wie sie sich anfühlt. Aber sobald sie das Bett verlassen hat, hat sie sich auch von ihm entfernt. Sie ist jemand, den er nicht kennt. Ist ernst und zurückhaltend, als hätte es ihre Nächte nie gegeben. Als wäre der Tag mit dem Veloziped tatsächlich nur ein Traum.

Er muss an etwas denken, das sie ihm neulich gesagt hat.

Nämlich, dass sie sich oft fragt, warum er es getan hat. Warum er alles aufgegeben und sich zu einem Mann gemacht hat, nach dem gefahndet wird.

Dass sie darauf eine Antwort brauchte, fand er unbegreiflich. »Du weißt, warum ich es getan habe.«

»Aber du wirst es bestimmt bedauern.«

»Wie kann ich dir das nur begreiflich machen, Jemma? Ich habe alles, was ich will!«

»Tatsächlich?« Sie sah ihn verzweifelt an. »Willst du das wirklich? Eine Frau wie mich? Die ihren Mann verlassen und ihn ganz allein damit gelassen hat, das gemeinsame Kind zu begraben? Einen erbärmlichen Feigling wie mich?«

Da war Nathaniel klar geworden, worum es ihr ging. Welche Hoffnung konnte es schon für sie geben, wenn sie sich selbst – oder ihm – nicht verzeihen konnte, was sie getan hatten?

Jemma zieht sich im Mondlicht an, entzündet dann die Lampe und nimmt diese mit in die Küche. Sie stopft zusammengeknüllte Zeitungsblätter in den Kamin, wo noch ein paar Scheite glühen, und bald schon brennt das Feuer, um Wasser für den Tee zu kochen und ein paar Pfannkuchen zum Frühstück. Sie ruft Nathaniel zu, er solle aufstehen. Wenn er es nicht tut, wird ihnen die Zeit knapp. Sie müssen heute zeitig aufbrechen, wenn sie es bis zum Kap und vor Einbruch der Dunkelheit wieder zurück schaffen wollen.

Tags zuvor waren von Dr. Leask ein Brief und ein Paket für Henry eingetroffen. Dringende Geschäfte hielten ihn davon ab, an Henrys Geburtstag nach Red Ridge zu kommen. Zusammen mit seiner Entschuldigung hatte er eine Gesamtausgabe von Gibbons *Verfall und Untergang des Römischen Reiches* mitgeschickt und versprochen, sie würden bei seinem nächsten Besuch wie geplant zur Insel fahren und die Pinguine besuchen. In der Zwischenzeit werde Mrs. Croad für den jungen

Herrn einen Kuchen backen und für ein angemessenes Abendessen sorgen.

Obwohl Henry über diese Planänderung kein Wort gegenüber Jemma verlor, war seine Enttäuschung offensichtlich. Den ganzen Tag über brachte sie kaum zwei Worte aus ihm heraus. Erst als sie ihm einen anderen Ausflug vorschlug, an einen Ort, wo sie und Nathaniel ihn mitnehmen konnten, wurde er fröhlicher. Er sei noch nie am Cape Schanck gewesen, sagte er. Er habe viele Geschichten über dieses Kap gehört, über die Schmuggler an der Bushrangers Bay und den entflohenen Häftlingen, die man dort an Land gebracht habe, von den Schiffen, die an den Felsen Schiffbruch erlitten hatten. Und obwohl es gerade mal fünfzehn Kilometer weit entfernt lag, sei er selbst noch nicht dort gewesen.

Als sie aufbrechen, brennt die Luft scharf auf ihrer Haut, aber wenigstens ist kein Nebel. Bis Flinders ist der Ritt nicht beschwerlich, denn die Hügel sind nirgendwo steil, und die Straße ist gut ausgetreten. Sie reiten durch einen Wald aus Eukalyptusbäumen und Kasuarinen und über sanft wellige Weiden, auf denen gelegentlich verschlafene Rinder- oder Schafherden anzutreffen sind, die Sonne erhebt sich zu ihrer Linken über der Westernport Bay. Manchmal reiten sie zu dritt nebeneinander, manchmal drängt Nathaniel ungeduldig voran und lässt Jemma und Henry nebeneinanderher traben und sich dabei unterhalten.

Henry würde ihr gern erzählen, dass er sie unten an der Honeysuckle Beach beobachtet und noch nie jemanden – egal ob Mann oder Frau – gesehen habe, der so schwimmt wie sie. Er würde gern erfahren, wie sie so gut schwimmen und zeichnen gelernt hatte. Es gibt so vieles, was er gerne wissen möchte, aber jedes Mal, wenn er ihr eine persönliche Frage stellt, speist sie ihn mit derselben Information ab, einer langweiligen Geschichte, die nicht ganz echt zu sein scheint.

Am späten Vormittag verlangsamt sich ihr Schritt. Es müssen eine Reihe steiler Schluchten überwunden werden, in die sie auf gewundenen Pfaden in engen Serpentinen hinuntersteigen müssen. Kürzlich niedergegangene Regengüsse haben den unebenen Pfad glitschig gemacht, und sie müssen absteigen, um die Pferde durch einen angeschwollenen Fluss zu führen. Einmal werden sie unterwegs sogar von einer Ameisenigelfamilie aufgehalten, die aus dem Adlerfarn herauskommt und langsam ihren Pfad kreuzt. Es nimmt viel Zeit in Anspruch, bis sie auf der anderen Seite wieder aus der Schlucht herauskommen und die Höhe erreicht haben. Aber als sie das Buschland hinter sich lassen, sehen sie es endlich in seiner windgepeitschten Schönheit vor sich liegen – das Kap mit dem Leuchtturm an seiner Spitze.

Vor Freude stößt Henry einen Pfiff aus. Er hatte nicht mit dem seltsam lebendigen Eindruck gerechnet, den das Kap machte, wie ein Dinosaurier, dessen Nacken und Kopf ins Meer geplumpst waren.

Auch Nathaniel ist beeindruckt, wenn auch aus anderen Gründen. Er kann nicht umhin, auf die Schichten schwarzen Basalts und roten Lehms zu deuten und mit der Selbstsicherheit von jemand, der auf diesem Gebiet bewandert ist, zu erklären, wie sich durch den ständigen Lavastrom dieser klar zu erkennende Sandwicheffekt aufgebaut hat. Jemma bemerkt den verwunderten Blick, mit dem Henry ihn ansieht, als frage er sich, woher er diese Dinge wisse. Laut schlägt sie vor, die Pferde zurückzulassen und zu Fuß hinunterzusteigen, wobei sie die Gelegenheit nutzt, Nathaniel etwas ins Ohr zu flüstern.

Henry jedoch entgeht nichts. Im Lauf der vergangenen Monate hat er sich an gewisse Heimlichkeiten in ihrer Kommunikation gewöhnt. Ihren Code der Blicke und Gesten. Manchmal schwebt das, was unausgesprochen blieb, noch über ihnen und lädt die Atmosphäre auf, wie die Spannung, die man vor einem Gewitter in der Luft spürt.

»Sie reden wie ein Geologe, Mr. Wright«, bemerkt Henry mit unbefangenem Lächeln.

Vor ihnen führt der Weg hinunter in dichtes Buschland, ehe er sich zur ausgesetzten, von Gras bestandenen Landenge des Kaps hin öffnet. Nathaniel verschwindet im Dickicht aus Teebaumsträuchern und Banksien. Er ist das ständige Versteckspiel leid, vor allem vor dem Jungen. Und es ist einfacher, so zu tun, als hätte er nichts gehört. Rasch durchquert er den Strauchtunnel, um möglichst schnell wieder ins Freie zu gelangen.

Weil sie auch hier wie gewohnt ihren Feldstudien nachgehen, kommen Henry und Jemma langsamer voran. Jemma bleibt stehen, um die klaffenden kleinen Münder der Banksia-Samenkapseln zu studieren, und ruft Henry herbei. Ein Stück weiter erspäht sie ein paar Stängel hier heimischer Orchideen und fügt sie dem Strauß Kangaroo Paw hinzu, die sie in der Absicht gesammelt hat, sie zwischen Buchseiten zu pressen. Sie merkt gar nicht, wie weit sie zurückgefallen sind, bis sie einen Schrei von Nathaniel hören, der aus ziemlicher Entfernung zu kommen scheint. Sie beschleunigen ihren Schritt, bis sie an eine Weggabelung kommen, wo sie erst zögern und dann den Weg einschlagen, der in die richtige Richtung zu führen scheint, sich aber bald schon in undurchdringlichem Gebüsch totläuft. Als sie kehrtmachen, hören sie Nathaniel erneut rufen. Diesmal ist es nicht nur ein entsetzter Aufschrei, verursacht durch ein plötzliches Missgeschick, sondern ein schmerzerfüllter Hilfeschrei.

Anfangs merkt Jemma es gar nicht – bis Henry, der vorausgeht, sich mit einem fragenden Blick nach ihr umblickt. Nathaniel ruft sie bei ihrem Namen. Ihrem richtigen Namen.

Sie spähen über den Rand des Dinosauriernackens und entdecken Nathaniel auf halber Höhe der bröckelnden Klippe. Unter ihm befindet sich ein Felsplateau, gegen das die Wellen anbranden und zusammenbrechen und hohe Gischtfontänen nach oben schicken. Er schreit ihnen zu, dass er sich seinen Knöchel verstaucht oder gebrochen habe, als er auf losem Geröll ausgerutscht ist. Nun könne er sich ohne Hilfe nicht mehr bewegen und seinen rechten Fuß nicht mehr belasten.

Über die Steilwand der Klippe führt kein Weg, der diesen Namen verdient hätte, und Henry legt den Weg über den bröckeligen Abhang im Krebsgang zurück. Als er Nathaniel erreicht hat, legt dieser seinen rechten Arm auf die Schulter des Jungen, und so gestützt machen sie sich gemeinsam an den langsamen Aufstieg. Vorsichtig humpeln sie nach oben, wobei sie im Zickzack die Steilwand erklimmen, immer auf der Suche nach einem flachen Stück und etwas Bewuchs, an dem sie sich festhalten können. Oben angekommen besteht Nathaniel darauf, dass Jemma und Henry allein losziehen und die Landzunge erkunden, damit sie auch alles sehen können. Wäre er nicht so dumm und ungeduldig gewesen, nach unten zu kommen, sagt er, hätte er bestimmt einen sicheren Pfad hinunter zum Strand finden können.

Jemma und Henry wandern um den Sockel des Leuchtturms, von wo aus man die blaue Weite der Bass Strait überblicken kann. Direkt unter dem Leuchtturm befindet sich eine Felsformation, die wie ein gefährlich über die Klippe ragendes Schloss aussieht. Sie klettern über die Landenge vor bis zum Kopf des Kaps, wobei sie kleine Steinlawinen lostreten, die hinunter ins Meer purzeln. Hier weht der Wind stärker. Und Henry streckt seine Arme aus wie eine Vogelscheuche und lässt sich von den südlichen Böen durchrütteln, die an seinen Kleidern zerren. Sein Blick fällt hinunter auf das weiß schäumende Wasser, das um die äußerste Felsnase wogt, die den Namen Pulpit trägt, und auf die Wellen, die es gegen die Felsen drängt. Er fragt sich, wie es wohl wäre, sich von dieser Klippe zu stürzen, sich in den Elementen zu verlieren und inmitten dieser wilden Großartigkeit zu sterben, anstatt langsam und qualvoll dahinzusiechen, wie er das bei seiner Mutter mit hatte ansehen müssen.

»Wir sollten gehen, Henry.«

Henry muss lächeln, weil Mrs. Wright offenbar seine Gedanken gelesen hat. *Jemma*, sagt er sich. *Jemma*. So durchgeblasen er auch vom Wind ist, fühlt er sich doch seltsam warm und sicher. Er fragt sich, ob dies das Gefühl ist, verliebt zu sein.

»Warum hat Mr. Wright Sie Jemma genannt?«

Jemma hat auf diese Frage gewartet. »Die Leute haben manchmal besondere Namen füreinander.« Sie schielt zu ihm, um seine Reaktion einzuschätzen, aber er hat wieder seine übliche Haltung eingenommen und läuft mit in die Taschen geschobenen Händen, den Blick zu Boden gesenkt, weiter.

Sie brauchen eine gute Stunde, bis sie mit Nathaniel, den sie zu zweit stützen, wieder bei den Pferden angelangt sind. Jemma reißt ihren Unterrock in Streifen und verbindet ihm seinen Knöchel, bevor sie ihm beim Aufsitzen hilft.

Bis sie Flinders erreichen, ist die Nacht bereits hereingebrochen. Und selbst als der Mond hinter einer Wolke auftaucht und ihren Weg erhellt, können sie weder galoppieren noch traben, weil Nathaniel jede Bewegung schmerzt und sein Fuß so stark geschwollen ist, dass er seinen Stiefel ausziehen muss. Zu dick für den Steigbügel, schlägt er nutzlos gegen den Bauch des Pferdes und löst Schmerzensschreie aus. Fast den ganzen Weg haben sie im Gänsemarsch zurückgelegt, aber als sie sich dem Gehöft nähern, schließt Henry sich Jemma an. Sie sieht ihn nicht an, spürt aber seinen Atem und seine rastlosen Gedanken, die aus den Vorfällen des Tages ihre Schlüsse ziehen. Einige Zeit reiten sie nebeneinander, dann erträgt Jemma das Schweigen nicht mehr.

»Du wolltest ein Abenteuer!«

Henry grinst. »Ich bin froh, eins erlebt zu haben.« Er hält

inne. »Aber es gibt Dinge, Mrs. Wright, die mir Rätsel aufgeben.«

»Welche Dinge denn, Henry?«

Er weiß nicht, wie er es ausdrücken soll, wie er das Geheimnis ansprechen soll, das sie zu umgeben scheint, sein Gefühl, dass es da etwas gibt, das sie nicht enthüllen wollen. Sie sind beide immer so gut zu ihm gewesen, dass es ihn traurig stimmt, nicht ihr Vertrauen zu genießen, sondern von ihnen ausgeschlossen zu werden. »Warum vertrauen Sie mir nicht?«

Jemma seufzt. Auch sie ist es langsam leid, sich zu verstellen. »Wir trauen keinem, Henry. Wir trauen nicht einmal uns selbst.«

# 43

Nathaniel sitzt vor ihrem Häuschen auf dem Rasen, hat seinen rechten Fuß auf einen Felsbrocken gelegt und starrt hinaus zur Insel. Ihm zur Seite liegt ein Paar roh aus Eukalyptusästen zusammengezimmerter Krücken, die es ihm erlauben, umherzuhumpeln, bis die Schwellung zurückgeht. Wenigstens ist der Knöchel nicht gebrochen, nur schlimm verstaucht.

An ruhigen klaren Nachmittagen wie diesen scheint die Insel näher zu rücken, und in den Fensterscheiben der wenigen Häuser an der gegenüberliegenden Küste lodert die Sonne auf, als würde ihnen jemand Signale senden. Wie aus Holz geschnitzte Figuren sieht man die grasenden Kühe auf den Weiden über den fernen Klippen stehen. Noch letzte Woche war es viel zu kühl, um hier auf dem Rasen zu sitzen. Doch im Moment erleben sie einen Indian Summer, und selbst die Luft riecht anders. Fast könnte man glauben, der Frühling sei gekommen. Nathaniel hat schillernde Libellen über dem trägen Fluss schweben sehen, der am Honeysuckle Beach mündet, und Kohlweißlinge im Garten.

Er verlagert seine Position, bis er halb auf der Seite liegt. Zieht einen langen Grashalm aus der Wiese und streicht damit über Jemmas nacktes Handgelenk.

Ihr Blick ist starr in die Ferne gerichtet. »Wenn wir ein Boot hätten, könnten wir dorthin rudern.«

»Warum willst du immer woandershin? Du könntest hinschwimmen, wenn du es wirklich möchtest.«

»Daran habe ich auch schon gedacht.«

Nathaniel lacht. »Das überrascht mich nicht.«

Auf der Landspitze unter ihnen taucht eine Gestalt auf, bleibt stehen, um einen Gezeitentümpel zu inspizieren, und geht dann weiter, die Augen auf das Felsplateau geheftet. Sie warten darauf, dass Henry aufblickt, damit sie ihm zuwinken können, aber er ist viel zu sehr in die Welt zu seinen Füßen vertieft. Wie immer folgt ihm Astor auf den Fersen und drückt seine Schnauze in einen Haufen getrockneten Seetang.

»Ich habe dir doch gesagt, dass du dir keine Sorgen zu machen brauchst«, sagt Nathaniel.

Jemma starrt gedankenverloren auf Henry. In keiner seiner Äußerungen kam Misstrauen zum Ausdruck. Aber das bedeutet nicht, dass er keinen Verdacht hegt. Sie hat ihn in letzter Zeit die *Argus* sehr viel genauer studieren sehen als zuvor, und zwei Mal hat er die Seiten mit Briefen oder Artikeln aufgeschlagen lassen, die sich mit den Taten von Musk und Byrne beschäftigen.

Jemma möchte sich gerade wieder ihrem Buch zuwenden, als der Wind seine zarte pfeifende Tenorstimme nach oben trägt. Es ist ein Lied, das Jemma ihn schon öfter hat singen hören, über eine Frau namens Molly Malone, die mit ihrem Karren durch die Straßen von Dublin zieht und Herz- und Miesmuscheln verkauft. Als er an die Stelle kommt, wo Molly an einem Fieber stirbt, fällt seine Stimme, sodass man sie kaum noch hören kann. Um dann gleich darauf beim Refrain trotzig anzuschwellen und die Worte fast herauszuschreien.

*Alive, alive-o*
*Alive, alive-o*
*Crying, »Cockles and mussels,*
*Alive, alive-o!«*

Erst als er die letzte Note gesungen hat, wird er von einem heftigen Hustenanfall geschüttelt, der so intensiv und anhaltend ist, dass Jemmas sich bestürzt an Nathaniel wendet. Als sie gerade aufstehen will, lässt der bellende Husten nach, wird schwächer und verebbt zu krächzendem Räuspern. Erst dann blickt Henry zu ihnen hoch, als hätte er die ganze Zeit um ihre Anwesenheit gewusst. Er winkt und setzt seinen Weg über die Felsen fort, ehe er in den Bäumen des Küstenvorlandes verschwindet.

Nathaniel gibt vor, Jemmas Aufregung nicht zu bemerken. Wenn er sie darauf anspricht, führt dies nur zu Ärger zwischen ihnen. Seiner Überzeugung nach halten Dr. Leask und seine Frau sich aus Angst vor Ansteckung fern. Faktisch haben sie Henry verlassen, obwohl sie das nie so sehen würden. Es ärgert ihn, dass Jemma und er nun die Verantwortung für die Gesundheit des Jungen tragen, die eigentlich sein Vater hätte übernehmen sollen. Jemma hat schließlich schon genug um die Ohren.

Mit jedem Tag, der ins Land geht, wächst das Schweigen zwischen ihnen. Über das, was nachts geschieht, verlieren sie kein Wort. Es anzuerkennen wäre gefährlich, es würde zu viele beunruhigende Fragen darüber aufwerfen, was sie voneinander wollen und warum. Nathaniel hat gelernt, sie als ein Tier der Nacht zu sehen, das nur in der Deckung der Dunkelheit zum Vorschein kommt. Ein Tier, dessen Bedürfnisse wild und zunehmend düsterer sind. Wenn sie jetzt auf ihn losgeht, ist das nicht mehr bloße Provokation. Sie will ihn damit nicht nur anstacheln, ihr wehzutun, ihr Schmerz zuzufügen. Sie möchte auch ihn leiden sehen. Wenn sie sich auf ihn stürzt und sich mit ihren Nägeln in seine Schulter krallt und mit ihrem Mund an seinem zerrt, ist ihre Wut nur allzu echt. Er befürchtet, eines Tages die Kontrolle über sich zu verlieren und ihr Verletzungen zuzufügen, da er zwischen ihren Lust- und ihren Schmerzensschreien nicht mehr unterscheiden kann. Früher hatte die Gewalt die Zärtlichkeit verstärkt. Aber die Zärtlichkeit war fast völlig verschwunden.

Je mehr sie sich von ihm zurückzieht und ihre Zuneigung zurückhält, umso mehr begehrt er sie und verzehrt sich nach ihr, und zwar nicht nach ihrem Körper, sondern nach ihrer Liebe. Wenn Henry abends zu Bett gegangen ist und Jemma gemeinsam mit ihm am Feuer ihres Häuschens sitzt, liest oder etwas stopft oder einfach nur durchs Fenster auf die Sterne starrt, möchte er am liebsten seine Hand ausstrecken und ihre Hand halten. Schweigend dazusitzen, ohne etwas sagen zu müssen, sollte ein vertrautes Gefühl sein. Aber sobald er ihre Hand drückt oder auf irgendeine Weise ihre Aufmerksamkeit sucht, schließt sie ihre Augen oder wirft ihm ein distanziertes Lächeln zu, wie eine Mutter das bei einem quengelnden Kind tut.

Kürzlich hat er sich damit aufzuheitern versucht, indem er die Landkarten des Landesinneren hervorholte, vom Lake Eyre und Lake Torrens und der Simpson Desert. Um sich daran zu erinnern, dass er einst große Pläne hatte. Aber es ist ihm fast unmöglich, sich darauf zu konzentrieren oder auch nur wieder Begeisterung für die Expedition aufzubringen. Der Wille, die Expedition auf die Beine zu stellen, bleibt, doch die Sehnsucht, es zu tun, versickert wie ein Fluss in der Wüste. Andere Sehnsüchte sind nun vorrangig. Er kann es kaum begreifen, dass er einmal glauben konnte, nichts sei wichtiger, als Antworten auf Fragen zu finden, von denen die meisten Menschen glaubten, sie seien längst gelöst. Er ist noch immer davon überzeugt, dass der Binnenozean unterirdisch oder als kapriziöses saisonales Phänomen existieren könnte. Aber er hält es nicht mehr für seine besondere Bestimmung, den Beweis für die Richtigkeit seiner These anzutreten. Soll es jemand anderer tun. Was ändert es am Ende?

Es gab eine Zeit, da ertrug er es nicht, wenn eine Frau weinte und klammerte. Jetzt sehnt er sich danach, sie weinen und offen trauern zu sehen, damit er sie trösten könnte und wüsste, dass sie ihn genauso sehr braucht wie er sie. Als er sie zur Flucht aus Wombat Hill bedrängte, hatte er sich nicht vorstellen können, sich einmal als ihr Gefangener zu fühlen, ein Zuschauer ihres Leids. Oder dass der Tag kommen würde, an dem es das Beste wäre, wenn sie ihn wegstieße.

»Warum bist du nie hier bei mir, Jemma?«

»Ich weiß nicht, was du meinst.«

»Du verbringst deine ganze Zeit mit Henry.«

Sie schweigt. »Er wird sterben, Nathaniel.«

Nathaniel weiß, dass er sich dafür verfluchen wird, aber er bohrt dennoch weiter, weil es ihn nicht mehr kümmert. In ihrem Flüchtlingsdasein haben sie nur einander. Und wenn das nicht mehr der Fall ist, haben sie nichts mehr. »An Schwindsucht muss man nicht sterben.«

Jemma wirft das Buch zu Boden, das sie in der Hand gehalten hat, und wirft ihm einen Blick voller Verachtung zu. Sie hasst sich dafür, ihm wehzutun, aber das ist die einzige Möglichkeit, ihm die Augen dafür zu öffnen, dass er sie nicht braucht, dass er besser ohne sie zurechtkäme. Besser allein wäre. Dass Henry sie mehr braucht.

Nathaniel hebt den *Port Phillip Herald* auf, der in der Nähe liegt, und überfliegt die Spalten. Es macht keinen Sinn, ihr zu sagen, wie sehr er sie liebt. Denn er weiß genau, dass sie diese Erklärung nicht erwidern wird, nicht sagen wird, sie liebe ihn auch, obwohl er sich sicher ist, dass dem noch immer so ist.

Nichts ergibt mehr einen Sinn. Schon vor langer Zeit hat er aufgehört, diese vollgeschmierten Zeitungsspalten als Spiegel der Welt zu sehen, wie er sie kennt, hat lange schon aufgehört, daran zu glauben, dass es »Neuigkeiten« sind. Sie mögen neu sein, aber dennoch weit entfernt von den Fakten oder der wahren Komplexität des Lebens der Menschen. Seit Monaten verfolgen Jemma und er nun ungläubig, wie der Mythos von Musk und Byrne in Schwung gekommen ist und jeder neue Bericht wieder weitere fieberhafte Spekulationen über ihren Verbleib und ihre mutmaßlichen Missetaten hinzufügt. Und Nathaniel hat dabei erkannt, dass Beweise und Wahrheit irrelevant sind, wenn alles davon abhängt, was die Menschen glauben wollen. Die Geschichten setzen sich fest wie bei der Stillen Post, bis auch noch der unwahrscheinlichste Vorfall einen glänzenden Beweis zu liefern scheint.

Erst vor einer Woche haben Jemma und er angeblich einen Raubüberfall auf das Warenhaus im nahe gelegenen Merricks verübt. Die mitten in der Nacht geweckten Besitzer dachten zuerst an Beutelratten, die durch den Kamin ins Haus gekommen waren und die Regale durcheinanderbrachten, stattdessen jedoch entdeckten sie einen Mann und etwas, das im Kerzenlicht wie ein Junge aussah, die plündernd über ihre Regale herfielen. Angesprochen, habe das Paar mit einem Sack voller Ware durch die Tür das Weite gesucht. Der Mann habe sich auf sein Pferd geschwungen, doch dem Jungen sei es wegen seines schweren Sacks nicht gelungen aufzusitzen. »Lass ihn da, Jem!«, habe man den Mann schreien hören. Woraufhin der Junge sofort seinen Sack habe fallen lassen und beide im Galopp in die Nacht entschwunden seien. Das Zauberwort »Jem« hatte schon gereicht. Der Junge war eine Frau. Und nach Überzeugung der Besitzer war der Diebstahl das Werk von Musk und Byrne. Seitdem redet man im ganzen Bezirk darüber, und die ganze Farce rückt unangenehm nahe.

Als Nathaniel jedoch die in der Zeitung abgedruckten Briefe liest, wird ihm klar, dass diese Hysterie weder von Angst noch von Missbilligung geschürt wird, sondern von etwas viel Unergründlicherem und Tieferem, von etwas, das keiner bereit wäre zuzugeben: einer Vernarrtheit, einer verzerrten Form der Liebe. Ganz normale Bürger, enttäuscht von den mangelnden

Erfolgen der Polizei, richten ihre eigenen Suchtrupps aus, verschwinden im Busch oder folgen der ein oder anderen falschen Fährte, und kehren dann Tage oder Wochen später mit einem Stück Kohle zurück, das angeblich von ihrem Lagerfeuer stammen soll, oder einem Fetzen Spitze, von dem sie behaupten, es sei von Jemma Musks Unterrock, oder einem anderen zweifelhaften Beweisstück, das ihnen erlaubt, ein wenig Anspruch auf sie zu erheben.

Nathaniel stößt ein bitteres Lachen aus. Wenigstens befindet er sich in Gesellschaft! Er ist nicht der Einzige, dem Jemma Musk sich entzieht.

# 44

Auf ihrem Weg über den felsigen Pfad hinunter zum Strand muss Henry oft stehen bleiben, um Luft zu holen, wobei er jedoch vorgibt, den Blick über das Wasser zu genießen oder Astor zu tätscheln, der neben ihm her läuft. Seine Augen haben einen ganz besonderen Glanz, der ihm eine unnatürliche Lebendigkeit verleiht, obwohl er oft müde ist, vor allem am Spätnachmittag. Jemma weiß, warum er an den Abenden nicht mehr bei ihnen sitzt, obwohl er ihre Gesellschaft so sehr schätzt. Weil dann der Raum von seinem schweren Atem beherrscht würde.

Es sind nun zwei Monate vergangen, seit Dr. Leask das letzte Mal in Red Ridge war. Wie die Male davor blieb er nur eine Nacht und brachte seine Zeit hauptsächlich damit zu, das Anwesen zu inspizieren und durchs Haus zu laufen. Als er sich bei Jemma und Nathaniel nach seinem Sohn erkundigte, maß er deren besorgten Gesichtern kaum Bedeutung bei. Henry, so erklärte er ihnen, neige zu Asthmaanfällen, die auch der Grund dafür seien, warum Dr. Leask darauf bestehe, dass er am Meer bleibe, wo die Luft frisch und belebend sei. Der Junge habe die notwendigen Inhalationsmittel und Pulver, die er für ihn zusammenmische, und Henry wisse genau, was er im Falle eines Anfalls zu tun habe. Jemma kann nur vermuten, dass Dr. Leask diese Scharade wegen des Kummers aufrechterhält, den der Tod seiner Frau ihm bereitet hat, und wegen seiner Verzweiflung ob der eigenen Unfähigkeit, seinem Sohn helfen zu können. Sie kennt diesen Impuls nur zu gut, dieses ständige Bemühen, die Gedanken abzuwehren, diese Weigerung, sich mit der Ursache des Schmerzes zu beschäftigen. Oder ist es, wie Nathaniel vermutet, einfach nur die Angst vor seinem kranken Sohn?

Es ist Ebbe. Henry dreht Steine um, hebt hin und wieder einen auf und lässt ihn, nachdem er ihn untersucht hat, über das Wasser sausen. Astor beobachtet ihn neugierig und wartet auf sein Stöckchen.

»Haben Sie sich schon mal gewünscht, ein Fossil zu finden?«, fragt er. »Von einem Dinosaurier oder einem Riesenwombat?« Dabei grinst er sie müde an. »Können Sie sich das vorstellen?«

Er wartet die Antwort nicht ab. »Und was ist mit diesen Theorien von Mr. Darwin? Glauben Sie daran?« Henry ist heute in einer Verfassung, wo er nicht aufhören kann, Fragen zu stellen. Es gibt so viele Dinge, die er wissen möchte, so wenig Leute, die ihm etwas erklären können, und er hat so wenig Zeit, es herauszufinden. »Papa sagt, es sei das heißeste Thema im Klub.«

Jemma wählt ihre Worte mit Bedacht. Für sie sei es keine Glaubensfrage. Entweder seien die Theorien über die Ursprünge des Menschen wahr oder falsch. Je mehr sie sich mit der Natur beschäftige, umso mehr sei sie geneigt, davon auszugehen, dass Darwin recht habe. Er solle zum Beispiel nur mal an den Zwergpinguin denken, den sie gefunden haben. Wie die anderen Vögel wird er einmal Flügel gehabt haben. Aber aus den Flügeln seien Flossen geworden. Vielleicht sei es aber auch genau andersherum. Dass sich bei den anderen Vögeln aus den Flossen Flügel entwickelt hätten, was bei dem kleinen Pinguin nicht passiert sei. Wie geschah dies und warum? Darwins Theorien böten Antworten, welche die Bibel nicht gebe. Sie verspricht Henry, *Über die Entstehung der Arten* und *Die*

*Abstammung des Menschen* zu bestellen. Diese Bücher könnten sie zusammen lesen und die Sache dann selbst klären.

Henry sieht sie traurig an. »Das dauert zu lang.«

Jemma gibt vor, es nicht zu verstehen. Sie sieht einen kleinen braunen Frosch, der wohl vom Fluss heruntergespült wurde, hebt ihn auf und präsentiert ihn Henry.

»Klasse?«

Henry hält ihn in seiner Handfläche. »Amphibia.« Er macht einen selbstzufriedenen Eindruck. »Das bedeutet ein Doppelleben, nicht wahr? Halb im Wasser, halb auf dem Land.« Fast möchte er ihr sagen, dass er sie genauso sieht, wenn er sie draußen im Wasser oder aus der Brandung auftauchen sieht. Erzählt ihr beinahe, dass er ihr Doppelleben kennt. Aber seine Angst vor dem, was passieren wird, wenn er sie konfrontiert, ist dann doch größer. Er ertrüge es nicht, wenn sie sich von ihm abwenden würde.

Irgendetwas an seinem Blick macht Jemma nervös. Sie hört sich ihm mit Lehrerstimme erklären, dass er Benennen-Können nicht mit Wissen verwechseln darf. »Zu wissen, wie etwas auf Griechisch oder Latein heißt, ist nicht Wissen. Wirkliches Wissen ist das Verständnis, wie und warum Dinge funktionieren. Wie ein Baum die Energie aus der Sonne zieht. Was die Planeten in ihren Bahnen hält. Warum manche Wesen aussterben und andere überdauern.« *Warum ein Kind in seinem Schlaf stirbt.*

»Du lieber Gott!« Jemma blickt hinab auf ihren durchweichten Saum, als wolle sie damit ihren Ausbruch erklären. Automatisch wandert ihre Hand an das Medaillon um ihren Hals.

Sie weiß nicht, warum sie es sagt. Irgendetwas, um das Thema zu wechseln. »Du musst deinen Vater vermissen, Henry.«

Henry findet einen weiteren Stein und dreht ihn um. Sein Vater, sagt er, sei ein viel beschäftigter Mann. Und wenn er nicht im Krankenhaus sei oder sich um seine Patienten kümmere, sei er mit Amelia auf irgendeinem Ball. Wäre Henry in der Stadt, würde er ihn womöglich auch nicht öfter zu sehen bekommen als jetzt. Mit einem scheuen Blick auf sie fügt er hinzu, dass er sich sehr viel weniger einsam fühle, seit Mr. Wright und sie hergekommen seien.

Anfangs bemerken sie den Nebel gar nicht, der vom Meer hereindrückt. Ihre Rücken dem Wasser zugekehrt hocken sie im Sand und untersuchen einen weiteren Zwergpinguin, den es von der Insel herübergespült hat. Henry streichelt den glänzenden schwarzen Kopf des kleinen Geschöpfs und wendet sich dann ab, weil er von einem Hustenkrampf geschüttelt wird. Als er sein Taschentuch vom Mund zieht, stopft er es schnell in seine Tasche, aber nicht rasch genug, um die Blutflecken zu verbergen.

»Sehen Sie!«, sagt Henry und deutet dorthin, wo das Meer sein sollte. Der Horizont ist verschwunden, genauso wie die Landzunge und der Blick hoch zur Küstenlinie: alles aufgezehrt vom Wasserdampf.

Jemma hatte diese Nebel vom Meer schon öfter heranrollen sehen, aber aus der Distanz, und hatte nie mittendrin gesteckt. Zu Anfang, als Nathaniel und sie herkamen, hatten sie dieses alles auslöschende Weiß des Nebels begrüßt, das ihnen das Gefühl gab, für die äußere Welt unsichtbar zu sein. Aber das hier ist ein anderes Gefühl. Hier, wo man nirgendwohin kann, es keine Fenster und keine Wände gibt, welche die eindringende Leere in Schach halten. Bis auf die kleinen grauen Wellen, die an ihre Füße schlagen, ist vom Wasser nichts mehr zu sehen. Alle Vögel schweigen, als würden sie lauschen und abwarten, was passiert. Dann fängt irgendwo am Strand ein Hund zu bellen an.

»Astor!«

Nachdem er mehrmals laut aufgejault hat, hört man etwas trappeln. Eine kleine Gestalt taucht aus dem Nebel auf. Henry kniet nieder und zieht den Kopf des Hundes an seine Brust. »Du dummer, dummer Hund«, sagt er und streichelt seine Ohren. »Du hast doch nicht etwa geglaubt, dass ich dich hier zurücklasse?«

So etwas würde auch eine Mutter zu ihrem Kind sagen, das momentan das Gefühl hatte, verlassen worden zu sein. Es gab eine Reihe solcher Anlässe, wo Jemma bei Henry das Echo solcher verlorenen Worte vernommen hatte. Die Stimme seiner Mutter. Ganz instinktiv beschwor er sie auf diese Weise herauf, sorgte dafür, dass sie ihm zur Seite stand, wie sie ihm das zweifellos für immer versprochen hatte.

Jemma erinnert sich solcher Versprechen. Versprechen, die sie in Lucys Ohr geflüstert hat. Das Versprechen, sie niemals zu verlassen, egal was geschieht. Wieder greift sie nach dem goldenen Medaillon. Ihre Finger flattern über ihre Brust und hoch an ihr Kinn, wo sie blind unter dem Kragen ihrer Bluse danach tastet. Weil sie die Kette nicht finden kann, öffnet sie die obersten Knöpfe und presst ihre Hände an ihre Kehle, findet dort aber nur ihren schnellen Puls. Die Haut ist nackt. Entsetzlich nackt. Das Medaillon war eben noch da gewesen, aber irgendwo zwischen dem Fluss und dem Platz, auf dem sie jetzt steht, ist es ihr wohl entglitten.

Der dichte Nebel hat fast den ganzen Strand verschluckt. Jemma stiert auf den Sand. Sie kann nur ein paar Schritte weit sehen. Sie lässt sich auf die Knie fallen und versucht, nicht in Panik auszubrechen. Seit sie Wombat Hill verlassen hat, ist kein Tag vergangen, an dem es sie nicht danach verlangte, das Medaillon zu öffnen und Lucys Gesicht zu betrachten. Aber sie hat es nicht zugelassen, nicht ein einziges Mal. Sie hat sich gezwungen, sich damit zufriedenzugeben, das Medaillon dicht auf ihrer Haut zu tragen, zu wissen, dass es da ist, und es zu spüren. Wie sinnlos das ist, weiß sie, und doch hat dieser Vorsatz seine tröstliche Wirkung nicht verfehlt. Denn solange sie das Medaillon nicht öffnet, bleibt die Möglichkeit offen, dass Lucy noch lebt.

Jemma hört sich wimmern, aber sie kann nicht an sich halten. Alles, was sie so verzweifelt in Schach zu halten versucht hat, droht sich nun an diesem von Wolken eingehüllten Strand zu entladen.

Henry kniet ebenfalls nieder und fragt sich, was wohl so wertvoll sein könnte, dass sein Verlust seine Hauslehrerin, die doch immer so gefasst und ruhig ist, in einen derart aufgelösten Zustand zu versetzen vermag. Sie wühlen im Sand, fegen ihn in diese und in jene Richtung, heben verfilzte Seetangbündel und Treibholz hoch, doch Jemma weiß, dass es hoffnungslos ist. Sie sollte mit Henry ins Haus zurückkehren. Bei diesem Wetter sollte er nicht draußen sein. Aber an Aufbruch ist nicht zu denken, bevor sie nicht das Medaillon gefunden hat: Sie darf Lucy nicht wieder verlassen.

Als Henry Astor an dem toten Zwergpinguin schnüffeln sieht, bringt ihn das auf eine Idee. Der Hund mag zwar kein großartiger Bluthund sein, aber eine Schnauze, um Witterung aufzunehmen, hat er dennoch. Henry bittet Jemma um ihr Taschentuch und gibt es dem Hund zum Schnüffeln. Und auf Henrys Kommando läuft der Hund los und arbeitet sich schnüffelnd über den Sand.

Jemma lässt hilflos ihre Arme sinken und beobachtet gebannt, wie Astor immer wieder im Nebel verschwindet und wieder auftaucht. Das langsame Auflösen von Farbe und Form und dessen Umkehrung, wenn der Hund wieder auftaucht. Es kommt ihr so nutzlos vor, und doch bleibt ihr keine andere Wahl, als darauf zu vertrauen, dass eine winzige Spur ihres Körpers dort irgendwo im Sand liegt.

Nachdem sie eine gefühlte Ewigkeit gewartet haben, hören sie kurzes, scharfes Gejaule. Sie eilen zur Geräuschquelle, wo Astor mit wie verrückt wedelndem Schwanz auf sie wartet.

Unter seiner Schnauze sehen sie etwas schimmern. Henry hebt das Medaillon auf, und als er den Sand abwischt, öffnet es sich. Drinnen befindet sich die winzige Fotografie eines sehr kleinen Kindes mit lockigen blonden Haaren und Mrs. Wrights halbmondförmigen Augen. Er gibt es an Jemma weiter, die nach einem kurzen Blick auf das Foto das Medaillon zuschnappen lässt.

Er sieht sie mit festem Blick an. »Ist das Ihre Tochter?«

Jemma weiß, dass sie nicht ausweichen kann. Sie muss es ihm sagen. Und zu ihrer Überraschung entdeckt sie, dass sie es ihm sagen will, der Welt sagen will, dass Lucy einst gelebt hat. Sechs Monate lang hat Jemma nicht von ihr gesprochen, ihren Namen nicht laut ausgesprochen. Ihre Kehle ist so zugeschnürt, dass sie kaum atmen, geschweige denn sprechen kann.

»Lucy«, flüstert sie. »So hat sie geheißen.«

Jetzt hat sie es gesagt. Sie hat die Vergangenheitsform verwendet. Lucy ist nicht mehr, und Jemma kann sich nichts mehr vormachen. Sie erinnert sich an das erste Mal, als sie »meine Tochter« sagte, und daran, wie unendlich groß sich dieses Wort in ihrem Mund anfühlte, und dass sie fast schlucken musste, als sie es aussprach. Das ungeheuere Ausmaß dieses Ereignisses, das allen anderen doch so gewöhnlich vorkommen musste.

Henrys Blick ist zu Boden gerichtet. Ihm ist Kummer vertraut, und er weiß, dass es nichts dazu zu sagen gibt. Er hat diese Traurigkeit in ihr gespürt, gefühlt, dass sie etwas gemeinsam hatten, und versteht jetzt, warum.

Es sei Zeit zu gehen, bemerkt sie und versucht angestrengt den Weg zu erkennen, der durch die Bäume führt. Sie hat keine Ahnung, wie sie den Rückweg finden sollen.

Als Henry ihre Verwirrung bemerkt, ergreift er ihre Hand. Auf seinem Gesicht liegt ein Glanz, der nicht von dieser Welt ist. »Keine Sorge, Mrs. Wright. Bei Nebel muss man sich immer wieder daran erinnern, dass es keine Wand ist. Mit jedem Schritt kann man ein Stückchen weiter sehen. Man muss nur weitermachen.«

Jemma umschließt seine Hand und stellt entsetzt fest, wie heiß sie ist, obwohl er zu zittern anfängt. Und da beginnt sie zu begreifen, dass es möglich ist, weitermachen zu können. Dankbar drückt sie ihm die Hand, und sie folgen Astor durch den Nebel.

# 45

Als Jemma in dieser Nacht die Augen schließt, sieht sie eine Gestalt aus dem Nebel auftauchen. Oder verschwindet sie? Sie öffnet die Augen und nimmt die Dunkelheit in sich auf, dann macht sie sie wieder zu. Das Bild bleibt, ist aber so schemenhaft und nebulös, dass man schwer sagen kann, ob es tatsächlich eine Gestalt ist oder ein Ding oder ein dunkler Wolkenfleck. Jemma wartet darauf, dass der Nebel aufklart und die Gestalt sich selbst kundtut. Aber selbst als Bewegung in die Luft kommt und winzige oszillierende Lichtpartikel zu schimmern beginnen, bleibt die Gestalt verschwommen. Je länger sie das Bild gedanklich festhält, umso deutlicher wird ihr, dass dieser Eindruck der Auflösung, des Wolkigen und eines in seine Atome zerlegten Lichts kein vorübergehender Zustand ist. Die Gestalt ist untrennbar eins mit der Landschaft und steht für immer kurz davor, sich zu verwandeln.

Jemma lauscht dem weich aufs Dach fallenden Regen. Es überrascht sie, dass ihre Enttäuschung ausbleibt. Diese verführerische Gestalt hat so viel versprochen, und doch wird sie niemals wissen, wer oder was es gewesen sein mag. Stattdessen regen sich alte Gefühle, die sie glaubte, mit ihrem Kind begraben zu haben. Sie spürt den Geruch von Farbe und den Drang, Zeichen auf ein Blatt zu setzen. Wenn sie sich das Bild als Gemälde vorstellt, zählt für sie nicht die Gestalt allein, sondern das Ganze, die Leuchtkraft der verschleierten Landschaft, das Überschäumen des Lichts, das Gefühl unendlicher Tiefe, obwohl der Nebel die Ferne verschwimmen lässt. Sie muss an ihren lieben Ruskin denken, das Diktum ihres geliebten Meisters, dass die Natur keine Umrisse kennt, nur Schatten von Dunkel und Licht. Man könnte sich dieses Bild als ein Werk vorstellen, das bebend und ursprünglich noch im Entstehen begriffen ist, doch genau in dieser Instabilität liegt die Wahrheit: Dass das Leben so flüchtig ist wie das Licht.

Am nächsten Morgen geht Jemma, nachdem sie geschwommen ist, zu der großen Anrichte im Flur, wo sie vor einigen Wochen die Farben entdeckt hat, die einst Henrys Mutter gehörten. Als sie Henry fragt, ob sie diese benutzen dürfe, geht er hinauf in den Dachboden und kommt heftig schnaufend mit zwei leeren Leinwänden zurück, die seine Mutter hatte füllen wollen. Jemma freut sich über die Leinwände, fürchtet aber, ihn mit dem, was sie malen wird, zu enttäuschen. Gewiss erwartet er von ihr, dass sie genauso malt wie seine Mutter oder sich wenigstens auf lokale Szenen konzentriert, wie seine Mutter das immer getan hat. Manchmal ertappt sie ihn dabei, dass er sie verwundert anstarrt, und wenn sie ihn dann fragt, was er denkt, sagt er, sie erinnere ihn an sie. »Es macht Ihnen doch nichts aus, wenn ich das sage?«, fragt er, und sie versichert ihm, dass es ihr nichts ausmacht. Aber sie trägt schwer an dieser Last. Er möchte und braucht mehr von ihr, als sie ihm jemals wird geben können. Und dabei quält sie die Aussicht, dass Nathaniel und sie womöglich ganz schnell ihre Sachen werden packen und verschwinden müssen und er dann zurecht das Gefühl haben wird, schon wieder verlassen worden zu sein.

Wie immer ist er voller Fragen. Malt sie Porträts oder Landschaften? Vielleicht möchte sie den Blick malen, den man vor dem Haus von der Klippe hat, oder hinunter zum Strand gehen und von dort aus das Meer zeichnen. Ob es ihr was ausmache, wenn er ihr bei der Arbeit zusieht?

Jemma sagt ihm, dass dies nicht möglich sei. Sie könne nicht arbeiten, wenn sie sich beobachtet fühlt. Jedenfalls nicht im Anfangsstadium, da müsse sie allein sein.

Sie stellt ihre Staffelei in einem kleinen Raum im Obergeschoss auf, am hinteren Ende des Hauses, wo keiner hinkommt. Hier zeigt das Fenster nach Norden, und das Licht ist fast den ganzen Tag über gut. Als die Farben gemischt sind und alles bereit ist, stellt sie sich vor die Leinwand und denkt an die Gestalt im Nebel. Sie verbietet es sich zu denken, möchte nur dem ursprünglichen Impuls und dem Eindruck folgen, den er hinterlassen hat. Was jedoch nicht bedeuten soll, dass dieses Gemälde nicht gut überlegt sein muss – es ist niemals nur eine Frage der Inspiration. Aber aus Erfahrung weiß sie, dass der harte und schmerzhafte Teil der Arbeit in dem Moment beginnt, wenn sie zu malen anfängt und gewisse Türen offen stehen. Und sobald das geschieht, wird sie so von ihrem Tun besessen sein, dass ihr keine andere Wahl bleibt als weiterzumachen.

So beeindruckend die Ausblicke um Red Ridge auch sind, malen möchte sie diese nicht. Denn was sie malen möchte, ist in ihrem Kopf, und es sind weniger konkrete Bilder als eine Palette von Gefühlen und Erinnerungen und Eindrücken, für die sie eine Form finden muss. Gleichzeitig weiß sie, dass die Form selbst schon im Bild vorhanden ist, dem Bild der Gestalt im Nebel, jene geisterhafte Abwesenheit, die sie immer begleitet und begleiten wird.

Wenn sie in der Vergangenheit mit einem Bild begann, kostete sie das Gefühl aus, sich auf eine Entdeckungsreise zu begeben, aufzubrechen ins Unbekannte. Aber diesmal ist das Gefühl ein anderes. Sie hat genug von den Reisen und Unsicherheiten eines Lebens auf der Flucht. Wenn sie dieses Mal mit ihrem Pinsel in den Nebel tritt, wird sie nach Hause zurückkehren, so viel steht fest.

Im Lauf der nächsten paar Tage nimmt das Gemälde entsprechend ihrer Vorstellung Gestalt an. Die Pinselstriche sind grob und unverbunden, halb aus Ungeduld, sie auf die Leinwand zu bringen, halb aus dem Wunsch heraus, die kurzlebige Energie des Augenblicks einzufangen, sodass die Bilder sich auflösen und sich vor dem Auge wieder neu zusammensetzen. Vieles davon malt sie mit einem Tränenschleier vor ihren Augen. In Erinnerung daran, wie sie Lucys Gesicht gestreichelt hat, streicht sie ganz sanft über die Leinwand. Und immer öfter denkt sie dabei auch an Gotardo und möchte ihn fragen, ob er sich auch an dies oder jenes erinnert. Manchmal hat sie das Gefühl, als würde sich ihr Mund mit Worten füllen, die nicht ausgesprochen werden können, weil die Erinnerungen nicht geteilt werden. Nathaniel würde zuhören, wenn sie versuchte, es ihm zu erzählen, aber das ist nicht das, was sie möchte und braucht. Sie kann zu ihm nicht sagen: »Erinnerst du dich noch an das eine Mal, als wir Lucy vermissten und sie dann draußen auf der Weide fanden, wo sie in die Augen eines Kalbs starrte?« oder »Weißt du noch, wie sie rannte, bevor sie laufen konnte?« oder »Kannst du dich noch erinnern, wie sie im Schlaf gelacht hat!«

Jemma sehnt sich danach, ihre Erinnerungen mit jemandem auszutauschen, damit Lucy in der Welt, die sie einst geteilt haben, lebendig bleibt.

Wie immer, wenn Jemma intensiv gemalt hat, verspürt sie den Drang umherzulaufen. Und auf ihrer Wanderung durch den Garten, wo sie dem Schrei der Möwen lauscht, muss sie an Henry denken. Sie kann ihn sehen, wie er mithilfe eines Stocks den Klippenpfad erklimmt. Er bleibt häufig stehen, um Atem zu holen, und wenn ihn ein Hustenanfall überkommt, fällt ihm das fahle Haar ins Gesicht. Seine Kleider hängen an ihm dran, als wären sie ihm zwei Nummern zu groß. Sie erinnert sich daran, wie er, einer Vogelscheuche gleich, auf der Felsspitze von Cape Schanck gestanden hat und wie viel dünner er seitdem geworden ist.

Jemma wendet sich ab. Sie kann nicht mehr länger zusehen. Ihr Entschluss steht fest, sie wird es ihm auf den Kopf zusagen, dieser erbärmlichen Vorgaukelei ein Ende bereiten. Außerdem wird sie Dr. Leask telegrafieren und darauf bestehen, dass er herkommt und sich um seinen Sohn kümmert.

Zu Jemmas Verwunderung trifft Dr. Leask schon einen Tag, nachdem sie das Telegramm abgeschickt hat, in Red Ridge ein. Er isst allein mit seinem Sohn zu Abend und bittet dann Mrs. Wright, zu ihm ins Wohnzimmer zu kommen. Als sie Platz genommen hat, schließt er die Tür.

»Ich muss Ihnen gestehen, Mrs. Wright, es beschämt mich zutiefst, dass ich meinen Sohn Ihrer Obhut unterstellt habe, ohne Sie über seine Krankheit wahrheitsgemäß aufzuklären. Mir ist seit einiger Zeit bekannt, dass er an Schwindsucht leidet, wollte es aber nicht eingestehen, nicht einmal mir selbst. Der Schmerz, Henrys Mutter sterben zu sehen, ist noch immer zu frisch. Und, jawohl, ich hatte Angst, Sie würden diese Stelle nicht annehmen, wenn Sie es wüssten. Sie taten recht, mich damit zu konfrontieren. Ich habe mich in meine Arbeit vergraben, um bloß keine Zeit zum Nachdenken zu haben, was die Zukunft womöglich bereithält.«

Jemma wartet, denn er zieht ein Taschentuch aus seiner Brusttasche und wendet sich ab, um seine Nase zu schnäuzen. Kontakt zu Dr. Leask aufzunehmen und somit die Aufmerksamkeit auf sich zu lenken war riskant unter Berücksichtigung der vielen Spekulationen über Musk und Byrne. Leask hat ihnen einen Gefallen damit getan, sie in Ruhe zu lassen. Doch sie kann nicht länger tatenlos zusehen, wie Henry immer schwächer wird.

»Wenn ich ganz offen sein darf, Dr. Leask«, beginnt sie, »dann verzehrt sich der Junge nach Liebe. In medizinischen Dingen bin ich nicht bewandert, aber ich weiß, was ein Kind braucht. Kinder sind robuste Geschöpfe – die meisten jedenfalls …« Ihr bleiben die Worte im Hals stecken. »Was ich damit sagen will, ihm fehlt ein Grund zu leben. Und ihm diesen zu geben haben nur Sie die Macht.«

Bei aller reuevollen Einsicht empfindet Dr. Leask die Unverfrorenheit dieser Frau dann doch als Affront. »Man kann ihn wohl kaum mehr als Kind bezeichnen, Mrs. Wright. Ein junger Mann muss Selbstvertrauen entwickeln und lernen, wie man auf eigenen Beinen steht. Wenn Sie selbst Kinder hätten …«

Jemma kann nicht an sich halten. Die Gefahr, sich zu verraten, kümmert sie nicht mehr. »Ich hatte ein Kind, Dr. Leask. Es starb Anfang dieses Jahres. Und ich kann Ihnen versichern, es gibt nichts Schlimmeres, egal welchen Alters das Kind ist. Ich spreche hier für Henry. Meine Hauptsorge gilt ihm. Aber was ich durchgemacht habe, möchte ich anderen Eltern nicht wünschen.«

Dr. Leask starrt auf den Teppich zu seinen Füßen. Sein Mund ist geöffnet, doch er scheint zu überwältigt zu sein, um sprechen zu können. Plötzlich wirkt er alt und hilflos. Jemma fühlt sich an die Nacht erinnert, bevor ihr Vater starb, als sie ihn in seinem Nachthemd umherlaufen sah, die Hand an seine Brust gepresst.

»Das mit Ihrem Kind tut mir leid. Es war vermessen von mir«, sagt Dr. Leask schließlich. »Aber wissen Sie, wie das ist, Mrs. Wright, wenn Sie einen Patienten nach dem anderen an Schwindsucht sterben sehen und dann zusehen müssen, wie Ihre eigene liebe Frau dahinsiecht, und nicht helfen können?«

»Aber es *gibt* etwas, das Sie tun können.«

»Ich liebte meine Frau, doch es hat ihr nicht geholfen!«

Jemma erwidert nichts darauf. Wozu auch. Es ist ihm anzusehen, dass die Angst ihn lähmt und er ob seiner eigenen Machtlosigkeit bestürzt ist. Trotzdem hofft sie, dass er, wenn er Zeit gefunden hat, über ihre Worte nachzudenken, Henry nach Hause holen wird.

# 46

Nathaniel weiß, dass etwas nicht stimmt, als er Jemma sieht, die ihn am Tor erwartet. Es dämmert, und der Himmel hinter den wie Obelisken aufragenden Zypressengewächsen beginnt zu leuchten. Einen kurzen Moment lang beschleicht ihn die Hoffnung, sie stehe bloß dort, weil sie Sehnsucht hat, ihn zu sehen. Aber beim Näherkommen verrät ihr Gesichtsausdruck ihm, dass sie ernste Neuigkeiten hat.

Und noch bevor er vom Pferd absteigen kann, an dessen Sattel die pralle Tasche voll mit Post hängt, redet sie schon drauflos: »Er weiß Bescheid, Nathaniel.«

Bevor Nathaniel nach Flinders aufbrach, hatten sie sich in dem Raum getroffen, den Jemma sich als Atelier hergerichtet hatte, und über den Artikel in der *Argus* unterhalten, worin die Rede von neuen Erkenntnissen der Polizei über den Verbleib von Musk und Byrne war. Es hieß, sie stünden kurz davor, sie zu überführen. Außerdem war noch ein Artikel aus dem *Advocate* von Wombat Hill abgedruckt, worin Bedenken an der Vorgehensweise der Polizei erhoben wurden, insbesondere am Verhalten von Senior Sergeant Marcus O'Brien. Dies war der erste Hoffnungsschimmer, dass man ihrer Version der Ereignisse womöglich Glauben schenken werde. Dabei war ihnen allerdings entgangen, dass Henry draußen im Garten unter dem offenen Fenster saß und las.

Sobald Nathaniel aufgebrochen war, hatte Henry Jemma zur Rede gestellt. »Sie werden jetzt gehen, nicht wahr?«, sagte er.

Es war weniger eine Anklage als eine melancholische Feststellung, ein Anerkennen des Unvermeidlichen, als wäre dies sein Schicksal – verlassen zu werden. Sie würden ihn verlassen, wie das schon seine Mutter und sein Vater getan hatten.

Er teilte ihr mit, dass womöglich auch Lizzie, die ganz in der Nähe mit dem Aufhängen der Wäsche beschäftigt war, das Gespräch mitgehört hatte. Denn als Henry zu ihr hinüberschaute, habe sie ihre Arbeit unterbrochen und auf ihn den Eindruck gemacht, als würde sie angestrengt lauschen. Da sie dann aber weiter die Wäsche aufgehängt habe, konnte Henry das nicht mit Gewissheit sagen.

Seine Wangen sind so eingefallen, dass Jemma bereits den Schädel darunter wahrzunehmen glaubt. Sie zog ihn in einer heftigen Umarmung an sich. Henry reagierte darauf nicht sofort, als könnte er nicht ganz glauben, was da geschah. Wie lange war es her, seit ihn jemand gehalten hatte? Dann hob er zögernd seine Arme an ihre Taille und vergrub sein Gesicht in ihrem Haar. Sie spürte das Zucken seiner Rippen und Schultern und seine Tränen an ihrem Nacken.

Nathaniel führt das Pferd, und Jemma läuft neben ihm zu den Ställen. Sie müssen sofort aufbrechen, sagt er, sobald alle im Bett seien. Sie werden die Nacht über durchreiten müssen, damit sie in Settlers Cove den Morgendampfer nach Melbourne erwischen. Die große Stadt sei ihre beste Tarnung. Überall anders würden sie auffallen und das Gerede der Leute riskieren. Sie müsse Henry überreden, solange er kann Stillschweigen zu bewahren. Glaubt sie, dass der Junge reden wird? Was Lizzie betrifft, könnten sie nichts tun. Nur hoffen, dass sie nichts mitbekommen hat.

Anfangs erfasst Nathaniel überhaupt nicht, was Jemma ihm sagt. Sie könne Henry nicht zurücklassen, sagt sie. Das könne und werde sie nicht tun.

Jemmas Blick wandert über das Anwesen, zum Haus mit seinem auffälligen Turm und der Reihe von Zypressengewächsen, die sie immer an einen Friedhof denken lässt, weiter zum Meer dahinter und dann wieder zurück zu Nathaniel. Sie werde nicht mehr davonlaufen, fährt sie fort, wenn dies bedeute, jene zurücklassen zu müssen, die ihrer bedürfen. Da ginge sie lieber das Risiko ein, entdeckt zu werden.

Sie nähern sich den Ställen, als sie von drinnen Geräusche hören. Nathaniel schiebt die Holztür auf und führt das Pferd in seine Box. Dyson, der eins der anderen Pferde bürstet, blickt auf und nickt zur Begrüßung.

Jemma fällt auf, wie die Flanken des Pferdes im trüben Licht des Stalls glänzen und wie entschlossen Dyson es mit der Bürste bearbeitet. In seinen Bewegungen liegt eine Ruhe und Gewissheit, die alles andere in Zweifel zu ziehen scheint. Er weiß, was er tut und warum er hier ist. Jemma wünscht, sie könne das auch von sich behaupten. In ihrer Welt gibt es keine Gewissheit. Weder wer sie ist noch was sie tut oder wohin sie geht.

In einiger Entfernung von den Ställen nehmen sie ihr Gespräch wieder auf. Jetzt ist es fast dunkel. Nathaniel wirft ihr vor, sie sei starrsinnig und töricht, denn sie könnten für den Jungen nichts tun. Sie seien nicht für ihn verantwortlich. Selbst wenn Henry versprechen sollte, es keinem zu erzählen, würde er sie doch irgendwann verraten, ob beabsichtigt oder nicht.

»Er möchte mit uns mitkommen, Nathaniel.«

»Und was hast du ihm gesagt?«

»Dass ich mit dir reden werde.«

Nathaniel weiß, dass sie sich davon nicht wird abbringen lassen. Entweder nehmen sie den Jungen mit oder Jemma bleibt. Er hat in dieser Angelegenheit nichts zu sagen. Müde fragt er: »In seinem Zustand?«

Jemma teilt seine Meinung, dass Henry nicht reisen dürfe. Aber es soll auch nur bis nach Melbourne sein. Seit ihrem letzten Gespräch mit Dr. Leask hat er ihr einen Brief geschrieben mit dem Versprechen, bald zu kommen und seinen Sohn abzuholen. Sie werden ihn ganz einfach nach Hause bringen, wo er hingehört.

»Wenn ich Henry zu der Einsicht bringen kann, dass er unsere Sicherheit gefährdet, wenn er bei uns bleibt, wird er sicherlich tun, worum wir ihn bitten. Er hat durchaus das Recht, auf uns wütend zu sein, Nathaniel. Aber er ist es nicht. Und dafür schulden wir ihm Dank.«

Sie warten bis Mitternacht, um sicherzugehen, dass alle Angestellten schlafen, und schleichen sich dann so leise wie möglich zu den Ställen. Zum Glück ist der Himmel klar, und der zunehmende Mond wird ihnen auf ihrem Weg leuchten. Irgendwie schafft Henry es, nicht zu husten, bis sie das Anwesen hinter sich gelassen haben und sich auf der Straße nach Settlers Cove befinden.

Henry, der zwischen Nathaniel vor und Jemma hinter sich reitet, hat das Gefühl, durch die Luft zu schweben. Wenn sie an Tempo zulegen, hat er fast das Gefühl zu fliegen, so wie ihm der Wind um die Ohren weht. Endlich hat das große Abenteuer begonnen! Das Pferd scheint seinen Weg zu kennen, und Henry lässt sich von ihm glücklich durch die silbrige Nacht tragen.

Als er das glatte, ruhige Glitzern der Port Phillip Bay sieht, die sich vor ihm öffnet, weiß er nicht, ob er wacht oder schläft. Kurz bevor sie eine Mole erreichen, die in einen fernen Horizont hinausführt, machen sie auf dem grasbewachsenen Küstenvorland halt und geben die Pferde frei. Dann kann er sich nur noch daran erinnern, dass er sich auf eine Decke im Gras hat sinken lassen, vor sich die Silhouetten von Nathaniel Byrne und Jemma Musk, die wie verwirrte Eltern neben ihm stehen und seinen Schlaf bewachen.

# 47

Sie verlassen den Dampfer am Railway Pier, umkreischt von Möwen, die über ihren Köpfen kreisen, als sie – durch das Vogelgeschrei und die Schreie der Lastenträger – einen Zeitungsjungen das Neueste über Musk und Byrne in der Frühausgabe der Nachmittagszeitung ausrufen hören. Jemma hatte gewusst, dass die Zeit knapp war, aber auf einen Tag Gnadenfrist gehofft, ehe die Nachricht die Runde machte. Als sie jetzt die Schlagzeile unter »Telegrafische Depesche aus Flinders« liest, spürt sie regelrecht, wie die Telegrafendrähte sich immer enger um sie zusammenziehen und dabei die Schlaufen für ihre Hälse formen. MUSK UND BYRNE ENTFÜHREN ARZTSOHN.

Zum Glück stehen sie neben einer Bank. Jemma lässt sich darauffallen und gibt Henry die Zeitung, während Nathaniel brummelnd auf und ab läuft. Er hatte es vorhergesehen.

Henry blickt völlig niedergeschlagen von der Zeitung auf. »Es tut mir schrecklich leid.«

»Du brauchst dir keine Vorwürfe zu machen«, erwidert Jemma matt. »Die Welt ist verrückt geworden.« Sie ist inzwischen davon überzeugt, dass es völlig egal ist, was sie tun, verdammt werden sie in jedem Fall. Hätten sie Henry in Red Ridge zurückgelassen, hätte die Schlagzeile vermutlich gelautet: MUSK UND BYRNE LASSEN STERBENDEN JUNGEN IM STICH. Es ist wirklich absurd, wie diese Geschichten sich offenbar von selbst zu schreiben scheinen, so absurd, dass sie schreien könnte.

Dann richtet sich Henry, befeuert von seinem Entschluss, auf. Er könne etwas tun, um die Dinge richtigzustellen, sagt er. Endlich liege es einmal in seiner Macht, das Leben in die eigenen Hände zu nehmen. Er werde in die Praxis seines Vaters in der Collins Street gehen und darauf beharren, selbst mit der Polizei zu sprechen. Er werde diese davon in Kenntnis setzen, dass er es war, der darauf bestand, von ihnen beiden mitgenommen zu werden. Er werde aussagen, wie gut Jemma Musk und Nathaniel Byrne zu ihm gewesen seien und dass er immer dankbar sein werde. Er werde dafür Sorge tragen, dass die Polizei begreift, was sie für Fehler gemacht hat.

Nathaniel scheucht sie in den wartenden Omnibus, der sie ins Stadtzentrum bringen wird. Jemma bedauert es, keinen Schleier an ihrem Hut zu haben, und bemerkt, dass Nathaniel sich seinen Hut tiefer ins Gesicht gezogen hat. Beide starren mit leerem Blick aus dem Fenster. Henry jedoch blickt sich neugierig um, ist entzückt von den großen neuen Gebäuden und dem emsigen Treiben hier nach der Beinahe-Einsamkeit von Red Ridge. Als sie sich ihren Weg über die Gangway des Dampfers bahnten, waren sie plötzlich von einer Menschenwoge umgeben gewesen, die zum Ausgang drängelte, und Henry war von allen Seiten von Körpern bedrängt worden, was ihm – zum ersten Mal nach Jahren – das Gefühl gab, zur Menschheit zu gehören, teilzuhaben am Fluss des Lebens. Dasselbe spürt er jetzt auch im Omnibus, endlich ist er Teil eines größeren Ganzen. Erstaunt betrachtet er die in einer Reihe aufgestellt wartenden Einspänner-Droschken, die eleganten Gaslampen und mehrstufigen Telegrafendrähte, die sich entlang der Straßen von einem Pfosten zum nächsten schlingen, die adrett gekleideten Menschen, die zur Arbeit eilen. Sein Herz klopft wild in seiner Brust, während er darüber nachdenkt, was getan werden muss. Ihm kommt es vor, als hätte er sein ganzes Leben in den Kulissen auf den Moment gewartet, wo er die Bühne betreten wird. Er mag zwar nur eine kleine Nebenrolle haben, doch das ganze Drama hängt davon ab, was er als Nächstes tut.

Ihm fällt auf, dass Jemma Musk wie gebannt durchs Fenster schaut. Er folgt ihrem Blick und sieht, dass dieser auf einer Mutter mit ihrem hellbraun gelockten Kleinkind ruht, die wartend an einer Ecke stehen. Die Mutter hält das Pummelhändchen ihrer Tochter. Das Mädchen sieht nach oben und spricht. Die Frau lächelt, das Mädchen lacht, und Jemmas Gesicht zieht sich zusammen.

Jemma verfolgt sie mit ihren Blicken, als die beiden die Straße hinuntergehen und sich zwischen den Massen hindurchschlängeln. Dieser Anblick ist so unglaublich schmerzhaft, dass sie nicht genug davon bekommen kann. Wo immer sie jetzt auch hinsieht, sind Kinder. Im Omnibus und draußen auf der Straße. Sie hatte ganz vergessen, wie es ist, ihren Blick auf diese Gesichter zu richten, die nicht von dieser Welt sind, und auf diese Augen, die noch kein Misstrauen kennen. Kinder in ihren Kinderwagen oder auf den Armen ihrer Mütter oder Kinder, die voraushüpfen. Aus purer Freude hüpfen, aus Freude, ihre Körper durch den Raum zu bewegen.

Als sie das obere Ende der Collins Street erreichen, schüttelt Henry Nathaniel die Hand, bringt es aber nicht über sich, Jemma anzusehen. Er hat Angst, dass sie sieht, wie er zittert. Mehr kann er nicht tun, um die Schluchzer zurückzuhalten, die wie Sprengsätze in seiner Brust sitzen. Er sehnt sich nach ihrer Umarmung, weiß aber zugleich, dass er, wenn es dazu kommt, zusammenbrechen oder explodieren wird. Er glaubt nicht, dass sein Herz dem gewachsen wäre. Ohne sie anzusehen greift er nach ihrer Hand und küsst sie, dann läuft er die Treppe hinauf zur Praxis seines Vaters.

Sie sitzen schweigend auf einer abgelegenen Bank oberhalb eines Teichs in der Nähe der Fitzroy Gardens, denn beide haben Angst zu sprechen. Wissen jedoch, dass es gesagt werden muss.

»Wir können nicht zusammenbleiben«, erklärt Jemma schließlich.

Nathaniel weiß natürlich, dass sie findet, sie seien als Paar zu auffällig und müssten in ständiger Sorge leben. Sich ständig vom Mythos von Musk und Byrne verfolgt fühlen. Und genau das möchte sie ihm mit dieser Feststellung sagen. Gleichzeitig weiß er jedoch – weiß es schon seit einiger Zeit –, dass sie frei sein will von ihm. Er zweifelt nicht daran, dass sie ihn noch immer liebt. Aber sie muss mit sich selbst klarkommen, und dabei kann er ihr nicht helfen. Er kann weder ihre Schuldgefühle noch ihr Bedauern wegwischen. Kann ihren Kummer nicht teilen. Und hatte doch schon ganz früh die Hoffnung genährt, sie könnten eines Tages ein gemeinsames Kind haben.

»Genau das wollte ich auch sagen«, antwortet Nathaniel und dreht seinen Hut in seinen Händen. »Wir müssen sie von unserer Fährte ablenken.«

Sie grinsen einander an wie Waffenbrüder. Jemma ist ihm zutiefst dankbar, dass er mitspielt. Es ist besser so. Besser, so zu tun, als würden sie eine Strategie verfolgen, als einfach auseinanderzugehen.

Ihre Augen folgen einer Ente, die gefolgt vom Gequake der Entchen, die in ihrem Kielwasser schwimmen, über den Teich gleitet. Nathaniel teilt ihr mit, er werde mit dem Abenddampfer nach Portland fahren. Dort habe er einen Freund, der schon lange darauf warte, sich ihm zu einer Expedition zur Erforschung des Binnenmeeres anzuschließen. Seiner Schätzung nach könnten sie schon innerhalb von einer Woche bereit zum Aufbruch sein. Dieser Freund kenne ein paar Schwarze aus diesem Teil des Landes, die bereit seien, die Führung zu übernehmen. Sie würden mit leichtem Gepäck reisen und sich unterwegs ihre Nahrung suchen, wie das die Schwarzen tun. Er redet, als wäre ihre Flucht von Red Ridge Teil eines größeren Plans, um diese Expedition auf den Weg zu bringen, und als habe er nur auf den passenden Moment gewartet. Redet, als stünde ihre Wiedervereinigung bei seiner Rückkehr außer Frage, als ginge ihr gemeinsames Leben weiter. Sie aber hört aus seinen Worten den Versuch heraus, sich davon zu überzeugen, dass es nie anders gedacht war, sie sich unweigerlich auf diesen Punkt zubewegt haben.

Seine Worte sind an den leeren Raum vor ihm gerichtet, und er vermeidet es, sie anzusehen, jetzt verändert sich jedoch der Ton seiner Stimme. Er ist fertig mit seiner Ankündigung und spricht nun über die tiefe Kluft zwischen ihren getrennten Körpern hinweg, greift mit ihrer Stimme nach ihr. Eines müsse er jedoch noch tun, bevor er aufbreche, sagt er leise. Er müsse sich direkt an die Zeitungen wenden und sie über Marcus O'Brien aufklären, ihnen die Wahrheit sagen von seiner Obsession für Jemma, dass er ihr die Ehe angetragen und sie bedroht habe, nachdem das Kind starb, dass es O'Brien gewesen sei, der dem Mythos von Musk und Byrne immer neue Nahrung gab, und wie er ihr seitdem aufgelauert habe. Der Artikel, den sie kürzlich im *Advocate* gelesen hatten, zeige, dass die Zeit jetzt reif und es möglich sei, O'Brien als den zu entlarven, der er war, und damit glaubhaft zu sein. Gelänge es, O'Brien als korrupt vorführen, würde damit der ganzen absurden Geschichte jegliche Grundlage entzogen. Erst das gewähre ihnen die Freiheit, weiterleben zu können.

»Aber überleg doch mal, welche Hetzjagd die Zeitungen auf uns gemacht haben«, hält Jemma dagegen. »Was lässt dich glauben, dass sie sich ändern werden?«

Nathaniel setzt seinen Hut wieder auf. Er greift nach ihrer Hand und hilft ihr beim Aufstehen. »Weil es, meine schöne Gesetzlose, eine verdammt gute Geschichte ist. Und was noch besser ist, sie ist wahr. Die Zeitungen wissen genau, dass die Öffentlichkeit und die Polizei sich nicht grün sind. Und sollte die Staatspolizei dennoch hartnäckig daran festhalten wollen, dann lass sie mich doch im Landesinneren jagen, wenn sie sich traut!«

Er hält ihre Taille umfangen und fixiert sie mit seinem glutäugigen Blick. »Du kannst mit einer Postkarte von irgendwo nördlich des Lake Eyre rechnen.«

Jemma nimmt seine Züge in sich auf, wie sie das auch tat, als sie sein Porträt malte, und erinnert sich dabei der lustvollen Zärtlichkeit, mit der sie ihren Pinselstrichen Leben einhauchte. *Zärtlichkeit.* Ein Wort, das Ruskin immer und immer wieder benutzt. Wenn man nicht zärtlich malen könne, solle man es lieber bleiben lassen. Und so studiert sie jetzt mit zärtlicher Distanz die Form seines Gesichts und den unverkennbaren Umriss seines Körpers, wo sie nach dem sucht, was Ruskin die »Ehrfurcht gebietenden Linien« nennt – den Linien einer Gestalt, die deren Vergangenheit bestimmt haben und ihre Zukunft bestimmen werden – und die ein Künstler erfassen muss, um die ständige Veränderung im Kern seines Gegenstands einfangen zu können, sei dieser nun ein Tier in Bewegung oder ein wachsender Baum oder ein Berg, der langsam abgetragen wird.

Sie bemühen sich, ihren Abschied so leicht wie möglich zu gestalten. Doch sie kann den Gedanken nicht verdrängen, was hätte sein können. Und als sie ihm nachschaut, wie er durch den Park in Richtung Stadt ausschreitet, weiß Jemma, dass sie ihn nie mehr so sehr lieben wird wie jetzt, da sie ihn weggehen sieht.

# 48

Seit alle Zeitungen die Geschichte von der Entführung des Arztsohnes durch Musk und Byrne bringen, fühlt Marcus O'Brien sich siegessicher. Musk und Byrne haben ihre Tarnung auffliegen lassen und werden nun schmollend irgendwo in Melbourne sitzen. Jetzt brauchte man sie nur noch aufzustöbern. Monatelang hat O'Brien den rechten Augenblick abgepasst und dabei entdeckt, dass er über eine ungeahnte Macht verfügte, die Macht, Geschichten auszuspinnen und Mythen zu nähren. Eine Macht, die sich am Ende als weitaus stärker erwies als jedes Aufgebot gut bewaffneter Männer. Jetzt wird er all die Männer bekommen, die er braucht, und in ein paar Tagen wird die Jagd vorüber sein.

Aber als er am nächsten Morgen erwacht, muss er feststellen, dass sich der Wind gedreht hat und die Geschichte in den Zeitungen nicht mehr seine Handschrift trägt. Dass in Wahrheit *er* zur Geschichte geworden ist und seine Tage als Geschichtenerzähler vorbei sind. Er sitzt am Küchentisch und versucht diese unverschämte Wende der Ereignisse zu verdauen, da wird mehrmals heftig an seine Tür geklopft. Dieser plötzliche Lärm verursacht Flügelschlagen und aufgeregtes Gezwitscher der erschrockenen Kanarienvögel in ihren Käfigen auf der Gartenveranda. Als O'Brien die Tür öffnet, sieht er sich dem Bulldoggengesicht des Police Commissioner gegenüber, der mit dem Morgenzug extra seinetwegen von Melbourne heraufgefahren ist. Hinter dem Commissioner, der von Polizisten flankiert wird, drängelt sich eine Schar von Männern mit Notizblöcken in ihren Händen, von denen O'Brien einige kennt.

Der Police Commissioner weigert sich, das Haus zu betreten. Er bleibt auf der Türmatte stehen und befiehlt O'Brien, seine Pistole, seine Dienstmarke und seine Uniform auszuhändigen. Sollte O'Brien Widerstand leisten, warnt er, werde er sich sofort als Insasse seines alten Gefängnisses wiederfinden.

»Ich schlage vor, Sie suchen das Weite«, fügt der Police Commissioner hinzu, ehe er geht. »Solange Sie noch Gelegenheit dazu haben.«

Als der Police Commissioner gegangen ist, bombardieren die Journalisten der verschiedenen Zeitungen ihn mit Fragen. Einen Moment lang ist Marcus O'Brien, der bis jetzt mit den meisten von ihnen zu seinem Vorteil gespielt hatte, versucht, es noch einmal zu probieren. Vielleicht schafft er es ja, die ganze Sache noch mal umzudrehen, vielleicht ist es nicht zu spät. Aber ein Blick in ihre Augen sagt ihm, dass sie wie Hunde sind, die die Witterung aufgenommen haben, und ihn in Stücke reißen werden, sollte sich nur die kleinste Gelegenheit dazu ergeben.

Er schlägt die Tür zu und zieht alle Vorhänge zu, ohne auf ihre Schreie und ihre Spötteleien einzugehen. Dann setzt er sich in seine düstere Küche, schenkt sich ein Glas Rum ein und lässt seine pochierten Eier und den Speck unangetastet. Ein Glas Grog zum Frühstück ist ihm so zur Gewohnheit geworden, dass er schon gar nicht mehr weiß, wie es einmal ohne war. Oft wacht er mitten in der Nacht schweißgebadet auf und muss nach der Flasche greifen, die neben seinem Bett steht. Aber er ist kein Trunkenbold wie sein Vater einer war. Das weiß er. Er schwankt nicht und lallt auch nicht, zeigt nicht jedem gleich seinen Missbrauch. Er feilt an seinem Hass und behält sein Ziel klar im Auge.

Nach einer Weile fällt ihm auf, dass das Klopfen an seiner

Tür und seinen Fenstern aufgehört hat. Jetzt muss er sich nur noch überlegen, was mit seinen Vögeln geschieht. Lässt er sie einfach zurück, sind sie der Gnade seines Vermieters überlassen, dem es nie gepasst hat, dass er Kanarienvögel hält, und der sie sicherlich umbrächte oder verhungern ließe. Wenn er die Vögel jedoch freilässt, werden sie zur Beute der Habichte und Krähen oder könnten aus Angst, der Wildnis ausgesetzt zu sein, eingehen. Es gibt jedoch noch eine andere Möglichkeit. Er hat einen kleinen Vorrat an Chloroform und könnte sie damit einschlafen lassen, sie in einen Schlaf versetzen, aus dem sie nicht mehr erwachen werden. Nachdem er sich ein weiteres Glas Rum eingeschenkt hat, grübelt er, was er tun soll.

Draußen bricht die Sonne durch die dunkle, mit Regen drohende Wolkendecke, und die Kanarienvögel fangen zu singen an, als erwachten sie aus einer Betäubung. Marcus gibt sich ihrer Flötenmusik hin, einer Musik, die ihm im Leben mehr Freude bereitet hat als alles andere, und er weiß, er kann sie nicht töten, aber auch nicht riskieren, sie in ihren Käfigen zu lassen. Sosehr es ihn auch schmerzt, will er sie doch lieber frei und in der großen weiten Welt ihr Glück suchen lassen.

Als er ihre Schalen mit Wasser und Samenkörnern füllt, flattern sie aufgeregt und wirbeln dabei ihren Sand auf. Er lässt sie essen und trinken, und nachdem das getan ist, öffnet Marcus die Tür eines Käfigs, des ersten von zehn. Er streckt seinen Zeigefinger aus und wartet. Sobald der Vogel draufgehüpft ist, bringt er die Hand ins Freie und beginnt eine Melodie zu pfeifen. Der Vogel hält sein Köpfchen schief und lauscht, und als Marcus aufhört, wiederholt er die Melodie Note für Note. Dann hebt Marcus seine Hand und schüttelt sie sanft. Anfangs klammert sich der Vogel an seinen Finger, doch nach ein paar geflüsterten Ermunterungen steigt er zögernd in die Luft.

Dies wiederholt O'Brien sieben Mal, bis alle männlichen Vögel ein paar Takte von *My Bonnie Lies Over the Ocean* gesungen haben. Die Weibchen lässt er einfach auf seinem Finger hocken, streicht ihnen ganz leicht über ihre Köpfchen und schickt sie dann auf ihren Weg.

Keiner der Vögel fliegt weit weg. Einige von ihnen kann er in den Bäumen seines Gartens sitzen sehen. Während er zusieht, kommt eine Krähe herangerauscht und krächzt so laut, dass einer der Kanarienvögel vom Ast fällt. Die Krähe folgt dem herunterstürzenden Vogel, und sobald dieser aufs Gras aufschlägt, packt sie den winzigen gelben Körper mit ihren Krallen und reißt ihn mit ihrem Schnabel in Stücke. Marcus bleibt nichts anderes übrig, als das Buch zu ergreifen, in dem er gelesen hat. Das Buch landet zwar weitab von seinem Ziel, aber doch noch nah genug, um die Krähe davonflattern zu lassen. Natürlich weiß O'Brien, dass die Krähe zurückkommen wird und es sinnlos ist, Wache zu schieben. Er kann sich jetzt nicht um seine Vögel kümmern. Er kann nicht bleiben. So wenig sie auch auf das Leben in Freiheit vorbereitet sind, sie werden sich allein durchschlagen müssen.

Marcus geht hinein, lässt sich in einen Sessel fallen und leert die Flasche Rum. Zwischen den einzelnen Schlucken summt er vor sich hin.

*My Bonnie lies over the ocean,*
*my Bonnie lies over the sea.*
*My Bonnie lies over the ocean –*
*oh bring back my Bonnie to me.*

Obwohl sein Rausch ihn apathisch macht, dreht sein Gedankenkarussell sich fieberhaft weiter und nimmt Rache an ihm. Jemma Musk ist noch immer auf der Flucht, aber er ist ihr dicht auf den Fersen. Ein Trupp seiner Polizisten hat sie am Breakneck Gully eingekreist. In einem sensationellen Schusswechsel, der zwei Polizisten verwundet und alle erstaunt zurückläßt, verschwindet sie im Busch. Ihre Flucht sichert ihr eine derartige Anhängerschaft, dass sie einen Massenexodus aus den kleinen und großen Städten auslöst, wie man ihn seit den Anfängen des Goldrausches nicht mehr erlebt hat, da sich Verehrer, Bewunderer und Neugierige, ihren Verlockungen hilflos ausgeliefert wie Marcus, an ihre Fersen heften. Die Zeitungen vergleichen es mit dem Ausbruch einer ansteckenden Krankheit und fordern von der Regierung entsprechende Maßnahmen.

Wohl wissend, dass sie ihnen immer entkommen wird, entwickelt Marcus O'Brien eine brillante Idee. Es wird kein Preis auf ihren Kopf ausgesetzt, keine Belohnung angeboten. Keine »Gesucht«-Plakate mehr mit ihrem Konterfei an die Wände von Postämtern und Telegrafenmasten geklebt. Dies würde das Feuer nur noch stärker entfachen, das sie bereits entzündet hat, würde die Männer, deren Aufgabe es war, sie zu stellen, nur noch mehr demütigen. Unter O'Briens Führung wird eine neue Strategie ausgearbeitet. Wenn man sie nicht mit konventionellen Mitteln in die Enge treiben kann, dann wird man sie eben im Schweigen begraben, sie in die Unterwelt der Nicht-Existenz verbannen, bis ihr vernarrtes Publikum es müde wird, auf Neuigkeiten zu warten. Sämtliche Berichte über ihre Aktivitäten wird man leugnen oder einem umherziehenden Banditen oder ortsbekannten Schurken in die Schuhe schieben, bis sie auf die eine oder andere Weise verschwunden sein wird.

Und so geschieht es. Die Geschichten über ihre Heldentaten oder von Begegnungen mit ihr werden immer seltener, bis sie verschwindet wie die Frau bei einem Zauberkunststück. Wenn sie den Menschen nicht mehr den Gefallen tut, verbrecherische Taten zu begehen, wird sich die allgemeine Stimmung gegen sie wenden, und es werden neue Gerüchte in Umlauf kommen – Geschichten, die die Lücke füllen werden, die sie hinterlassen hat. Dann wird es heißen, sie habe sie alle mit ihren

Zaubertricks hereingelegt, die Verantwortung für Verbrechen übernommen, die sie gar nicht begangen hat, und sei nichts weiter als eine schamlose Gaunerin, eine Kleinkriminelle, die sich einbildete, eine zweite Black Mary oder Calamity Jane zu sein. Wie betrogene Liebhaber werden ihre Verteidiger sie dafür verachten, dass sie sich von ihr haben verblenden lassen, und sie als eine verbotene Affäre abtun, die sie am liebsten vergessen würden. Selbst jene, die ihr zum Opfer gefallen sind, werden leugnen, jemals ihren Weg gekreuzt zu haben. In den Groschenheften wird sie zur gefallenen Frau werden, einer nach Gin stinkenden, von Blattern entstellten Dirne, die, wie es heißt, ihr Ende schließlich in einem Tollhaus gefunden habe und in einem anonymen Grab beerdigt wurde.

# 49

Es hat fast null Grad, und die Temperatur sinkt weiter. Gotardo hockt vor einem Thermometer, das er an einer Stange neben seinen neu gepflanzten Weinreben angebracht hat. Im hin und her schwankenden Schein der Laterne, die von seiner Hand baumelt, starrt er auf das in seiner gläsernen Hülle schimmernde Quecksilber. Eine Kältewelle hat das Land fest im Griff. Noch ein paar Stunden, und kurz nach Mitternacht wird die Temperatur unter den Gefrierpunkt sinken. Wenn er die Stecklinge retten will, die seit kaum einem Monat im Boden sind und gerade erst auszutreiben begonnen haben, muss er wachsam und gut vorbereitet sein, denn sein Feind kommt im Schutz der Dunkelheit und wird die zartesten mit seinem eisigen Atem dahinwelken lassen.

Seit Juli hat er den Boden liebevoll aufbereitet, die Gräben Reihe um Reihe an den tiefer liegenden Hängen gezogen, wo einst sein Vieh weidete. Fast alle alten Weiden sind nun gefurcht und umgegraben, mit Mulch aus Kompost und Asche und mit Stangen versehen, um die jungen Schösslinge daran hochzuziehen und festzubinden. Es hat gutgetan, seinen Geist auf diese Weise zu beschäftigen. Als Flickschuster hätte er nicht weitermachen können. Bis seine Kühe starben, hatte er immer im Freien gearbeitet und seine Rolle im Zyklus der Natur gespielt und dabei voller Verwunderung verfolgt, wie das Gras auf geheimnisvolle Weise das Blau aus dem Himmel und das Gelb aus der Sonne sog, um daraus das lebhafteste Grün hervorzubringen. Und sich gewundert, wie dieses Grasgrün im Bauch einer Kuh sich in das seidige Weiß ihrer Milch verwandelte.

Bevor er wieder ins Haus zurückkehrt, überprüft Gotardo die kleinen, mit lockerer Erde versetzten Strohhäufchen, die er in Abständen von sechs bis acht Metern zurechtgelegt hat. Wenn der Feind ruft, wird er vorbereitet sein.

Mit einem Glas Grappa setzt er sich in seinen Lieblingssessel und vertieft sich in seine Lektüre. Gedichte liest er nicht mehr. Er hat in letzter Zeit all seine Energie darauf verwandt zu lernen, wie man Weintrauben kultiviert und Wein herstellt. Darin steckt eine eigene Poesie. Nach der Ernte der ersten Früchte war Gotardo viel zu sehr in seiner Trauer versunken, als dass er sich um seine Trauben hätte Gedanken machen können, weshalb er es Pliny, Aquilino und Battista überließ, den Wein zu keltern. Pliny hatte die Reben bereits gepflanzt, bevor Gotardo in der Kolonie eintraf, aber dieser hatte in seinem Keller zwar ein paar Fässer von Pliny verwahrt, sich ansonsten aber kaum Gedanken darüber gemacht, was passierte, wenn die Trauben im Sonnenschein heranreiften, oder was mit den chemisch verwandelten Entsprechungen geschah, die sich unter seinen Füßen abspielten.

Ein paar Tage, nachdem der Most in die Bottiche umgefüllt worden war und die Gärung in Gang kam, war Gotardo in den Keller hinuntergestiegen, um eine gepökelte Haxe zu holen. Dabei fiel ihm als Erstes der Lärm auf, der aus den Bottichen drang, als würde es darin brodeln. Und er begriff nicht, warum die Flamme jedes Mal wieder ausging, wenn er die Kerze auf einem der Fässer absetzte. Da Pliny sich über das Ausmaß der Unwissenheit seines Freundes auf diesem Gebiet nicht im Klaren gewesen war, hatte er es versäumt, Gotardo vor dem Kohlensäuregas zu warnen, das in der aufgewühlten Anfangsphase der Fermentation freigesetzt wurde. Wäre es als Wolke wahrnehmbar gewesen, hätte Gotardo das schwere Gas um seinen Körper herumwirbeln sehen können. Ein Glück, dass der Keller so groß war und das Gas noch nicht die Konzentration erreicht hatte, wo alle Luft zum Atmen verbraucht war. Als er Pliny den Vorfall schilderte, schrie dieser entsetzt auf. Er habe einmal einen Mann gekannt, erzählte er, der in seinen Keller ging, um eine Flasche Wein zu holen, und nicht mehr herauskam.

Gotardo starrt ins Leere und muss an die Geschichte von dem Mann denken, der hinunter in seinen Keller ging, um nicht mehr wiederzukehren, als er es an der Küchentür klopfen hört. Dass Leute vorbeischauen, ist er gewohnt, aber nicht zu so später Stunde. Doch er ist froh über diese Unterbrechung. Es ist Zeit, erneut nach dem Thermometer zu sehen, und er hat sich eine Kanne Tee gekocht, um für die lange Nacht, die vor ihm liegt, wach zu bleiben. Noch als seine Hand nach dem Türgriff greift, ist er in Gedanken ganz woanders und wartet darauf, dass der sein Blut wärmende Tee seine Wirkung entfaltet. Und so wäre ihm fast die Lampe aus der Hand gefallen, als die Tür aufgeht und er eine schwarze Gestalt auf der Schwelle stehen sieht. Als diese ihren Schleier hebt, sehen ihn diese unvergesslichen Augen an.

Sie sitzen in ihren alten Sesseln am Kamin – seiner mit der Armlehne, ihrer ohne. Sie haben kaum gesprochen, kaum ein Wort gesagt. Gotardo würde ihr gern eine Tasse Tee oder etwas zu essen anbieten, wagt es aber aus Angst, sie könnte verschwinden, nicht, den Raum zu verlassen. Sie hat sich kaum verändert, ist nur ein wenig schmaler im Gesicht und trägt ihr Haar straffer nach hinten gesteckt als früher. Früher! Es sind erst sechs Monate vergangen, seit sie wegging, aber es könnten auch Jahre sein. Oder Jahrhunderte. Wie die Zeit sich hinzog, vor allem nachts. Der Schlaf wollte nicht kommen, und seine Wut war so groß, dass er nur Erleichterung fand, indem er auf die rauen Steinwände einschlug, bis seine Fäuste eine blutige Masse waren.

Gotardo massiert seine Knöchel und überlegt, ob sie die Narben bemerkt. Als er sie wieder ansieht, streckt sie ihre Hand nach seinem Gesicht aus und streicht mit ihren Fingern leicht über eine Seite seines Barts. Den hatte er schon ganz vergessen. Sechs Monate hat er ihn wachsen lassen. Seit dem Morgen, an dem sie Lucy tot in ihrem Bettchen fanden, hat er sich nicht mehr rasiert. Grau gesprenkelt und ungeschnitten muss er damit alt und halb verwildert aussehen. In seinen Augenwinkeln sind ein paar Runzeln dazugekommen.

»O Gotardo«, sagt Jemma, die Hände flach auf ihrem Schoß. Sie drückt damit gegen ihre Schenkel, um sich zu beruhigen.

Er sieht ihr an, dass sie ihn etwas fragen möchte.

»Hast du es aufbewahrt – das Bettchen? Und ihre Spielsachen?«

Gotardo nickt mit nassen Augen. Er erhebt sich und führt sie in ihr Schlafzimmer. Das Bettchen steht noch da, am Fuß ihres Ehebettes, wie immer. Auch die Decken liegen darauf. Das kuschelige Lämmchen, das Marina für Lucy gemacht hat, thront auf dem Kissen. Und der Stofffetzen, ohne den sie nicht einschlafen konnte, liegt unter dem kleinen Lamm.

Mit leisem Stöhnen fasst Jemma an das Bettgitter. Schweigend verharrt sie dort, dann tritt sie zurück und sieht Gotardo an. Die ganze Zeit hat er hier neben dem leeren Bettchen geschlafen. Sie kann nicht begreifen, wie er das gemacht hat. Wie schrecklich die Stille gewesen sein muss. Wie er seine Ohren gespitzt haben muss, um Lucys Atem zu hören, diese schniefenden Tierlaute, die den Raum erfüllten, wenn sie schlief. Wie konnte er schlafen, mit dieser Leere zu seinen Füßen? Sie sieht ihn angewidert an.

»Warum?«

»Warum ich es hier habe stehen lassen?« Seine Augen lodern.

»Lieber ein leeres Bettchen als gar nichts.« Er musste schon damit klarkommen, allein zu sein, da brauchte er nicht noch sämtliche Spuren des Lebens zu tilgen, die diesen Raum einst erfüllt hatten. Eine ganze Welt, die über Nacht verschwunden war.

Nicht lange nach Jemmas Verschwinden hatte Gotardo das Seitengitter des Bettchens abgesenkt und sich hineingequetscht. Die Knie ans Kinn hochgezogen hatte er seine Nase in ihr Kissen vergraben, um die letzten Reste von Lucys Duft einzuatmen. Das erzählt er Jemma jedoch nicht, und auch nicht, wie er sich an Lucys Kuscheltuch geklammert hatte, dieses zerknitterte Stück Baumwolle, und geweint hatte, bis es vollgesogen war.

Jemma starrt das Bett an, das Gotardo und sie einst geteilt haben. Sie lässt sich auf dem Patchworkquilt nieder, den ihre Schwiegermutter für sie gemacht hat. Ihre Hand gleitet unter das Kissen auf ihrer Seite des Betts. Es ist, wie sie gedacht hat. Ihr Nachthemd, ordentlich gefaltet, wartet es auf ihre Rückkehr.

Sie blickt zu ihm hoch. »Warum hasst du mich nicht?«

»Du glaubtest, keine Wahl zu haben.«

Das ist zu viel, zu wohlmeinend. Sie hatte ihm auf unerträgliche Weise wehgetan und kann sich doch nicht zurückhalten. »Ich hatte eine Wahl, Gotardo.« Ihre Stimme zittert vor Schuldgefühlen und einem unbegreiflichen Drang, ihm die Wahrheit ins Gesicht zu schleudern. »Und ich entschied mich dafür wegzugehen.«

Gotardo zuckt zusammen. »Tu das nicht, Jemma. Ich gebe nicht vor, ein Heiliger zu sein.« Es gab Momente, viele Momente, da hasste er sie, da war der Hass so groß, dass er die Liebe verschlang. Aber wenn er dann O'Brien mit seinem verbitterten Gesicht durch die Stadt schwanken sah, da wusste er, wenn er sich von der Wut beherrschen ließe, wäre er nicht besser als O'Brien. Verbittert bis ins Innerste.

Er bricht das Schweigen mit einem tiefen Seufzer. »Ich wollte das nicht zulassen. Nicht deinetwegen habe ich aufgehört zu hassen. Es war meinetwegen.«

»Du hast mir verziehen?«

»Was es zu verzeihen gab. Wie konnte ich mir ein Urteil anmaßen, wenn mir doch selbst nach Weglaufen zumute war?«

»Aber du bist geblieben.«

»Und du bist zurückgekommen.«

Die Uhr auf dem Kaminsims hebt zu einem langsamen Rasseln an und schlägt dann einmal. Ruckartig wendet sich Gotardos Kopf dem Fenster zu, das auf seinen Weingarten zeigt. »Willst du mit mir hinausgehen?«

Er nimmt eine seiner dicken Schaffelljacken von der Garderobe und hält sie ihr hin. Verloren in den schweren Falten seines Mantels folgt Jemma ihm durch die Hintertür. Im Licht des Mondes und der Laterne sieht sie, dass sich etwas verändert hat. Im einst offenen Weideland reihen sich die Weinreben bis hinunter zum Wald. Gotardo geht auf sie zu und kniet neben einem Haufen aus Stroh und Erde nieder. Er zündet diesen an und sorgt dafür, dass er weiterschwelt, ehe er zum nächsten Haufen geht, der ein Stück weiter liegt, und auch mit diesem so verfährt. Bald schon hängt eine Rauchwolke wie ein riesiger Flaschengeist über der ganzen Weinplantage. Er sagt ihr, er müsse bis zum Sonnenaufgang draußen bleiben und dagegen ankämpfen, dass der Frost die Schösslinge vernichtet. Sie aber solle hineingehen und etwas schlafen.

Aber Jemma ist nicht nach Schlafen zumute. Sie verfolgt, wie er von einem Haufen zum nächsten geht und stochert, wenn die Glut nachlässt, oder einen frischen Haufen entzündet, wenn einer heruntergebrannt ist. Ihr ist klar, wie froh er ist, etwas mit seinen Händen tun zu können. Bei ihrer Ankunft hatte sie nicht gewusst, was sie tun wollte. Sie wusste einzig und allein, dass sie Gotardo sehen und mit ihm über Lucy sprechen und dann Lucys Grab sehen musste. An die Zukunft hatte sie nicht gedacht, weil sie weder davon auszugehen wagte, er werde sie zurückhaben wollen, noch wusste, ob sie bleiben wollte.

Er kommt zwischen den Reihen der Reben auf sie zu, sein stämmiger Körper mit dem langen Bart und den ruhigen dunklen Augen wirkt eckig in seinem schweren Ledermantel. Er geht zum Holzschuppen und kommt mit einem Arm voller Holz und Kienspäne zurück, um damit ein Feuer aufzuschichten, das sie selbst wärmen soll. Als die Flammen lodern, verweilt Gotardo ein wenig. Er sieht sie über das Feuer hinweg an und beginnt von seinen Plänen für die Weingärten und die Weine zu erzählen, die er herzustellen hofft, wenn die neuen Reben erst mal Früchte tragen. Er redet von Pinot grigio und Syrah und moussierendem Frontignac und einer neuen kolonialen Sorte namens Australian White Cluster, entwickelt aus den Schösslingen, welche die Söhne von John Macarthur gezogen haben. Es werde wohl eine Weile dauern, bis sich damit Handel treiben lässt, aber in der Zwischenzeit werde er für Pliny arbeiten und auf diese Weise ihren Lebensunterhalt verdienen. Milch zu machen sei nichts anderes gewesen wie Brot backen, denn da habe er gewusst, etwas herzustellen, das die Leute alltäglich brauchen konnten. Wein zu machen sei etwas anderes. Es sei nichts Wesentliches. Man komme auch ohne aus. Aber was könne wichtiger sein, als Menschen glücklich zu machen? Der Mensch könne schließlich nicht allein von Milch und Brot leben. Sein Wein werde den Menschen Freude bringen, dafür sorgen, dass sie lächelten und eine Weile ihre Sorgen vergaßen. Ihm komme es wie ein kleines Wunder vor, dies bewirken zu können, wo er doch selbst jeden Tag mit einer so schweren Last auf seinem Herzen aufwache.

So hatte Jemma Gotardo noch nie reden hören. Er redet wie ein Mensch, der viel zu lange geschwiegen hat und dem nun trunken vor Erleichterung, sich von dieser Last befreien zu können, der Mund überfließt. In seiner Stimme schwingt Stolz mit, genauso wie damals, wenn er ihr von seiner Herde erzählte. Die stille Selbstgenügsamkeit und die hart erworbene Weisheit, die er ausstrahlt, berühren sie tief. Er hat sich aus seiner Verzweiflung herausgerissen und weiß nun um seine Fähigkeiten.

Er erzählt ihr, er habe in den ersten Monaten nach Lucys Tod vollkommen aufgegeben und den Hof verkommen lassen, und es sei Pliny zu verdanken, dass dieser ihn auf die Idee mit der Weinherstellung gebracht habe. Berichtet ihr, wie fest er damit gerechnet habe, dass der Wein, den Pliny und seine Brüder geerntet und gepresst hatten, sauer sein müsse. Und dass er sich vollkommen unwissend um den Most gekümmert habe, ohne eine Ahnung davon zu haben, was man damit tun musste. Doch dann habe er, durch seine Lektüre zuversichtlich geworden, zu experimentieren begonnen und verschiedene Sorten miteinander vermischt. Das Ergebnis habe dann alle überrascht.

Er holt eine Flasche, die er auf dem Fenstersims kühl gestellt hat, und schenkt ihnen beiden ein Glas klaren Weißwein ein. Schweigend erheben sie ihre Gläser, in deren Flüssigkeit die Flammen tanzen, und schauen einander fest in die Augen, ehe sie ihn kosten. Feierlich, als begingen sie ein wichtiges Ritual, ein Sakrament der Danksagung, trinken sie ihn.

Jemma lässt die fruchtige Flüssigkeit sich in ihrem Mund entfalten, ehe sie sie hinunterschluckt. Im Wald schreit eine Eule. Erschaudernd lächelt sie. Der Wein ist jung, aber köstlich. Diese neu entdeckte Leidenschaft für die Rebe ist Gotardos Rettung gewesen, und sie freut sich für ihn.

Er sagt, ohne Pliny, Marina und Celestina hätte er es nicht geschafft. Und er wisse nicht, was ohne diese drei aus ihm geworden wäre. »Sie werden sich freuen, dich zu sehen, Jemma.«

»Es fällt mir schwer, das zu glauben.«

»Sie werden sehen, wie sehr ich mich freue.« Er hält plötzlich erschrocken inne. Er war davon ausgegangen, sie sei für immer zu ihm zurückgekehrt. Eine gefährliche Annahme. Vielleicht war sie ja auch nur zurückgekommen, um ihren Frieden mit ihm zu schließen und um Lucys Grab zu besuchen. Was weiß er schließlich von ihrem jetzigen Leben? Aus den Zeitungen hat er erfahren, dass man O'Brien aus dem Polizeidienst geworfen hat und dieser sich in der Stadt nicht mehr blicken lassen wird. Er weiß auch, dass Nathaniel Byrne ins Landesinnere aufgebrochen ist, verfolgt von Marcus O'Brien. Aber was war mit ihren Gefühlen für Byrne? Vielleicht liebt sie ihn noch und wartet auf seine Rückkehr.

Jemma sieht, wie sein Gesicht einfällt, und ahnt, was ihm durch den Kopf geht. Sie weiß, leicht wird es nicht werden. Ihr altes Leben können sie nicht einfach wieder aufnehmen. Aber sie geht auch nicht davon aus, dass Gotardo das möchte. Sie können nicht zurück in die Vergangenheit und so tun, als habe sich nichts geändert. Gleichzeitig hat sie selbst inzwischen langsam begriffen, dass Künstler sein nicht unbedingt bedeuten muss, mit der Welt auf Kriegsfuß zu stehen. Sie hatte sich vor einer Gesellschaft abgeschottet, von der sie sich unverstanden fühlte, hatte es gebraucht, sich unverstanden zu fühlen. Und dabei *war* es ihr seltsamerweise doch wichtig gewesen, was die Leute von ihr dachten, trotz ihrer Überzeugung, es nicht zu sein.

Jetzt hat sie diese Identität, die sie so besonders machte und an der sie so hartnäckig festhielt, abgelegt. Sie ist für sie so unwesentlich und so bedeutungslos geworden wie der Mythos von Musk und Byrne. Und sie fühlt sich leichter ohne sie und hofft, dass sie trotz ihrer Trauer nunmehr leichter leben kann. Die Klatschweiber der Stadt werden anderen Tratsch finden, das Gerede wird irgendwann aufhören. Und was kann man ihr Schlimmeres nachsagen als das, was man ihr ohnehin schon angehängt hat?

»Vielleicht stelle ich Vermutungen an, die gar nicht berechtigt sind«, hebt Gotardo an.

»Solltest du wegen Mr. Byrne in Sorge sein, gibt es dafür keinen Grund«, sagt Jemma. »Das ist zu Ende.«

»Und was ist mit uns?«

Jemma umschließt ihr Glas mit ihren Händen. »Ich kann nicht sagen, was passieren wird.« Doch sie weiß, dass sie jetzt wieder vereint sind, und zwar mehr als sie das je in ihrer Ehe waren, durch den gemeinsamen Schmerz, der eine neue Art der Liebe hervorgebracht hat. Eine Liebe, die bis an ihre Grenzen ausgereizt und als neues Band wiedergeboren wurde, das jenseits der üblichen Bande liegt. Eine dauerhafte Liebe für den Rest ihres Lebens, egal, ob sie zusammenbleiben oder nicht.

Kurz nach Tagesanbruch wandern sie über eine Nebenstraße zum Friedhof von Wombat Hill – eine in Schwarz gekleidete Frau und ein Mann in einem abgewetzten Ledermantel. Tränen gefrorenen Wassers hängen von den Drahtzäunen, weißer Frost überzieht das Gras. Der Himmel ist rosig und klar. Es verspricht ein Tag ohne Wolken und Wind zu werden.

Gotardo muss an die Grabschrift denken und überlegt, ob er sie vorwarnen solle. Doch er beschließt, es nicht zu tun. Sie wird diese früh genug selbst sehen.

Aus den hohen Eukalyptusbäumen beidseits der Straße vereinen sich die Lieder der Glockenvögel, Elstern und Sittiche zum improvisierten Chorgesang. Es sind die Klänge des Erwachens, Sich-Regens und Sich-Erhebens.

Am nördlichen Rand des Friedhofs lässt Gotardo sich zurückfallen und will Jemma vorangehen lassen, aber plötzlich greift er nach ihrem Arm. »Alle finden sie schrecklich. Die Worte auf dem Grabstein. Alle. Sie dachten, ich sei verrückt geworden.«

Jemma nickt und geht weiter. Sie starrt auf den kleinen glatten Hügel. So klein. Eine fruchtbare Schwellung im Grasboden. Sie hebt ihren Blick zum Himmel und schluckt den Schrei hinunter, der aus ihrer Brust herausdrängt. Dann kniet sie am Fuß des Hügels nieder und liest die Grabschrift.

Nicht Regung kennt sie nun, noch Kraft,
Gesicht nicht, noch Gehör,
kreist in der Erde Wanderschaft
mit Fels und Baum und Meer.

Jetzt steht Gotardo neben ihr. Er vermag den Ausdruck ihres Gesichts nicht zu deuten. »Habe ich es richtig gemacht?«

»Richtig?« Jemma muss fast lachen. Der Vers ist wie ein Windstoß vom Südpol. Eine eisige Böe, die einen spüren lässt, dass man lebt. Und wie eine solche Böe spendet er keinen Trost. Bestätigt nur die bittere Wahrheit, dass ihr Mädchen eins geworden ist mit der Erde.

»Es ist das Wahrhaftigste und Traurigste, was ich je gelesen habe.«

# Epilog

In den folgenden drei Jahrzehnten verlief Jemmas Leben in ruhigen Bahnen. Einen Teil der Woche verbrachte sie in Melbourne, den anderen in Wombat Hill, wo sie Gotardo in der Weinkellerei half, soweit es ihr möglich war, und Kunst unterrichtete, um ihr kleines Atelier in der Bourke Street bezahlen zu können, wo sie bis spät in die Nacht malte. Henry kam langsam wieder zu Kräften, und das Band zwischen Jemma und ihm wurde so stark, dass sie ihn als ihren Adoptivsohn ansah. Gotardo hatte akzeptiert, dass sie keine weiteren Kinder bekommen wollte und er Jemma, wollte er mit ihr zusammenbleiben, erlauben musste, ihr Leben auf ihre Weise zu leben. Die Freundschaft zwischen Jemma und Celestina blühte wieder auf, und obwohl es Celestina schwerfiel, Jemmas gewählte Lebensform zu akzeptieren, sammelte sie weiterhin ihre Gemälde und hängte diese in ihrem Tearoom auf.

Jemmas unkonventionelle Ehe und ihr ständiges Kommen und Gehen in Wombat Hill erweckten Argwohn und sorgten dafür, dass weiterhin über sie geredet wurde – genauso wie über das mysteriöse Verschwinden von Nathaniel Byrne irgendwo nördlich des Lake Eyre, zusammen mit Marcus O'Brien, der sich ihm an die Fersen geheftet hatte. Und so lebte die Legende von Musk und Byrne weiter – eine Weile jedenfalls. Die Geschichte weitete sich einfach aus und gebar viele Erzählstränge, die sich mit der Wahrheit von Lucy Volettas Tod und Marcus O'Briens Obsession und der allgemeinen Verhexung der Öffentlichkeit befassten, dabei jedoch auch die wilden Gerüchte und Mythen verwoben. Wie im Märchen wurden diese Erzählstränge mit den Worten »Man erzählte sich« und »Die Polizei glaubte, …« eingeleitet, um auf diese Weise die Spannung aufrechtzuerhalten und ausreichend Ungewissheit zu streuen, um dem Zweifel Raum zu geben.

Die Legende hätte das Zeug gehabt, zu einer der grundlegenden Mythen des Landes zu werden, wäre sie nicht von den aufgebauschten Geschichten über ein neues Ereignis übertroffen worden, nämlich über einen Robin Hood der Kolonie in Gestalt eines feschen Iren namens Ned Kelly, der eine Kleinstadt in seine Gewalt nahm und von diesem Moment an das ganze Land in seinen Bann zog. In gewisser Weise wurde O'Briens Traum langsam Wirklichkeit. Im Aufruhr um die Kelly-Bande vergaßen die Leute bald Musk und Byrne, die ohnehin niemals zu den richtig Gesetzlosen gehört hatten.

Zwei Jahre nach Jemmas Tod um die Jahrhundertwende grub eine junge Kunsthistorikerin ihr Triptychon vom Picknick im Wald von Hepburn und andere spätere Gemälde wie *Ausgebranntes Haus, Breakneck* und *Mann mit kaputtem Fahrrad* aus und stellte in einer viel beachteten Monografie die Behauptung auf, Australiens erste Impressionistin entdeckt zu haben, eine Frau, die ganz allein arbeitete, und dies fünfzehn Jahre bevor die Heidelberger Schule sich einen Namen machte. Nebenbei erwähnte die Kunsthistorikerin ein »dunkles Jahr im Leben der Malerin, als sie beschuldigt wurde, ihr Kind getötet zu haben«, und machte auf diese Weise den ganzen Mythos zur Fußnote.

Nach Jemmas Letztem Willen ging ihr gesamter Besitz an Gotardo über, der ihr aber rasch ins Grab nachfolgte. Alles, was sie besaßen, wurde zwischen Celestina und den Serafinis aufgeteilt und ging an deren Kinder und Kindeskinder über. Nachdem die meisten Gemälde ihren Weg in öffentliche

Kunstsammlungen gefunden hatten, verblieben *Ausgebranntes Haus* und *Breakneck* im Besitz der Serafinis. Und so kam es, dass die Nachkommen von Pliny und Marina Serafini noch hundert Jahre später in einem Vorstadtwohnzimmer von Melbourne vor diesem Gemälde innehielten und das schemenhafte kleine Mädchen in dem blassrosa Kleidchen betrachteten, das inmitten der Ruinen eines Gehöfts spielte. Und sie taten dies in dem Bewusstsein, dass es sich dabei um die Tochter der Künstlerin handelte, ihrer Ahnin Jemma Voletta. Und dass dieses Mädchen zehn Monate nach Fertigstellung dieses Gemäldes gestorben war. Und so lebte das kleine Mädchen noch Jahre später, lange, nachdem jene gegangen waren, die es gekannt hatten, unter ihnen und schaute sie mit keckem Blick aus der Leinwand heraus an, als wollte es sie auffordern, doch zu ihm zu kommen und mit ihm zu spielen.

# Danksagungen

Auf die Idee für diesen Roman kam ich durch die Geschichte meines Ururgroßvaters Gotardo Foletta, der aus dem Tessin nach Australien kam, um sich in Daylesford, Victoria, einer Gruppe von Auswanderern aus der italienischen Schweiz anzuschließen. Der Familienlegende nach kam er mit seiner Milchkuhherde, wenngleich sich weder in den Frachtpapieren noch in den Steuerunterlagen von Hepburn Shire Beweise dafür finden lassen. Doch obwohl ich diesen Roman mit Gotardo begann, wurde seine Geschichte schon bald von der völlig fiktionalen Geschichte Jemma Musks überlagert. Den im ersten Kapitel beschriebenen Vorfall verdanke ich im Kern Judith Wrights Gedicht »Request to a Year«. Die Gefühlslage dieses Gedichts hat den ganzen Roman inspiriert.

Details der Schweineschlachtung und Wurstzubereitung wie in Kapitel 3 beschrieben verdanke ich meiner Freundin Wilma Tobacco, die selbst Zeugin solcher Rituale war. Carol White aus Lavendula, einer historischen Farm nach italienisch-schweizerischem Vorbild in Shephard's Flat, konnte mir hilfreiches historisches und anekdotisches Material zur Verfügung stellen. Bei meiner Schwester Debra Capp und deren Ehemann Ian Stewart, die in der Region leben, in der das Buch angesiedelt ist, möchte ich mich für die mir während meiner Recherche gewährte Unterkunft, Unterstützung und Hilfe bedanken. Einen Großteil meiner Nachforschungen stellte ich in der State Library of Victoria an, bei der ich mich für das

Stipendium bedanken möchte, das mir 2006 von der Bibliothek zuerkannt wurde. Herzlichen Dank auch an meine Freundin Claire Wright und ihre Hinweise auf einige nützliche Veröffentlichungen und ihre warmherzige Reaktion auf das Eingangskapitel, das 2007 in der Zeitschrift *Overland* abgedruckt wurde. Dem Literature Board of the Australia Council danke ich für die mir 1999 gewährte finanzielle Unterstützung, die mir in der ersten Zeit meiner Recherche sehr geholfen hat. Dr. Julian Hollis danke ich für sein geologisches Fachwissen über die Region Daylesford, an dem er mich ausführlich und kenntnisreich hat teilhaben lassen. Obwohl Manets Gemälde *Le déjeuner sur l'herbe* nicht wie im Roman beschrieben als Teil einer internationalen Ausstellung in den späten Sechzigerjahren des neunzehnten Jahrhunderts nach Australien kam, baue ich darauf, dass die Historiker mir diese dichterische Freiheit verzeihen mögen.

Die Entwürfe des Romans wurden von zwei lieben Freundinnen gelesen – Anna Murdoch und Colleen Keane –, denen ich für ihre Aufrichtigkeit, ihren Rat und ihre Ermutigung danken möchte. Viele andere Freunde, meine Schwestern und Brüder sowie meine Eltern haben mich während der zehn Jahre, die es dauerte, um diesen Roman zu schreiben, nach Kräften unterstützt und standen mir in den verschiedenen Stadien des Entstehungsprozesses für Gespräche zur Verfügung, was ich sehr zu schätzen weiß.

Meine Verlegerin bei Allen & Unwin, Annette Barlow, hat dem Manuskript unglaublich viel Zeit gewidmet und es mit ihren Anmerkungen und großartigen konstruktiven Ratschlägen bereichert. Der Roman hat durch ihren Beitrag sehr gewonnen. Außerdem danke ich Ali Lavau für ihre ausgezeichnete Lektoratsarbeit und Siobhán Cantrill für ihre Arbeit als Produktionsredakteurin. Einen Dank auch der Lektoratsassistentin Catherine Milne. Eine besondere Freude war es, von der Literaturagentin Jacinta di Mase vertreten zu werden, deren Ermutigung und professionelle Unterstützung zur rechten Zeit kamen.

Schließlich möchte ich noch meinem Butch Cassidy und meinem Sundance Kid danken. Dieses Buch wurde vor der Geburt meines Sohnes Leo begonnen und ist mit ihm gewachsen. Ohne die Veränderung, die mein Leben durch ihn erfahren hat, hätte ich den Roman nicht schreiben können. Steven Carroll hat die verschiedenen Entwürfe so oft gelesen, dass keiner von uns es mehr zählen kann. Sein Rat und seine Unterstützung haben mich durchhalten lassen. Ihm kann ich nicht genug danken.